U0943800

KUWEI
酷威文化
图书 影视

第一战场指挥官

COMMANDER

退戈 著

下册

四川文艺出版社

目
CONTENTS
录

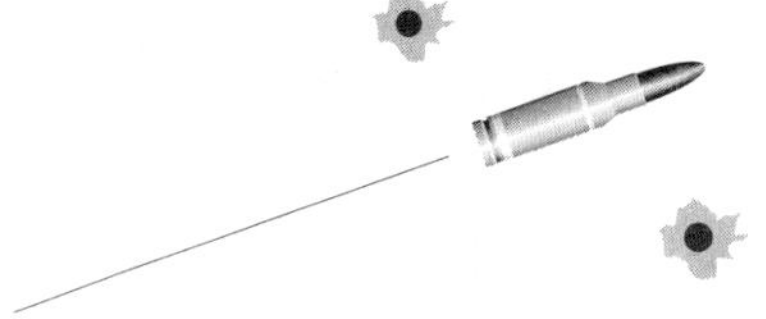

第二十九章

螳螂与黄雀

连胜盯着地图，检查了一遍各兵的位置，指挥道："赵卓荦，再慢一点，和前方部队拉开距离。前面的二连，主动后撤，先跟后面的小队会合。"

"超亮哥，你上前去，重新带回你自己的队伍。风翼和雷暴准备移动到队伍的前段，低配机甲慢慢往后排换位，江风愚火做好带兵准备。前排注意队形，不要乱！边攻边调整，你们现在还在作战！对面已经有疲态了，只要控制好队形就不会被反扑。"连胜看着地图上的绿点闪动，一丝不苟地调派道，"亮亮哥去后方跟赵卓荦碰头。失去机甲的步兵都到后方来，跟前方队伍分开站位，我们现在要排成两个列队，但是不要做得太明显。"

前线对指令的接收总是有点偏差，绿点开始以明显的速度分散，并与敌军拉开了距离。

连胜的声线顿时拔高，严厉地吼道："前排的中配机甲不要往回撤！速度不要慢下来！我没有给你们任何指示就不要动！趁这个机会好好刷波人头数，保持住你们的强势，这样得天独厚的地形和阵势不会再有了！要放跑你们的敌人吗？咬住他们，杀！"

亮亮的灯泡本来在往后退步，听见她的骂声挠了下头："哇，害怕。"

方见尘的七星从他旁边路过，闻言立马道："怕什么？你这么厉害打她啊！"

亮亮的灯泡问："你怎么不打她？"

方见尘义正词严道："我是狙击手啊！"

亮亮的灯泡说："她好像也是？"

方见尘："所以狙击手之间不能互相伤害。"

亮亮的灯泡意味不明地瞥了他一眼，先行后撤与大部队会合。

连胜将之前打乱的队伍重新分配给各连长，几乎将阵容进行了大调整。周师锐在旁边抓紧时间给他们调频道。

"距离出地图还有不到四分钟的时间。"周师锐说，"对面撤退的速度变快了。"

连胜说："当然要快速撤离。他们前排全是低配机甲，就算是小兵，拉出太多人头差距的话，也是会造成恐慌的。"

连胜看后方队列终于会合完毕，才缓下语气道："不要急。赵卓荦负责第二团的指挥。你们先整好队伍，靠边停下。"

周师锐把沙漠的图也粗略画了出来。

沙漠地图没有什么好画的，就是金黄色的沙砾，组合成高低起伏的沙海，一眼望不到尽头。但是这样的地形很适合埋伏。因为沙砾盖在机甲身上，一时半会儿根本辨认不出敌我。

他的手指飞速跳动，同时抽空窥觑了一下连胜的表情。

"你调出了这么多的中配机甲和高配机甲在后面，前方兵力会明显不足。"周师锐说，"沙漠是一个死战之地，也是刘队最后一张地图。他们肯定不会这么容易让我们攻占的。"

"你说得对，我就是这样认为的。"连胜举起手，感受着和风从指间吹过，"反杀或追击，主动或被动，有时候只在一瞬间而已。区别只在于，谁能想得更远，谁能猜得更准确，谁能把握这阵风向。"

连胜轻笑："我们带着高级机甲从小路突进是事实，而且成功了。高级机甲本身就是威慑，对方既然已经撤离，想要挽回之前的颓势，应该会在出口处设兵埋伏。而我们最终的目标是沙漠无疑，当主路败走已成事实，他们最好的方法，就是用后面的战局来挽回这一块的损失。沙漠地形本身的存在，不就满足了这个条件吗？

"中路的排兵不能说是失误，只是我们双方做出决策的立足点不一样而已。它造成的结果也是双方愿意接受的。一边是低配机甲的大量损失，一边是中配和高配机甲的额外损耗。"连胜说，"但有一点是他们一定要拿回去的，那就是主动权。一定要让自己的士兵觉得，一切尽在总指挥预料之中，只有这样，队伍才能稳定下来，下一阶段才算真正开始。"

百米飞刀看着刘昊下完指令，依旧盯着他的面板，而后抬起头，改盯着他的脸。

刘昊觉得有些瘆人，打了个寒战，问道："大佬，怎么了吗？"

百米飞刀笑道："你知道吗？总指挥要考虑的事情永远不会只有一步，也不会只有两步。任何一方不同的决策都会给战局带来不同的结果。就像数据分析一样，我预测过十分钟后的数据，也许只有十种可能，但是二十分钟之后的数据，就有几百种可能。我只会把我认为最可能的结果告诉你，否则会造成指挥的动摇和疑惑。这也就是机器所不能代替的地方。"

刘昊听得迷糊："嗯……当然。"

“连胜是一个很有前瞻性的指挥。虽然我只看过她一场比赛，但在那场比赛里，她所有的猜测都十分缜密。无论你怎么反驳，怎么提出假设，她都可以给出足够的理由，说明在她的脑海中有着非常完整的攻防交互，她从中选出了最有可能的一种。”百米飞刀严肃地道，“战场上没有谁能永远站在高处，但是你自己，必须要看到终点。”

刘昊低下头。

百米飞刀的话犹如惊雷炸响在他耳边：“我不是在质疑你的决策，准确来说我觉得这也没问题。但是从指挥的位置来讲，你看见终点了吗？”

刘昊抓起一把沙子，任由它从指缝间流走，脑海里重新布局整个战场。

小路被突围，大路也被突围，对方顺理成章地杀入沙漠，带着在沙漠中效用并不怎么明显的小兵优势……这种顺理成章似乎有点太奇怪了。连胜攻势凌厉，可是她会不知道自己现在的处境吗？她之前靠着小兵的身份，没有拿到兵力分布，没有副指挥辅助，就可以猜到他的战略，现在她会猜不到吗？那么她会怎么做？

百米飞刀玩笑了一句：“不过有时候想太多反而会导致失败。揣摩人心这种困难的事情，大概就是指挥最大的考验了吧。”

刘昊说：“如果这样绕一圈，为什么我觉得，不做应对才是最稳妥的方法。不管对面怎么进攻，我们都可以随机变动。”

百米飞刀说：“因为稳妥和大胆有时候不是相对的，只是双方站的高度和考虑的事情不一样而已。”

刘昊继续沉思，看着地图上活动的绿点，终于下定决心。

刘昊接通频道问：“小路那边有连队的动静了吗？”

在小路终点后方埋伏的人道：“现在还没有。”

“派两台机甲火速过去查看，主路的部队退过来之后，小路附近的埋伏小队跟上队伍！”刘昊说，“我们现在不分散兵力，争取从正面拦住他们。对面现在人数虚多，没什么可怕的，低配机甲在沙漠里根本难以行走，抓住这波优势先把之前的晦气杀去！埋伏在沙漠两边的队伍，保持位置不要动，敌军进入地图后直接强杀！”

面板上，连队前排队伍即将进入沙漠地图。

周师锐一手盖住画面，说道：“如果是刘昊做总指挥……我是说他一个人，我或许会认为你是对的。但是现在还有百米飞刀……”

“不管他猜到了哪一步，都只有两种选择。一种是埋伏，另外一种是强攻。无论是哪种结果，我们的损失都无可避免。但只要没有深入沙漠，地图边缘又有友方支援，我们就有机会逃出生天。”

连胜详细解释道：“低配机甲进入沙漠地区等同于自寻死路，但是在另外的地图区域，就是非常珍贵的战力。对面如果强攻，我们的损失会更大，但被集体埋伏的风险，我们担不起。无法确认最终情况，所以我选择分列。”

周师锐听着皱起眉头：“既然怎么选都是羊入虎口，我们可以暂时不去，再消磨他们。”

“那他们也可以不来啊，该怎么办呢？”连胜说，“我们是主攻方，过山壁不就是为了这个吗？如果现在停在原地，那之前的战役还有什么意义呢？”

连胜从容而又平静地说：“你想让对方走出对他们有利的地图，就必须给他们让出一定的优势，而且还不能太明显地暴露你的意图。”

体育馆里的学生听着他们的对话，一阵头疼。再将双方的分析合在一起回忆了一下，胸口只剩下钦佩。

“所以到底哪边是螳螂，哪边是黄雀？”

“指挥真的不是人干的事……”

“刀哥为什么要做副指挥？他做指挥也挺好的。”

“我们教授说，一个好的副指挥可以成为一个好的指挥，但是一个好的指挥，未必能干得了副指挥的活。”

“不！在战场上，指挥死了，副指挥可以随时顶上。但是副指挥死了，却很难有合适的人及时顶上。这就是技术工的骄傲啊！”

“副指挥应该是见证过最多指挥失误的人了，毕竟数据是最直观的，经手后能够马上察觉出来。”

他们正讨论得兴起，正中的屏幕忽然换了个画面，转成了军校联赛的战场。

众人迟钝了一秒，强烈要求道：“快切回去啊，老师！我们不要看军校联赛！”

前线士兵终于看见了金黄色的沙丘。

此时人头数跟之前推测的没有太大差距。

连队（3512）：刘队（2977）。

连胜说：“要开始了。”

她接通公众频道，态度一转，中气十足地下令道：“风翼！前排风翼朝着地面射击！一边攻击一边前进，把在场地埋伏的人都找出来！不要吝啬你们的能源！”

超亮的灯泡率先冲上前，对准沙漠的地表轰去风炮。

刘队的埋伏不可能埋得太深，沙土被大风一吹，快速散去，地表出现了机甲的一角。众人转炮齐齐集火。

前排数台风翼一起清扫战场，漫天遍野都是扬起的黄沙。众人的视线严重受阻，稍远一点就看不清楚人影。

“分开站位！不要让对面一网打尽！”连胜继续喊道，“两侧迅速分开！向前，插入他们的队伍！雷暴准备强攻！”

众机甲深一脚浅一脚地往两侧退开。

对面不再隐藏，冲出来开始搏杀。双方队伍混杂到一起。

“雷暴向前！后方兄弟们收起炮筒小心误伤！风翼继续对着地面攻击，务必遮住他们的视野！”连胜说，“怎么看你前面的是不是自己人？看你们的地图！考验你们眼力的时刻到来了！”

江风愚火抄起长武器，对着旁边身影模糊的敌军展开猛攻。

“去！”他的心情似乎不是很好，终于有了发泄的机会，攻势异常凶狠，嘴里不住地骂道，“去去去！”

一面“去”，一面朝着前方横冲。

连胜招呼道：“来来来，前线的弟兄们，学学江风愚火，喊出口号来。但是不要再喊去了，喊点有意义的。”

江风愚火闻言，脱口而出：“去你的！”

连胜：“你总去什么？”

“我觉得我被你忽悠了！”江风愚火说，“明明我是为了打你，为什么现在却在帮你打人？”

连胜问：“那为什么？”

“我也不知道！”江风愚火大怒，“我已经答应了你，总不能说不！”

憋屈了一路，他终于想明白了，那股浓浓的违和感究竟是怎么回事。

亮亮的灯泡开着他的新机甲上前，说道：“你为什么会选择跟指挥玩套路呢？不是在找死吗？”

江风愚火：“……”

连胜说：“为了最终的胜利，请留住你们的小命！不要太深入，随时准备后撤！我再说一遍，随时准备后撤！”

连胜切换频道，吩咐道：“赵卓荦，带兵上前，准备救援。”

黄沙漫天，狂风肆虐。轰隆的炮火声中，双方机甲数量都在急速下降。

连胜看了一眼地图，催促道：“后排步兵们跑动速度再快一点，马上回营地就位！”

连胜：“赵卓荦，就从现在的方向正面突击！先将地图边缘的敌军清理干净。”

赵卓荦在小队中安排道："队形铺开，准备进击！"

连胜又喊道："方见尘！"

"活着！"方见尘直接应道，阻断了她后面的问题，"无法狙击，视野受限！正在后撤。"

连胜说："不要后撤。我知道你现在狙击不了，带着你的小队过去捡东西！"

方见尘耳边都是呼呼的风声，遂大声地问道："捡什么？"

"有能源的炮筒全都带上，抢到了就跑，不分敌我！炮筒总是能找得到的。"连胜说，"你们狙击队在这种地方派不上用场，带上战利品赶紧撤离！"

"跑哪儿去啊？"方见尘说，"你要我带着炮筒私奔吗？"

"除了你温暖的营地，还有哪个地方能够收留私奔的你？"连胜说，"不要插科打诨了，兄弟们，迅速就位！战况激烈，随时在改变，每一刻都有鲜活的生命在消失，不要延误战机！"

方见尘一声狂吼："啊！都听见了没有？狙击型机甲要准备捡垃圾了！"

想他堂堂"全盟第一炮"，开场被设陷阱遭受重创，现在又要充当酱油过来捡漏。这是狙击手应该得到的待遇吗？

刘队那边，后方士兵看见了赵卓荦等人。

小队侦察报告："对面真的有后方支援！他们似乎准备要撤离了。"

刘昊喊道："加强攻势，兄弟们都浪起来！将缺少的人头数补足，这次一定要留下他们一层皮！"

他看了一眼地图上的人数对比，先行跳回机甲，以防意外。

刘昊激情地道："能杀多少杀多少，不需要将人都留下，但绝对不能给他们东山再起的机会！现在无论是中配机甲还是高配机甲，都是我们占据绝对的优势。打乱他们的队伍，胜利即将属于我们！"

连胜这边的队伍根本不需要打乱，自己就是乱的，分散在各处进行零星作战。

方见尘等狙击手穿过各式敌军，在乱战中捡到了几个尚可使用的炮筒，随后听从连胜的指令，先行往地图边缘撤逃，让赵卓荦等人护送他们出去。

因为他们这一队的人数少，并没有引起刘队注意。随着双方战力对冲之后，人数大幅缩减，刘队才发现他们的低配机甲在循序后退。

"精锐队和连长掩护，小兵先撤！后排小兵麻溜的，不要恋战了，赶紧往边缘集合！"连胜从地上站起来，不断催促道，"小兵们快跑！别挡道！停下一刻，你们的机甲和生命都要留在敌军的地盘上了！"

连胜挥着手臂，仿佛自己就站在那片沙漠上，指向不知名的某处："收拢战线！掩护撤退！注意！现在可以演起来，叫起来！战况惨一点，稍乱点没有关系，让对方看见你们失态的模样！我们的队伍要狼狈败走了！”

听到“演起来”，三夭的群众还无法理解，但联盟大学的同志们可谓驾轻就熟。

终于得到了一个表演的机会，士兵们一个个捂着心口，销魂地叫道：“不！”

“不要过来！你们都不要过来！”

“带我走！快带我一起走！”

江风愚火：“……”

这种时候还是得看老兵。

“滚！”亮亮的灯泡喊道，“你们不要过来！”

这是情真意切的呼唤，他直接对旁边的战友亮出了自己的长剑。

超亮的灯泡从旁边杀出：“做什么呢？秩序，不要乱！有序撤退！”

亮亮的灯泡咆哮的声音响起：“慌什么？！低配机甲给我滚出来让道，让厉害的人先走！你们这也能叫队伍？全是废物！”

刘队成员听蒙了。现在这是个什么情况？

连队的精锐小队开始横冲乱撞，扰乱刘队视线。后方机甲一个接一个从边缘处逃出去。

刘昊看人越来越少，终于怒了：“所有人暂时后撤，开炮，炸死他们！”

然而没能等到他动作，在两边队伍阵线逐渐明晰的时候，赵卓荦等人先行开炮。

场面越发迷乱。

此时人头比率——连队（1459）：刘队（1998）。

连队成员趁机撤向山壁，朝着营地狂奔，还留下一支几百人的队伍，聚集在沙漠边缘，负责阻碍敌方追击。这些人都是精锐小队的成员，有组织有经验，可以自我判断。

“赵卓荦拦在山壁入口处，左右两边是一个很好的遮蔽点，埋伏他们！”连胜从容不迫道，“我们的高配机甲不多了，打不过的话就撤，但是尽量争取时间，具体情况你们自己把握！”

周师锐已经可以预想，大部队从沙漠这边脱逃之后，他们起码要损失近三分之二的精锐部队。用精锐部队的牺牲去换取多数小兵的存活，来布局之后的战场，这样真的值得吗？

周师锐埋头排列数据。

连胜站在背光的方向，身形投下长长的斜影。她眺望着远方，彻底安静下来的时候，身上褪去了所有的攻击性，淡得像天边的云烟。

她忽然问道：“冒昧地问一个问题。周师锐，你为什么要学数据分析？”

周师锐的动作顿了一下:“这个问题，你不是已经问过了吗？”

“可是你没有回答我。”连胜转过身道，“那是你哥哥的答案，不是你的。”

周师锐敷衍道:“不为什么，想学就学。”

“小锐，你快看！”周师韧牵着他的手，看着舞台上的光幕，“这个模型做得多漂亮！”

周师韧说:“再激烈的战场，也可以出现在一块那么小的面板上。”

“你知道吗？在战场上，最了解局势、最先接触和发现变故的，不是指挥，而是数据分析师。所有人都要依赖你，你才是整个战局的核心。

“数据分析师不接受误差和借口。厉害吧！

“数据分析师很厉害吧！他们背负着最沉重的责任、最严苛的要求，却站在所有人的背后。

“但，这是一个没有你就不行的位置。”

这就是数据分析师的意义啊。

周师锐反问道:“你们指挥，是不是都不喜欢有人凌驾在你们之上，不喜欢有人抢走你们的光彩？”

连胜从鼻腔里哼了一声:“嗯？”

周师锐说:“指挥要保持绝对的地位，站在足够高的立场，分析敌军、调派军人。而无论是军人，还是副指挥，都只是为了让他站得更高的垫脚石而已。站得高，才能看得远。”

连胜不以为意地道:“也许是吧。”

周师锐莫名地有点失望。

“但是，”连胜张开双臂，“我并不需要一群只会衬托、漫无目的地奔走的马前卒，我更希望有一群有着同样梦想、同样目标、同样热血的战友，无论是多么艰难的道路，都能互相依靠，并肩走过去。

“战场从来都不是依靠指挥一个人的，我希望他们能信赖我，我也愿意信赖他们。指挥和将士，不是上下官级，也没有地位高低，不依靠身份限制。只是一种为了能战胜敌军，联合在一起，把自己的命运交托给对方的关系。

“这份信赖就是生命！这不是什么光彩！军队所获得的每一份荣誉都应该属于每一位士兵！如果有人能抢走，那就尽管试试！如果有人能带着大家爬到更高的位置，我就送他上去！但是！想站到多高的位置，还是要靠自己的。我站在这里，是因为没有人能比我做得更优秀。”

连胜朝他伸出手:“我并不需要，所谓的垫脚石。”

周师锐的手指微颤，一瞬间有些失神，他忽然低头，警觉道:“对面过来了。”

沙漠地图边缘，刘队开始炮轰猛攻，赵卓荦的队伍无法靠近，也不敢强行对抗，开始边战边撤。

“他们就要出来了，我军兵力还很混乱。”周师锐收敛起所有的情绪，“间距太大，整队困难。各连都混在一起，连长还在后方。中配机甲损失严重，兵力不足。现在应该怎么办？”

周师锐看着这局面，脸色生冷。战况实在是不容乐观，几乎所有糟糕的事情他们都撞上了。

连胜说让出优势，引诱对方走出沙漠地图，而现在看来，对方是走出来了，可一招不慎，他们就成了玩火自焚。如果不看前因后果，单从面板上的数据分析，他看不见胜利的曙光，可以说颓势已定。

频道里连胜也没有给各连长发布什么任务，连身为副指挥的他，都不知道连胜在打什么算盘。她到底是真有谋略，还是强装淡定？

连胜忽然严肃道：“周师锐，我派给你一个任务。”

周师锐抬头看向她：“什么？整队？”

连胜转身，往自己的机甲走去：“我要你带一队步兵。”

“步兵？”周师锐说，“现在的情况，步兵能有什么用？”

连胜已经抓着牵引绳登上机甲，声音从通信器里传出来：“首先，你帮我接通不同机甲类型的士兵，我们要开始自由作战了。”

这个就有点困难了，因为不同的机甲分散在各个连内。

模拟战场局限性太多了，有许多功能还要自己手动操作。此外他要收集敌军数据，还要再接手一队步兵？

连胜问：“做得到吗？”

周师锐咬咬牙：“当然！”

连胜一笑，对着公频喊道：“所有人准备！本场比赛的终结之战即将打响，听我指挥！”

另外一边，见连胜的队伍退去，刘昊下意识地舒了口气。

“我方人数已经比敌军多出五百人，对面的中配和高配机甲现在不足我军的一半！对方正面败走，而且毫无纪律，形同散沙。我想你们知道我要说什么了，勇敢地去收割你们的战果！”刘昊安排道，“低配机甲在后面跟上，精锐小队追击，注意保持你们的队列！左翼六连太拥挤了，快分散开！自己保持队伍的距离！”

连胜的队伍一溃千里。

因为山壁地形限制，他们看不见赵卓荦后方具体的人数有多少。但在山壁一段，断后小队的攻势凶猛确实拦住了他们的脚步。双方狂轰猛炸，对面害怕伤亡，走到挺直的地段，才开始火速撤退。

根据前线的汇报，刘昊发现，负责断后的几乎全是高配机甲和中配机甲。也就是说，连胜让散兵先逃了。

这个指令实在是让人匪夷所思。他能想到的唯一解释，就是对面内乱了，散兵不听指挥，队伍光靠联盟大学的学生和众连长苦苦支撑。

然而这样的好事……他不敢相信。

这支小队一路从山壁区逃到了平原区，意味着连胜之前的进攻已经彻底失败了。

刘昊没想到这一波反转会如此之快，始终在等待着对面来一个猛虎般的操作，但是没有，直接结束了。

进入平原区之后视野开阔，侦察队越过赵卓荦等人，火力全开，急速前进。他们追上了之前撤逃的小兵队伍，发现这群人真的已经溃不成军。前后各处都有，稀稀拉拉的，毫无阵形可言。他们将看见的信息如实反馈回去，地图上出现了具体的红点。刘队士兵不敢置信。

“对面这是玩崩了吧？”

“不应该啊。忽然之间就崩盘了？”

“想想还是有可能的，崩盘前谁跟你打招呼？暴风雨来临前总是那么平静。”

“谁会让全军最精锐的部队断后，给小兵创造逃跑的机会？我怎么觉得这操作这么奇怪呢？”

刘昊比他们更困惑。这次不用百米飞刀提醒，他也觉出一股深深的违和感。

有时候，一个复杂的问题只剩下一个答案了，而这个答案偏偏显得太过简单，就会更让人怀疑。

某连长请求道：“我带风翼先上前去拦住他们的散兵？”

刘昊犹豫了一下，说道：“先等等，也许是对面的圈套。”

“圈套做到这地步得把自己套进去了吧？平原这地方还有什么能藏身的地方吗？”连长问，“刀哥，还有没有？”

百米飞刀：“如果这边的地图不会变化，那就是没有。”

连长说：“看！情况不是一目了然？”

百米飞刀狐疑道：“不过对面确实挺奇怪的，总觉得连胜不是那么简单的人。”

刘昊附议：“对。她用兵去小路佯攻，想要浪费我们的兵力，又留了一支队伍在后面接应，这说明她确实很聪明，老谋深算。”

连长说：“可不是都被你们识破了吗？战术被猜到对士气打击很大吧？”

刘昊扯扯嘴角露出一个苦笑。身为指挥，永远要考虑到最糟糕的情况，他是第一次毫无头绪。

“你在后方没有看到，我们前线还是挺清楚的。从沙漠开始，对面就一直在乱。各种胡打，只有一队精锐还说得过去。”一连长努力说服道，“我觉得很正常。对面大部分是三天里拉过来的散兵，看形势不对就不听指令。骠骑大将军在三天哪怕再出名，也是作为单兵出名的，根本没什么威慑力。现在她是指挥，不在前线，鞭长莫及。”

侦察队的连长也说：“队伍乱了是事实，他们这情况能怎么补救？我把具体战况发过去了，刀哥你转一下。”

百米飞刀把敌军的机甲类型标注出来，输入地图。

最前线的部队已经进入了最后一张地图。侦察兵没有什么战斗力，而且能源已几近告罄，只能远远地观察。从放大的镜头中可以看出，连队确实已经兵败如山倒。

“刚才他们让高配和中配机甲上前挡人，这说明什么？说明对面穷途末路了啊。我不信对面还能翻出什么花来。”一连长着急道，“而且你刚刚也说了，我们现在占据绝对优势。不乘胜追击，还要等什么？等黄花菜凉吗？赶口热的啊！”

刘昊征询地望向百米飞刀。

百米飞刀：“你是相信眼见为实，还是相信自己的经验直觉？”

刘昊说：“我相信你！”

百米飞刀哭笑不得，问道：“你现在还有第二个选择吗？”

所有人都在请战，天时地利人和，这样的大好形势，他的确没有第二个选择。

一连长催促地问道：“所以到底杀不杀啊，指挥？”

不管对面是怎么打算，他们总是要去河流区的。

“杀！”刘昊抿紧唇角，“各队保持警惕，以防有变，不要分散兵力，小心埋伏。准备上！”

众人举臂高呼，仿佛胜利在望。平原区和河流区，能有什么埋伏的地方？

那位负责转播画面的管理老师，顶住众人的压力，在场馆内播映军校联赛的画面，结果遭到学生的集体抗议。

一面是裹脚布一样无限长的埋伏攻防，一面是酣畅淋漓、战局几经变转的惊险交锋，差距实在太大了，他们强烈要求转频道！

就算连胜和百米飞刀不对打，听他们说说话也是很好的啊！旁观就是粉丝们的爱意体现啊！

然而管理权不在他们手上。

他们等了十分钟、二十分钟，画面还是没有切回去。众人坐立难安，不停地查看时间，觉得异常漫长。终于耐心告罄，学生们爆发了。

“十分钟前这人就在草地里，十分钟后他还在草地里。所以要我们看什么！”

“啊！够了啊！我们已经知道了这是一幅静态图！我们要看刀爷！我对三夭的细节制作没有兴趣！”

“他们这样小股兵力地试探来试探去的，原来比赛也可以这么猥琐的吗？”

有人忍耐不住了，冲出场馆，去隔壁楼层敲管理室的大门。

五分钟后，体育馆的画面如愿切了回来。

切换前他们看见的，是双方队伍在山壁地区交战，连队占据优势。连胜远在后方，运筹帷幄，推测敌军筹划，仿佛一切尽在掌握之中。

半个小时不到的时间，战局已经转到了近河流地图。

连队四处逃窜，刘队气势高昂。

“这中间是跨越了一个次元？”

“发生了什么？我眼花了没有？”

“我仿佛错过了一个亿！已经看不懂了！”

“我要哭了，请求重播！”

“两边战局差距太大了，一个要慢倍速，一个三十二倍速快进可直接跳结局。”

“已投诉。”

众人嗷嗷叫唤着，整个场馆内都是沸腾的议论声。

他们打开了一军和联军的官网，想向他们询问一下缺失的战况，结果发现他们那边同样热闹。虽然围观了全局，但依旧不知道后面的走向。同一个世界，同一脸蒙。

只有一件事情，他们是肯定了——女人的心事，你不要猜。

众人埋头跟光脑奋战，忽然有人喊道：“哎！连胜在那边整队了！”

第三十章

战术的魅力

经过山壁的一番激战，又经过沙漠的大混战，最后从沙漠一路到河流的长线追击，双方的交锋似乎没有停歇的一刻。

此时战局几近尾声。人数比例——连队（1026）：刘队（1489）。

就看哪边人数先低于五百，或直接拿下对方的战旗。但经过之前的拉锯战，连队希望不大。

连胜那边的队伍已经混乱到难以排兵的地步了。连长都在断后，没有负责人。连胜一个总指挥，要综观全局，难道还要带着一千多名士兵一一列阵吗？

令所有人吃惊的是，此刻宏观地图上，零散的士兵真的在迅速排位。

他们原本就分属不同的连，有着不同的职责。现在其实也是一样，看似排列成形，其实只是混杂地站在一起，沿着岸边排列下去而已。

不过这场比赛，从开局到现在，他们的队伍就在不停地变化。从在平原地区被地下通道里的敌军偷袭起，周师锐和连胜辛苦排出的队伍就破碎了。

频繁地更改小队阵容，会严重打击士气，不利于队伍磨合。敢在比赛中临时列队，指挥需要很大的胆量。

现在靠近营地的都是一些小兵。失去机甲的步兵，被后面赶来的战友背到身上，带着一起回营。

他们的营地在最后一张地图，河流从源头蜿蜒向前绕行，周围是一片草地，但视野并不开阔。

河水尚算清澈，带着一点浅绿，倒映出岸边的景色，望不到河底。

方见尘最先回来，除了他原配的，身上还扛着四个炮筒，他大声喊道：“你的垃圾！”

他身后跟着他狙击队的兄弟们。

“放地上。”连胜说，“回来的机甲沿着河岸开始列队，先不管是什么类型的机甲，是哪个连的队员，一起就位！互相间保持空当，不要挤在营地中间，我们时间紧迫，请赶快就位！”

连胜看着后面的人还逃命似的拥进来，又喊了一遍："不要再进来了！所有人保持位置开阔！依次排列！"

周师锐沿着河边画出一道箭头，示意他们顺势排列下去。众机甲远远地放慢速度，开始依次在河边站位。

连胜说道："现在，攻击型机甲出列，往前一步！"

一对机甲走出队列，朝着河流的方向贴近。

连胜截取了靠近营地的前五十人，给他们发去提示。

连胜："刚刚收到信号的，看一下各自的位置，调整距离朝里面走。其余人重新调整位置，补缺空位！"

连胜等前方人士过来，给他们排好位置，继续传令道："现在就位！下蹲，准备射击！沿着地皮往河里发射能源炮！"

那几名小兵不明所以，还是听从指令，下蹲后手臂轻斜向地面，打出一击空炮。一阵轰鸣过后，泥土带着草片飞溅入河中。炮火的余劲打在河面上，水渍翻腾，扬起一道激浪。平息之后，河水表面浮着一层草皮，又随着流速慢慢地往下游淌去。河流表面变得浑浊不堪，涟漪层层朝着旁边荡去，难以平息。

一小兵问道："这是要做什么？"

"搅浑水啊。"连胜说，"记住自己的位置，到时候开战就保持这样的浑浊度，去遮掩水里的痕迹。这就是你们的任务。"

一小兵笑道："还真是搅浑水啊。"

连胜："听明白了没有？这样简单的任务不允许失误！"

那几名小兵应道："听明白了！"

连胜检查了一遍地图："然后，中配机甲出列！向前一步，准备下水！"

方见尘上前，重新捡起炮筒，问道："用这个？"

连胜："不，你用自己的武器。你的不是高配吗？"

"我是啊，可他们不是啊。"方见尘摇头说，"从河里打到河外，距离太远了，又要过水，不大可能，基本打不到河岸。何况他们还不是狙击型机甲。"

连胜说："不要你打水外的，你们只需要打掉进水里的机甲。"

这样倒是可以。虽然水里的攻击速度会变慢，但是同样的，对方行动速度也会变慢。

方见尘丢下炮筒，手动给出列的人员排位，带着他们一起跳下水。

连胜有条不紊道："现在，步兵准备下水！不会游泳的步兵火速报备举手！"

陆陆续续有几个人举手。

连胜："举手的步兵跟旁边的驾驶员对换位置！"

选出一支会游泳的队伍之后，众步兵出列，同之前的人一样站到前排。

“一、二报数！”连胜说，“两人一组，扛起炮筒，准备下水！”

炮筒很重，但是靠着水的浮力，两人合力还是可以忍受的。

炮筒发射之后，它的后坐力会将水里的人反向冲走，正好变换位置，让对面更不好瞄准。

连胜驾驶着机甲，站在地图的最里处，身后就是代表着胜利的战旗。

她指着那面火红的旗帜，动员道：“这张地图是我们最后的防线，誓死都要守住！敌军即将到来，我再做最后的说明！

“河中步兵交给副指挥周师锐领导。他会根据你们现在的位置，指导你们朝哪个方向开炮。不用畏惧视野受阻，你们唯一要做的就是听从指令！

“上游的机甲专门负责掩护，狙击队防止对方从河底击杀我军步兵。

“还有一个交给所有人的任务！看见有能源的炮筒，给我丢下水！不管是战友的还是敌军的，通通丢下水！水下队伍负责接应，给众步兵更换炮筒，明白了没有？！”

众士兵应道：“听明白了！”

周师锐提醒：“对面过来了，所有人注意。”

“我们没有演习的时间，机会只有这一次！只要这条河岸被攻破，本次战役就要告败。但是不要害怕！你们可以回头看看，后方有那么多支援的战友，我们虽然人少，但是我们绝对不弱！给对面那群骄傲的军校生一记狠狠的耳光吧！”连胜说，“所有人准备迎战！”

赵卓荦的队伍已经冲进最后的地图，他们那一支全都是精锐士兵。

连胜安排他们朝里面行军，然后一样顺着河岸依次排列，靠岸站立，做最简单的安排。

两个“灯泡”跟几位排长守在最危险的前线，等待敌军追来。

进击的刘队士兵瞥见河水，稍稍缓了一下攻势，警觉道：“这水什么情况？怎么那么脏？”

他旁边的兄弟说：“这么多草，前面的地都被打秃了吧？”

“他们想做什么？”

“会不会是要水战？”

“他们哪里还有那么多机甲可以玩水战？”

“这张地图不适合玩水战，而且都快结束了，还玩什么水战？”

机甲是有防水性能的，但是不能长期待在水中，需要上岸置换空气。

低配机甲因为设置问题不能下水。机体本身的重量会让它直接沉在河底，上下浮动需要推进器，耗费大量的能源。比赛进行到这里，他们的机甲如今支撑不住这种损耗。就算是中配机甲，杀伤力也有局限。要通过水路打出攻击，距离也会变短不少。只要贴着地图边缘走，基本不会被波及。而显然，刚才被他们一路追击过来的高配机甲，就站在他们的面前。

前锋详细汇报了情况，等待指示。

百米飞刀手指在面板上点了点，飞速地得出答案，说道："水里也许有问题，但也有可能是故弄玄虚，暂时还不能确定。不过对面的队伍确实乱了，他们是随机排列成一队的。"

刘昊不再迟疑，果决道："所有人注意，不要靠近河流！对面人数不足，拿我们没有办法。保持住现在的气势，开始强攻！争取一波拿下！"

刘队士兵齐声应和："是！"

刘队士兵调整好阵形，精锐打头，沿着岸边开始进击。

周师锐捏了捏手指，活动一下手腕，铺开控制面板，开始接管步兵队伍。

"步兵出水！保持位置不要动，现在查看地图，按照我标注的红色箭头方向开始发射。"

炮筒纷纷浮出水面，众步兵头上挂着青青草片，按照地图上的方向指示，按下射击按钮。

刘队前锋走到一半，被突如其来的攻击掀翻在地，士兵们毫无防备，前排几乎集体阵亡。队伍后方的人员不明所以，只看见数道弧线从河底射出，打中了他们所谓的安全区域。

刘队众人脚步微乱，开始缓慢后撤，暂时观望。

周师锐又迅速传令道："打完炮的人迅速带着炮筒下沉！重新找好安全点之后，向我汇报，保持位置不要动！"

刚刚得手的步兵，立即带着炮筒藏入河底。

炮口原本就是黑乎乎的一个圈，人影不如机甲庞大，在这样浑浊的河水里，不近看根本发现不了。

刘队士兵粗粗一扫，越发摸不着头脑。

"对面真的玩水战？"

"报告！什么都没有，不知道哪里打出来的攻击。"

刘昊咬着后槽牙，怀疑道："怎么回事？对面的高配机甲呢？"

幸存人士正在撒腿回撤，拖着残缺的机甲，一面说道："我肯定他们在我们前面。对面没几台高配机甲了，我刚才起码看见了六台。水下的不可能是高配机甲！"

百米飞刀根据传回来的画面重新分析，刘昊坐在一旁沉思。

连队的步兵带着炮筒游上来，展开第二波炮轰。

只是这一次攻击得太仓促，方向有些许偏差，加上刘队调整速度快，后方一路全部打空。

刘队随即调整角度，朝着炮火攻出的位置开始清扫，但似乎没有什么成效。顷刻，赵卓荦等人攻至，刘队步步败退，腾不出手去探查水里的情况。

刘昊焦躁道：“后方队伍，下水查看情况！”

后面几台机甲扑进河里，然而还没等视线回转，直接被宣告阵亡。

刘昊：“……”

刘队士兵惊恐道：“这河里是有水怪吗？！”

对面的高配及中配机甲正在和他们纠缠，低配机甲无法在水里自由活动，那么水下的兵力是……

一刘队士兵终于看清楚，叫道：“是人啊！”

他旁边的兄弟骂道：“你这不是废话吗？三天什么时候能载入鬼了？”

士兵说：“可是我经常在三天见鬼不是？尤其是骠骑大将军出现以后，频繁性见鬼。”

“是步兵！步兵拿着炮筒在出水射击！”

灵异事件得解，刘昊一愣，指挥道：“查清他们的位置，准备攻击！”

“查不清，他们太小了，河水又浑浊看不清楚！”

连胜的频道接通了河岸上的众士兵，轻笑道：“兄弟们，他们在无视你们。看见他们那丑恶的嘴脸了吗？还要忍耐到什么时候？杀！”

众散兵挥舞起自己的武器，叫嚣着冲上前。

刘队在水下埋伏和正面冲突中直接受挫。这样狭窄的河岸，他们无法发挥自己兵力的优势，何况还是两面夹击。对面两个会发亮的“灯泡”联合赵卓荦等人强势出击，这几个人的单兵作战力不是他们能比的。

局势同沙漠地区完全相反。现在陷入进退两难局地的，变成了他们。

刘昊听着耳机里接连传来的惨叫，捉摸不定。传输回来的画面一直在飞速转动，让人看不清楚。他们现在的局势不利，必须得到他的指令，调整状态。可是单兵差距是事实，他又不能从后方再集火自爆一次，因为现在守在前线的，全都是他们的中配和高配机甲。

河里的步兵群跟着大部队一路向下，不断打击他们的后方队伍。负责在上游轰炸草皮的机甲，也被连胜委派下去，部队从地图的中段，逐渐退向边缘。

是撤离再来，还是一决胜负？

连队（899）：刘队（1254）。

刘昊扫了一眼己方人数，一拳砸在自己的手心，决绝道：“我们的兵力没有再来第二次的机会！兄弟们稳住强杀！我们可以赢！已经走到了这一步，拿出你们的气势来，我们可以赢！”

连胜驾驶着自己的机甲，冲上前线。

周师锐此刻腾不出手制作兵力图，连胜只能自己从前线士兵的反馈中获取信息。

她抽出自己的长剑，在队伍里嘶吼鼓舞：“整场比赛，我们从不利到强势再到狼狈，现在就是最后的时刻！让他们看看，你们是怎么力挽狂澜，拿下这场战局的！真正的战士，就是哪怕在最险峻的境地，也会一次又一次地崛起！

“开场我们遭遇了不利，对面一次又一次地算计我们，他们嘲笑地看着我们落入圈套，但前面这些都不算什么！就算是死路我们也要踏过去，就算是绝境我们也要走出去！

“为什么？因为你们是最优秀的士兵！我们是最强大的军队！”

四处水花飞溅，双方机甲凶猛对轰。被炸碎的残骸倒在河岸的边缘，还带着火花刺刺作响，喊杀声在空气里层层回荡。

为了最后的胜利，众人开始孤注一掷。

再多的谋算，再多的计策，都是为了这最后的落幕之战。

在这里，只有厮杀才是最真实的存在。迟疑的每一秒钟，都可能让自己丧生虎口。

双方人数所剩不多，这边又没有任何遮蔽物，结果将很快明晰。

连队（699）：刘队（854）。

刘昊只能看着地图上的数字不断地跳动，在后方声援鼓励自己的战友，除此之外，找不出其他能做的事情。

在剩余人数临近五百的时候，他闭上了眼睛，沉沉地吐出一口气。

百米飞刀分明看不见他的表情，却好似知道他在说什么，意味深长地道：“无论是失败还是成功，都是指挥应该要见证的事情。因为在战场上，不是你闭上眼睛，所有的悲剧就会消失。你要直视它，然后接受它。只有这样，你才能再一次走上战场。”

刘昊点头。

连队（629）：刘队（729）。

水下的机甲有些急了，因为他们只能干看，等着人掉下来。事实是，到了后半段，他们看不见敌方机甲了。

就差一百多个人头，而他们还没挽回这个差距，比赛即将结束。那士兵说道：“我们上去吧？上面需要我们啊！再晚就没机会了！”

方见尘架着枪械，眯着眼睛朝上面射击，不容置疑道：“不要动！”

这里就他一个是高配机甲，可以满足这一段的射程。

那士兵急道：“哥，你别光顾着一个人杀啊！”

周师锐听见了，喝道：“所有人保持不要动！听从总指挥的指令！”

连胜冲到前线，直接指挥队列，终于将防御最高的重装机甲切入他们内侧，一声令下道：“重装机甲准备，推人下河！”

河岸上已经来不及层层对耗，对面最劣势的还是水战。

重装机甲直接打开推进器，带着敌军共同沉沦。

连队水军发现猎物，大吼一声，像猛虎扑食一样地围了上去。

连胜说：“我们赢了！”

五分钟后，结束的公告在地图中刷出。原本还在尖叫的体育馆众人顷刻间安静下来，所有人定睛去看最终结果。

呼吸声在场馆内被放大。心脏压着血液向大脑冲击。他们盯住了那条用红色字体标注的信息。

连队（539）：刘队（499）。

恭喜连队获得最终胜利。

兴奋和欢呼迟钝地爆发出来，热烈的掌声经久不息。

“我就想知道前面怎么会乱成这样！是连胜故意使的骄兵之计，还是真的打不过？”

“虽然中间漏了一段，但过程不重要，结果才是王道！”

“啊！我刀哥竟然输了？我的心肝输了！”

“你刀哥是一军跟联军请过来的对手，你忘了吗？连胜才是代表我联盟大学的，你们是忘了吗？！”

“真的心疼刘队。这种临门一脚就能胜利结果又被反转的滋味格外酸爽。”

“我宁愿一败涂地，我也不希望这样提心吊胆的。不然输的那一天，就是我猝死的那一天。”

战场上，众人收起炮火，相对而立。

连胜的机甲从众人身后走了出来，站到最前面。

她打开机舱，借力爬到了机甲的肩膀上，靠着它的头站稳。

“这是属于你们的胜利！”连胜抬起左手向上张开，“为坚持到最后的自己而骄傲吧！为自己的奋斗和努力骄傲吧！为你们打下的这块土地骄傲吧！勇士们！”

众士兵振臂高呼：“哇吼！”

越过地图的另外一边，刘昊得知结果后有些恍惚。风带起沙尘，徘徊在他的脚边。

百米飞刀走过来，说道：“不用觉得难过。所有的胜负都是有意义的，但并不是所有的失败都应该成为教训。每场战役，都不能排除运气的部分。重要的是明白，你失败的原因是你自己的失误，还是无可扭转的命运。”

刘昊也不知道自己究竟输在哪里。他们是从哪一步开始走向失败的道路的？

“不过身为总指挥，还是应该更强势一点。”百米飞刀笑了一下，说道，“走吧。这里已经结束了。”

连胜从设备里走出来，第一时间掏出光脑，给周师锐发去通信，问道：“感觉怎么样？”

周师锐也刚从设备里出来，抬起头没有回答，整个人看起来很蒙。

连胜笑道：“紧张吗？激动吗？”

周师锐看向自己的手，正在无意识地颤动。

怎么会不紧张？这么多人，整场战役的胜负，可能就掌握在他们水军身上了。如果指示方向错误，或者错失了时机，那么他可能会误伤己方的队伍。他要盯紧每一个人，查看河岸边上的每一个敌军，直接下达指令，根本没有太多考虑的时间。

如果，这是一场常规训练，他或许可以完成得更优秀。可是在这样的情况下，他总是忍不住要犹豫一下。画下去每一个箭头，他都要后怕一阵。

这就是他不喜欢前线作战的原因。

数据是直观的、朴素的，他可以保证绝对的中立和冷静。而一线指挥，是残酷的、现实的，它甚至不允许有丝毫的失误。

他们之间不一样。

连胜说：“这就是指挥跟副指挥之间的差距了。”

如果指挥出现了错误，导致战局逆转，就要承担最主要的责任。

“所以，指挥其实是很容易动摇的。他是整个战局上最应该害怕的人，如果他不够强势，很容易受旁边人的影响。可是，他需要保持清醒，就不能没有周围人的提醒。”连胜说，“战友的支持跟建议，是很宝贵的呀。”

周师锐握紧手指，依旧沉默，感受着那股战栗的余韵。忽然，他光脑一颤，提示收到短信。

周师锐看了一眼署名，对连胜道：“我先挂了，还有事。”

连胜挥手：“再见。”

周师锐一顿，说道：“谢谢。”

连胜：“谢我什么？”

谢谢你这样的人做了指挥。

周师锐扯了扯嘴角，挂断通信，查看收到的信息。

百米飞刀发短信，总是一连串地单条发送。

的确是一位非常优秀的指挥啊。你跟着她好好学习。

一点都不像新人，像一个老油条。

你亮哥们说她又凶又帅，哈哈哈，起了一层鸡皮疙瘩！

哎哟，年轻人的天下哟，崛起得太快了。

对了，下学期要开选拔赛了，你还不能参加。抱紧她的大腿，让她到时候邀请你，至少可以少奋斗一年！

周师锐怔怔地出神，片刻后回了一句："大哥，你以后就在三天接单子了？"

接单子多好？赚钱省力，还可以提携一下后辈。就刚刚，我单子都快爆表了！

最近你亮哥想开展个新业务，他决定卖身去打比赛，因为他实在是太寂寞了。可惜你们军校都不带我们玩，下次有这样的机会叫我们啊。

就这样结束了吗？

最富有才华的数据分析师，眼光毒辣手腕强硬的"周狮子"，永远不会害怕退却的周师制。那不是一个非你不可的位置吗？那不是没有你就不行的队伍吗？就这样结束了？

开什么玩笑呢？我还没有放弃。也许哪天我们能在远征军的队伍里再见。

来大哥家吃饭吗？我给你包红包。

不当兵之后，大哥变得可有钱了。

周师锐抬手挡住了脸，伏在桌上。

连胜刚挂断通信，门外传来一阵急促的叩门声。

她走过去打开门，几位室友从外面冲进来，围着她尖叫。她们一路从体育馆跑回来，现在脸上还有点微微的红晕。

室友甲："指挥！"

室友乙："大神！"

室友丙："老公！"

室友丙的脑袋再一次遭到锤击。

"你在材料系的时候可以给我们抄作业，你在指挥系的时候可以给我们做老公，和你做室友真的是太幸福了。"室友丙不放弃地喊道，"老公！"

连胜笑了一下："哪里，这不是我一个人的功劳。"

室友甲催促说："快看三天官网，现在已经被联盟大学霸占了！你要不要上去做个总结，吸个粉啊？"

室友丙转圈大笑："真的没有这么扬眉吐气过，好开心啊！"

连胜登录光脑，也想看看大众的态度。

这一次是两所军校提前做好准备，对她发起挑战，输了很是难看。不过，因为百米飞刀的存在，首页拥入了许多刀哥的粉丝，让军校联合队的失败显得不是那么凄惨。

跟上次一样，形势一面倒地支持联盟大学。只不过，之前众人的用词比较凶残，而这一次，偏向于学术性的讨论跟夸赞，总体还是很和谐的。

骠骑大将军在官网发了一个帖子，直白地表示了她的心情。

感谢一军和联军邀请我参加比赛，希望你们每个月都能邀请我一次。

这样她就不用再当小兵了。

刘昊和张策那边也紧跟着给出回应。

这一次心服口服，指挥上我比不过你，还是下次军校联赛见吧。

连胜：军校联赛，你们是见不到我的……

比赛结束之后不到一个小时，网站上直接出现了教授评语。

这次出评的速度实在是太快了，尤其是点开评语后，发现是前所未有的大长文，更是让人震惊。军校联赛可是从早上开始，纠缠到现在都还没结束。

连胜在室友的催促下打开了页面。

教授评语：

这是一场非常精彩的比赛！这句话并不是客套词。

起初我与几位教授收到邀请评判，并没有抱太大的兴趣。尤其是在看见参赛报名人员名单之后，我们感受到不解与无趣。因为双方初始的差距太大了。

刘队五千人，基本都是军校的优等生。他们有组织、有纪律，且有专业性的经验。他们的积分全部都在六万分以上，其中超过十万分的有一千多人，可以说他们是三天中的精锐成员。

这群精锐成员发起挑战的对象，是一个只有两千多分的指挥新兵。而这位指挥队伍召集的士兵，积分在六万以下的有三千多人，在一万以下的有一千多人。

这种差距意味着什么呢？大约就是远征军跟军校生之间的差距了吧。

我并不是说积分绝对性地代表了实力，而是它在一定程度上代表了经验，经验在一定程度上代表了水准。

那么连队最终获胜的关键，是什么呢？

连胜的队伍里最重要的，大约就是各连长的单兵作战实力了。

这几位单兵重要吗？对于连队来说重要，因为他们的确成了整个队伍支柱般的存在。对于整个战局来说不重要，因为这是个总一万人的大战场。

我与几位教授当场梳理了一下比赛走向。

开局初次交锋在平原。刘队利用地下通道打响第一战，获取了第一个优势。连队调整迅速，稳住队形，没有给他们乘胜追击的机会。

之后刘队退守山壁，打算依靠这张地图，发挥他们最有优势的小兵实力。然而连队打混了队伍，采用了低、中、高三类型机甲混合的作战方式，强行在山壁区拿回了短期作战优势。

整个山壁地图都在对战。小路结束得较早，只是一个混淆视线的进攻而已。

连队付出了一台高配机甲与近一百台中配机甲、一千多台低配机甲，拿到了对方近两千台低配机甲的人头。

之后就进入了本场最为激烈也最为直接的沙漠地区。

在这里，连队损失惨重。不到二十分钟，伤亡近两千台机甲。因为他们大部分是低配机甲，而在沙漠地图，低配机甲等同于任人宰割的牛羊。刘队趁此挽回了之前的人数差距，并拉开高达五百的人头优势。

这时候，连胜下令撤逃。

在沙漠地图，她不是在争取胜利，而是在计算己方的损失。她控制住双方之间的差距，然后才进入自己最终的反击战。

一直到最后，我才明白连队的打算。连胜或许从一开始，就准备要靠水战获胜。

根据双方的战力差距，不论以何种形势进行正面交锋，他们都必败无疑。他们唯一的选择就是埋伏突袭。然而整张地图都较为平坦直接，唯一一个适合埋伏的地点，似乎就是被百米飞刀利用的地下通道。

连胜将目光移到了水战上。

总结来说，她要促成两件事情——

一、要让所有兵力回到最后的河流地区。

二、来的机甲数量要少。否则阻挡不住，己方战旗可能会被推倒。

那么中途的过程就不重要了。她的目标只有两个：最大程度地消磨双方机甲数量；出让一定的优势，让对面可以毫无防备追击至河流地图。

她做到了，所以最后形成了一个类似于绝地反杀的战局。而中间的战局，让人觉得一头雾水。

刘队是从哪里开始走向失败的呢？

刘队的指挥团队也很强大。百米飞刀作战经验丰富，建模水平超群。他多次识破了连胜的计策，且保持优势一直到最后的阶段。

我与几位教授普遍认为，战争前段并没有太大失误的地方。他们失败的原因只有一个，那就是没有在最后阶段识破连胜水战的计策，并及时做出应对。

一个猜中了对方的计谋，而另外一个没有。仅此而已。

这就是战术的魅力。

如果说刘队依靠的是对地图的精确了解，那么连队依靠的就是对已知地图的合理利用。对地图了解固然是好的，然而，在战场上，并不是时刻都有这样的机会。更重要的，是能够在看见地图的同时，立马得出最合适的决策。

连胜是一位优秀的指挥。整场比赛的胜利，的确值得骄傲。

它的精彩之处正如它激烈的战况一样，我希望能再次看见你们的比赛。

最后，各项评分如下——

连胜直接拿到了五千分，加上系统获胜的基础分，多出了一个零头三百。

周师锐前期表现可算优异，但后期临时指挥更为显眼。临危挑起指挥的重任不慌不乱，贡献重大。三千五百分。

亮亮的灯泡，精湛的对战技巧堪称整个队伍的先锋典范，在那样不利的局势下有着不可或缺的意义，各项加成后得到了将近两千分。

超亮的灯泡，作为辅佐类型的风翼，却依旧发挥出了前线兵的实力，跟各队战友的配合可谓天衣无缝。一千八百分。

赵卓荦、叶步青等军校生，挡住敌人凶猛的攻势，为最终战局的形势做出了重大贡献，加上击杀分数高，近两千分。

方见尘虽然开场遭遇了一些挫折，但反应迅速，临危不乱。后场水战表现优异，总得分一千五百分。

百米飞刀凭借他开场令人震撼的专业建模技术，无条件拿到四千分。

刘昊得到的评价基本就是一个，不够强势。那是军校生面对远征军时，在强者面前的底气不足。但表现也算可圈可点，值得鼓励，一千分。

本场比赛，正式落下帷幕。

第三十一章

入木三分

连胜在比赛结束之后，暂时没有上三天，因为她发完帖子，想在首页多逛两圈时，发现了贴吧里的异次元。

隔壁板块有许多打赏求助帖，打赏的金币可以在后台直接转换成星币。

这地方简直就是天界！

其实连胜不缺钱，林洌对她非常大方。她不是个喜欢花钱的人，所以攒下了不少。加上她本专业是材料工程，跟着教授做过不少项目，可以按比例拿提成。课业里做出的模型也卖了不少钱。

连胜现在账户里存的钱已经足够部分人奋斗一生了。

可是，穷，是会习惯的。无论什么时候，她都热爱赚钱的快感。如今大把的机会就摆在面前，赚不赚？赚！

连胜稍稍了解了一下。在这里，用户可以发布各种各样的任务，只要价格够高，要求合理，总会有人能满足雇主的需求，所以三天的悬赏板块异常火热。

在这一板块，连胜能清晰地感受到这个世界对技术工的优待。

六成以上的帖子都在请求数据分析。

三天里真正有水平的数据分析师其实不少，但高手都不大活跃，更多的是想要过来练手的军校生。

一份完整的个人数据分析报告，就像百米飞刀之前给骠骑大将军做的一样，要求有单独的机甲模型、动作解析、弱点分析、分类对比、数据支撑以及最后的提示建议。

不观摩几十上百场比赛视频，搜集不到足够的数据。而普通人打一场比赛，十分钟到半小时不等。它既要求数据分析师有一定的作战经验、足够的耐心和毒辣的眼光，又需要专业的技术支撑。能做到这一点的人，都不会沦落到混迹三天来赚赏金。

当然，百米飞刀是个意外。他光建模的速度就不是常人能及，身为副指挥，多年的远征经验也可以傲视群雄，一天时间一份简略报告不成问题。

连胜翻来翻去，都没看见什么自己想做的事情。好不容易找了一个帖子，点进去留言。

骠骑大将军："需要技术分析吗？我可以在对战后给你手动分析，直观接触、分析准确、总结到位。重要的是当场出结果。"

帖主很快就回复了："哇，是骠骑大将军啊！竟然是真人！听说你今天的比赛赢了啊！"

骠骑大将军："同意吗？"

帖主："可你只是一个军校生，我还是想要经验丰富一点的人给我指导。"

骠骑大将军："经验丰富的未必打得过我。多拉过几年屎有什么好骄傲的？当然要看实力。"

帖主："……"

帖主："我想要细节的分析，大部分的金额是付给建模分析的，你这样的我得打个折。"

骠骑大将军："打多少？"

帖主："留零头。"

骠骑大将军："……"

骠骑大将军："1600？"

帖主："是600。"

骠骑大将军：那不是零头的零头吗？

连胜觉得这人简直无理取闹。自己就值这个价？手指用力按上光脑。

"成交。"

百米飞刀吃完饭，搓着手回到书桌旁，翻出之前分析骠骑大将军的帖子，进行第三次更新。

百米飞刀为你实时报道！

相信很多人已经知道我这次去参加了一万人的大战场，我的对手就是骠骑大将军。不过我们并没有正面对上，实在是有点可惜。

通过这次的比赛我终于明白，也许骠骑大将军最适合的不是狙击也不是近战，而是一个指挥。她是一个可以兼任主将和指挥的良才。

虽然最后刀哥还是输了，但这次的比赛我非常开心。同时，我也希望下次有这样的机会，能够再次邀请我参加。我和我的两位灯泡兄弟都可以免费参战。

底下瞬间冒出一排表白的人。

你也是可以兼任技术工和指挥的良才！

下次请邀请我参加！一场比赛能赚的分够我打半年了！

强烈请求三天放宽大战场资格，给社会人士一点机会，刀哥你带头呼吁一下吧！

帖子再往后，画风忽然变了。一群人在底下恳切请求。

请富得流油的刀爷带我将军一起赚钱吧！

我大将军真是太穷了，现在在隔壁板块教人玩机甲，刀哥你提携一下她吧。

我也看见了，一金币就可以陪聊，我的天哪，这是大神该过的日子吗？

真的吗？一金币可以陪聊？我要买一年份的！

我以为大神是高高在上的，不和我等凡人生活在一个水平面上，然后发现的确是的，她可能活在阴沟里。

百米飞刀咬着零食包的包装袋呆住了。

缺钱？他意会一笑。果然大家都有这种时候的。

他翻完帖子，就去隔壁找大将军的踪迹。那边的帖子此刻也是热门。

连胜已经和老板打了几场，此时正在根据视频给老板做分析。

百米飞刀到的时候，恰好赶上他们的聊天现场。

骠骑大将军说："分析我给了，指导可能真的不行。再打个折吧，你给我三百。"

帖主嗷嗷痛哭："我求你了！一千六都给你了，再给我个机会吧！"

百米飞刀："……"

看起来是很辉煌的一战。

骠骑大将军无情地道："付钱。"

帖主："你再跟我打一次吧！这次我一定好好学！"

骠骑大将军："先付钱，我们再说话。两百，不能再少了。"

百米飞刀随意地扫了一眼对战视频，在下方评论道："可以多增强一下腿部力量。选位眼光要多学习理论知识。反应能力多参加实战。和大将军打比赛没有用的，秒杀你学不到任何经验。"

帖主顿时激动，转而想要去抱百米飞刀。百米飞刀直接喊了连胜出帖。

百米飞刀添加了骠骑大将军的好友，然后给她发去私信。

百米飞刀问："你缺钱？"

“我不缺钱。”骠骑大将军说，“但是我喜欢赚钱。”

百米飞刀大笑：“我还以为你缺钱，想带你一起玩。”

大将军：“怎么玩？”

百米飞刀说：“我开工作室的，专门给人做类似指导。一共三个人。一个技术工，就是我。两个灯泡，你见过了，他们给人做实战分析，就像你刚才的那样。他们一个前锋，一个侦察，现在正好缺一个狙击。你要不要一起来？你来的话我们还可以开一个指挥班，想想就不错。”

大将军：“也打折？”

“什么打折？你说工资吗？”百米飞刀说，“我们看实力给基础工资。先在工作室挂个名，客户有相关需要就会找你接单，单子收益按抽成。时间自由随意调配，一般都是在三夭对战录制视频，再把视频交给我分析。你要来的话，得先过个测试，和亮亮的灯泡打一次，具体基础工资由他判。”

连胜思忖一番，觉得这个机会挺难得的。

这三人是从远征军下来的，实战经验丰富，身体素质卓越。

她在三夭摆擂台，前期遇见的都是一些新人玩家，除了积分，收获不大……不，其实连积分的收获也不大。她想知道，自己跟真正的高手之间的差距有多大。在一起工作的话，或许还能得到他们的指导。

大将军立马说：“现在就可以。”

百米飞刀：“现在不可以。”

大将军：“为什么？”

百米飞刀：“灯泡‘卖身’去了，等他回来吧。不过你可以先过来见习一下，刀哥现在有钱。”

大将军：“连将军现在也有钱。”

百米飞刀：“怎么样？来的话现在就签合约。”

大将军：“签。”

百米飞刀迅速地把合同给对面发了过去，同时打开通信录，寻找周师锐的名字。

周师锐正在做建模练习，就听见“嗡嗡嗡”一连串的提示音。

大哥：“弟弟啊！”

大哥：“弟啊！我的弟！”

周师锐：“怎么了？”

大哥：“你快加入我的工作室！”

周师锐：“……”

周师锐不明所以，又看了一眼前面的信息，说道：“我没有时间，我要上课。”

大哥："连胜都过来了！"

周师锐："她进了你的工作室？她去干什么？"

大哥："赚钱。"

周师锐："她不缺钱啊。她妈妈是上校，还是科研院的主要研发人员，光奖金跟补贴就不少了。"

大哥："你连她妈妈都调查过了！"

周师锐："……"

还是拉黑吧。

大哥："开个玩笑。真的，你过来吧。下学期就有选拔赛，你大二了，不是没有过先例。在我这里挂个名，被选上的机会更大。"

这种挂名也未免太敷衍了，一看就知道是有猫腻的。

大哥："重要的是跟连胜搞好关系，让她邀请你啊。我觉得她的确很有前途，没准能杀过预赛。你亮哥说跟他们一起打连长位置的那几个学生也还不错，你认识不？不认识可以让连胜介绍一下。"

大哥："弟！人我已经给你拉来了，你早做准备啊！"

周师锐："……"

连胜仔细看了一遍合同。

他这合同出得也是很厉害了，统共只有几句话，而且基本刚才他都说了。没什么陷阱，出乎预料地自由。

底薪那一栏写的是"暂定，两千起"。

连胜点头。真是一份好工作。

百米飞刀说服了自己的小弟，又点出后台看连胜这边。骠骑大将军已经签好合约重新给他发回来了。

骠骑大将军问："亮亮的灯泡什么时候回来？"

百米飞刀："怎么的也得一个星期吧。不过没关系，等他回来了，现在的工资照补。我先把你的名字挂我工作室上了。"

骠骑大将军："哦。"

"还有啊，对待客户要温柔一点，不要像你刚才那样。"百米飞刀严肃地讲解道，"放点水，给他们点信心，实在不行就让他们做体能训练，搪塞搪塞。总之我们的底线是绝不退钱！"

骠骑大将军："你这是一家黑店？"

百米飞刀说："不退钱的店才是一家良心店，说明客户满意度百分之百。"

骠骑大将军："哦……"

百米飞刀:“我拉单子去了，你自由活动。灯泡回来以后我喊你。”

连胜没什么安排，关掉他的私信后，直接登录了模拟系统。

她现在剩余积分有将近八千，重新买了一台廉价机甲，配好足够的弹药和能源后，全部投入进去开了擂台。闲着就刷刷积分，枯燥了就去指导新人。这几天她一直保持着这样的节奏。

这天她从外面锻炼回来，发现室友三人穿戴整齐地坐在客厅里。

室友丙见她回来，站起来说:“你最近看起来都很忙，今天下午有时间吗？”

“怎么了？”连胜说，“你错了，我最近几天都很闲。”

室友丙笑道:“就快放假了，最后去聚个餐呀。我跟教授接了个项目，我请客哦。”

连胜才想起来，这都已经十二月了。

“我请客。”连胜说，“我有钱。”

室友丙高兴地道:“这么快，我就要吃我老公家的大米了，多不好意思啊。”

室友甲、乙:“……”

粉丝不要脸起来，那真是骇人听闻。

连胜去换了身衣服，跟她们一起出门。

她和室友丙并排走在后面，一路上总有人在偷偷瞄她。连胜目不斜视，已经有点习惯了。室友丙竖起自己的帽子挡住脸，还是觉得有点尴尬。

连胜的听力还是不错的，背后的声音一直徘徊不去。

“听说我们学校军事学院出了个很厉害的女生。”

“军事学院的女生？”

“对啊，之前体育馆的比赛打完，都出名了。还是个新生。”

“长什么样啊？”

“就前面那个。你自己过去看啊！”

连胜猛一回头，吓得两位女生一声惊呼，赔笑着从旁边溜走了。

室友丙见状笑道:“你是真的出名了。你知道，我们学校最剽悍的男生，一个是学体育的，一个是学军事的，他们都认识你。出门就开始吹捧，远近几所高校都听过你的大名。毕竟，这两所学院的女生，实在是太少了！”

连胜:“荣幸之至……”

她们在学校附近选了一家装潢还算不错的店，室友乙取好号，领着她们去里面的餐桌。等待的期间，连胜翻开课表，检查自己的文化课内容。

大部分的课程她都有所准备了，只有一门选修课，一直让她摸不着头脑。

它没有书本，也没有资料。第一次上课的时候，讲课老师在上面给他们放了几张图片，然后开始讲解它的美丽之处。

连胜没感悟出来，从此再也没去过。

连胜真诚地发问：“什么是艺术鉴赏课？”

室友丙说：“联大有史以来最陶冶情操的一门课。只要你能清醒地坚持到最后一刻，就是对你耐心的极大磨砺！”

室友甲解释道：“我也不知道是讲什么的，只知道节奏很慢。凡是上过的学生，最后都会觉得生无可恋，是我联盟大学新晋十大传奇课业之一。”

连胜：“……”

室友丙一时兴起：“不如一起过去上课吧？你一说我忽然好想上。这可是传说中的一门课啊！”

艺术鉴赏课在每周周五，刚好还可以赶上。

到周五的时候，几位室友决定跟她一起过去长长见识。

还没到上课时间，教室里已经坐满人了，后排也站着一群学生。

连胜震惊道：“为什么这么多人？”她第一次来上课的时候，半个教室都没坐满。

“都是来就地取材的吧，毕竟又到了要开元旦晚会的重要时刻了。我们学校的晚会素来变态。”室友甲说，“每到这个时候，所有艺术类的课程，场场爆满。”

室友乙往前走两步：“站后面吧。还有墙可以靠一靠。”

她们随便聊了几句，讲课老师走进来了。他身后跟着一位学生，手上端着文房四宝。

这是一位还很年轻的讲师，可能是刚毕业的学生，所以开设的只是一门并不重要的兴趣课程。

“这节课，我们来欣赏毛笔字。”讲课老师在前台踱步，“现在毛笔字写得好的人已经不多了，在这样快节奏的生活里，很少有人能沉下心来钻研学习毛笔字。”

别说书法了，纸和笔墨都很少有人用了。

“传说中王羲之的书法刚劲有力，入木三分……”

他开始讲书法的历史，之后对着几个字，一笔一画地进行解析，变着花儿地夸赞起来。

连胜抬手，用力抹了把脸。

室友甲问：“怎么样？感受到那股丧气了吗？”

连胜半阖着眼皮说：“我感受到了生命在垂死前的挣扎。”

一个小时后，课程终于临近结束。

讲课老师问：“有人自愿上来尝试一下吗？”

连胜高举起手，热情地往前跳了一下。

老师指着她说："这位同学，你来。"

几位室友惊讶于她的积极。

室友丙扯了一下她的衣角。连胜一面挽起袖子，一面走上前台，先跟老师欠身示意，然后站到桌子正中间。

她右手抬起毛笔，沾了点墨，提到眼前看了看毛笔的尖端，在砚台上点了点。

老师缓缓地道："将你对我这堂课的感悟说出来，或者是对毛笔字的想法，用一个词来描述。"

连胜扭头："真的吗？"

老师说："真的。不需要多么深奥的词语，最直白、最简单的就可以。"

连胜提笔挥就，一气呵成。

开头是一个"我"字。

讲课老师深吸一口气，大为吃惊。

笔力劲挺，灵动流逸，雄健洒脱，又很有气势。这一看就是个老手！

讲师目不转睛地看她写完了三个字——"我很困"。

连胜重重地将笔拍在砚台上，退开一步，冲他点头。

"你——"讲课老师久久不能说话，气结于心，问了一句，"是来踢馆的吗？"

连胜："……"

连胜的字帖同步放映在前方的黑板上。

气势磅礴的三个大字，确实写得很漂亮。但具体的内容，让人不敢赞扬。

室友乙抬手喊道："喂，这位同学！你学分不想要啦？"

讲课老师和连胜一齐回过神来。

连胜抬起一只手，朝着讲师微笑，示意他稍等，重新提起笔，在末尾加了一个字——"惑"。

连胜站在一旁，两手交握于前，乖顺地道："我很困惑。"

讲师的脸色变幻莫测，盯了她好一会儿，还是顺坡下驴，慈祥地问道："你困惑什么？"

连胜说："书法的内里乾坤博大精深，不是我等可以轻易体会的。"

讲师的神色稍缓："你毛笔字写得不错，练了很多年了吧？真是不容易。"

连胜低眉顺眼地道："哪敢造次？远不及您。"

讲师抖了抖肩膀，认真地问道："你对我是不是有什么意见？"

"没有。"连胜尊敬地说，"您与我初次……二次见面，我深深为您的风采所折服，哪里来的不满？"

"二次见面？"讲师伸出两根手指道，"你不是选修我课的学生吗？你要修学分对吧？”

连胜赶紧改口：“不，我只是一个慕名过来旁听的学生，并没有选您这门课。”

讲师：“你的名字。”

连胜面不改色道：“我叫赵卓荦。”

讲师抬手一指，急道：“那个才是赵卓荦！”

连胜顺着讲师所指的方向看过去，发现赵卓荦果然坐在中间的座位上。

赵卓荦：“……”

连胜：“没错，我就是他的朋友，方见月。”

赵卓荦回避讲师的视线，室友三人绝望地捂住自己的脸。

讲师叹了口气，没有和她追究：“算了，反正我们也是兴趣课。期末是看作品给分的。我不久之前也还是学生，明白。”

连胜抱拳，朝他一敬，转身准备下去。

“等等！”讲师喊住她，试探地问道，“我的课，真的那么困？”

连胜想了想说：“其实只要一句话，我就可以让在座的学生瞬间清醒，再无困意。”

讲师：“是什么？”

连胜走到正中，抬手一挥：“下课！”

众人欢呼，一跃而起：“耶——”

讲师：“……”

铃声适时响起，众人一拥而出。连胜朝着讲师耸肩，也走下台去。

讲师拿起自己的东西，快步离开教室。

赵卓荦跳出座位，追上去喊道：“连胜，等等！”

连胜朝他伸出手：“你好，我是方见月。”

赵卓荦无语道：“别闹了。”

连胜说：“我没想到你也会选这门课，可我不想起名。不过你放心，我以前没用你的名字出去招摇撞骗过。”

一青年推开赵卓荦，冲到连胜面前，喊道：“女神？天神？反正就是神！”

那青年恨不得抱住她的大腿，他抹了把辛酸泪感动道：“太好了！我见到你的第一眼我就知道你不是一个寻常人！我军事学院不能没有你的存在啊，连姐！”

连胜警觉道：“你想做什么？”

青年说：“是这样的，我们正在筹划元旦晚会的事情，可是我们学院的节目到现在都没有头绪，所以想让你上台写幅字，作为表演。”

室友甲奇道：“你们军事学院还有这个烦恼啊？不是每年都定了武打吗？”

边上的男生沉痛地摇头：“不行，今年终于被毙了，说是毫无新意，缺乏创造力，被人投诉了。”

连胜说：“那就去合唱啊。”

“不行！”室友甲说，“所有的晚会节目，都是有教授专门评判的，不能敷衍。临时组起来的合唱，怎么可能过得了他们的标准？”

连胜皱眉道：“何必呢？这难道不就是一个娱乐的宴会而已吗？”

“还真至于。”室友甲说，“我们联盟大学可有钱了！所有的设备跟实验室都是实时更新的。我们学校换代下来的产品，再转卖给其他学校，那也是前沿设备。重要的是，这些钱还能支撑得起大大小小数以千计的实验项目。”

连胜狐疑：“所以？”

“而这些钱，不是联盟审批的，大部分是别人捐赠赞助的。为了感谢这些捐助者，每年元旦的时候，我们学校的晚会会对外开放。来的都是些有头有脸的人。”室友甲说，“发展到今天，就变成了展示学生风采的一项传统。事关我校荣誉，每一个节目都得严格把关。”

连胜说：“那就别参加了。”

室友甲说：“那也不行！不懂得感恩的学生，联盟大学要给予一定的惩罚。”

连胜试探道：“罚钱？”

室友甲：“每年晚会都是大三的学生负责的。全院大三级，罚十个学分。”

连胜立马看向几人：“不就是写幅字吗？举手之劳。”

他们一共来了十几个男生，现在团团围了上来，按捺住兴奋道：“那你现在就跟我们一起去上报审批？”

连胜：“准。”

三位室友因为不是军事学院的人，后面又有课，就先离开了，其余众人即刻去往审核的地方。

审核教室门外排了好几个学院的人。有些是大型表演，人数众多，所以队伍从考察的教室门口，一路排到了教学楼的门口。

阵势看着很大，但是只排了半个小时，连胜等人就被叫了进去。

众人推着连胜上前，她把之前写的毛笔字递上，说道：“军事学院申请，表演书法。”

教授两手接过，对着字看了许久，还是摇头说：“不行。”

连胜上前一步，看着他光秃的头顶，严肃道：“您可以说这纸不行，但是您不能说我的字不行。我不接受这个批评。”

“我不是说这字不行，我是说这节目不行。”教授放下纸道，“我们总不能上去一个学生，挥个两笔，节目就算表演完了呀。这怎么看？”

“我可以，”连胜说，“写一整篇文。写一本书也行。”

教授哭笑不得：“我是说写字太静了，总还是要有一些可看性的。”

赵卓荦提议：“我们武打加写字。”

教授：“不伦不类。”

连胜说：“那武打加画画。”

教授：“两个差不多呀。”

“这字确实很好看啊。”教授摸着下巴道，“不如你给我们这次晚会题个字吧。”

连胜：“一个学分。”

教授：“校方出钱。”

连胜高傲道：“我很有钱。”

教授略一沉吟：“那作为课外实践，我给你多上报零点五个学分。”

连胜不甘心，赵卓荦提醒说：“聊胜于无。”

连胜：“成交。”

教授挥手：“你们先出去吧。下一组。”

几人转身要走。

“不对啊。”一青年顿足跺脚，说道，“我们这是学院节目，没搞定啊。零点五个学分有什么用？还是个人的。”

连胜看向他：“不然你想让我怎么样？我还会擂鼓、吹号、打仗。”

旁边一高壮男生扑了过去，趴在桌子上痛号道：“给我军事学院指条明路吧，教授！一群大老爷们里难得出了个细腻女生你还给否定了，是要我们怎么办啊？！”

那教授咋舌道：“你们军事学院倒是来点有意义的事情啊！年年都是武打，可是一点都不好看！谁想看你们练军体拳啊？随便拉十几个人上去，稀稀拉拉的还不整齐，一点军校生的气势都没有！”

学生真诚地道：“这次我们可以练散打！”

“不成！”教授说，“有本事你们就来个杂技，我马上让你们过！不然就回去好好排练，打出气势了再过来找我！”

男生咬着长袖，眼波含情，可怜地啜泣道：“教——授！”

几名男生：“教——授！”

连胜抬手捂住自己的耳朵。

赵卓荦忽然推了她一把，问道：“你会什么武器？”

连胜：“什么？”

赵卓荦朝她眨眼:“你不是会古武吗?上去试试。你会拳法?”

连胜自豪地道:“你应该问我不会什么。”

赵卓荦环视一圈，找了根立在墙边的木棍，丢给她，对着教授道:“我们的新节目。”

几名男生顿时噤声，利落地滚到一旁。

连胜走到中间，提了提裤子，小跳着试了一下，说道:“穿得有点不大舒服，将就一下。”

连胜手腕翻转，将长棍舞了个圈，说道:“棍。”

她两手握棍，气势一变，横过头顶，直接大跳敲在地上。

空旷的教室里传来一声沉重的闷响，几名看客缩着脖子深吸了一口气。招式虎虎生风，收棍出棍间又很是轻巧，并没有给人以蛮力的感觉。

她练了半套棍法，而后将长棍往地上一蹾，说道:“枪。”

一手在棍尾推了一下，握住尾端，脚步跟上，做了个刺的动作。

“剑。”

“刀!”

“……”

众人目瞪口呆，眼珠随着她的身影不断转动，因震撼而找不出能表述的词语。

这是，据说已经失传的……古武?

第三十二章

元旦晚会

“停！”那教授叫了句，站起来说道，“非常出色！你回去好好准备！就表演这个节目。”

他脑海中灵光一现，又说道：“一个人打起来可能太单调了，毕竟我们舞台很大的。不然同学你教教他们，大家一起来！”

众人：“……”

赵卓荦说：“我觉得个人独秀也挺好的。”

另外一男生跟腔：“我也觉得。”

赵卓荦带头鼓掌，众人紧跟着鼓掌。

教授：“……”

教授一脸鄙夷地看着他们，挥手道：“好了好了，回去准备吧，我先给你们报上。武器我让材料学院给你们提供，想要什么跟他们说。背景自己弄，不要白瞎了人家的努力。”

众人连连称是，点头哈腰，谦虚地退了下去。

连胜掏出光脑扫了一眼，发现百米飞刀刚才发来了几条信息。

他说：“你灯泡哥哥告假回家去了，我决定工作室一起放假。元旦过完以后我再联系你。”

后面还给她发了个红包。

“玩得开心点！”

连胜扫了一眼上面的日期。这才十二月中旬，他们直接放到了一月中旬。她再一次直观地感受到，技术工真的好赚钱啊。

之前那矫揉造作的青年此刻正叉腰大笑：“我军事学院要扬名啦！”

他伸手想去握连胜的手，被旁边的男生拍了下去：“干什么？膜拜就好。她可是十个学分！”

另外一人纠正道：“不止十个学分，我军事学院大三级有三百多个学生，所以是三千多个学分！”

几人看着连胜，仿佛有一道圣光从她头顶照下，异口同声地感慨道：“三千多个学分啊！”

连胜：“……”

正在排队的学生看着他们，宛如看着智障。

赵卓荦说：“先走吧，找个地方坐下来好好商讨一下。”

他们出了这栋教学楼，在外面找了一个闲置的凉亭，坐下来仔细规划。

赵卓荦说：“不过教授有件事说得确实没错，如果只有一个人的话，舞台太大了。必须用足够的背景来补足。”

“我很有自知之明，我们是不可能临时练成这个样子了，人越多越容易乱，上去也是一粒老鼠屎。”一男生说，“我觉得可以用建模来弥补。指挥系 B 类倾情相助。”

那男生对着连胜说：“到时候我们从下面打光，让人影变得清晰一点。然后只能截取你的身影，同步建模，控制一下位置，给你营造出千军万马的气势！”

众人兴奋地附议：“这个可以有。”

青年一面记录，一面问道：“还有就是背景跟武器，连胜，你有什么想法吗？”

连胜说：“这个随意。我可以配合你们。”

青年被帅得一脸血，感动道：“那我就照我想象的来了，到时候我写个脚本给你看看，我们彩排两遍，应该没有问题。”

连胜听了个半懂，继续被动地点头。

众人趴在桌上，已经开始幻想之后的美好场景。

“我告诉你们，绝无仅有。这年头古武都快失传了，根本没几个认真学的。我们这一届军事学院，一定会成为传说的。”

“下一届就不好开了呀。”

“谁管他们呀！我们可是学长。人生嘛，总是要在历练中长大的嘛。学长嘛，就是要成为他们人生中的历练之一。”

赵卓荦又推了一下连胜，说：“你的分太低了。”

连胜心痛道：“你为什么要这样对我？”

赵卓荦：“不，我是说，你这么低的分数，如果想正常毕业，可能不大好办。但是多露露脸，或许能被特选。每年军部特选都很任性，一个看明年的校际联赛，一个看我校的元旦晚会。古武是一个很不错的噱头，这次如果表现好，明年再杀入决赛，应该就没什么问题了。有什么想法跟要求告诉我们，我们会尽力配合你的。”

连胜：“明白了。谢谢。”

之后半个月，连胜抽出时间跟学院里的人彩排了几次。

因为舞台预约人数过多，他们分到的时间不长，最后几乎全都用来调整背景了。大三指挥系的技术工们从网上下载了不少素材，立志于要将它做成史诗级的作品。

背景敲定之后，连胜随意选了个地方，自己编排动作。为了保证效果，他们只选了四种有观赏性又比较为人熟知的武器。

最后，学校挑了周五的晚上开办元旦晚会。

当天联盟大学敞开大门，往来车辆不绝，还有不少社会人士。

林冽女士也在受邀之列，晚会前一天给连胜发了信息，说是会来看晚会，晚上接她一起回家，让她提早收拾一下。

受邀嘉宾在剧院里看真人演出，众学生在体育馆看立体直播。快轮到军事学院的时候，几位负责背景的学生跟连胜在后台准备。

男生按着光脑，深吸一口气说："不要紧张啊，连姐，你千万不要紧张！"

连胜把玩着手里的长剑，头也不抬道："我不紧张啊。"

"到你们了，军事学院。"负责后台的老师拍着连胜的后背，"舞台就交给你了，加油！"

连胜大步走上台。

她穿着一身白色长衫，一双黑色长靴，腰间简单系着一条腰带，短发往后梳去，露出光洁的额头。左手持着一把长剑，站到舞台正中，朝众人抱拳示意。

底下观众交头接耳，好奇道："这是什么？ cosplay（角色扮演）？联盟大学还有这样的项目？"

"只有一个人？舞台剧吗？"

"节目表上没具体写，只写了古武选演。"

"是个小姑娘啊。军事学院？哈哈，今年怎么不打军体拳了？"

林冽眯起眼睛，身体往前探了探，觉得这姑娘有点眼熟。

灯光暗去，声音渐小。众人正坐，看向台上。

此时背景换成了火红的枫叶林，连胜左手向上一抬，将剑顶出剑鞘，一个旋身，漂亮地将剑接在手里。手腕一抖，操控着剑身像水蛇般向前舞去。金属的剑身泛出泠泠光色，而后刺中了一片落叶。

她转身一划。那是剑气破风之声。霎时间地上的枫叶被扫出一道圆弧，剑锋势如破竹，忽然转道，刺向她的左侧。她刚才站过的位置，出现了一个同样的身影。

起初众人以为是看花眼了，才想起来这是建模。

红叶纷沓飘落，两个单薄的身影宛如惊鸿穿梭其中。银光熠熠，剑影飞闪。

剑指之处，红叶尽散。

忽然人影加快了攻势，前方风卷落叶急急地朝她冲来，似乎要将她吞没。剑身飞转，一剑挥下，尽如散花败落，真如古诗所言：“霍如羿射九日落，矫如群帝骖龙翔。来如雷霆收震怒，罢如江海凝清光。”

倏然，收剑。她转身将长剑射向了舞台后方的架子上。

轰鸣掌声直接响起。

这是真正的剑术啊！没想到会是这样的震撼！

连胜脚尖一钩，又一把武器出现在她手里。

是刀！

背景淡去，像水波一样荡出新的场景。乱云低薄暮，急雪舞回风。

白衣人影大刀收在手中，站在银装素裹的雪地上。雪花层层落下，飘在她横出的刀身上。那股冷意，似乎透过场景，迎面而来。

连胜睁开眼睛，一个弓步，向前狠狠砍下。

刀带着手腕，带着肩，再带着身躯，一起扭转。寒光仿佛在刀身上流走。比起剑的灵活柔韧，刀法显然更富有力量，勇猛剽悍，雄健有力。

刀片从树干上划过，向前猛力一抹，树梢上的积雪尽数崩塌，轰轰烈烈向下滑落。随后，银月升起，前台灯光暗去。数道黑影重新出现，在月色映照中挥出一股气吞如虎之势。

背景的夜风忽停，那挥舞出的刀风，才出现在他们耳边。

众人猛抽一气，听着那凌厉的破风之声，挺直胸膛，感觉一股热流直往头顶上冲。

大刀在手心里飞转，又突然停在胸前。大雪落满弓刀，她两指顺着刀身，往下轻轻擦拭，伸长的手臂，指向夜色深处。

人影手腕一转，将长刀也投入背后的架子里。

隆隆的擂鼓声从背景中传来，烽火的长烟出现在舞台的角落里。

旭日升起，冰雪消融，露出一片染血的沙场。长枪插在地上，红穗迎风飘动。

连胜过去，一手握住，将它抽出。

出枪，快。收枪，急。无论是横扫，还是刺挑，都显得尤为有力。步伐灵巧，身轻体盈。人影挥着那枪往前一刺，忽然鼓声激越，如雨打浮萍，珠落玉盘。

那长枪的尖端，如笔走游龙般向前攻去。锐不可当，虚实难辨，精妙至极，可谓“枪似游龙扎一点，舞动生花妙无穷”。尽显力量又不失飘逸。

她的身后，幻出无数影影绰绰，整齐划一的虚影使着红缨枪，在沙场上奔跑冲杀。

枪头掠过沙地，黄沙扑棱而起，扬起刀影般的轮廓。长枪一头重新刺入沙地，人影单膝跪在地上。

终于，号角声响起，长枪也被放回到后面的武器架上。

台下一片静默，观众都在不断地往前挪动，想要看得更清楚一点。

录制影片的负责人紧紧盯着屏幕，生怕错过了分毫。

即便隔了老远，操场那边快要震破天际的尖叫声还是飘了过来。众人攥紧手指，也很想跟着叫好。

之后的背景，是一片芦苇塘。芦苇高约两米，人影站在其中，几乎要被淹没。

连胜一手握着一条软鞭，轻轻喘气。

随后一鞭抽来，仿佛直往前面人的鼻尖而去。前方的芦苇被打弯了一片，白花扬至空中，飘飘欲落。

软鞭的声音，比刀剑要来得响。每一次出手，看似轻飘飘的，劲道柔软，但听它打在地板上那清脆的回声，就可以知道那鞭子落下时的力道。

鞭长约一米，却好似她的手脚般，挥动间都是一道绷直气势的曲线，在空中划转一圈，又重新回到她的手中。

鞭鞭相扣，密不透风。连绵的黑影掠过，周围一片芦苇，尽数往地上贴去，将她的人影清楚地显露出来。

假使刀剑给人的感觉是风雷云动，那么软鞭就是秋风扫落叶。柔中带刚，犹如银蛇飞舞，让人眼花缭乱。

软鞭越过头顶，在手上环转，而后脱手，精准地挂到了架子上。白色的飞絮也逐渐消失，只留下舞台上一个单薄的身影。

连胜收步，站定。她抬起头，重新抱拳朝众人略一敬礼，缓步从旁边退下。

灯光亮起，从头顶洒下。众人久久不能回神，耳边尽是自己的呼吸声。之前的残影不断地在他们脑海中回放，刚刚加速的心跳，也还在不停地跳动。

一人带头，随后，掌声响彻剧院。

此时体育馆内也是掌声不断。不少人起身鼓掌，等连胜的人影已经消失在帷幕后，他们也没有坐下。

这种情况，后面一个节目似乎不好上场，节目的安排也容易被打乱。但校方很满意。

他们也是深受震撼，等结束了才反应过来。这样轰动的场面，出乎他们的意料，但效果非常好。这样的反应，起码说明今天的晚会是大获成功的。

大家对古武太陌生了，还带有一定的偏见。或许以联盟大学的影响力，能带起一股古武的热潮，扭转大家的看法。这意义重大，对联盟大学或是对古文化来说都是。

负责人站在后台，向走过来的连胜致以夸赞，拍了拍她的肩膀，让她好好休息。

林洌坐在位置上，有些恍惚，虽然看着空荡荡的舞台，但思绪不知道飘到了哪里。

旁边的人一扭头，发现她眼中似乎有微光闪烁。从来没有见过这个女强人低过头，此时看见，有些震惊，便问道："林上校，您没事吧？"

林洌抬手轻擦了一下，跟着众人鼓掌，笑道："这是我女儿。她是我女儿。"

那男人微惊，而后笑道："是吗？真是一个优秀的孩子。军事学院啊，真有她父亲当年的风采。没想到也这么大了。"

她左侧的男人凑过身说："冒昧地问一句，林少校，您为什么要让她学古武呢？"

"是她自己学的。"林洌扯起嘴角笑了一下，"她爸爸对这个很感兴趣。"

"连横少校啊。"两人点头，带着点唏嘘，不再过问。

此时体育馆那边的学生已经快疯了，一个个站起来大喊。

"不要走！大神你不要走！"

"我想学！连胜女神快教我！"

"女神，我也想学！"

"军事学院今年是怎么了？！今年是怎么了！！"

"我材料学院之光！"

"我军事学院之光！"

"我生命之光！！"

连胜坐在后台，胸口微微起伏。指挥系的几位同志蹲在她的旁边，为她端茶倒水，卑微服务。

"好，以后这就是我简历上的成就之一。"

"外面好像还没停，下一组上场了吗？"

"这次肯定能火！凭借我指挥系顶级建模技术和传说中的考神！"

旁边频频有人路过，想看看连胜的脸。可惜她低垂着头，不容易看清楚。

后台负责人老师站在门口急道："哪个学院的？你们快走！围着连胜干什么？干扰舞台秩序啊？"

一人不死心地喊道："连胜长啥样？让我看我女神一眼！"

另外一人被推走之前，坚持喊道："那是我连胜'爸爸'！你们不能让我们'骨肉分离'，让我和她握个手！"

千言万语汇成一句话："不！"

负责人老师走过来说："你们也应该出去了，不过你们人不多倒没什么关系。连胜可以先留在这里休息一下。"

旁边传来嘘声："咦——"

连胜站起来道："没事，我已经休息好了。麻烦了。"

她穿着这身衣服有点太显眼了，去旁边换了下来，顺便洗了把头发。

她擦干手，发现光脑上林洌给她发来了信息，让她带上东西到三餐附近等候，她的车停在那里。于是连胜直接插着兜往三餐走去。

路边闪着莹白的灯光，她微微偏头，感觉风迎面吹来，能听见远处有人在喊她的名字。连胜笑了一下。

此刻晚会才举办到中途，很少有人离场。停车场里只有一辆车亮着车灯。连胜直接走过去，拉开车门坐下，跟她打了声招呼："您好，林洌女士。元旦快乐。"

林洌坐在驾驶座上，一手搭在方向盘上，问道："你是跟谁学的？"

连胜微愣："什么？"

林洌："你今天的表演。"

连胜顿了顿，去拉旁边的安全带，说道："自学的。是学院背景做得好，其实没什么，随便编排了一下而已。"

林洌没有动作，只是安静地坐着。连胜也不催促，拉扯着身上的安全带，等她出发。

片刻过后，林洌低沉地开口。

"我从来都没主动关心过你，你也从来什么都不和我说。你二十岁了，好像一夜之间就长大了，而我的时间和记忆都留在实验室里。我没给你开过一场家长会。我比一个保姆机器人还不尽责。"林洌看着窗外说，"我发现我一点都不了解你。"

连胜垂下视线。

"你还没出生的时候，我想我一定会照顾好你；你还没出生的时候，我想我一定不会舍得留你一个人在家里。可是这些我都没有做到。我害怕看见你，不知道该怎么和你交流。

"我只能听你的老师跟我说，你是个什么样的人；你今天做了什么，说了什么话；你喜欢吃什么，学了什么。我只会像分配任务一样地教你学习，远远地看你长大。

"可是我知道。一天二十四个小时里面，起码有二十个小时我知道你在做什么。我知道。你身上每一道疤，每一个细节，我都知道。"

连胜偏头看她。

林洌的声音有些沙哑，她缓了缓，才接着说："我知道我其实亏欠你很多，可是我却始终用无数的理由来搪塞自己。忙。为了工作。为了联盟。他们非我不可。你对我冷淡，我觉得失望，可是我也觉得安心。

“我不是一个合格的母亲。我不是一个聪明的人。我害怕面对真相，也害怕面对现实。所以，你爸爸去世了快二十年，我甚至不知道该怎样对待你。我现在坐在这里，回忆你究竟应该是个什么样的人，却发现我不了解你。我应该怎么和我自己解释？”

连胜用手指抠着坐垫，小声说道：“也许你不用了解现在的我。对不起。”

“你是我女儿。”林冽转过身，摸着她的发鬓说，“我只有你一个人。”

连胜说：“我也是。”

林冽抬手挡住脸，肩膀一阵轻颤。

连胜喊道：“林冽女士。”

林冽摇了摇头，微微背过身，眼泪成串地从指缝里流出，说道：“我没事。”

连胜喊道：“妈妈。”

林冽的脊背一阵颤抖。

连胜解开安全带，越过去抱住她，轻声地道：“不要问。我就是你的女儿。我也只有一个人，但以后我们都不会是一个人。”

林冽缓过神来，抽出纸巾擦干眼泪。又用手理了理自己的头发，继续抬头看着前面。

她让连胜系上安全带，一言不发地开着车回家。她开得很慢，迎面的灯光照进来，屡屡从她脸上划过，加上前面耽搁了一点时间，她们到家的时候已经接近十点。

连胜不是一个擅长安慰人的人，而且她似乎找不到一个合适的立场让自己开口，只能仰头看着车顶，摩挲着自己的指腹。

二人走下车，继续沉默地登上电梯。

连胜掏出光脑，稍稍倾斜，看了一眼上面的信息，发现是室友发来的。

大长腿：“老公，你去哪里了？你是直接回家了吗？”

连胜单手回了两个字：“嗯，对。”

大长腿：“你今天可厉害了！我们这边的人都给你跪了。我材料学院之光！”

大长腿：“就是你走得太早，颁奖的时候不在，最后让别的同学代你领了。主持人很想采访你，听说还有不少媒体在打听你的事情。联盟大学要是肯帮你宣传，也许你就是军部下一个莉莉安娜！”

连胜：“谁？”

大长腿：“类似于军部对外的一个形象代言人？”

大长腿：“哦，对了，我院的负责老师想要你的通信号，我给他们了。”

连胜：“好的。”

她们站在门口。林冽将门推开，进去脱了鞋，侧身跟她说：“我先去休息了。”

连胜点头：“请好好休息。”

有些事情很玄幻，即便说出来，情感上觉得有道理，理智上还是会去否决。而事实又是一件那么让人难以接受的事情。

既然这样，不如自欺欺人好了。

连胜觉得，如果可以，自欺欺人不是一件坏事。只是生活总是会逼迫人们走出来，不得不去面对现实。能做的她都会做，她也会陪林冽走下去，只要她愿意。

洗完澡，躺在床上，她发现收到几条陌生信息。

联盟大学军事学院：“连胜同学，你好，我是军事学院的负责老师。这次的晚会非常成功，感谢你的精彩表演。你的武术展示影响极大，宾客表示很有兴趣，院方希望能借这次机会推广一下古武。宣传或是设备方面，由院方负责，希望能得到你的支持。”

连胜问：“您想让我做什么？”

军事学院：“希望你能授课，和大家讲解一下练习古武的方法。类似的文化已经非常稀缺了，如果可以，希望能将相关的资料分享出来，当然校方也愿意出资购买，补偿你的损失。”

连胜说：“没别的方法。就练下盘、练腰腹、练力量、学技法。至于招式，其实也没有很多的花样。最重要的还是靠经验磨砺出来的反应力。我可以把我学过的武谱打一套，拍出来发给你们。其他的我也没有了。”

“这样不大好吧？”那负责人说，“有什么诀窍吗？对初学者来说，要先让他感受到其中的乐趣，才能更好地以此作为推广。”

连胜转了个身，回道：“有。”

连胜说：“勤学，苦练。

“这不是一件可以速成的事情，我也不想教出一群花拳绣腿。如果他们连门也入不了，我要怎么拖着他们向上？学武是为了制敌，而不是好看。我的经验告诉我，前期偷的每一次懒，在实战的时候都会化作你的伤口报复回来。武艺是沙场上的利刃，但没有经过千锤百炼，它只是一块钝铁。您是军事学院的负责人，还不明白这个道理吗？想追求力量的话，就来学吧。这就是它的意义。”

对面安静了。连胜单手枕着脑袋，等他回应。

军事学院：“抱歉，我并没有轻视或敷衍的意思。我军事学院的院风也是如此，不接受投机取巧，一切靠自己的付出和努力。我尊重你对古武的态度，这大概也就是其中的精髓。好的，既然这样，请拍出短片后，交给校方。你在晚会上的表演，我们就用来作为宣传短片了。可以吗？”

连身：“请便。”

他们这边刚谈妥没多久，材料工程学院的人也找了过来。

联盟大学材料工程学院：“连胜同学，你好，我院想做一个冷兵器宣传推广活动，想请求你的帮助。希望你能在推广古武的同时，帮我们推广一下小型冷兵器模型。”

连胜：“推广冷兵器？有什么意义吗？”

材料工程学院：“经济效益，当然，更重要的是，它也是文化传承的一种。”

连胜：“……”

材料工程学院：“开个玩笑。只是作为材料工程学院曾经的优等生，我想你一定明白，短兵器对机甲近战的重要性。如果可以做出更适应机甲手的短兵武器，意义重大，所以希望您能配合我们研究。”

连胜：“当然可以。我也只是随便问问。”

材料工程学院：“除了在晚会上使用的四种兵器，你还需要别的武器吗？我院可以定制提供。”

之前只选了四种，是因为指挥系背景建模时间有限，做不了更多，于是连胜把可以用的兵器都和他们报备了一遍。

连胜忙着回复各方信息，感到大拇指一阵抽搐。

林冽那边一直很安静。连胜刚阖上眼睛，就听见外面响起一阵脚步声，随后门扉轻合，一切又重新归于安静。

连胜起身，拎着光脑出来一看，发现人真的出去了。

此时是午夜一点。

她盘腿坐到沙发上，想了想，拉出一个好友。

连胜：“赵优秀同志，十个学分有话想问您，请问睡着了吗？”

赵卓荦那边回复得很快：“还没。”

连胜问：“听说令堂是家慈的朋友对吗？”

赵卓荦：“……”

赵卓荦：“你昨天有在台上摔倒吗？还是磕到脑袋了？”

连胜：“请问令堂跟家慈是什么关系？”

赵卓荦：“我妈是你妈的同事。”

“哦。”连胜继续委婉地问道，“令堂正在跟你一起欢度元旦吗？”

赵卓荦：“我妈今晚加班去了。科研院从来没有正规假期。”

连胜：“那我妈呢？”

赵卓荦觉得自己快疯了：“你妈是负责人，当然也加班去了！”

连胜松了一口气：“哦。”

赵卓荦："你问这个做什么？"

连胜："没什么，我以为她离家出走了。加班就好，工作使人快乐。"

赵卓荦：这人真的是病了……

赵卓荦转身，对着桌边的东西拍了张照片发过去。

赵卓荦："对了，奖杯没人领，我就先带回来了。他们说要把这个奖杯留给你个人，等你去学校以后给你吧。"

连胜看了一下，仿佛金灿灿的，问道："什么材质？"

赵卓荦："外面小镀了层金。"

连胜："值钱吗？"

赵卓荦："荣誉无价！"

连胜："哦，不值钱的话就捐给学院吧。荣誉也不是我个人的，这次多亏了大家的技术支持。"

"好吧，那我直接交给院长了。"赵卓荦问，"还有事吗？"

"没有。"连胜拍拍胸口，"我现在可以安心地睡觉了。"

联盟大学放假总共也就三天，而林洌的加班似乎没有尽头。对方跟她说了一下，最近要出差，半个月都不在首都了。

连胜难以猜测她现在的心情。

放假期间，百米飞刀为了好好度假几乎断网。无意中听见别人说起古武，才后知后觉地去看了转播的联大元旦晚会，然后发现三天遍地都在讨论这件事情，激动非常，抖着手过来找连胜。

骠骑大将军！

做得好！几天不见，你又更上一层楼，已经准备走出三天，走向联盟了。这一次名声打得很响，我决定工作室特意开办古武指导内容。你随便抽点时间，打发打发他们。

我就知道你用的是古武。如果能更好地配合机甲，绝对是一个很强大的武器。工作室的名牌已经更新了。我直接给你定个底薪，和亮亮一样，不需要测试了。头牌！

我把视频转给亮亮了，他晚点可能会去找你。

连胜顺手打开他们工作室的页面，页面正中挂着四个背置的木牌。她一个一个翻了过来。

亮亮的灯泡：一个会发光的，亮亮的灯泡。叮~

超亮的灯泡：一个能照得更远的，超亮的灯泡。叮叮~

百米飞刀：百米之内尽是飞刀，一把连灯泡都可以戳碎的飞刀。嘭嘭！

连胜忐忑地点开自己的牌子。

骠骑大将军：我店新任头牌。可兼任近战、远攻、指挥，虽然还只是军校学生，但是前途无量。联盟古武大师！资格认证，后附链接。非工作时间指导价格一律翻倍。由于是我店新晋员工，尚未谈妥，目前暂无工作时间。请予以谅解。

连胜：这是家黑店没错了……

她关掉页面，亮亮的灯泡很快杀到。

“我是亮亮的灯泡。”亮亮的灯泡说，“身边有设备没有？上三天练练手。”

连胜问：“你不是在度假吗？”

亮亮的灯泡：“无所谓了，现在手痒，我想先和你打打。”

连胜想了想，回道：“我的设备还在学校，今天晚上八点见。”

亮亮的灯泡回：“好。”

第三十三章

明星选手

连胜换好衣服，准备直接回学校。反正家里现在也是空荡荡的，住在哪里都无所谓。

此时距离假期结束还有一天，宿舍也很冷清。连胜走进房间，打开窗户透气。瞥了一眼时间，发现才六点，干脆登上三夭，看看有什么能做的。

亮亮的灯泡似乎早就在三夭里等她了。见她上线，迅速发来一条好友请求，并给了她一个坐标，约她见面。

连胜到达指定地点时，他正在原地起跳做热身。百米飞刀也在。

这还是连胜第一次当面接触这两个人。

不知道他们用的是不是真实的外貌。亮亮的灯泡肌肉非常壮实，身材高大，比连胜还高出一个半头，穿着一件贴身背心，跟她招手说："来了啊，先等等。"

百米飞刀百无聊赖地坐在旁边。他身上的肌肉线条也很明显，但是跟灯泡比起来，反而有点斯文的感觉。

没多久，超亮的灯泡也赶到了。

亮亮的灯泡说："走。"随即给她发来了邀战请求。

二人被传送至一个纯白色的房间。这里没有任何遮蔽物，空旷平坦。

"第一场，先让我试试你的近战能力。"亮亮的灯泡用脚尖抵着地面活动关节，打着响指说，"看看是不是和视频里面一样酷炫。"

连胜耸肩。

亮亮的灯泡屈指成拳，摆好架势："我来了啊！这局我先攻！"

他身上的肌肉崩成一条线，力量感似乎要从那流畅的线条里满溢出来，矮身蹬地，身形化作残影，带着极为可怖的爆发力，一脚踢向连胜的下巴。

疾风未至，连胜已经感受到危险环绕在自己身侧。

那么近的距离，躲不过去了。

连胜右足往外一划，两脚分立。

灯泡虽然攻势凶如猛虎，但招式并不复杂，走的是直来直往、大开大合的路子。连胜左手作挡，想用右手趁机抓住他的脚腕，反制住他的行动。

然而不等她思及下一步的动作，那脚力道踢中她的手臂，直接将传感器踢得失效。手肘以诡异的角度歪曲，反向砸中了她的脑袋。等她回过神来，人已经摔了出去。

连胜翻滚一圈，迅速坐起，第一时间查看自己的左手。手臂不自然地下垂，已无法控制，系统判定为骨折。

连胜惊诧。灯泡的力气比她想的还要大，或者说是她自己的肌肉不够强劲。

所谓一力降十会，灯泡力气上的绝对优势，直接就能将她的防守彻底击溃。

亮亮的灯泡退出比赛。连胜跟着退出。

画面刚刚加载完毕，亮亮的灯泡说："再来！"并再次给连胜发出了邀请。

二人重新进入武斗场。

灯泡小跳着问道："你来还是我来？"

连胜朝他勾勾手指。

灯泡二话不说，瞬间切换到攻击状态，朝她冲了过来。依旧是正对面门的一腿，甚至连目标点和姿势都没有变化。

这次连胜早有准备，反应及时了些。小步朝后移了两步，微微后仰，避开对方的足尖。几乎是堪堪躲过，她还能感觉到这一击后劲带起来的细风。

灯泡一击未中，没有调整，左膝顺势一弯，又正面挥来一拳。他的攻击不需要任何掩饰。力量就是他最大的技巧，进攻就是他最严密的防御。

连胜站在他面前，感觉他的拳头就像巨大的陨石，急速地往她身上砸落，带着血意与杀气，稍有不慎就会给她一顿痛击。别说正面交锋了，连躲避都有些勉强。

灯泡两次挥空，表情变了变，神色严肃起来。

连胜的身体并不柔软，但是她重心的变化很大。她的动作并不敏捷，但是她的步伐很急。诡异的走位叫她的身形看起来异常灵巧，仿佛是被他的拳风带动，在空中轻飘。

人怎么能打得中风呢？连胜给他的感觉就是这股捉摸不透的野风。

亮亮的灯泡动作稍慢，豪放地笑道："光是躲怎么行？你这样是赢不了我的啊！"

连胜眼神锐利，突地下蹲，左脚前探，去踢他的脚踝。

灯泡的下盘果然很稳，这样一撂，只是往旁边滑了半步，依旧稳稳地站住。

亮亮的灯泡喊道："对！就是这样！但是不要挠痒痒，大点力！"

连胜毫不恋战，迅速滑步退开，与他拉开距离。

亮亮的灯泡摊手："不要这么害怕，我刚刚不是在夸你吗？"

连胜扭了扭脖子，摇头道：“你现在笑起来的样子很变态。”

亮亮的灯泡喝了一声：“那我来了啊！”

他再次前冲，侧面抡来一拳，在连胜避开后，前脚顺势往前一跳，然后旋身拧腰，跟上一个后踢。

连胜被他骤然凌厉起来的攻击所震慑，迅速下蹲，视线从下至上望去，觑机寻找他身上的漏洞。

由于那匆忙跟上的一步不够稳当，灯泡的左肩出现了空当。

连胜呼吸一紧，保持着她半蹲的姿势，斜向上探去一掌。即将碰到他的衣服时，一双肤色偏黑的大手握住了她的手腕。连胜偏头，正好对上灯泡含笑的眼睛。

“嘿嘿。”他因为面皮紧绷，笑容看着颇为邪气。

他手上用力，直接掰着连胜的手臂往后一折，然后左手手肘在她背后一顶，将她死死按在地上。

连胜听见了好几处骨头碎裂的声音，好在是模拟战场，没什么疼痛感，但也实在是够狠。

二人重新退出场景。

超亮的灯泡两手环胸，对同伴谴责道：“太过分了啊，刚刚那是什么？有你这么对女生的吗？活该做一辈子灯泡。”

亮亮的灯泡没皮没脸地笑：“彼此彼此。”

百米飞刀摸着下巴，评价道：“唬唬外行人够了。你最大的问题是力量啊，作为普通军校生也有点差了。技巧可以弥补一部分，但并不能弥补全部。遇到强势的对手，劣势就很明显了。”

“你的眼力是很快，之前躲的几下都非常及时。但叔叔十几年的自卫经验也不是白搭的。”亮亮的灯泡对连胜说，“你速度还是太慢，爆发力不行。在你发挥出水平之前，先一步就要被秒杀了。”

连胜看向他，知道两人之间的差距有如天堑。灯泡本身就是一个非常优秀的战士，还拥有超强的身体素质，不是她现在可以比的。

超亮的灯泡说：“这样很难看出什么，不然你收一下力，和她认真过个招，再试试？”

亮亮的灯泡还没有说话，连胜先行开口道：“不用。不是尽全力的比赛没有任何意义。我的敌人不会故意收力想要看我的招式。等我变强以后，再跟你比试。”

“不错。”亮亮的灯泡欣赏道，“有前途啊，姑娘。”

超亮的灯泡拍着她的后背道：“别理他，他要保持他一哥的地位，故意为难你呢。”

亮亮的灯泡耸肩，转身对连胜骄傲地道：“我是钢化的皮肤，铝合金的肌肉，再加上金刚石的骨骼，对不对？”

连胜以为是商城道具，愣了下问道：“这可以买？”

亮亮的灯泡说：“当然可以，用你的时间去买。”

百米飞刀拍手道：“来，再用机甲试试看怎么样。大将军你看过他的操作吗？”

连胜说：“看过录像。”

百米飞刀：“这次实打实地看看。”

“也试试近战。”亮亮的灯泡说，“选破军，低配的试一次。”

二人第三次进入武斗场。

两台机甲相对而立，连胜抽出随身佩带的长剑。

亮亮的灯泡说：“把你的炮筒丢了，可以减轻负重。”

连胜照做。

灯泡直接打开推进器，朝她攻了过来。连胜两手握剑，正面格挡。

对于机甲来说，双方力道之间的差距会被大幅缩短，区别更多在于出招的速度跟气势。

灯泡忽然后退，而后又再次加速朝她砍来。他的攻势迅猛又密集，像雨点一样，靠着加速器的加持，将连胜推得连连后退。再一次后撤的时候，连胜横剑，朝着他的腹腔直刺。

灯泡冲势难止，直接一跳，跃到她的头顶。

连胜手腕一转，改成向上劈砍。一剑挥过去的时候却打空了。她错愕地抬头，发现对方靠着脚上加速器的反向喷射，仿佛停在空中一样，位置很难把握。

见她落空，灯泡迅速更改了推进器的方向，以迅雷不及掩耳之势下跳。连胜急急倒退两步，险些没有站稳。

速度变化太快！招式根本无法连贯。

灯泡继续进攻，他一快一慢的动作，弄得连胜很不习惯。

不到五分钟，两人就出来了。

连胜盘腿坐下，忧伤地叹了口气。

超亮的灯泡：“给个总结？”

亮亮的灯泡沉吟片刻，说道：“机甲驾驶技术还上不了台面，对功能的理解太过片面。三夭里的机甲设置已经非常简单了，现实中要复杂得多。如果这样都应用不起来的话，以后也不用说了。”

他顿了顿，安慰了句：“但是你的技巧招式是很好的，虽然缺乏爆发力跟稳定性，但在劣势的情况下有很强的迷惑效果，且防守力绝佳。我想你应该也有强攻的招式……”

灯泡拍了拍胸口道：“肥水不流外人田，你先教我吧，我来给你发扬一下古武的精神！”

连胜：“……”

百米飞刀立马说：“让他去挂单！我们现在是非工作时间，价格加倍。老板要抽成！”

亮亮的灯泡也很爽快：“来来来，我来挂你的第一单。”

连胜问：“那个机甲怎么学？你教我，我也可以教你，不用挂单。”

百米飞刀：“不允许私下交易！要走明账的啊，还在老板面前讨论，过分了啊。”

“这个要靠习惯。打得多了，习惯推进器的速度和节奏以后，你会慢慢上手的。这种东西嘛，上手后就觉得很好玩了。你是靠走位，它可以直接靠速度。因为是自己控制，自由度更高，容易打乱对方的节奏。不过，要注意能源。”亮亮的灯泡问，“那古武呢？”

连胜：“差不多。根据对方的动作接招拆招，重要的是出招的快慢、步法的灵活、巧劲的运用。一般武艺都讲求刚柔并济，不推崇蛮力。”

百米飞刀忽然一惊，说道：“有人挂单了。灯泡，你做不了她的第一单了。”

“挂我？”连胜问，“谁？”

“不知道，新客户。”百米飞刀在后台查看了一下留言记录，感慨道，“有钱人啊，都不说定金，上手就是全款。问你什么时候有时间。”

连胜站起来，甩了下头发：“我现在就有时间。”

百米飞刀说：“那不行，他下的单子是大战场。请求实战指导。”

连胜挑眉：“什么意思？”

百米飞刀点头：“找你踢馆。”

两位灯泡的眼睛都亮了：“哟哟哟！”

连胜也有些意外，竟然有人来找她踢馆？

“大概是因为你最近名气太大了，又只是一个军校的学生，看起来挺好对付。想出名的话，你是一个绝佳的踏板。”百米飞刀说，“其实有不少人来问过，只是你的单子价格太高，还没人真的付钱。”

跟灯泡他们比起来，连胜的价格是最高的，但实力确实稍逊一筹，加上百米飞刀在三夭的名气和口碑，这个踢馆并不算意外。

灯泡们怀疑是百米飞刀双倍收费造的孽。

亮亮的灯泡问：“这位勇敢的小可爱叫什么名字？”

百米飞刀看了一眼："夏宴风。"

超亮的灯泡皱起眉头："有点耳熟啊。"

亮亮的灯泡仔细回忆："我也觉得有点耳熟。"

百米飞刀仰头思考了一会儿："非常耳熟。"

就是那种即将呼之欲出，又被卡在喉咙里的痛苦感。想不起来。

三人望向连胜。连胜摇头："没听说过。"

百米飞刀："既然大家都不能在第一时间想起来，就说明他只是一个无关紧要的人，算了。"

"今年放假早，你们应该很快就要期末考试了。你考试没问题吗？"

连胜扭头，拒绝回答这个问题。

百米飞刀："……"

亮亮的灯泡："那就排到假期，你好好准备一下，不要分心。文化课的成绩对你将来是很重要的，尤其是指挥系。"

"我邮箱都快满了，要先下线处理一下。你们自己安排。"百米飞刀说，"我把他推到下个月，定下来后再跟你们商量赛制。放心，我从来只坑外人。"

百米飞刀下线了，连胜看向两位灯泡，问道："接着来？再玩两把？"

"可以。"亮亮的灯泡跃跃欲试，"我看过你的剑术表演，你的剑法不适合机甲上的大剑，有别的招式吗？"

三人在三天上讨论了一下相关的技巧。两位灯泡都是退伍兵，经验丰富，总能给出画龙点睛般的改进建议。

第二天下午，学生陆陆续续回来了，几位室友也跟着回校。

材料工程学院的代表，来找连胜商量了一下拍摄短兵器宣传片的事。给她拿出了图纸，请她调整一下细节数据。

武器的长短、粗细、材质、重量等，任何细微的差异，都会严重影响手感，所以一把称手的兵器，是可遇而不可求的。即便是同一个工匠，也无法打出相同的武器。

每一把兵器，都有自己的独特之处。那种独特之处，用得久了，能摸得出来、掂得出来、看得出来，却说不出来。

连胜很怀念自己曾经的那把佩剑。可惜的是，她或许再也找不到了。连胜大致给他们描述了一遍，让他们自由发挥。刚和材料学院那边聊完，军事学院的负责人又找了过来。

军事学院："拍片子需要组建一个团队，你有什么好的人选吗？"

连胜将光脑放到桌上，不解地道："拍摄团队还需要我自己找人吗？这难道不是他们安排的吗？"

室友丙闻言抬了下头，笑道："这是好事啊，这个活动很重要，是你们军事学院主办，核心技术员他们肯定都安排好了，现在问你的是要不要加几个家属。"

本来这样的活动不会开这么大的后门。但这一次，基本是围绕着连胜个人展开的。他们听说古代各门各派，会对自家功法讳莫如深。连胜愿意站出来无偿分享，且没有任何无理要求，校方很感动，想给予她鼓励，才额外给了她这个权限。

军事学院又补充了一句："最好少一点，不然会降低它的含金量。学生最好有一定的素质，如果强行插进去会很难看。"

连胜问："可以有多少人？"

军事学院："我们这边会有监制指导，还有荣誉指导。最好不超过五十人，给你预留了二十个名额左右吧。加入名单的人，也是要过来帮忙的。"

连胜说："那就把之前协助晚会的那个团队里的人都加进来吧，加上我是十二个人。再加上叶步青、程泽、方见尘、鲁明远、周师锐……嗯，差不多就这几个人吧。"

对面过了半分钟才回过神来。

军事学院："好的。鲁明远这几人我们本来就想邀请。还有其他人吗？"

连胜："宁缺毋滥。"

军事学院："感谢你的理解和支持。军事学院以你为荣。"

连胜按捺住激动："那学分和我的期末考试……"

军事学院遗憾地道："我可以和你的任课老师打个招呼，在允许范围内降低相应标准。但是联盟大学是有严格评判体系的，也要保证其他学生的公平，所以希望你继续努力。"

军事学院："如果这个项目被评为联盟扶持项目，那么团队内的学生都可以获得联盟级奖项，价值五个学分。所有奖项不可叠加，择高计分。"

连胜略微有些遗憾，还是道："谢谢。"

军事学院："我现在去联系你提到的几名学生，如果他们愿意参与，我会将他们的通信号发放到你的手机上。后续进展会联系你，谢谢你的配合。"

二人聊完，连胜放下光脑。

室友甲说："我觉得评选多半是可以的。虽然现在联盟不讲国界，但是古华夏血统的人还是不少。他们一直很想推广古武，尤其是在传感器发明之后，可惜一直没什么好的契机。"

室友丙握拳："垂名青史的时刻到来了！"

当天晚上，负责人老师把几人的通信号都发给了她。

这次要拍摄的短片，主要工作还是会交给学生。等团队商量妥当，写好策划，再上报调整审批。为了商讨之后的流程，众人找了个时间碰面。

借教室有些麻烦，他们直接约了在食堂碰面。连胜跟几位室友一起过去，远远地已经看见人影了。

“连爷！”一青年挥开众人，感动地道，“大家都别拦我，我要给她跪下！”

“先代爸爸磕一头。爸爸老了，现在跪不动了。”

“代我磕三下，聊表敬意。”

“都滚！”

连胜走近，他们主动往旁边挪开，给她腾出了空位。

“这样真的好吗？我们好像帮不上太多忙，白白占个名额总觉得有点不好意思。”一个男生腼腆地道，“而且，我们认识的时间不长，人情也说不上……”

连胜说：“怎么会？你们之前也帮了很多忙。何况我真的需要人。我需要几个身强体壮、学习能力强的人跟我对战。毕竟武学并不是个人表演，更多的是对照演练。”

几名男生松了口气，笑道：“我们皮糙肉厚，特别耐打，你随便操练。”

方见尘坐在一旁，一直在偷偷地看她，不经意间与她对上视线，表情还有些娇羞。

连胜起了一身鸡皮疙瘩：“你干吗呢？”

方见尘痴痴地笑了两声，善解人意道：“我没想到……没有想到你会时刻想着我。我明白。”

连胜：“……”

程泽摸了摸他的脑袋：“单身太久，有点幻觉，见谅。”

方见尘用手肘回击了他一下。

众人用两分钟的时间，聊了一下脚本和背景的问题，快速拍板后安静下来。

连胜问：“还有别的问题吗？”

几人互相对视数眼，摇头。其余的事情，他们可以内部分配，自己解决。于是众人合上笔记，开始闲聊。

室友丙伸了个懒腰，感慨道：“跟着老公做事，就是轻松愉快啊。”

方见尘趴在桌上，突兀地问了一句：“你真的要和夏宴风打大战场吗？”

连胜反应了两秒，才回忆起是有这么个人物，奇道：“你怎么知道？”

方见尘疑惑地道：“大家不是都知道吗？”

连胜：“为什么？”

室友丙：“因为夏宴风把它写在了自己的主页上。”

连胜困惑：“为什么？”

“因为……”室友丙蒙道，“她很有名。”

连胜点开网页进行搜索，问道："她很厉害吗？指挥，还是作战？"

室友丙不混他们这个圈子，被她一问，也有点愣住了，迟疑地道："厉害吗？应该厉害吧，反正她分数挺高的。"

"厉害个什么啊，她，虚名而已。"方见尘有些怨气地道，"都是别人带刷出来的，到处蹭比赛、刷积分。还认识不少退伍兵，跟他们关系打得倒是不坏。而且她不是军事类明星，她就是一个普通的明星。"

室友甲弱弱地道："普通明星在三夭应该打不到几十万的分数吧？"

方见尘纠正道："一个喜欢玩三夭、蹭比赛，跟军部有点关系，又输不起的普通明星。"

室友丙小声地提出异议："她有几千万的粉丝，应该也不算……普通明星吧？"

方见尘不屑地道："她确实挺有名的。不过，又不是打比赛攒起来的粉丝。"

连胜正好搜出了她的名字，看见她社交软件上最新的一条信息——

慕名去百米飞刀的工作室下了个实战指导，约了下个月骠骑大将军考完试以后开战。要和古武大师打比赛啦，你们会为我加油吗？

下面的留言对连胜来说有点不堪入目。因为她不喜欢被一群陌生人贬成尘埃，去衬托别人的光芒，尤其是在带了脏字的情况下。

室友丙窥觑她的神色，怕她生气，忙道："别理他们，脑残粉为了吹捧自家偶像，什么话都说得出口。"

连胜手指往下一划，眉目低敛，表情阴沉，问道："你们跟她打过吗？"

程泽毫不留情地拆穿："方见尘输过。"

"那不关我的事！不管我在哪里都会有友方脑残粉向她汇报我的踪迹，可我是个狙击手啊！"方见尘爹毛了，愤然拍桌道，"我是一个狙击手啊！你懂我的感受吗？！"

一个随时随地暴露在阳光下的狙击手，叫什么事儿？

粉丝会觉得夏宴风可爱，但是他一点都不觉得！比赛应该是公正严肃的，不应该成为她消遣的娱乐方式。这种行为，对他们这些兢兢业业打比赛、刷积分的人来说，简直就是一种侮辱。作弊的胜利，有什么值得沾沾自喜的？

方见尘再想起来仍旧是余怒难消："那是我打过最恶心的一场比赛！"

室友甲说："她想成为莉莉安娜那样的人吧，毕竟名气已经有了，现在要的是声望。"

连胜忽然一喝，拍下光脑："谁？！"

众人被她吓了一跳。室友丙茫然地道:“军部形象代言人?”

方见尘哼道:“军部那么多美女,那么多噱头,可是莉莉安娜只有一个,为什么?因为人家那是实打实杀出来的战绩,不是她们在科室里随便拍两张照片就可以比得上的。”

一青年说:“可夏宴风确实很有名啊,军部很多比赛也会请她去开幕。圈内人觉得她不怎么样,但她的庞大粉丝群已经拿她当下一任莉莉安娜了。”

程泽叹道:“毕竟她影响力挺大的,军校里也有不少人是她的粉丝吧。”

连胜问:“莉莉安娜很厉害吗?”

方见尘语气放缓:“没亲眼见过,她是远征军,战功赫赫,人比较低调,只是偶尔出来拍几张照片。不过,她当年也是军校联赛优胜队伍的成员之一,我们看过她的视频。”

“莉莉安娜很厉害,就算是在远征军里,作战水平也是顶尖的。她还特别漂亮,但是你不需要关注她的容貌。”鲁明远轻轻摇头道,“夏宴风,在明星里也许算厉害,但是从数据分析的角度上来看,她没有多少价值。她更适合去演戏。”

一青年:“她现在怎么可能还去演戏?人设已定,该往上走了。”

连胜若有所思地点头。

几名男生说来说去,最感兴趣的果然还是女性话题。除了方见尘栽过夏宴风的坑,其余人只是有点唏嘘,并没有太大的仇视。

连胜说:“我倒是很想见见传说中的莉莉安娜,我能见到她吗?”

众人一齐看向她,眼神有点复杂。

方见尘叹说:“谁不想呢?”

室友丙端正好坐姿:“在莉莉安娜之前,我觉得你可以先考虑一下夏宴风的事情。”

“总而言之,我不建议你跟她打大战场,如果打,希望你找点可靠的战友。”方见尘说,“对面是娱乐性质的,根本不会跟你好好玩。”

连胜问:“那如果我邀请你,你参加吗?”

方见尘用力地摇头:“我不去!惹麻烦吗?脑残粉可惹不起。”

连胜郑重地道:“你扬名立万的时候,就要到了。”

方见尘:“只要我不跟你在同一场,我就能正常发挥,我就能扬名立万。”

连胜继而转向赵卓荦:“令堂与家慈……”

赵卓荦点头:“没错,是同事。但她们是她们,我们是我们。”

连胜:“鄙人与阁下……”

赵卓荦立马应道:“萍水相逢。”

方见尘捶桌:“素有旧怨!”

“你真是太肤浅了。”连胜对着方见尘失望道，“敌人的敌人……”

程泽插话：“做不起她的敌人，真的。”

和这种知名人物比赛，怎么玩儿都会惹一身骚。赢了不会痛快，因为对方的粉丝会说，她是女生啊，是业余人士啊。可如果输了，那就等着名声被踩臭，抬不起头来吧。

对方安插间谍？算什么。所谓兵不厌诈，这只是合理的兵法手段。有本事他们也可以安插。

他们无法这么无耻，所以他们认输。

连胜叹了口气。

周师锐说：“学姐，我可以帮你打。”

众人佩服于他的勇气，对他竖起拇指。

“这不是必须的吗？”连胜说，“你也是工作室的一员。”

周师锐：“学姐，我只是不想让你显得那么孤立无援。”

连胜微笑：“谢谢。”

联盟放假还会参照农历，尤其是他们二区。今年新年来得特别早，所以联盟大学的寒假也定得特别早。此时距离他们的假期还剩半个月左右。连胜不希望把这项工作带到假期里去，假期已经约好了和灯泡他们一起做强化训练。

但是临近期末，除了拍片还要上课。室友再三叮嘱她，最后这几天绝对不可以逃课。毕竟画重点的时机会随机掉落，这可是关乎他们课业生死存亡的大事。而且教授梳理全课知识点的机会太宝贵了，听一听或许有收获呢？

连胜去听了，画了，然后扫了一遍，背下来了。

跟她一起负责宣传片的同志们，对她的专业课成绩很是忧心。不知道从哪里找到了历年都不会公开的真卷，让她继续背。

好在连胜拍摄短片的速度很快，背书的速度也不慢，所以期末这一段时间过得尚算轻松。就是宣传片的进展不甚喜人。

校方要求很高，提出各种调整方案。针对脚本和背景，让他们不断做出修改，样本被打回来好几次。

对连胜来说，武学已经烂熟于心，打一套不过是几分钟的事，可对于建模师来说，简直是一场灾难。彻夜通宵的努力，可能只有几秒钟的存在意义。连胜看着指挥系 B 类的同胞每天遭受摧残，宛如行尸走肉，重新刷新了对这一世界的认识。

这个世界对技术工，也不是那么优待的。

视频会分为两个部分，一是她的个人演示，二是对招演示。等上半部分终于过审，他们才开始进入下半部分的拍摄。

赵卓荦等人要做她视频中的对手，这段时间在陪她一起疯狂训练。然而那些短兵器，他们都没摸过几次，尤其是像鞭、钩、耙一类，不仅陌生，还不好上手，练得很是艰难。

这些短兵器是有杀伤力的，为免误伤，他们之前一直都在训练室里单独排练。正式拍摄的时候，才一起转移到操场上。

知道她开拍，操场上特别热闹，一群人在旁边围观等着喊大佬。

连胜让人清出一个直径十多米的圈子，互相间保持绝对的距离，以免武器脱手误伤路人。

排练了半个小时，人群外围传来一阵骚动。

众人停下动作，纷纷扭头看去。人群像摩西分海，辟出一条路来，一位穿长裙的女士挥着手走过来。她旁边跟着一位领路的校方老师，身后还跟着她的助理和经纪人。

看见公众人物，不管是不是自己的偶像，都会想要凑凑热闹。学生们的目光立马锁定到夏宴风身上，激动地叫嚷。

“夏宴风！女神啊！”

“这身衣服穿得好漂亮！”

“为什么来我们学校？有公告吗？真人好漂亮啊！”

“啊！她不是和连胜挑战了吗？”

“不是下个月的事？”

声音渐渐小了下去，这件事情不适合当着两人的面讨论。

联盟大学的学生都挺有秩序，并没有一股脑地拥上来，只是保持着距离远远地围观。

连胜等人停下动作，那位老师带着人一路走到圈子正中。

夏宴风对周围的喧哗毫不上心，和善地朝连胜说：“我对古武很感兴趣，听说你们在拍短片，顺便过来看看。”

她的妆化得很淡，长发披肩，五官隽秀，确实是个很美丽的女人。身上还带着一股清新的香气，像被白雪掩住的红梅。

连胜不喜欢她。因为一看见她就能想起她的粉丝。想起她的粉丝，心口就有一股无名火。

连胜在缠手上的绷带，没有搭理。周围几位负责录影的指挥系男生，原本激动地抬了下头，然后发现自己已经没有心情追星了，又萎靡地低了下去。

鲁明远烦躁地按下开关，抬手托住脸，对夏宴风原本就不大高的好感度瞬间掉到了低点。他要完工！他要休息！他要拍摄！还有完没完！！

引路的老师打圆场道：“来，给二位介绍一下。这位是连胜，这位是夏宴风，我想二位都互相认识了吧？”

夏宴风朝她伸出手：“你好。”

连胜朝她颔首。抬起手示意了一下，表示不方便。

夏宴风说：“没想到古武大师，是看起来这样斯斯文文的人。”

连胜：“你也看起来柔柔弱弱的。”

夏宴风：“我本来就不能跟你们军校生比，我只是随便玩玩而已，所以，请多指教。”

连胜不咸不淡地道：“哦，你的性格跟我想象的有点出入。”

夏宴风：“怎么说？”

连胜：“比我想的有自知之明一点。”

领路的老师猛地咳了一声。

夏宴风轻笑，没有放在心上。

老师说：“学校难得请到了夏女士来给我们的项目做宣传大使，她对古武很感兴趣，所以想亲自过来看看。机会非常难得，你们的负责人在哪里？好好聊聊吧。”

他言毕，对着夏宴风尊敬地道：“虽然是学生作品，但是他们都非常优秀，一定不会让您失望的。”

夏宴风点头。

方见尘险些叫出声来，被身后的程泽捂住嘴巴，一把按在地上。周围的学生听见，也是一片惊呼。

夏宴风给连胜下了挑战，然后现在又接了连胜的短片宣传。如果连胜输了……

仔细品品，这操作还是挺耐人寻味的。

夏宴风的经纪人跟他们的负责人正在探讨细节，查看成片。赵卓荦在旁边百无聊赖地挥刀。

夏宴风小跑着走了过去，问道：“你好厉害，学了很久吗？”

赵卓荦瞥了她一眼，然后又看了旁边虎视眈眈的方见尘一眼，没有应答。

夏宴风又问：“古武好学吗？我可以学吗？要学多久才能像你一样？”

方见尘在旁边做了个抹脖子的动作，眯起眼睛，危险地盯着他。

赵卓荦：“……”

夏宴风追问：“你为什么不看着我？你听见我跟你说话了吗？你也是军事学院的学生吗？”

方见尘愤怒地龇牙，对着他们比出一个中指，然后再次被程泽按在地上。

夏宴风这回无法忽视，受伤地道：“他，这是对着我还是……”

赵卓荦摇头，提刀默默地走开。

“对不起。”连胜忽然从后面冒出来，“如果这世上有女人，能让他们彻底折服的话，或许其中一个会叫莉莉安娜。还有一个，一定叫连胜。”

夏宴风：“……”

连胜追着赵卓荦而去，走在他旁边，说道：“美人在前你跑什么？你又没被她坑过。你害怕她觊觎你的肉体吗？”

赵卓荦说：“因为我还想活着回寝室。那你又为什么这么讨厌她？”

连胜冷笑：“我以为她有这个觉悟，才会在找我踢馆之后，又来代言我的短片。”

赵卓荦：“是因为她的粉丝骂了你。”

连胜大声道：“我是那么肤浅的人吗？”

赵卓荦轻呵一声。

连胜比了下手指：“我只是稍稍有一点记仇。”

夏宴风有点怀疑人生。她什么时候被这样冷落过？还是她主动讨好的情况下。她低头看了一眼自己的裙摆。是自己穿着不够得体吗？

她正在迷惑，就听见旁边的人喊：“女神，能合照吗？”

“女神，你要在这里留多久？今天是有外景吗？”

“夏夏，我爱你！”

夏宴风抬起头，扯出一个微笑，朝着他们走过去。

莉莉安娜举着光脑，心不在焉地听着，视线时不时地往落地窗的方向飘去。

他们现在在高层，从这里看下去，一个个细小的黑点不断地在眼前穿梭。

这个城市变更得太快了，两年没见，已经大不同前。她感觉到很熟悉，同时又觉得很陌生。

“我明白了。”莉莉安娜深吸一口气，转身将光脑丢到桌上，“你去转告联盟大学的负责人，如果他们的学生最后赢了，我来给他们做短片宣传。别老想这些有用没用的东西，好好准备之后的比赛吧。”

她面前的男人微低着头：“不，莉莉安娜上校，我们这次请您回来，其实是为了另外一件事情。”

第三十四章

万众瞩目

莉莉安娜往回走了一步："说。"

男人道："这次请您回来，是希望您能担任本次比赛的解说。"

"愚蠢！"莉莉安娜大怒，对着面前的高大男人叱责道，"特意把我从假期里叫回来，就是为了这样一件不知所谓的事？夏宴风那种不上台面的比赛，竟然让我去给她做解说？你觉得我有那个空陪她作秀吗？"

莉莉安娜干脆地拒绝道："不可能！"

男人说："这一次的确不是官方的请求，但是希望您能考虑一下。"

莉莉安娜斩钉截铁："不去！"

男人一动不动，无奈道："祖宗！"

莉莉安娜掀起眼皮："跪下叫祖宗。"

男人现在真能给她跪下。

莉莉安娜继续说："我也不会去。"

男人："……"

"莉莉安娜上校，我只是替人转告，希望您能重视一点。"男人站得板正，"我想说的是，夏女士再发展下去，或许真的会进入军部，而她肯定不会从一个低级士兵做起。"

莉莉安娜怒极反笑，坐回椅子里，从鼻腔里哼出两声："你拿她跟在前线厮杀拼命的远征军比？我感到很痛心。现在上过三天、拿过积分，就可以用来作战绩了吗？那真是太好了，三天实现了宇宙和平。"

男人提醒道："她为军部的宣传做出了不少贡献，而且她也有正当的职业，莉莉安娜上校。"

"如果她继续她的正当职业，而不是利用她的知名度妄图获取她不该有的荣誉，那么我会尊重她的职业，杨上尉。"莉莉安娜抬起一只手，沉声道，"这对其他的人不公平。也许这世界上有很多不公平，但我不能容忍那些还埋在沙土下面，奋战至死的战士被她这样的行为所羞辱。"

莉莉安娜一只手搭在扶手上，很是烦躁地道："我不知道那几位军部的人是怎么想的，他们知道这样愚蠢的行为会影响多少人吗？"

男人挺直了背，点头道："事情发展到现在，我们都有责任。"

莉莉安娜："我有什么责任？"

男人："连带责任。"

莉莉安娜眯起眼睛："杨上尉，我希望你明白，我现在坐在这里，因为一个莫名其妙的女人，心情已经非常不悦，你不要再提醒我想起这件事。"

男人转身，朝她敬了一礼，说道："如果您不认同她，就更应该去看这场比赛了。"

莉莉安娜："为什么？"

男人说："周狮子的团队，还有他挑中的人。您应该相信他。"

莉莉安娜冷哼："如果他不是因为一点蠢事就离开军部的话，我会更相信他。"

"周狮子说，他们队伍里的两位年轻人非常优秀，远征军一直都是缺人的，希望您不要错失这个机会。等到明年可能就太晚了。"男人一字一句地复述道，"而且，如果您看不惯夏女士，请抢过她的风头。没有比让她输更好的选择了。"

莉莉安娜："我做解说，就能让她输了？"

男人："不。您做解说，能让她输得更痛快。您也知道，夏女士打比赛，有一些不好的习惯。"

莉莉安娜靠着椅背，这回没有马上拒绝。

安插间谍这种事情，在三夭外行玩家的普通比赛中，其实并不罕见。虽然恶心人，但是打起来很痛快，不乏有这种抱着恶搞心态踩边线的人。只不过在军校生与军人的眼里，这是一种羞于启齿的黑点。总归来说，是双方对这件事情的重视程度不一样。

"没有比您的奚落更有说服力，且让人哑口无言的了，莉莉安娜上校。"男人说，"请您去维持比赛的公正性。"

是的，但是如果他们比赛输了，那么也没有比她的奚落更让人狼狈的了。

莉莉安娜思忖片刻，沉声说道："如果他们最后输了，我就亲手撕了他们。"

之后不久，莉莉安娜官方放出消息。如果连胜和夏宴风的比赛，连胜可以获胜的话，她愿意作为推荐人，大力支持他们推广古武的项目。

三夭彻底炸锅了。

莉莉安娜竟然会关注这样一场私人的比赛，这是不是从另外一方面证实了夏宴风的名气？众人纷纷猜测，之前有传夏宴风要转投军部的事情，是不是真的？

联盟大学的管理层更是震惊。

莉莉安娜跟夏宴风，选谁？哦，这根本没有可比性。

对夏宴风来讲，这不过是她众多广告中的一个。而对莉莉安娜来讲，那就是面向军部颇有重量的一个提案。

学院负责人语重心长地拍着连胜道："连胜同学啊，你一定要好好努力。虽然比赛是在假期，但是只要需要，学校随时可以提供帮助！"

连胜叹道："可是我还要进行期末总复习，时间特别仓促。"

学院负责人："求知向学是好的，但复兴古文化这样意义重大的事情，也不能轻视。"

连胜惆怅地眺望远方："人生总是会有许多不得不二选一的艰难局面……站在岔口的时候，就会明白，现实有时候，和梦想是没有交集的啊。"

学院负责人终于明白她的暗示，哭笑不得道："再给你加十分。如果你连这样都考不到及格，连胜同学，我准予你留级。"

连胜满意地笑道："谢谢您的谅解。"

时间转瞬即逝。

短片的工作只剩下收尾，预计鲁明远他们可能要带着工作过假期了。连胜也终于考完了她的期末考。

因为莉莉安娜那则声明的缘故，连胜与夏宴风的比赛被炒得很热。虽然当事人一直没有发声，但不妨碍众人对本次比赛进行猜测和下赌注。各方都十分紧张，他们知道这场比赛背后的意义重大。

连胜又一次打开官网，查看论坛评论。

骠骑大将军是什么玩意儿？怎么比得过我们风风？

我今天话就撂这儿了！风风必赢！打倒那个什么鬼将军！

风风机智美貌无敌！古武大师算什么？就是工作室拿来炒作的噱头而已。风风百战百胜！

不是三天玩家别乱发言行吗？

三天统治世界了吗？我们风风给三天带来多少流量？

我风有颜有钱有地位，想靠自己实力还要被你们这帮人 diss（怼）？

连胜叹气，登上三天跟众人会合。她很是失望道："不堪入目。竟然让我第六次看见这样的污言秽语。"

百米飞刀无语道："那你倒是别打开看啊。"

"可是就算我不看，它们也依旧存在。"连胜说，"骂人的，有本事都给本将军站出来。我要记住他们丑恶的嘴脸，来作为对自己的鞭策。”

百米飞刀：“……”

百米飞刀斜侧过身，恶劣地问道：“考得怎么样？”

“虽然我都看不懂。”连胜迷之自信，“但是我觉得我会考得很好。”

百米飞刀同情道：“孩子病了。”

他招了招手，示意众人围过来，开始说正事：“现在，我来讲解一下大战安排。”

赛事协商全部是由百米飞刀处理，因为他不想打扰连胜考试，一直没有告诉她商定后的结果。连胜也确实不担心他这样的老油条能让自己吃什么亏。

“首先告诉大家一个好消息。”百米飞刀带头鼓掌，“传说中的‘霸王花’莉莉安娜会来做我们这场比赛的解说。”

周师锐和连胜随大流地鼓掌，有些迷茫道：“为什么？没有听说啊。这种踢馆比赛她都过来解说，这么闲吗？”

“这是内部消息，等正式比赛的时候才会公布，以免造成全网轰动。”百米飞刀说，“莉莉安娜在远征军第六军团有绝对的推荐权力，懂吗？这是一个免试升入六军的大好机会。尤其是某位成绩在挂科边缘徘徊的同学，请注意。”

“我说了，我觉得这次我会考得很好。”连胜扭头对着周师锐说，“好好学习，学弟。”

周师锐：“……”

百米飞刀还在鼓掌：“你们老板可是已经透支了下辈子的人情，请将这份恩情牢牢记在心底。本店不允许私下免单。元旦期间违反店规的朋友们良心发现之后请自觉将差额上贡。”

连胜：“说重点，老板。”

“重点就是，莉莉安娜最不喜欢投机取巧的人，她喜欢遵守纪律、严于律己的士兵。所以在她面前，要时刻保持冷静、聪慧、幽默、正直。”百米飞刀正色道，“另外，一定要赢下这场比赛。

“我这样说吧。夏宴风家三代以前都是经商的。现在夏家想靠着她的知名度转军。当然，这对军部来讲简直是痴人说梦。可哪里都不缺一些老鼠屎。总之，在被金钱腐蚀的表面即将渗透入深层的时候，有必要给他们一点颜色看看，让他们明白我联盟军部，不是这种下三烂的手段可以横行的地方。”百米飞刀说，“但夏宴风毕竟有五千万的粉丝，没有人能不畏惧这么庞大的粉丝的力量。”

周师锐纠正道：“七千万。”

“我的天，都七千万了，联盟真的应该控制一下它的优生优育政策。”百米飞刀唏嘘道，“现在各方水军都在吹捧夏宴风，务必要帮助他们完成下一个动作。

他们要是不能被捧杀，我们就得被踩死。明白了吗？”

众人点头。

目的什么的根本不重要，他们的目标从来都是一致的。

此时夏宴风的高级公寓里，她抱着自己的手臂，窝在沙发里。

“莉莉安娜竟然也看上了古武，这真是太好了。”经纪人在房间里走了两步，说道，“那个连胜非常碍眼，但没有关系，我会替你安排。只要你赢了她，就是一箭双雕。”

经纪人拿着光脑坐到她的旁边，给她讲解规则：“考虑到对面有许多的军校生资源，会对我们非常不利，这一次的参赛选手选拔会用随机的模式。除去固定的十二位军官，比赛前三天开启现场报名，然后从报名者中抽取剩余人数，再进行分配阵营。”

“我会鼓动你的粉丝们一起去报名，这样就能稀释他们军校生的数量，保证参加比赛的人多数都是我们这一边的，我们就能在开场占据绝对的优势。”经纪人笑道，“当然，这些都是粉丝自发的行为，跟你没有关系。”

经纪人理了理碎发：“如果我们在现场已经有足够的优势，那么你可以绅士一点，劝告在你敌对方的粉丝们尽情享受比赛，服从对面的指令。这一点，你听从副指挥的判断。”

夏宴风抬起头问：“连胜同意了吗？”

“他们当然同意了。”经纪人摊手道，“他们就是这样一群高傲的人。所以，活该输得惨，不需要同情他们。”

“这一次不是网上那些名不见经传的比赛，请打起精神来。”经纪人拍了拍她的肩膀，“我们要赢得漂亮。亲爱的，再往前一步，你就能站得更高了。没有比英雄更让人尊重的地位，你离梦想已经那么近了，它即将属于你。”

夏宴风抿唇，深吸一口气，坚定地道：“我会赢的，我当然会赢。我要让所有人为我骄傲！”

百米飞刀也和他们讲完了赛制。

“总之现在就是这样。我们要先选好十二个军官，还差七个。”百米飞刀说，“指挥连胜，副指挥小弟。其他人你们自己选。”

周师锐有些诧异，说道：“你的建模比我优秀，还是你做副指挥吧。”

百米飞刀慈爱地看着他：“对付他们？不需要的，简直是杀鸡用牛刀。勇敢地去吧，我队里优秀的年轻人。”

周师锐：总觉得哪里怪怪的。

连胜点开自己的好友列表，发现程泽竟然在线，于是顺势给他发去了请求。

程泽迅速回道：“如果是莉莉安娜做评委，那我们当然去。我代表他们同意了。”

程泽感动地道：“你是我亲兄弟啊，连胜！我们一定好好表现！”

连胜：“那还差三个。”

“简单。”程泽说，“从你打过的人里面随便挑，这是一个在远征军和大众面前露脸的好机会，他们不会错过的。”

连胜摸着下巴回忆了一遍，下线联系战友。

最后连胜队伍召集的十二位军官阵容：工作室五人，赵卓荦宿舍四兄弟，联军的刘昊，一军的张策，加上联大的季方晓。他们各自在军校网站上吼了一声，让兄弟们保持上线状态，时刻待命。

虽然现在还不能公开莉莉安娜会参与的消息，但这几人在军校都是颇有号召力的。

鉴于本次赛制以及夏宴风粉丝的数量，为避免太过夸张的敌我差距，众人在网上疯狂宣传，号召三夭网友热情加入。赛前博弈空前热烈，据说这一季度的传感器设备都快卖脱销了。

本次比赛要做的准备不多。

地图的事情，他们这边有纯正的活地图——百米飞刀。

至于排兵演习，就更不需要考虑了。这次比赛的士兵素质肯定良莠不齐，敌我混杂，再多的准备都没有用处。

二月一号早上九点，报名通道正式开启。报名时长两个小时。由三夭负责转播，官网可以实时观看。解说出场号召群众参与，活跃气氛。

“今天这场比赛，万众瞩目，是由国民女神夏宴风，向新兴的古武大师连胜发起的挑战。由三夭官方进行转播。我想大家都很期待！

“自我介绍一下，我就是今天的解说‘点睛之笔’，除了我以外，我们还邀请到了一位重量级的解说。和这位女士搭档，我感到非常荣幸，同时也非常忐忑。”解说点睛之笔道，“让我们热烈欢迎远征军的传奇，莉莉安娜上校！”

直播间的评论版块出现了诡异的断裂。

直到莉莉安娜标志性的声音出现在视频背景中：“希望大家踊跃报名，期待看见一场精彩的比赛。”

她一开口，评论区立马爆炸式地增长覆盖，视频甚至有一瞬间的卡顿，那可是三夭引以为傲的服务器。

无数人在下面高喊莉莉安娜的名字，希望引起她的注意。

莉莉安娜？是那个莉莉安娜吗？

这世上没有两个叫莉莉安娜的上校！目前活着的！

不可思议！莉莉安娜！她从边境回来了吗？

这大概就是整场比赛最高潮的地方了吧！还用看什么比赛！

露脸的机会来了，快报名！

有年龄限制吗？没有的吧？没有我就认真上了啊！

莉莉安娜的出现，她随口的一句话，让报名人数直接暴增。

夏宴风和经纪人坐在休息室里，正看着上面的数据。

“啧。”她的经纪人不悦地道，“低估了她的影响力，一个老女人。难怪他们会答应得那么爽快，原来早就商量好了。”

夏宴风不安地道：“莉莉安娜，她为什么要来做这场比赛的解说？她是不是想针对我？”

“亲爱的，这不需要知道，反正这是一件好事，你可以借此打开军部的知名度。你看现在网上都在猜测你们之间的关系，和莉莉安娜扯上关系，你再赢下这场比赛，相信我，绝对比任何的营销都要管用。”她的经纪人安慰她道，“我已经给你请好了队友，不会有问题的。”

夏宴风视线瞥向一侧。她有点害怕莉莉安娜，那人的眼神太恐怖了。

经纪人说：“莉莉安娜再怎么样，这次也不过就是个解说而已。她不会太偏袒对面，还是要考虑一下公众影响。你只要和以前一样就能赢。这不过是场游戏而已。”

“放轻松，亲爱的。”经纪人吐出一口气，“你一定可以的，不要让夏先生失望。”

夏宴风嘴唇轻颤，向后缩去。

点睛之笔开始拉着莉莉安娜闲聊。只要她随意说两个字，或是喘喘气，就足够让现场人员激动一阵。他也有些难以抑制的兴奋，所以声调上扬，尾音有点飘浮。

点睛之笔问道：“莉莉安娜上校，请问您怎么看待这次比赛？您觉得谁会赢呢？”

莉莉安娜说：“我很期待我军部的明日之星，等待着她加入我们的阵营，壮大我们的队伍，同时非常感谢她对联盟做出的贡献。”

众人都以为她说的是夏宴风，底下刷起了整排“风风加油”“谢谢支持”“我爱风风”的字样。

结果莉莉安娜的下一句话直接打碎了他们的幻想：“连胜以及她军校的朋友

们，感谢他们对古武无私的推广，我等待看见他们胜利的一刻。”

评论又一次出现了断裂。下面出现一整排的问号和“哈哈哈”，场面可谓非常尴尬。

点睛之笔也有点慌乱，强势为夏宴风挽尊：“听说夏宴风小姐有意往军部发展，她一直在号召青少年了解军部。您对她有什么看法？”

莉莉安娜：“哦？艺术兵吗？那并不属于我的管辖范围。”

点睛之笔：“哈哈，您在前线可能不大了解，夏宴风小姐也是非常有实力的一位三夭战士，虽然是半路出家，但带领队伍拿过不少优胜。”

莉莉安娜的语气不温不火，显然不是很感兴趣：“请务必让我见识一下。”

莉莉安娜的语气，明显惹怒了夏宴风一众粉丝。

这人谁啊？

这人是谁不重要，和这个人比起来，夏宴风不值一提。

远征军的门面那都是有战绩支撑的，就算不是他们自己打下来的战绩，起码人家上过战场。夏宴风有什么？三夭积分吗？我快笑死了。

我风起码到处做宣传呼吁带动风气，这是吹还是事实？

夏宴风带起来的风气是什么？妖风吗？用粉丝量和莉莉安娜比战绩，比贡献？可算是长见识了。

事关双方偶像，众人吵得不可开交，但显然夏宴风的粉丝触到了点霉头。

多数人还是有理智的。偶像是偶像，联盟是联盟。他们讨论哪个明星、哪个学生，都可以，但是像这种军部的人物，他们不想参与。别说是莉莉安娜，就是事关任意一位军人，他们都会保持缄默。这样的话题，逞口舌之快，只是给夏宴风招黑而已。

何况莉莉安娜的战绩可不是别人让出来的，是她自己打出来的。夏宴风本人都不敢跟她撕破脸皮。

粉丝内部出现分裂，场面一时非常混乱。

“看来今天的比赛……”点睛之笔艰涩地道，“会非常激烈。”

莉莉安娜当作没看见下面的评论，依旧保持着不问就不答的状态，而回答的语气标准的公式化。

点睛之笔压力巨大。他也不敢渴求这位搭档能和他配合，他的目标仅仅只是克制住自己全程无脏话，那就是本场比赛的大成功了。

他艰难地磨过了两个小时，等到三夭开始分配士兵，随后双方军官上前挑选地图。

连胜说："既然是你主动发起的挑战，我是不是可以有优先权？"

夏宴风："请便。"

系统挑出二十张地图，百米飞刀快速扫了一遍。

"我来提个建议。"百米飞刀说，"我们开场的兵力可能会处于劣势，所以要尽可能避免浪费兵力。来参加比赛的人水平良莠不齐，不要指望他们能驾驶好机甲。而且你对机甲战并不熟悉，更上手的还是狙击。为了保证我方能发挥出最大的实力，首先排除所有的机甲战场。"

连胜点头："古战场杀敌太慢，而且兵器不够发达，我们很难完成少数人对大多数的逆袭。"

"再排除古战场，我们可选的就是现代步兵战。"百米飞刀说，"选这个攻略地图。"

连胜说："但是机甲战场也挺有意义的。大战场的机会太少了，正好是个锻炼的机会。"

空气安静了下来。众人震惊地看着她。

亮亮的灯泡："你没事吧？"

超亮的灯泡："说什么胡话呢？"

百米飞刀惊道："谁要锻炼你？我是那种人吗？！"

连胜："……"

"醒醒。我是你老板不是你老师。"百米飞刀说，"现在没有什么比胜利更吸引我。我们是收钱指导，你知道我收了多少钱吗？没交过学费的人不能成为我的辅导对象。"

"你不要说了，我的错。"连胜心痛难当，迅速点下了他所指的地图。

之后的队伍安排，选择随机分配。

众人重新退到准备场景。

"也许有人并不熟悉三天，或者不熟悉这张地图，我先来讲解一下这张地图的规则。"百米飞刀在公频里科普，"这是一张攻略地图。双方根据地各会有一个信号台，位于地图两侧。比赛结束的条件，一是破坏他们的信号台，二是某方人数先少于五百。

"武器只有一个，就是你们手上配置的能源枪。优点是速度快、声音小、无后坐力、杀伤力大、容易上手，射击后不易被察觉。枪身上方有一个瞄准器，它的精度非常高，可以自动调整，只要对准十字标识基本就能射中。缺点是弹路无法转弯，无法连续使用。"

百米飞刀拍了拍手上的枪械，提醒道："一分钟之内连续射击超过六次它就会发热爆炸，请注意。"

百米飞刀："这一次是都市地图，提醒一下诸位。根据和平条约，不允许威胁平民的人身安全，不允许抢夺平民私有财产，不允许在城区内使用大杀伤力武器破坏城市文明。但是，你们可能会受到来自平民的攻击。部分 NPC 随时会躲藏在暗处进行无差别偷袭。这座城市处处都是危险，请时刻保持警惕。"

周师锐将频道调回十二人的队伍，因为现在只有他们十二个人是绝对安全的。

这一次的地图有点特别，它是全的。还没开场，整张地图的详情已经全部标注出来，但他们仍旧要开地图。

士兵离开信号台距离超过十公里，就会跟指挥失去联系。必须在一定的距离点安置信号转换器，才能保证队伍指令的传递。这也就是侦察兵的新任务。

周师锐已经将最佳的转换器安置位置给她标注出来，连胜一动不动地看着地图做最后推演。

五分钟后，倒计时结束，赛场正式开始。所有玩家被随机分成各队列，传送至地图不同位置。

这是一个都市场景。

街上空空荡荡的，零星停着几辆车。所有店铺和房门全部紧闭，但是城市中的基础设施和水电还在持续供应。繁华的街区，依旧在播报着过时的新闻。

连胜切回公频，高声命令道："现在，所有人前往中部集合！迅速就位，都跑起来！"

部分小兵有些茫然，站在原地没动。前方开始跑动的人看见这情形也停了下来，搞不清楚状况。

有一部分人不是专业的，甚至还是完全的新手，其中夹着数量不明的间谍故意拖延进度。总之第一个命令的执行效果，从地图上看非常惨烈。

"跑跑跑！迅速一点！"几位连长在后面轰赶，催促着他们往中间整队，"往地图的绿色标识点行动，跟着大部队走！都听不明白吗？前面的人先过去，不要管什么队列！"

连胜看着地图上的绿点，直接说道："我只是下了一个集合的命令。如果还有磨磨蹭蹭的士兵，请各位连长抬起你们手中的枪。我并不指望这群要么脑子有问题，要么耳朵有问题，再要么立场有问题的人能成为本次的战力。故意拖延进度的选手，我会先进行内部处理。望各位好自为之。"

浪费了许多时间，众士兵终于来到本次地图的集合点。

这里并没有大的广场可以让他们站位，只能顺着街道往两边排列。连胜让他们不要太过拥挤，起码给道路留出三分之二的空间。

连胜说："现在，所有人混合走动，随意交换位置，打散队形。"

周师锐取消了军官级在地图上的特殊颜色标志，他们也跟周围的士兵直接换了上衣。

连胜趁着他们换位，在频道内敲打众人："我先提醒一下诸位，我知道你们之中有夏宴风女士的仰慕者，或许会向她传递我军情报。这没有关系，如果你想做，你就尽管去做。而愿意加入我的队伍，跟随我们进行征战的，我也表示诚挚欢迎。只要你们听从指令，我不会怀疑你们中的任意一名士兵。"

连胜说："但是，三天本身并不支持此类行为。如果你们做得太明显，在没有命令的情况下击杀你们的队友，扰乱我军秩序，我会直接以作弊的形式举报你们，申请击杀无效。就算是误伤，超过两人，我也会进行举报。三天官方不判处，那么就进行内部处决。希望你们做好心理准备。"

连胜嗤笑道："不过，在莉莉安娜上校与众多观众面前，做到这一地步的话，我想就太失态了。这种胜利，还有什么意义吗？"

周师锐跟连胜打了个手势，示意她差不多了。

连胜喝道："所有人听我指挥！现在打开地图，根据你们身上的数字标识，前往地图中与自己数字相同的位置进行待命！"

连胜："刚刚换上军官衣服的人，现在出列，来后方背取信号转换器，跟随自己的队伍行军。"

众士兵这下是真的有些摸不着头脑了。

周围全是一模一样的小兵，穿着防弹器具，又换了衣服，他们已经分不出谁是原先的连长了。这让他们有些不安。

只是因为频道设置，他们现在无法反馈自己的信息。

连胜似有所料，说道："不用去管你们的连长是谁，从现在开始，我就是你们的直接指挥。所有人听从我的调派。立即出发！"

连队的开场似乎不容乐观。连胜的安排可谓隐患重重，究竟是断尾求全，还是得不偿失，很难说。

反观夏宴风这边，已经井井有条地整好队伍，在安置信号转换器。

解说忍不住开始评价。

"骠骑大将军的指令，容易在军队中造成恐慌。间谍不一定有，就算有也肯定是少部分的，她这样草木皆兵的对待方式，反而不利于军队团结。"点睛之笔说，"而且他们根本就没有整队，所有队伍只是打散重排，意味着他们的凝聚力和整体战斗力都不强，跟散兵无异。最重要的是，他们浪费了最宝贵的开场时间，却不知道究竟做了些什么。"

点睛之笔的话语中都是不认同："由总指挥直接部署五千人，我认为是不大合理的。毕竟这个战场本身要分成许多条进攻路线，她一个人怎么可能兼顾得过来？”

点睛之笔说完，意识到边上还有个人，小心地问道：“莉莉安娜上校，你怎么看？”

莉莉安娜说：“如果无法确认自己军中哪些人是奸细的话，那么再完善、再缜密的计划，也会因为情报泄露而告败。那样的情况更容易打击士气。”

莉莉安娜：“在地图里，己方军官的位置如果暴露，他们最重要的筹码也会失去。”

点睛之笔问：“您的意思是，赞同他们的做法？”

“对，或者错，只有结果能证明。不是每一个指挥，都适合一样的战术。更主要的，是看她在这一步之后的应对。”莉莉安娜说，“我还做不到开场五分钟就直接判断出战局走向。”

点睛之笔：“额……”

直播底下一群人哀叹。

唉，这一届解说不行啊。

感受到了上校语气中的鄙视之意。

如果夏宴风没有安插间谍，那画面就美丽了。

作为看过她比赛的人表示，那是不可能的。

如果军官的位置暴露，身后又有对方的奸细，岂不是很恶心？

这就是战场啊，知道《孙子兵法》第十三篇就是《用间篇》吗？

连胜这边的一举一动，果然被报告给了夏宴风的队伍。他们直接抽调出几支队伍，往连队安置转换器的某个位置赶去。

先抢杀一波人头，打乱他们的节奏。胜利永远在掌握更多信息的一方手上。

副指挥语气轻松道：“不用担心，对面再防备也没有用。不知道哪个是军官，那就杀小兵。大战场能决定最终胜利的，还是小兵。”

夏宴风并不担心对面会和他们一样安插间谍。这并不是她对自己的魅力有自信，而是她相信，这群军校生不会在莉莉安娜面前做出这样的举动。

百米飞刀和骠骑大将军当然也是有粉丝的，夏宴风的队伍里也会有各军校的成员。

他们并不在管理层，听不见上级之间的信息交流，但见才刚开场，部分战友就如此肯定地往地图某一点赶去，加上对夏宴风作战风格的了解，猜到其中必有猫腻。

众人纠结再三，还是给连胜那边发去了自己的猜测。

“大将军，他们果然在作弊。你们的排兵位置可能暴露了。”

一名男生隐晦地问道：“需要我们也帮忙吗？”

联盟大战场里，要作弊传递信息可以有两种方法：一是当面汇报情况，二是好友私聊。

敌我双方好友私聊是允许存在的。因为大战场一旦开启，一般需要较长的时间。如果关闭好友系统，现实中又出现什么紧急情况，无法及时联系的话，这锅可能会被甩到三天身上。他们表示不敢背。于是这样的便利，成了玩家作弊踩线的漏洞。

玩家表示，这是三天故意留下的程序，鼓励玩家开发新的玩法。

三天弱弱地表示：不，它不是。

“果然如此，他们可真没让我失望。我军有敌方间谍，各队位置已经暴露。”连胜说，“但是正直聪慧的我们，不需要用这种下三烂的手段。老板你觉得呢？”

百米飞刀：“老板觉得无耻对无耻也是挺好的，坦荡对无耻我们就吃亏了。优秀的副指挥你觉得呢？”

周师锐艰难地接下去：“我觉得指挥说得对。亮哥，你觉得呢？”

亮亮的灯泡：“我是不讨厌灯下黑的，毕竟我是灯泡。”

连胜喊道：“哎哟喂，亮哥。”

“但是我讨厌没有下限的无耻！”亮亮的灯泡说，“灯下黑也就算了，黑到灯上就不行了！”

程泽：“总觉得你们有点，怪怪的。”

连胜点头：“很好，我想大家都已经做好失败的准备了。”

方见尘刚想说“呸”，连胜又继续说：“但是我想你们一定没有接受失败的觉悟。既然这样，胜利一定要属于我们。”

“优秀的副指挥啊！”百米飞刀恨铁不成钢道，“你怎么看？！”

周师锐：“……很好。”

季方晓觉得这画面可谓诡异：“所以你们的结论是？”

连胜：“做一个正直的人。”

亮亮的灯泡：“做一个聪明的人！”

连胜大义凛然道：“我要回绝了他的好意！”

连胜对着前来通风报信的同志严肃回道：“感谢你的善意提醒以及疾恶如仇的高尚品质。但是，我还是希望双方能够认真作战。既然这是战场，身为军校生，就应该时刻以严明的纪律来规范自己。如果大家都用如此卑劣的手段来扰乱战场的秩序，它将变得毫无意义。你我站在这里的原因，也就成了某人打发时间的娱乐。所以，这与敌军使用的手段无关，与最后的胜负无关，只是因为自己的信念和尊严。从开场的那一刻起，我们就是敌人。请不要犹豫地举刀相向，为了胜利拼尽全力！”

对面的男生非常上道，高声应道：“是！向莉莉安娜上校致敬！”

连胜：“致敬！”

连胜旁边的周师锐：“……”

兄弟，这有点太假了啊。

连胜扭头，冲他挑了挑眉毛。一个不会拍马屁的将军，是容易早夭的。

“额……”点睛之笔努力寻找着措辞，“骠骑大将军义正词严地拒绝了来自敌军友方的情报，并将他确认成了敌人。那么她应该怎么办呢？”

莉莉安娜轻笑：“虽然她刚才的话听起来很蠢，不过，这的确是军人应有的自觉和底线。一个喜欢踩边线或者找理由狡辩的士兵，我不会让他在我的军队里多待一天。”

点睛之笔看了一眼疯狂刷屏的粉丝，喉结一滚，替他们问道：“但三天里不乏这样的行为，而事实上，没有间谍的存在也是不现实的。那么对于战场来说，这是不是也算策略和准备的一种？”

背景音里空白了几秒，莉莉安娜没有回话。

虽然并不是坐在一起解说，隔着远距离的时空，点睛之笔依旧感受到了来自对面的无形杀气。

他正想干笑两声糊弄过去，就听见莉莉安娜道：“原本大战场就只有五千人，为的是考验指挥之间的排兵技术和士兵的协作团结能力。如果要为自己找借口，考究所谓的不现实的话，那么更不现实的，是每一次作战都依靠着所谓的间谍战。这根本是无稽之谈！”

如果说她之前的声音是平静中自带威严，那么现在，所有人都可以感受到她的不悦。她难得一口气说了那么长的话，而每一个字，都带着严厉的批评意味。

“你以为，在一支队伍里出现这么多数量的间谍就是所谓的现实？为什么要用这样敷衍的借口来掩饰？承认自己的不足诚然是一件艰难的事，但是为了掩饰，去虚伪地颠倒黑白就是一件极为卑劣的事！如果是在我的管辖队伍，绝对不允许出现这样的情况！这就是我远征六军上下集体的骄傲！”

点睛之笔缩了缩脖子，干笑道：“所以您认为夏宴风女士的行为……”

“她不是一个演员吗？”莉莉安娜忽然气势一泄，像是有些无趣道，“你放心，我们不会以自己的标准去要求别人。”

点睛之笔：“夏宴风女士本身也很向往军部，只是没有经过专业的训练，所以缺乏一些意识。但是，这些都只是可以改正的小错误……”

“违规不管在什么时候都不是一种机智，更不值得骄傲。既然选择了参与游戏，那么就不要用其他的理由去质疑规则的合理性，来为自己争取特权。”莉莉安娜打断他说，“归根结底，她想要用这场比赛来分高下的究竟是什么？是人气？还是实力？如果是前者，它只是一种娱乐；而后者，是一种信念。我没什么想对此评价的。”

点睛之笔感受到了，他感受到了莉莉安娜对夏宴风的浓浓怨气，而观众们也若有若无地感受到了。

众军校生听得都快哭了。莉莉安娜来做解说真是太好了，综观整个三天都没有哪个解说敢说这样的话。

果然评论下面又掐起来了，或者说从开场起就没有停过。

而此时前线，连胜的队伍，众士兵还在稀稀拉拉地向前行军。

几位连长混在小兵中间，边走边搜寻值得信赖的战友。一般军校的学生都不会有太大的问题。众人根据他们胸口的编号以及随机搭话，来逐一确定人选。

选出目标后，让那几人悄悄后撤，回根据地领取转换器。

周师锐在他们出发之后，隐藏了他们在地图上的位置标识。

连胜道：“到达指定位置后，所有人待在原地不要动，调整到备战状态。暂时不要安置信号转换器，等待我的指令！”

随后，连胜让周师锐抽调出了几名小兵的私聊频道。

连胜说：“现在开始选派侦察员上前汇报情况，你们是被选中的士兵。请保持沉默，不要宣扬，直接前往指定地点侦察，要求是及时汇报前线战况。”

这几个被私聊的，是从各小队随机抽取的人。

第一批人上前之后，她开始抽取第二批，到第二个视野开阔的地方。各个地点之间有视线的交会区。这样可以保证各个批次的侦察人员之间没有联系，不知道彼此的身份，也无法获知各自的位置。

连胜不能清除自己队伍中的间谍，而且她也不能不用这群小兵，所以只能靠着其他方法来限制间谍的行动。

在同样的视野内，如果一方汇报了战况，另外有人没有汇报的话，就有足够的理由对该人的立场保持怀疑。如果他们想要埋伏得更久远，就要表示一定的忠心。

她制定的战略，就是少人数、多批次，交叉监管，维持秩序。有本事，别露出狐狸尾巴来。

连队浪费了太多的时间，到现在还处于地图的中下部。第一批侦察兵往前跑了一段路，随后汇报敌军来攻的位置。

从距离来看，对面行军的速度确实比他们快多了。

连胜联系季方晓，说道："是你那边的小队。他们朝你那边过去了。大概只有一个连的人数，注意防备。"

季方晓和众人保持距离，小声地道："我先去和右边的队伍会合。"

连胜："好，我也过来了。"

他们这边的战力太薄弱，能做到一对二已经不错了，必须要在首次交锋的时候保证人数的优势。

夏队现在可谓是深入敌营，看来真的是很有自信啊。

第二批前来领取信号转换器的士兵已经到了，转换器就放置在信号台的周围。

连胜随意点了一个人，让他先留下，其余士兵背着大包重新离开。

"把衣服脱了。"连胜解开自己的上衣，"从现在开始你就坐在总指挥的位置上，加油干，朋友。"

小兵忐忑地道："其实对面没这么快过来，我在不在也无所谓吧？"

连胜："等对面过来的时候，你想换也来不及了。"

他们互相换了衣服，连胜朝他和周师锐敬礼："二位保重，总指挥先走了。"

连胜背上自己的枪往前线赶去，一面不停地下达指令。

"前线侦察兵确认安全的队伍，寻找隐蔽点安装转换器。"

"这张地图我熟。"百米飞刀说，"优秀的副指挥，我向你推荐几个位置，你觉得怎么样？"

随后他报了几个坐标，周师锐直接标出，让那士兵过去安装。

连胜喝道："安装任务交给背着转换器的士兵，其余人不要跟进！侦察兵保持位置不要动，除六连和九连外所有士兵继续前进！"

周师锐将首批穿着军官服的十人标识从地图上给抹掉，让他们能秘密前去安装。

连胜："六连全体队伍向地图右侧移动，九连全体队伍向左侧行动！"

连胜的整体命令显得非常杂乱，毕竟他们有十个连，在不同的位置，却是由一个指挥来直接领导，所以她时常上一句话在对着一连说，后一句直接转成了七连。周师锐一般会在她说完之后，单独连线到那一个连队的频道重复一遍，以确保命令到位。

到目前为止，士兵对她的指令感到万分迷茫，但接收还挺准确，没有出现失误。她能这样精准地分配各队任务，说明各连长就在小队中间，实时朝她反馈，只是没有展露身份。

有几人小心地窥探周围，想要找出那几位隐藏的连长。可惜周围太过喧哗，队伍又很没秩序，根本看不出哪些人可疑。

夏队的突袭小队，此时也得到他们的目标在转移位置的消息。

一连长说："据说还没有安装转换器，看来他们很警觉。"

一人问："是继续追，还是换一个连队攻破？"

"追，他们的队伍简直不堪一击，还在内乱，怎么都能抢杀一波。何况另外几个转换器的位置我们还不知道。他们保密工作做得挺好。"那连长大笑道，"两个连都打不过一个连的话，对他们的打击不是更大吗？"

此时，连胜已经走到地图前方的一个岔口。她保持前行，地图上的绿点却开始向左。

莉莉安娜扫过地图，眼皮跳了一下。

季方晓分配到的是六连，而方见尘分配到的是九连，两队正在努力会合。

季方晓说："太慢了，整体士气非常低迷。必须给他们来点认真的。"

连胜也有点生气了："现在！六连、九连所有人听我指令！ ID4132、1156、1792、3815、2573，停下自己的脚步，转身，举枪！所有在你身后的战士，全部狙杀！"

所有士兵听见慌乱了一下，停下脚步回头张望。

季方晓抬枪，先行射杀了两个人。因为枪身开始发热，暂时停了下来，和身边的同伴示意。

连胜厉声骂道："我给出的指令还听不明白吗？让你们走直线这样的指令还不够简单吗？不听从指令的人，你们的脑子是比核桃还要小吗？！别给我找那么多借口，我有足够的理由怀疑你是在故意拖延行军进度！

"战场上每一分钟都是决定战局的关键时刻，一个无纪律无组织的士兵连团烂泥都不如！今天所有人都是来认真打比赛的，都耗费了心血和努力！既然报名参加了这个活动，那么就给我拿出最起码的责任感，别在这里做搅屎棍的行为！"

一人嘀咕道："只是在说话而已。"

他一说话，旁边的人愣了下，表示他的声音出现在了频道里。

连胜暴怒道："我已经给了你们三次机会！第一次是地图中间的集合，第二次是前往安装点，这是第三次！有那么多悄悄话想说的话，就给我滚下线慢慢说，不要一次次挑战我的底线！从现在开始，每个连队我会指派三名督战员。所有后退的、偷懒的、跟不上行军速度的，他们有权力直接击杀！"

随后连胜开始点名，指定督战官。这几人都是之前确认可信的军校成员。

他们过去捡起了阵亡人士的武器。

连胜喝道:“出发!给我跑起来!”

这次士兵的速度终于快了起来，众人一溜烟地往中间跑去。

连胜从开场起接连进行几次打压。保密的行动，暴力的镇压，如果她不能拿出手段的话，这群士兵很可能会在沉默中变态。毕竟他们又不是真正的小兵。

连胜第一次打军校联赛的时候，觉得那群士兵已经混乱得很惨烈了，直到她开了一场三天网友参战的比赛。后来她以为那会是她人生的极限了，起码在短时间内是，没想到过不了两个月，她又开了这场比赛。

人生啊，果然就是要不断地开阔阅历，才能控制住自己的脾气。

连胜中途解下背包，找了一个地方开始安装转换器。而季方晓和方见尘的队伍已经成功会合，二人根据地图上的位置调整方向，准备迎击。连胜代为转述。

双方第一次的交锋，即将打响。

第三十五章
虚实难辨

那几个督战官将从阵亡战友身上搜刮来的能源枪递给方见尘和季方晓，将剩下的几把挂在自己身上。几人背着沉重的枪械，走到了队伍的中前段。

“向前！不允许后退！”督战官在队伍后方喊道，“所有人找好位置！这一段路有很多可以隐蔽的点。墙角后面，金属告示牌后面，实在不行还有垃圾桶后面！迅速就位！”

众小兵慌乱地选择墙角开始蹲位。他们太不习惯了，不知道怎么挑选合适的位置。

“那儿那儿，还有那儿。”方见尘抬手给他们指了几个，“能上楼不？能上楼最好。你们不要挤成一团啊，做饼吗？”

连胜：“九连！九连的队伍向右前方移动，争取对他们进行两面包抄！”

不久后，双方兵力开始交会，众人在街头直接开始了枪战。

方见尘手上有三把枪，季方晓有两把。

现在的局势显然是狙击手的天下。那么狙击手可以凭借单兵力量力挽狂澜吗？大部队交会且兵力素质普遍偏高的话，是不大行的。但是五百人的小队，又没有子弹限制，方见尘用实力证明，是可行的。

开战之初，方见尘选择躲在路口一个垃圾桶的背后，谨慎地观察形势。根据周围中弹的位置和痕迹，推断敌军的方向。然后从上方的缝隙里，小心地确认他们具体的藏身点。

光是看，他就知道对方队伍里面有不少是新手。就算不是新手，也不是专业的人士。他们在打完一枪之后，完全不知道更换地点。往复几次，基本跟光明正大站着没差别了。

方见尘摇头唏嘘：真是自己的队伍有多菜，对面就能差不多菜。三天还是公平的。

他看着眼前的场景，感动得无以复加。怎么会有这么贴心的炮灰？

方见尘在脑海中过了一遍地图，深吸一口气，正式开始他的征途。他后腿微微使力，让视线高度上移。枪体在两手之间转了个圈，掠过垃圾桶的上方。左右微调，白光射出，远处正在瞄准的一位小兵直接后仰阵亡。

他低了下头，左手抓起另外一把枪，而后上身稍稍后仰，重新冒出头，从不同的方位开始射击。

左侧的人还没有出现，枪口迅速右移，捕捉到一个黑色的球体，再次射击，又一位倒在血泊中的兄弟，前后一丝停顿和犹豫也没有。他开枪之后，视线直接移到了地上更换枪械，几乎已经确信自己能够射中目标。

这种干脆利落又镇定自若的形象，在周围战友慌乱摸不着节奏的对比下，显得高大立体起来。

方见尘听到旁边的兄弟羡慕地叫道："你开挂了？分我一个？"

他心情顿好，朝对面猥琐一笑。可惜脸被挡着看不见。

方见尘的射击速度一向很快，这也是他最引以为豪的地方。他的动态视力超群，手感绝佳，几乎只要一晃眼，确认目标在可射击状态，那么子弹就可以出膛。

对面有些怀疑地朝他这边打量了几眼，却一直发现不了具体位置。其实就算发现了也拿他没办法，因为他们这边没人有这么快的射击速度。

方见尘就这样三把枪接连替换，直接扫清了他们一条边线。

感受到枪体在手心里振动，方见尘说："其实我觉得老式枪比较热血，听着'砰砰砰'的声音，才更有激情。我请求来段 BGM！"

程泽正混在队伍里不断地往前推图搭建转换器，闻言说道："副指挥，让你旁边的兄弟唱一首。现在就他闲。"

周师锐旁边穿着总指挥衣服的兄弟："……"

就在隔壁街区，季方晓正在跟自己对面的兄弟商量："假使你去做诱饵，我可以保证你的人身安全。"

该兄弟决绝地摇了摇头。

季方晓又转了一个方向，朝着另外一位兄弟重复道："请你跨一下马路，从右边走到左边就可以。几秒钟的时间，我们可以达成双赢的局面。"

那兄弟也是一样毫不犹豫地摇头。

季方晓跟着摇了摇头。没有领导身份的他，现在真是寂寞如雪。

他的余光瞥见黑影，直接抬枪，扣动扳机。地图人数一跳，又少了一个。

左手边的兄弟惊讶地说："你这不是可以打中吗？一个人打不就好了，还要什么诱饵？"

季方晓说："我盯着一个方向，起码要三分钟才能等到一次射击机会。可是如果有人能活跃一点，那么效率起码可以翻三番。"

他没有方见尘那样的快速射击能力，在这样的枪火激战区，贸然探头查看敌情，是一件很危险的事情。

左手边的兄弟弱弱地道："给他们留条小命吧。"

他们正说话间，右手边的兄弟在试图射击的时候被干掉了，整个人因为冲力横躺在地上。

"你还不如给我做诱饵，还能死得有尊严一点。"季方晓很是失望。他看了一眼外围，找准时机一步冲过去，拿过"尸体"身上的武器，抓在手里示意道："这就是你本场最大的成就。"

目睹一切的左手兄弟：残酷，这残酷的现实！

连胜在一个位置装完转换器，小心地往前面摸去，顺便扫了一眼地图上的人数对比，笑道："谁说我军乱，这不是挺横的吗？"

方见尘嘚瑟道："也不看看他们在跟谁比枪法。"

连队（4822）：夏队（4811）。

连胜这边在开场前自爆了几个，此时两队交锋，剩余人数竟然比夏队的人数多。不过短短时间双方就少了近两百人，看来杀得很激烈。

夏队的连长正在前方攻击。打了片刻，才发现他们的队形不知不觉变瘦了，右侧还凹陷状地缺了一块，上下的人正在自觉地往那边补充。

连长皱眉道："对面有这么厉害的枪手？"

"不怪对手太神，只怪队友太蠢。"他旁边的男人说道，"队友都是随机分配的，说明敌我士兵实力差距其实不大。"

他们来的是五百人的单连，而对面怎么说也是一千人的队伍。

那连长当机立断道："先撤！往西面撤，右侧队伍收拢，不要再过去了！火速撤退！"

方见尘抱着自己的三支爱枪说："他们撤了。"

连胜："追击！所有队伍跟上！"

众士兵提枪跟上，追着他们横向跑了两条街。随后对方人影逐渐稀疏，很快彻底失去踪迹。

方见尘又说："他们撤远了。"

连胜："撤了就撤了，无所谓，准备重新集合，安装转换器。六连、九连迅速分队，照着之前的方向继续向前。最两侧的一连、七连，你们两队负责保卫信号台，往中间地图加强巡逻，大范围铺开！对面可能有漏网之鱼在我军势力范围内！"

点睛之笔惊道："连胜队伍的单兵作战能力好强，并不比专业的退役兵差啊！"

莉莉安娜："术业有专攻。定点射击准度确实不错。"

"难道要从这里开始逆转了吗？"点睛之笔严肃地道，"但是连队依旧没有队形，而且这次靠了一定人数优势压制。双方大部队尚未相遇，连队最大的隐患依旧没有根除。"

莉莉安娜说："暴露出来毫无转圜余地的才能叫隐患，早有预谋可以化解的最多是瘙痒而已。"

点睛之笔："看来您对他们很有信心。"

莉莉安娜："呵，我只是对另外一边足够失望而已。"

评论中一阵激动。

来了，莉莉安娜女神的吐槽。

她这是打定主意要站连胜这一边了吗？一直在为他们说好话。

看破真相的人来了。推眼镜。哈哈，你们不要忘了，这次的主角虽然是连胜，但本质是对工作室发起的挑战。那是谁的工作室？百米飞刀啊！

百米飞刀今天好低调啊。刀爷竟然不做副指挥？

他今天在全力衬托他们优秀的副指挥——他的弟弟。

这么恶心的玩法还是打成一坨屎样，能怪得了谁？

中午十二点。

孙颜和林洌吃完午饭，相伴走到前台，发现一群人围在一起，桌上正在播放立体视频。

他们看得很入迷，以至于都没察觉到二人的出现。

孙颜问："你们在看什么？"

坐在位子上的那个男人明显被吓了一跳，下意识地伸手去按关闭。或许是因为太紧张，竟然几次关不掉画面。然后匆忙起身，行礼。

旁边的人纷纷散开，对着二人行礼。

男人站着军姿，生硬地回答道："报告上校！是夏宴风和联盟大学学生的一场比赛。夏宴风二位……知道吗？"

孙颜说："听过，是一个明星吧？"

"是的。"那男人说，"莉莉安娜做比赛的解说。这场比赛现在在网上很火，所以，趁着午休，打开稍稍看了一眼。"

孙颜皱眉道："莉莉安娜上校？她去做一场三天比赛的解说？"

孙颜往上面瞄了一眼，看见一晃而过的人影，说道："哎呀，这不是我儿子吗？指挥是谁？"

那男人说："骠骑大将军，真名叫连胜。"

孙颜拉着林冽的衣角："这不是令千金吗？"

众人都是一惊，而后识相地退开，让她们看清屏幕。

孙颜兴致勃勃地道："来，小刘，你去安排几张凳子，大家一起看。"

几人瞥向面无表情的林冽，觉得有些戚戚然。

"快去呀。"孙颜说，"大家都在放假，我们科研院没有假期，休息一下总是好的。看场比赛而已，干吗偷偷摸摸的？"

击退了夏队的第一波攻击，六连和九连负责背转换器的两位同志，重新在护送下过去隐蔽点安装，大部队则继续向前。

连胜说："方见尘留下，我们一起过去守株待兔。"

方见尘挥舞着手臂道："现在知道我的好了吧！"

他趁乱躲开众人，到了一处转角的墙后，等待大部队散去。

方见尘看了一会儿天色，又看了一眼街道，然后调出地图。代表他的标识已经在地图上被修改了，显示他正跟着大部队往前方行进。而他之前一路跑到这里，现在根本不知道自己站在哪儿。归根结底，所谓地图，不过就是数据分析师建立的模型而已，它并不能保证一定的正确性。

连胜催促道："你来了没有？你走到哪儿了？离开大部队以后请有自觉性地时刻报备位置，谢谢。"

方见尘说："我可能迷路了。"

众人："……"

连胜感慨道："你真是一个被上天厚爱的孩子。"

"那是当然。"方见尘抱着自己的枪，"可我不是一个被东南西北厚爱的孩子。"

连胜说："不然以你的智商，我无法理解你怎么会活到今天。"

方见尘喝道："滚！"

周师锐："报一下周围的标志建筑或店铺名称。"

方见尘抬头一看："小甜心宠物店。"

周师锐马上说："那你现在在 136.285，左转向前两百米，看见一家银行后靠右手边过去，就可以看见连胜了。"

夏队的突袭小队，在被连队的两队反击之后败走。为免被赶尽杀绝，他们决定分散队形。一部分逃向根据地的方向，另一部分躲在了连队地图这边。

夏队的连长此刻正蹲在距离转换器不远的玻璃窗后，打开地图，看着上面的兵力分布，用通信器向友军询问："我们这边准备好了，前面的人就位了没有？"

友方连长在前面回道："我军三连、五连就位，时刻准备进击。"

连长："到时候我再去查探一下他们这边的防守情况。他们在高处安插了侦察兵，我刚刚安装的转换器也有被拔除的危险，请做多手准备。"

通信器内的人道："明白。"

连长深吸一口气，跟自己队伍的士兵道："在战场上，没有什么比情报更重要的。显然对面对我们一无所知，我军对他们却了若指掌。所以，忘掉之前的枪战吧！"

连长举着自己的武器道："幸运女神都在帮助我们，准备好了没有？准备出发！"

夏队原本过来突袭的有五百人，在枪战交锋中阵亡了约两百人。剩下三百人中，两百人跑回了己方的势力范围，暂时加入另外一支连队，准备进行强攻。余下的一百人在第三方情报的帮助下，绕开连队搜查小队，迂回行进，前往连队六连转换器的安装点。

一般转换器可安装的大致范围他们是知道的，但是机械体积并不大，加上城区地图复杂多变，不知道目标位置很难找到。如果要仔细搜寻，又容易暴露自己的行踪。结果偏偏，连胜首批选出来的六连安装人员，就是夏队的自己人。

再看连胜如此谨慎小心地安排各方人选，大动干戈地保持情报的神秘性，千辛万苦选了一个隐蔽的地点安装机械，他们内心按捺不住地狂喜。

借机拔掉他们的转换器，让前方六连脱离指挥，陷入混乱。击溃一方连队之后，地图上就会出现一块空缺，他们可以从空缺处轻松深入敌军阵营，奠定后场走向……

就此一举拿下吧，尽快结束这场比赛，去高歌庆贺。

此时连胜与方见尘也在转换器附近成功会合。他们躲在一个广告牌的后面，朝外面窥觑。

方见尘推了推她说："你绷紧一点！要暴露了！"

连胜："请你给我展示一下怎么横向绷紧。"

方见尘深吸一口气，努力演示什么叫绷成一条直线，问道："在这里是要守什么株？"

连胜说："对面一开场就直接奔着六连过来，说明六连里面肯定有他们的内奸。知道六连在转移位置，仍旧不改变目标。之后被我军追击，还特意分散了队伍，留一部分士兵在我军阵营，这说明了什么？"

方见尘："好的，别说了，我知道了。"

"占据了太多优势，就容易掉以轻心。对情报的真假不加分辨。"连胜说，"他知道用间谍，那他们不知道什么叫反间计吗？"

方见尘左右瞄了一圈，说道："不会就我们两个人吧？另外两个连队还不过来守着？"

他们的地图是小兵共享的。现在把守信号台的两个连队拉到六连下面来，只会让对方警觉。

可现在一连在阵营右上，七连在阵营左下。而他们所在的位置，是在偏右偏下，离两个连队都很远。

"我们就够了。我喊你来，是想把刷人头的大好机会分给你。"连胜指着他，又指着自己，点头道，"方见月，方见尘，其他人的名字明显不适合我们的团队。"

方见尘不明所以道："什么方见月？"

连胜："一个曾经在这世上存在过的天才。"

方见尘顿时警觉："你不会拿着我的名号去招摇撞骗了吧？"

连胜不理会他，朝前一指："嘘！你看，来了。"

前方几十个散人从街口迅速掠过，直直冲进旁边的绿化带里。而后为首一人拨开灌木，抬枪做了个射击的动作。

连胜看见这一幕，小声报告："六连转换器已被拆除。"

周师锐迅速切断了六连的通信信号。

连胜又连通了之前任命的一位督战员，下令道："准备，现在开始拆除。"

两秒过后，频道那边发来汇报："报告指挥，敌军转换器已拆除！"

连胜点头："收到。"

对面过来突袭，为了保证通信正常，肯定也要在路上安装转换器。顺着他们来的路，加上侦察兵的信息反馈，并不难搜到。她调整了一下姿势，扣动扳机，准备射击。

成功完成任务，夏队的人和友军汇报完毕，志得意满地准备离开。通信器里忽然安静下来，连电流的声音也消失得无影无踪。突如其来的变故让小兵们打了个寒战。

一人按着通信器问道："怎么回事？"

带队连长没放在心上，说道："不用慌，应该是我们的转换器也被拆了。没关系，三连的人马上会带过来。先找地方躲好等待通信恢复。"

他说着主动往前迈出一步。一脚尚抬在半空中，余光已经瞥见光点闪烁。两条弹路同时射来，击中他的额头，连长直接后仰阵亡。其余的小兵顿时六神无主。

身边战友连连阵亡，他们慌了手脚。一小兵喊道："蹲下！先躲起来！"

一时间众人开始四散逃开。

"不要分散乱跑，不知道周围还有没有埋伏！"那小兵还算冷静，暂时挑起了连长的职责，说道，“找位置探查情况，等待通信恢复！”

也是他们之前站的位置不错，大部分的人躲到了旁边的绿化带里。而对面密集的子弹也终于停了下来。

一小兵大声问道：“敌军几个人？”

另外一人：“不知道！”

“看这频率，起码有四个到六个。”

“确认清楚方向和位置了吗？”

“怎么可能？”

那冷静的小兵换了个蹲的姿势，将现状在脑海中过了一遍，心下一寒，说道：“糟糕了，他们看着我们拆的转换器，等我们汇报完毕以后再断了我们的信号，说明是故意的。这是请君入瓮啊。”

“我军现在突击六连，他们可能会佯退，把人带到内部，再进行包围打击。”他顺着猜想下去，越发觉得不妙，“我们中计了！”

“可他们怎么知道的？难道我方也有内奸？”

那士兵拍腿道：“果然是这样！骠骑大将军那么猥琐的人怎么可能忍得下这口气！夏队这边那么多军校生，不给她通风报信才不正常呢！”

其余的人也纷纷恐慌道：“快报告啊！”

“报什么报！我们的转换器刚刚也被拆了！”

此时正在前进的连队六连，也停下了脚步。

“喂喂喂？”一士兵喊道，“怎么没有声音了？是不是信号转换器被切断了？”

“后面还有夏队的人？那我们老家不是很危险？”

“现在怎么办？没有指挥了啊。”

“连长该站出来吧？现在这情况保持神秘没有用的啊！”

一小兵弱弱地道：“为什么夏队能那么快发现我们转换器的安装位置？不是只有一个人知道在哪里吗？”

“所以我们这边真的有间谍？”

众人纷纷朝着某人看去。那位穿着军官服的士兵迅速摇头：“不是我！”

季方晓等了一会儿，给他留出传递信息的时间，觉得差不多了，才站出来射杀了那位负责安装的士兵。鲜血喷溅而出，旁边的人尖叫着退开两步。

季方晓的个人通信里，传来一道声音，是侦察兵的汇报：“六连注意，前方一公里处有敌军来袭，看人数在两个连左右。”

季方晓喊道：“保持镇静，我就是你们的连长！现在所有人听我指挥，有序后退，避免与敌军交战！”

他留在队伍最后，督促着士兵往前走："直线前进，前方会有人支援！保持队列不要分散！迅速动起来！"

不知道六连里面还有没有敌军奸细，在没有请君入瓮之前，他们选择不恢复通信器。

而在地图中段位置，连胜和方见尘，趁那队散兵没反应过来，开始转移位置，朝着营地左侧移动，想去找左下方的队伍会合。

连胜看着地图，重新在脑海中回忆了一下，思路清晰地部署起之后的安排："七连所有成员请注意，现在向左移动。保持自己的速度，等待我的攻击指令。亮哥知道自己现在的真实位置吧？"

亮亮的灯泡："明白！"

连胜："一连的兄弟们准备，什么时候行动以及排兵交给你们自己了。"

百米飞刀："没问题。"

连胜继续下令："地图左侧三列队伍！二、四、五连，暂时控制一下前进的速度！得到一连信号反馈后准备向下防守！"

几位连长："明白。"

连胜："六连六连，过第三个岔口，开始左拐。"

季方晓说："明白。可以打开我们连的通信器了，我要下达指令。"

此时夏队的队伍已经进入了他们的目标范围。

六连通信器里出现一些喘气的声音，士兵"咦"了一声，而后迅速捂住了自己的嘴。

信号恢复正常了。

连胜的声音在频道内响起："通信器还活着，六连同志不用担心。现在听从连长的指示，我们要开始反击了。"

"哦，不，我纠正一下。"连胜暗带笑意道，"是主动进攻。"

他们将兵力排成一个阶梯形的防守形状，务必要把敌军的一千人全部消耗在这里。

"显然他们的行动很受限制。"解说点睛之笔语气迟疑地道，"骠骑大将军有很优秀的战术天赋，然而，她现在不能信任她的士兵，所有的战略都是在隐瞒小兵的情况下进行的。虽然我觉得能做到这一点非常令人震惊，可是持续这样，也会导致队伍的不安和动荡。如果他们有某位连长意外阵亡，没人向她反馈情报，传递信息，那么整个小队就难以维系了。"

一般来说，现代的战场地图会和小兵共享，而执行前线任务的也是小兵。如果小兵当中出现了内奸，那么约等于百分之八十的计划被敌军知晓。毕竟，不管采用什么战术，都不可避免地会在地图中显示出来。即使夏队的这支部队现在已经进入了他们的诱敌范围，骠骑大将军排兵回防的过程，依旧会第一时间被传递给对方。对方也可以实时做出应对。

埋伏？不存在的。

“他们难道要一直靠着这样的反间计，去拔除所有的间谍吗？始终能有精妙的对策去应对敌方的进攻吗？也有人会藏得很深，等待最后的翻转吧。”

点睛之笔接连说了一堆，眉峰紧紧皱起，叹道：“试探人心，是一件永远不会结束的事情。”

他总归是不看好连胜的队伍。

莉莉安娜说：“这也不一定。在战场上，不管是敌军还是我军，士兵看见的，只是两位指挥想让你看见的。”

“啊？”点睛之笔说，“您是指……”

莉莉安娜摇头，没有解答。

众网友故作高深地点头。

嗯……其实我知道。

感觉莉莉安娜看穿了一切！

作为一名数据分析师，我总觉得地图怪怪的。谁知道大将军那边的副指挥水平怎么样吗？

联盟大学军事学院大二高才生，百米飞刀的亲弟弟，看看他的积分，你说怎么样？

那模型怎么那么违和呢？感觉卡卡的，怪怪的。不应该啊。

随着夏队两个连不断靠近，他们在后方重新搭建了信号转换器，原本失去信号被困在绿化带的残留小分队也顺利地恢复了通信。

小兵们第一时间发去汇报：“报告！他们那边有间谍，有人在泄露我方情报！请小心！”

队伍前排的士兵脚步绊了一下，惊道：“什么间谍？你们连长呢？”

一小兵：“我们连长刚刚挂了！刚报告完，转换器就被对方废了，然后我们连长跟着牺牲了。”

那连长问：“那你们呢？怎么逃出来的？”

小兵：“我们……我们躲在原地没有走动。”

连长：“是不是还有棵橘子树？”

那小兵急道：“没骗人啊！埋伏的估计就四五个人，我们躲起来以后他们也走了！”

连长说："你们先报位置，准备归队。"

那连长犹豫了一下，将事情反馈给自家指挥。

夏宴风权衡片刻后说："他们应该只是偶然遇到了对方的小股兵力。四五个人不可能是有目的性的埋伏，而且如果是早有预谋，也不会放任他们几个活到现在吧。"

连长："那么……"

夏宴风说："继续进击。"

夏队的节奏在中途稍稍卡顿了一下，又继续进击的模式。

而连胜队伍的七连，即由亮亮的灯泡所带领的连队，正好磨蹭到了目标点。靠近岔口后，他一脚重重踩下，停住身形，反身宣布道："停下！列队！"

一群散兵匆忙刹住，列成两列长队，躲入街道两边。

亮亮的灯泡拉出几个人，背着从路边搜刮来的广告牌和告示牌，摆到地上，借此作为遮挡排在街道中间。自己则闪入旁边的安全点，对着一众小兵传令道："听到你们亮哥的指令后开始射击！不要管方向，朝前打！对面密集的程度绝对可以让你们例无虚发！没有第二次机会了，想感受英雄的快感的话，就努力攻击！"

他如此肯定的鼓动，让队伍里某些人有些忐忑，忍不住让夏队再确认一下自己的位置，是不是走错了。

夏队连长看着传过来的缩略地图，确认他们的队伍距离亮亮的灯泡他们还有两个岔口，完全可以绕一个道，完美避开。

城区这一片的道路建设得大同小异。为了保证整体外观的统一性，楼层高度和色调都是相近的。缩略地图只能看见一些代表建筑的矩形标识，却无法确认建筑的具体类型。

连长茫然道："是他们的侦察兵看错位置了？还是他们的侦察兵也是我们的人？"

副指挥："不，侦察兵不是。我现在也不知道，但是可以确认信息线报是可靠的。"

连长："所以是欲盖弥彰？还是想混淆视听，打乱我们的节奏？"

副指挥："都有可能。也许就是为了像现在这样让我们自我怀疑，争取给六连撤退的时间。相信自己的眼睛，根据数据做决定。"

连长安下心来，回道："好。"

于是他决定照着原计划行事。

逃窜的六连，此刻已经到了连胜说的第三岔口。

季方晓指向一侧，大声喊道："现在前排部队准备向地图左侧转向，就是你们的右手边！后面所有人跟随部队转向！速度，因为跑得慢而丧生在敌军炮火下，你将得不到任何荣誉！"

六连大部队转入路口，季方晓跟在队伍中部，实时调整他们的速度，确保队列前后间距不会拉得太大。

"停下！"季方晓抬起手道，"以这个街口为中心，十字列队！我前面的士兵纵向列队，我身后的士兵负责横向列队，然后各自隐藏身形准备迎击！比赛到现在应该要有作战意识了，朋友们！"

市中心的几条街道以很规整的直线串通，像"井"字一样，相互交错，视线开阔。

亮亮的灯泡听着侦察兵的汇报，不停地看向周师锐做出的推测模型，左脚一直在躁动地轻点，总算掐表等到了时间。

"我们要先上了！"亮亮的灯泡扯起嘴角一手挥下，"所有人准备——射击！"

话音刚落，印证般的，一排敌军士兵冲出转角出现在他们面前。

小兵手上慌乱，等打出第一枪的时候，敌军领队正好走到大路正中间。

说是大路，马路本身的宽度就很受限制。这一块的作战场地绝对不算开阔。更多的人，是躲在前排士兵的身后，时刻等待着补缺。

跑出路口的夏队士兵一脸茫然，等待他们的是黑压压的枪口。

霎时间炮火密集，夏队左侧兵线直接崩溃。

正在查看地图的连长愣住了，扫了一眼统计面板上正在飞速下跳的己方人数，陡然大惊，吼道："怎么回事？前线怎么了？哪个方向的埋伏？"

"是有埋伏！正面撞上！"成功退回安全位置的小兵心有余悸地说道，"对面不在你们给出的位置上啊！他们怎么到上一条街上来了？"

连长忙喊道："停步！能回撤的都回撤，不要走上街口！"

夏队的先批部队意识到袭击之后，不能跑的直接成了枪下亡魂。运气好的，一口气冲过了这个街口。如今两边人隔着一条马路遥遥相望。

街头对面的散兵问道："怎么办啊，连长？我们现在应该往哪儿走？"

那连长还没来得及回答，频道内的侦察兵又道："注意！敌方的二、三、五连开始下行了。可能是要拦住你们回程的路。"

现在掉头，就要功亏一篑了。难得这么好的机会，不如……

连长握紧拳头，狠狠心，指令道："全体转向，向地图左侧移动，向西面移动！！"

他调出一支队伍，在街口和敌军对峙，挡住他们的攻势，其余人趁机从一侧溜走。

此时敌方二、三、五连的大量兵力，正在气势汹汹地向下逼近。地图右侧又有一支连队把守，他们最好的去路是向下。这也是他们的本意。

“向下！我们要深入敌营！”夏队连长吼道，“小心上方的围攻，绕过前面的街区迅速穿插向下！”

副指挥焦躁地提醒道：“对面的图可能有点问题，我们正在做二次确认，你小心一点。”

连长说：“知道了。”

通信器里又播报出来一条信息：“注意，百米飞刀的连队动了，在地图左下方，正在向右移动。位置和速度已经如图标识。”

连长打开查看，确认双方之间的距离，重新制定了一条行军路线，确保队伍能错开他们的围捕，安全向下。

夏队走到一半的时候，遇到季方晓队伍的一次埋伏。

这个连长已经有所准备，毕竟对方是十字列阵，只要他们向下或向左，都有可能遇上。但也因为季方晓将队伍拉得太长，兵力有限，加上初次交锋的时候损失了一部分人手，目前战斗力不足为惧。

连长顾及身后还有追兵，决定速战速决，顶着火力蛮横地冲了过去，一路向下。

连长边跑边忍不住怀疑，前一次地图出错的情况是怎么回事？是自己眼花了，还是对方忽然加快了速度，导致他没有察觉？

他紧盯着地图，小心地推算，确保这次绝不会再出差错，还没想出结果，队列前方又是一阵惨叫。

百米飞刀的队伍已经冲撞了上来，双方直接开始交战。夏队猝不及防，再次被偷袭成功，前线人员损失惨重，后方部队溃不成军。

“怎么回事？！”连长跳脚地喊道，“他们不是在下一条街吗？！”

地图上显示，双方明明还差着一段距离，事实却是他们已经正面冲突对上了，造成现在地图上有了诡异的断层。

夏队副指挥此刻也有些慌了，不停地按动面板，语气急促地道：“对面的地图有问题！”

连长质疑道：“情报不是真的吗？”

副指挥：“查过的确是真的！他们也没有欺骗我们的必要。”

连长：“那他们传过来的地图是延迟的？你是不是没有仔细看？”

“不可能，时间标注没有问题。”副指挥说，“我不会犯这么低级的错误！”

连长破口大骂道：“见鬼了！”

这可是一千人的队伍，五分之一的兵力，加上先前派来试探的一个连，整整是三个连的规模。

他们占据了开局优势，拥有得天独厚的情报资源，甚至还有一部分兵力优势，最后的结果就是把三个连送到对方的手里，任他们戏弄？是什么原因才会造成这样的局面？

前线连长心力交瘁地指挥着士兵上前作战，争取能在后方追兵到来前，撕开防线突围过去。虽然这个可能目前看起来极为渺茫。

他对着通信器沉声道：“我们这边……或许真的有奸细。要找机会排查一下。”

第三十六章
反转与颠覆

连队士兵士气高涨。

接连两次，对面都直接把自己送到他们的枪口之下。明明己方队员中有数位对方安插的奸细，还有比这更神的事情吗？！

百米飞刀隐在队伍后方，摸着自己的头盔，得意地道："百米之内，尽是飞刀。岂是浪得虚名？"

此时已经混入他的队伍，正蹲在他旁边的连胜说："对面听不见。"

"我又不是说给他们听的。"百米飞刀咧嘴一笑，张开双臂面向天空，"我是说给我亲爱的观众和粉丝听的！"

连胜嫌弃道："啧。"

百米飞刀趁机打广告道："百米飞刀良心工作室，欢迎每一位真心向学的朋友们。收费稍贵但水平高超，预约制度定金不退。高素质退役兵与明日之星在这里等你们！"

视频下一众评论齐刷刷的——

> 去你的良心！你的良心都被自己的刀扎透了！
>
> 这广告，打到了莉莉安娜上校面前，真不怕她生气切了你的工作室吗？
>
> 顶上去，希望莉莉安娜切了他的黑店！
>
> 划算啊，哈哈哈！打这场比赛双倍收费还可以免费打广告，刀哥你不仅是个优秀的副指挥还是一个优秀的商人！终于重新找到自己的定位了吗？

点睛之笔此刻正盯着地图努力研究。

他将连队目前的队伍和实时的队伍进行重合，终于发现了其中的奥妙。

有两个连队的人出现了错位。还有一小部分的人，直接从地图上"消失"了。

"到底是从什么时候开始的？"点睛之笔大为震撼，不住地喃喃自语道，"如果不是两军正面对垒，我真的没发现！难道是开场吗？”

莉莉安娜说：“如果是开场，很有可能会被警觉。因为每个人对第一次收到的地图总是会有更多的探究和推测。而且开场站位都比较清楚，对地图做手脚是不现实的行为。”

莉莉安娜笑了一下：“何况，你要让对方相信你，那么刚开始的时候，总要拿出一点诚心。”

点睛之笔立马开始吹捧：“不愧是莉莉安娜上校，从一开始就发现其中的猫腻了吗？难怪您之前说，士兵能看见的，是指挥想让他们看见的，是不一样的。在那之前，他们已经开始对地图做手脚了吗？”

莉莉安娜坐在自己的宽椅上，一手撑着把手，闻言摇了摇头。她其实不是很想说这些废话，但还是尽责地解释了一遍。

“对地图的修改一直是循序渐进的。开场的时候，他们隐藏了军官的位置，后来趁着对方不注意，又抹掉了部分人的标识。这一切都做得很小心。夏宴风的队伍下行的时候，地图建模也没到这个程度。当时只是将地图右上方的七连，也就是灯泡的队伍向上提了一条街道。

“百米飞刀连队的错位，是在他们最后行动的时候才开始的。他们行军速度很快，所以在缩略地图上稍稍放缓速度，错开一条街区也不会那么明显。哪怕有内奸，在那样紧急的情况下，也不会有心去比对路边跟地图的细微差距。

“那时候夏队正在关键时刻，各方数据混杂在一起，夏队副指挥也没有过多的时间去推算细节问题。或者说，连胜是利用了他们的思维盲区。副指挥检查的数据真实性主要是两个方面：一个是图片来源的真假，一个是地图截取的时间。显然这两点，都没有问题。”

靠着一步步缓慢的错位，连胜的计策完成了。借由内奸的手，成功将错误的地图送到了他们的指挥台上。

点睛之笔如醍醐灌顶道：“原来如此！”

这样的原理，听起来是很简单，但实际操作时想要做到滴水不漏，却是危险重重。

周师锐如果把握不好时机，露出一丁点马脚，就会被夏队反向利用。

而庞大的地图数据，大规模的士兵错位，需要缜密的大局观和丰富的临场经验，根本不是普通军校生可以做到的。

点睛之笔此刻也只能由衷地感慨一句：“不愧是……百米飞刀周狮子的弟弟，真的是前途无量啊！”

他原先还觉得周师锐这个人不会说话，让百米飞刀数次点名，都不懂得迎合。而且地图也做得马马虎虎，看着反应迟缓，恐怕要在百米飞刀的光芒下被压制了。原来人家是在做大事。

现在回忆起来，他只想狠狠地抽自己两耳光。有眼不识泰山啊！还好知道莉莉安娜看好连队，他就憋着没说出来，不然这绝对会成为他职业生涯里最黑暗的一笔。

天哪，狗腿能保命啊！

点睛之笔现在有一种强烈的预感，觉得没那么简单，于是又从头开始梳理一遍战局，发现之前连胜被他诟病的一系列决策，或许也是别有深意。

先用开场疑神疑鬼的各种命令让敌军放松警惕，误以为他们在隐瞒军情，从细节各处防备他们的内奸，来转移敌军的关注视线。包括最开场随机选择安装转换器的十个人，或许当时已经做好了会有敌军奸细的准备，才有之后的请君入瓮……

他们为了这最后一步，究竟提前做了多少谋算？

这是一个非常冒险的行为，却是一个让人不得不拍案叫绝的计划。

“天哪！”点睛之笔越想越觉得神，惊叹道，“智商不够用了。”

同时他也觉得莉莉安娜很神，他什么时候才能做到像她一样淡定？

“战术的好坏，是要看之后的应对，看指挥能想到哪一步。考虑得更长远的人，才更有获胜的可能。”莉莉安娜说，“在战争宣告结束之前，所有的优势或劣势，都不能代表战局的最终结果。因为战场就是不断地反转与颠覆。”

点睛之笔真想让莉莉安娜看看他用力点头的样子。

“但是，在没有和士兵打过招呼的情况下，改变队员的位置，他们内部也容易发生混乱吧？”点睛之笔忽然挺直腰背，说道，“譬如刚才的方见尘？”

“就算地图出现了错位，但是在两位指挥和相关连长的脑海里，必须要时刻有正确的地图，才能保证战术的施行。”莉莉安娜说，“战场从来都不是个人独秀，你以为单凭一个人突出的水平，就可以完成这场高难度的布局吗？”

在脑海中模拟那么大的一个战场？

周师锐本身是副指挥，手上又捏着两组数据，可能会一时混乱，但不至于遗忘。

百米飞刀和亮亮的灯泡是多年的远征军，经验丰富，而且只带着一支队伍。

那总指挥连胜呢？一面要参与到前线作战当中，一面要直接领导着五千人的战场，下达无数个指令，还能有闲暇思考如此复杂的战术过程，并根据战局推测敌军的走向，做出及时的应对和传达吗？

在之前的比赛中，或许是因为视角转播没有看见，但，他的确没有听见周师锐给予她任何一个提示。

她……

点睛之笔闭嘴了。让他闭嘴吧，真的。不要再让他这张臭嘴犯错了。他献上膝盖还不行吗？！

经过莉莉安娜的讲解，众人才恍然大悟，连队这边的单兵，一个个都不是寻常人啊。

网友们毫不犹豫地开始吹捧。

神啊，交个朋友吧。

神啊，你为何名叫连胜？

神啊，你是何时下的凡，为什么不叫我等过去迎接？

连胜这个名字其实已经告诉我们，她就是神。

骠骑大将军那边的连长都是变态吗？他们这支队伍水平明显不一样吧？

夏宴风那边的几位连长也是挺有名的玩家啊。

研究院的前台，年轻男子在震撼中忍不住打了个响指，激动地大喊道："太厉害了吧！"

旁边几人齐刷刷地扭头看他，仿佛在看一个死人。

男人这才想起自己旁边坐着的是谁，缩着脑袋不敢抬头。

林冽问："我很可怕吗？"

求生欲望让他连连摇头否认。

孙颜笑道："没有很，也就一点点，对吧？"

那男人哭丧着脸道："组长，我求您了。"

"年轻真好啊。"孙颜感慨了一句，对那男人笑道，"我跟林上校共事多年，她其实是一个很正直很善良的人。虽然平时不苟言笑，但绝对是最好的上级。只要你没有做错事，不需要害怕。"

男人点头。

孙颜又转过脸说："连胜真的适合做一个指挥，自信又聪明，看来她转系是一个正确的决定，对吧？"

林冽眸光微沉。

百米飞刀嫌弃对面的人听不见，又很想说垃圾话，于是让前面的士兵帮他传话。

"替我转告一下你们的总指挥！"百米飞刀对着前方街道大喊，"你们也太小看我队两位优秀的指挥了。真的以为我们会任人宰割吗？既然答应了你们选人的条件，当然知道你们的暗中打算，真正拥有情报优势的其实是我们才对。

懂吗？”

没有人会去接受一场必败的挑战，真正的博弈早在比赛前就开始了。百米飞刀敢同意她的提议，当然是做好了计划和谋算。松懈和自满，是夏队最大的漏洞，也是他们获胜的希望。他们顺着这个漏洞，步步为营，打出了这场蚕食战。

百米飞刀：“多修炼几年再出来混！希望下次她可以成长为一个不需要粉丝和黑幕也能独立行走的指挥！”

声浪一层一层地朝前吼去，众士兵昂扬大笑。

程泽叫道：“喂，再说一遍，几位优秀的成员？”

百米飞刀改口：“全体全体。”

此时赵卓荦、程泽和叶步青的二、三、五连，已经成功截住夏队的去路。亮亮的灯泡带领的七连，也从右侧追至。众人摆开队形，正好将夏队一千人的强攻队伍团团围住。

夏队现在是强弩之末，毫无反抗的余地。兵力快速消耗，预估不足两百人。

他们有点急了，知道现状对夏宴风极其不利。一千人的劣势，应该怎么补足？所谓的情报优势如今让他们心有余悸，之后再难保持客观冷静。

退却的想法一旦滋生，希望就会土崩瓦解。

几位间谍干脆做起甩手掌柜，各自蹲在安全的角落里摸鱼。岁月静好中，忽然出现一道光线，反方向地跨越了街道，射中几位正在偷懒的士兵。

完成清理门户大任的连胜高举着枪，喊道：“我举报！那个士兵朝着没有敌军的方向开枪，没有攻击理由，只是为了内部损耗我军战斗力，作弊审查！”

一分钟后。

［公告］系统：举报成立。连队士兵ID3122取消比赛资格，强制退出战场。做一年封号处理。

［公告］系统：连队士兵ID1139被击杀认证取消，准许重新登入战场。

场内场外一阵嘘声，唯有脏话，能表达他们此刻的心情。

连队士兵躲在墙后，放声朝着前面的人喊去：“你们也太恶心了！害不害臊啊？敢情以前都是这么赢的吗？”

夏队残余士兵脸红道：“别胡说好吗？”

连队士兵：“就是，别乱说，以前没被发现，这次是被发现了！”

“认真点打比赛好吗？”连队士兵说，“这样还有意思没有？打了能有多少成就感？”

夏队士兵抓狂道：“我很认真地在打比赛！这跟我有什么关系？！”

他的兄弟附和："少开地图炮！我们没作弊！"

连队士兵说："就是你们的战友还想择干净？唬谁呢？你们从屁股到头都是歪的好吧！助纣为虐的人也能算清白吗？"

连队的人还没有开始愤慨，夏队内部的人先不干了。

他们只想认真地打一场比赛，跟指挥是谁、什么目的没有关系。然而就目前来讲，这场比赛不管输赢，对他们来讲都没有任何好处。

总指挥靠着踩边线、走灰色地带来给自己创造优势，他们心底其实不大赞同，眼看着上面的人越来越过分，那种惭愧、抬不起头的感情难以压抑地冒出头来。如今被对方指责，夏队又颓势难掩，那些情绪更是直接爆发。

他们认真地参战，反而变成了陪夏宴风做戏，要受到无端的轻视和嘲讽，凭什么？此生都没打过这么憋屈的仗，不干了！

比赛中途，一群人竟然直接摔枪下线。夏队士气一时间陷入冰封。

夏宴风开始坐立不安，她双手紧紧交握，想要寻求帮助。

一般简单的指示由她直接下达，复杂的分析副指挥会委婉地给予建议，而现在她旁边的那个副指挥似乎已经无计可施。他躁动的手指以及微佝的身躯，都在暴露他的绝望。

夏宴风等了许久，没有等到他开口，眼神坚定起来。

"请诸位粉丝不要再这样做了。谢谢你们爱我、支持我，谢谢你们。"夏宴风说，"去享受自己的比赛吧。一直以来要你们违背本意地帮助我，我也应该靠自己的实力往前走。"

"对不起，我让你们失望了，让你们忍受着别人的谩骂。我没有想到你们会这么痛苦。"夏宴风语气悲伤道，"如果不想做的话就不用做了。之前输掉的优势我会努力逆转的。请大家再给我一个机会。"

夏宴风其实不适合做军人，她自己非常清楚。

她不喜欢竞技，也不喜欢格斗。看着士兵在前线厮杀拼搏，丝毫感觉不到热血。每次比赛之前，她都觉得紧张、焦躁。一旦出现颓势，她会忍不住地发抖，却还要保持自信和笑容。

外界的夸赞和呼声成了她的压力，她不喜欢。

她不喜欢，所以她觉得这一切越来越讨厌；她不喜欢，所以对这一切都不上心。

可是，这不是她能停步的地方。她还想走得更远，她想证明自己比哥哥更优秀。她想在家庭里获得她应有的地位，而不是一个附属品般的存在。所以她要继续往前走。

她只是不喜欢，却不是做不到。

夏宴风很清楚现在的局面。

对面虚虚实实、狡诈多变，旧模式的方法已经行不通了，对情报真实度的怀疑反而会让她陷入被动。但是，这绝不能成为她最后一场比赛。如果这样收场，一切就都白费了。

即便是输，她也要输出败者的风采来。

夏宴风那带着哭腔的一番致歉，有效地将夏队的情绪安抚下来。

她的粉丝们之前被打压，忍着没有出声，如今看到这场面，心疼不已，在下面热烈支援。

女神，我永远爱你！

女神，不要放在心上，我们永远支持你！

我们是自愿的！我们不痛苦！

风风不用怕，我们永远支持你！

此时双方队伍人数——连队（4415）：夏队（3612）。

还有一部分漏网之鱼，不知道藏到了哪里，连队正在做最后的清扫。至于连队这边近六百人的伤亡……有点迷，算是优胜劣汰了吧。

夏队重整旗鼓。三个连的阵亡已成为事实，他们能做的，就是尽快调整。

夏队副指挥努力保持平静，说道：“现在连队还有四个连左右的兵力，在地图前方，他们的队伍已经断层了。我们可以集结兵力包围他们四个连，抢回之前的劣势。”

夏宴风赞同道：“嗯。他们单兵作战水平高，我们最好不要再用小队试探了，干脆大部队进击吧。”

“好。”副指挥瞥了一眼她认真的样子，有些出乎意料，“我加派几个侦察兵，去查探前线情况。”

他们之前太依赖现成的情报，侦察网布置得不够严密，现在要加紧整改。

连胜正在安排士兵搜刮战利品，然后列队，等待与其余部队会合。能源枪收缴了不少，按照刚才的战功进行二次分配。

连胜抱着枪说：“其实我们也许应该要感谢一下夏宴风。”

“你疯啦？”方见尘说完，似乎明白了她的套路，摇头道，“哦，不，不要玩这么恶心的套路。感谢你的对手让你成长？连胜同志，给人与人之间保留一点真诚吧。”

连胜说：“因为夏宴风的宣传，三天拥入了一大批不玩三天的粉丝。又因为莉莉安娜的调动，开赛前又拥入了一帮粉丝。他们的加入，拉低了双方整体的兵力水平，对单兵作战实力要求拔高，对我们而言，是一件好事。”

方见尘这样一想，觉得这逻辑带点毒。

前线季方晓传来反馈：“夏队开始整队了，应该是要集合。”

“好，你们准备后撤吧。”连胜说，“季学长，地图上的兵力就交给你指挥了。”

季方晓：“明白。”

连胜站起来，对着通信器喊道：“现在，所有能听到我声音的人，准备集合！注意贴着地图边缘秘密行动，在右侧标志性的钟楼前集合！”

方见尘：“迷路的人快喊 1。”

连胜嫌弃咋舌：“啧！”

地图中，连胜的队伍正在逐渐分为两个队列。

前线有近四个连的阵容，在朝中间集合。后方六个连，冲突中损失了一部分，由季方晓远程指挥，开始重新列阵。

他的指令不急不缓、稳稳当当。即使夏队已经在集结全部兵力准备强攻抢杀人头，他依旧按照自己的节奏调派两边队伍。他的指令就是且战且退，阻挠对手，在保证己方兵力的情况下拖延时间。

点睛之笔觉得这人有前途，不简单，问道：“季方晓，也是联盟大学非常有名的指挥选手对吗？”

“嗯。”莉莉安娜说，“他已经是远征军的考察选手之一。如果没有意外，九月份会直接进入军部训练，看后期表现和功绩，决定最终能否纳入远征军。”

“真是太厉害了！骠骑大将军的队伍阵容看起来非常强大啊！”点睛之笔有点激动，他低头扫了一眼，才后知后觉道，“哦，他们队伍的地图错位已经调整回去了。”

地图错位是为了在对战中混淆夏队的视线，误导他们的指挥。然而，地图毕竟是为了让士兵确认自己的方位，一直保持着错位的节奏，容易让己方士兵也滋生出不安的情绪。既然达成了目的，当然要调整回去。

“但是，”点睛之笔变得很谨慎，“还是有一部分没有修改回去。连队少人了，而且少得挺多，对吗？”

连胜此时的队伍明明比夏宴风的队伍要多八百人，可是粗略比照一下绿点，竟然不相上下。

点睛之笔自语道：“骠骑大将军这边，到底有多少人在地图中被隐藏了？她又想做什么？”

因为人员太密集，他一时还看不大出来。他统计了一下目前的绿点数目，再根据连胜等人的视角和通信记录，发现连胜选拔出了近六百人左右的队伍，正贴着地图的右线向前。

“哦，夏队想靠着大部队对抗，而连队则想靠小分队突击吗？”点睛之笔了悟道，“他们决定凭着这一次来决胜负了吗？”

连胜无法保证自己能剔除己方队伍中所有的间谍，但是她总可以从五千人里选出一支绝对值得信任的小队。

各位连长隐藏身份，混入队伍，或搭话或观察，用前半场的时间，才挑出了这些队员，作为最后对抗的资本。只是，他们不知道夏宴风那边的队伍，现在已经决定不采用间谍战了。

“这也就意味着，他们现在各个连都没有连长了，光由季方晓一个人指挥。”点睛之笔问，“会不会有点吃力呢？”

然而连胜准备的突击小队，还卡在集合的进程上。

他们选出的人分散在各个连队之中，而各连的站位此刻又比较分散。选拔出来的士兵，跟着几位连长先走了，剩下的士兵在风中凌乱，一时没有了方向。

“这就抛弃我们了？别啊，我们会好好干的啊！”

“刚知道自己的连长是谁，连长就走了……”

“相信我们啊，指挥！我们还想着能为队伍做贡献！你可以鉴定我们的小心心！”

“总不可能那么多人都是内奸，指挥你们再考虑考虑！”

连胜说道：“我会让季学长给你们各队指派新的连长，由他暂时接替总指挥的职责，注意听从他的指令。这批人是根据击杀数选出来的，靠的是实力，和忠心不忠心没关系。”

百米飞刀说：“喂喂喂，我们是去做大事，又不是去开什么表彰大会，鉴定小心心干什么？小心肝都不要了！”

“我说过了，如果认真听从我的指令，我不会怀疑我军下的每一位士兵。”连胜说，“但是，希望你们还是能够明白个体间的水平差距。”

众士兵顿感心塞，偃旗息鼓。

百米飞刀对着不知道已经跑到哪里，还没有出现的小队成员说道：“现在，在集合途中的人报位置。注意避开对面的侦察兵，我们要秘密前进。”

连胜催促了一下，说道：“同志们迅速一点。等到对面杀过中路，我们就错失了偷袭的最好时机了。”

“知道了，我们已经快到了！”刘昊在公频里说，“这边的路明明都一样，只走过一遍怎么可能记得住？超亮的泡哥，你不要跑那么快，后面的人快跟不上了。”

张策：“超亮的泡哥，你是会飞吗？你破过联盟长跑纪录了吗？”

超亮的灯泡嫌弃道：“今年军校生的素质真是不行，一个个都跟连胜一样。

你们军校现在都没有体能测评了吗？”

连胜无辜地躺枪：“让您失望了，对不住。”

看着连胜等人脱队而去，队伍中的夏宴风粉丝忽然间陷入了茫然。

他们在要不要将这事反馈给夏宴风之间犹豫许久。一方面害怕她会毫无防备，输掉比赛；另一方面，夏宴风已经说了那样的话，真诚地希望她能凭自己的努力赢下比赛。

作为粉丝，他们的心情很复杂，百般纠结之后，选择尊重她的决定。而夏宴风此刻的表现，也确实让诸多粉丝感到欣慰。她终于变得像一个真正的指挥了。

不知道是什么改变了她，也不知道她是下了什么决定。有的人或许就是这样，不到最后一刻，她不会想要挑起自己的责任。

“八连留守信号台，其他兵力保持中路集结前进。”夏宴风说，“暂时不要将兵力收得太拢，注意防守两侧。侦察兵一定要警觉，对方或许会准备突击。”

她说完看了一下副指挥，用眼神询问战术是否正确，副指挥鼓励式地点了点头。

夏宴风安下心来。

就算她靠着间谍的情报，多数听从副指挥等人的建议在作战，也旁观了成百上千场比赛。为了适应军部的圈子，跟上他们的脚步，死磕了成沓的理论和视频分析。她四处为军部做宣传、招生，成天泡在三天里训练。那么长的时间，那么多的付出，不可能没有进步。

夏宴风深吸一口气，说道：“他们的单兵作战能力很优秀，这样狭窄的地图对他们更有利。”

这是都市地图本身的局限。因为地图中有许多的建筑物和划分分明的街道。就算面积再大，而它街区的宽度总是有限的。两侧可以隐藏攻击的地点也是有限的。

这是一场攻略战，城市内部没有先一步的防守准备。这也就意味着，无论他们再怎么集结兵力，也只能拉长战线，而无法在第一时间用人数优势压制住对方。

“我们这边的单兵，也不是吃素的。”夏队一连长说，“你放心吧，我们不会这么容易让你输的。”

众粉丝在底下尖叫。

天哪，她发现了！

会不会还有反转？我好忐忑。

说想得更远的人就有获胜的可能，那是不是夏宴风现在占据优势了？

显然不是……

连队众人完成会合之后，并没有动作，而是开始小幅度调整上下位置，往中路慢慢靠近。似乎在与季方晓的那支团队配合卡位。

随后，季方晓所在的先批部队，终于还是对上了夏宴风的大部队。

夏队破釜沉舟地杀下，两侧士兵加快速度，呈现半包围的姿态，依靠四通八达的马路，对他们形成了三面围攻的态势。

季方晓指挥着前方部队作战拖延，放松他们的警惕，加快速度向后撤离。

连胜等人躲在旁边，看着交战的大部队一路下行，抓紧时机，从侧面闪过，潜入敌军背部。

如果说，有哪里不会安插侦察兵的话，就是己方队伍的后面了吧。

众粉丝看见这一幕，算是服气了。

老奸巨猾！

人与人之间的真诚呢？好想看见她失手的一刻。

人皆知我所以胜之形，而莫知吾所以制胜之形。教科书般的实例再现，同志们可以记笔记了。

解释一下上面的意思。他们知道我根据敌情变化来克敌制胜，却不知道我究竟是怎么利用它们来克敌制胜的。叫我红领巾。

好阴险，杠不起玩指挥的人。

我觉得更符合的还是它上面的一句话："故形兵之极，至于无形。无形，则深间不能窥，智者不能谋。"如果将诱敌的策略运用到极致，就会看不出一点痕迹。那么即使有高深的间谍，也无法探明我军的虚实；再高明的敌人，也想不出对付我军的办法。

这真的完美契合这一场比赛了。不管有没有间谍，夏宴风都被耍着玩了一圈。

我以前以为兵书都是没用的东西，现在才发现原来我才是那个没用的东西。这大概就是我当初落选的原因吧。

果然，夏宴风在大部队都进入连胜势力范围，确认两翼安全无人偷袭之后，开始收回侦察兵，向连队信号台全力展开攻势。

"哎呀。"点睛之笔拍了下掌，感慨道，"看来，他们已经错失了最后的机会。"

夏宴风留在后方的只有一支五百人的普通连队。连胜带过去的，却是包含各军官在内的六百个精锐士兵。

夏宴风攻克连队防线的速度，绝对比不上这样一支堪比利剑的小队去攻克他们防线的速度。这一次，他终于可以大胆地下定论了。

不知道为什么竟然觉得眼眶有点湿润。

等连胜的队伍潜至夏队信号台时，夏宴风的大部队已经深陷连军势力范围了。

夏宴风得到消息后惊慌失措了一下，又瞬间稳住。

“来不及调回兵力了。”副指挥说，“这种情况，我们只有一种办法。”

拦住他们，争取先一步摧毁对方信号台。

第三十七章

军人的荣耀

他看了一眼时间。

虽然战局几经反转，但他们从云端跌落至泥潭，原来也才过了不到两个小时而已。

不到两个小时啊，如果是真实的战局，已经死伤数千人了。

战场从来都是残酷的。

夏宴风忽然问：“你觉得，我适合做一个指挥吗？”

“如果你愿意的话，也许是。”副指挥朝她干笑了一下，“不过现在看来，也许你没有这个机会了。”

副指挥站起来活动了一下手脚，说道：“等吧。现在就是看双方战力了。”

连队精锐士兵对上敌军守卫军，各军官打头，躲在安全处，慢吞吞地调整抱枪姿势。

他们这边是一人起码有两把枪的标配，比火力，对面怎么也拼不过他们。

“这种时候真想叼根烟。”亮亮的灯泡将两把枪同时扛在肩上，“虽然我从来不抽烟。”

“我们直接打通那条街，痛快点强杀。”亮亮的灯泡指着前面，然后指着赵卓荦说，“前面那两个人不好弄，挡道。走，你跟我做诱饵，先去清个道。”

赵卓荦点头，视线往前面扫去，确认下一个安全点以及两点之间的距离和路线。

亮亮的灯泡给他数时间：“1……2……3！”

二人同时从墙后跃出，凭借猎豹一般的爆发力，顺势在地上翻滚一圈，重新躲入安全点。

对面敌军一齐探头，开始射击。密集的光线追着他们却又一一错过，方见尘抓紧时机，瞄准目标，连开两枪。

亮亮的灯泡蹲在垃圾桶后面，嘲讽道：“你们这跟谁练的枪法？把厉害的调前面来，小兵不够看啊。”

对面闻言骂了句。

太快了。能源枪不能像机关枪一样接连射击，两次瞄不准，基本就告败了。

方见尘看得心痒痒。他觉得最帅的时刻，就是与子弹擦肩而过。那种游走在死亡边缘的紧张心情，配上漫不经心的表情，就是电影的标配。他蠢蠢欲动道："我也来？"

"你还没死够？这场没死都不痛快了？"程泽说，"狙击手看着你自己的目标！"

叶步青扛着他的专属广告牌上前。整张地图的广告牌和垃圾箱几乎都被他们给拆了。

他将那沉重的广告牌往前骨碌碌一丢。

沉闷的声音响起，夏队下意识地开枪一阵射击，等他们看清楚，开始收枪的时候，叶步青的身影蹿了出去。他们立即展开追击，一摸枪身，太烫了。

就这样，先锋部队打头，各人找自己的位置，用自己的方法，一路向前推进。

双方单兵战力差距实在是太大了。连胜这里诱饵、掩护、狙击，各职业一应俱全。对面屡屡掉进他们的陷阱，然后继续再掉进他们的陷阱。

众网友表示不忍直视。

这是我见过最爽的一场枪战。

亮亮的灯泡抬手一点：来，这位兄弟，跟我一起为了大将军承包下这条街。

承包这条街的速度比我想象的快。

压倒式的胜利。

估计这是一次回光返照都不会有的胜利？

废话，看看这豪华的阵容，再看看他们的配置。夏队拿得出手的人才几个？还良莠不齐地混杂在一起，队友间互拖后腿，感人得不行。

一条直线打通到了信号台，守这条街隔壁的夏队士兵目睹这场景，几乎放弃抵抗。

对面信号台的位置是明确的，而总指挥的位置却是可以移动的。

连胜走到信号台的前面，没看见夏宴风跟他们副指挥的身影。两人应该躲藏在周围某个安全的地方。

只要在这里开一枪，比赛就结束了。

连胜看着那个机器说："我还想见夏宴风一面，没想到没这个机会了。"

超亮的灯泡说："这算什么事！我陪你去找，我是找人好手。"

连胜迅速地问道："季学长，季学长，你那边还能撑多久？"

季方晓轻松地回道："个把小时吧。"

"那这样。你们两个留在这里，等待季方晓的信号或者我的信号。"连胜说，"我说'砰'了，你们就开枪。"

方见尘不屑地道："有意思没有？"

连胜点头："有。"

超亮的灯泡乐道："走走走，带你去找人。"

颇有一种家长带着熊孩子惹是生非的感觉。

此时旁边的地下室里，光线略为昏暗。

夏宴风问："他们是到了吗？"

"应该吧。"副指挥看着地图上的人数骤然减少，直到信息台附近一小块区域也失去了友军的踪迹，知道大势已去。

副指挥朝外望了一眼，抬起旁边的枪，准备出去看看情况。走到半路，大门缝隙中出现一个枪口。他瞳孔微缩，来不及警示，直接中弹倒了下去。

夏宴风错愕地转身。

"哟。"连胜提着还带着点温度的枪走进来，招呼道，"你好。"

夏宴风下意识地抬起自己的枪，然而下一秒，武器被正面的子弹击飞出去。

"别这么紧张，反正比赛快结束了，我们和平地来谈一谈吧。"连胜丢掉能源枪，又一手脱掉了头盔，开始挽袖，朝她勾勾手指，"你不是对古武很感兴趣吗？不如来亲自见识一下。"

夏宴风精神紧绷："什么意思？"

连胜划开马步："没什么意思。我只是想找一个，合法合规又能狠狠打你脸的机会。"

夏宴风呼出一口气，跟着抛下头盔，朝前走上两步，摆出一个散打的握拳姿势。

连胜保持防卫的姿态，朝她勾勾手指。

夏宴风不客气地展开先攻，一双长腿凌厉地朝前踢去。

连胜的视线在她身上过了一遍，右脚稍退，重心后移，轻巧地躲过。夏宴风旋身调整角度，快速追上一踢。连胜脚尖轻跳，滑到安全位置。

"这不是挺有干劲的吗？"连胜看她动作衔接还挺流畅，也有点套路。虽然没有神，但起码有个形。于是吹了个口哨，说道："还真学过？"

夏宴风寒着脸没有说话。

当然是学过的。健身要练习拳击，防身要学习自卫术，想进三夭，又特意去学了散打。

连胜一面闪躲，一面问道："这场比赛里，你下过多少指令？你尽过多少身为指挥的职责？

"人要付出多少努力，才会得到多少回报。可是，你有多少决心，才会付出多少努力。"连胜问，"那么，你有多少决心？"

连胜说完又自己摇了摇头："我觉得你没有。不然你不会一直把胜利交托在别人的手上。还是说，赢下比赛的虚荣感已经足够让你高兴了？"

夏宴风深吸一口气，动作停了一下，而后重新爆发。因为愤怒，她的五官变得有些扭曲，只想让连胜闭嘴："你凭什么这么说？！你又懂什么！"

连胜侧身闪过，伸出左脚一钩。

夏宴风的动作已经变形，被她撂倒在地，脸重重地磕向地面。她下意识地用手去撑，怕连胜借此发难，又迅速站起来。

然而连胜没有上前，反而退到一边，重新拉开距离。

"我的确不懂你，也没兴趣懂。"连胜上挑的眼尾斜斜地朝她望去，鄙夷的态度不加掩饰，"胜利既然对于你来说这么重要，重要到你可以不择手段也要将它收入囊中，那么，你为什么不用心去做？假使你这样的行为是对胜利的执念，假使你是因为不接受战场的失败，我都能够理解。起码我不会这样瞧不起你。

"可是我看你的比赛，你根本就不上心。你会这样做，只是因为你的不屑。"连胜站定，冷眼看着她，"你瞧不起这个战场，却还要走上来，享受胜利的荣誉。你这是对战场的亵渎。"

夏宴风矢口否认："我没有不择手段，这只是一种策略。粉丝是自愿的，其他人也是。这只是一场比赛而已，什么亵渎！"

"其他人是谁？是你的粉丝，还是你看见的那些业余人员？"连胜说，"如果你真的有一点想参军的想法，你就会知道这种行为有多么让人不齿。如果你只是听从别人的指示，那么也不用否认，这不是你该来的地方。"

连胜歪了下脖子，继续说道："不要用你的无知来掩饰你的无耻，这看起来并不高明。"

"你为什么要这样嘲讽我？你又是谁？你光凭这一点就要否认我的努力吗？"夏宴风着急地辩白道，"我的确不是军校生，我的格斗技术也的确比不过你。可是我已经自学了你们学校所有的课程，我每天要用两个小时……"

连胜忽然冲上前，反手按住她的后背，一击膝踢踢在她的胸口，将她后半截话噎回喉咙里。

夏宴风猛咳了一声，滑到地上，半晌直不起背。

"哦，是吗？"连胜揉了揉手腕，"努力有什么好值得骄傲的？别人就不努力了吗？别人比你优秀就是因为比你更努力！你努力了一天两天，感动了自己，感动了你的粉丝，但是还妄图去感动那些每天都在拼死奋斗的人吗？认清自己的地位吧，大小姐，继续做你的明星偶像不好吗？”

连胜抓住她的手腕，又一个后摔将人砸到地上。

夏宴风感觉全身的血液都在往大脑冲刺，意识有点不清醒了，心里的躁动不断地往上翻涌，压抑许久的怨气跟着窜了出来。

认清自己的地位？

“你除了一张脸，没有什么能看的地方。”

“你如果能聪明一点也好，可是跟你哥哥比起来，你真是一点也不像我的女儿。”

“你要去做公众人物无所谓，但是不要连累你哥哥。”

“夏小姐，你好，我是你的经纪人。今后所有的事情都可以交给我，我来安排。”

“以后你不要随意跟粉丝聊天。不要随意发信息。我们有公关。你的形象很重要，明白了吗？”

“亲爱的，夏先生很高兴。”

“不要为了这种小事跟粉丝生气。亲爱的，你应该控制一下你自己。”

“从今天开始准备打比赛。我把你其他的通告推了。后天要去做宣传。”

“这是我给你的资料。最好三天内看完。去做招生活动的时候可能会被媒体询问。”

“你最好学一点射击和搏击技术。指挥没什么难的，到时候我给你安排一个副指挥就可以了。”

“亲爱的，请不要自作主张。你今天比赛犯错了，知道吗？”

……

耳机里有人在激动地大喊，让她发热的大脑稍稍冷静下来。前线的士兵说：“我们打死他们的总指挥了！我们打死他们的总指挥了！我们还有机会赢！指挥，请求指令！”

夏宴风偏过头，看向站在不远处的人。

愚弄，连胜在等着看她的笑话，从一开始就是，为了这个可以嘲笑她的机会。

夏宴风拆下耳朵上的通信器，狠狠地砸到地上。

“我是明星又怎么样？起码我每一件事都在努力做好！你们又有什么高明的地方？”夏宴风试图控制自己的情绪，低下头，又抬起来，眼泪却忍不住地往下流淌，“我没有你们那么聪明，可是我做的不比你们差！能做到的事情我都去做，该我做的事情我也去做，你还想让我怎么办？明明是你们替我决定了所有的事情，明明是你们始终不满足，为什么苛责我一个人？这不公平！”

夏宴风挣扎着站起来，倔强地笑道：“你嘲笑我？你没有这个资格。大家都是一样的。讲贡献，我的影响力不比任何人差！”

夏宴风朝她吼道：“我的路也是靠我自己一步步走过来的！”

连胜助跑上前，起跳，一脚踹向对方。夏宴风尖叫一声，整个人被踢飞出去。

场外众人齐齐倒抽一口气。超亮的灯泡提枪守在门口，听见这动静也冒头进来查看情况。

这一脚，是实实在在没有留情。

粉丝激动得难以克制，纷纷议论起来。

连胜的声音忽然沉了下去，夏宴风低着头，五官在光色昏暗的地下室里根本看不清楚。

“如果想要摆脱，就自己去说。想要获胜，就靠自己的实力。踩着别人的努力，试图一步登天；用自己的伪善，来掩饰自己的自私。你这样的行径，也叫靠着自己一步步走过来？还不值得别人嘲笑，不值得别人轻视吗？有本事，就光明正大地来吧。输了的话就该认，这很难吗？永远意识不到自己的失败，就只能永远在那肮脏的泥淖里待着。别说什么不公平。”

“战场，不是一个可以让你耍手段的地方；军队，也不是你想的这么简单的地方。”连胜说，“所谓的贡献，不是靠你所谓的影响力来评判的。”

“明星，随便你怎么当。”连胜说，“但是战士以及指挥的荣誉，你一点都别想拿走。”

连胜走过去，又一脚踹在她的胸口。

夏宴风已经忘记了反抗。

连胜皱眉说道：“站起来，夏宴风。”

夏宴风趴在地上，身体微微颤抖，恐惧地看着她。

连胜居高临下的眼神里带着一股冰冷的杀气，那里面都是对她的蔑视和愤怒。

她抬起手捂住嘴巴，然后闭上了眼睛。

连胜想杀她。这个想法无比清晰地出现在夏宴风的脑海里。她觉得连胜想杀她。

连胜说：“站起来。”

夏宴风拼命地摇头。

“对于士兵来说，如果你不能站起来，那就是接受死亡。”连胜问，“你能忍受来自死亡的恐惧吗？你要亲眼看着自己的鲜血流尽，看着自己残缺的身体倒在战场上，看着这个世界在你眼前变得模糊，然后保持着这种觉悟一直到死去。”

连胜走过去，从地上捡起枪。

“还是你明白杀敌代表的意义？”连胜说，“你要夺走一个鲜活的生命。你不认识他，不知道他的名字，不知道他的来历。可是他过往几十年的人生，都要终结在你的手里。”

连胜重新朝着夏宴风走近一步。

“你不要说话……”夏宴风向后滑去，惊恐道，“你不要过来！”

“他们就是这样站在前线。我们也是抱着这种觉悟在参加训练。这不是你可以轻视或者对比的人。”连胜说，“你的努力在这种地方是没有用的，影响力也没有用。要享受权力或者是追捧，不要在这个地方。”

连胜将枪抵着她的头。

感受到额头上的力道，夏宴风吼道：“不要！”

连胜：“砰。”

夏宴风抱头，嘶声尖叫：“啊！”

［公告］系统：比赛结束。

她没有登出。

夏宴风睁着眼睛，感觉眼前的景象都在晃动。她的过去，她听到过的声音以及连胜描述的场景，支离破碎的片段从脑海中涌过。

眼泪已经糊了满脸，胃部升起一阵恶心。

连胜转过身，摇头道：“别再妄想什么了，放弃吧。你看，这不是你现在能来的地方。”

夏宴风直接退出了场景。她走出传感器，跌坐在地上开始埋头痛哭。经纪人嘴唇微张，一时不知道该怎么安慰。

“别哭了。”经纪人蹲下身去拍着她的背安慰道，“没事了。”

夏宴风用力呼吸，仿佛要背过气去。她从来没有这样放肆地哭过。

旁边的光脑上屏幕闪烁，没有一刻停止。信息提示音一刻不停。

“我们可以重新开始，没事的。”经纪人忽然拔高了音量，信服地说道，“对！我们可以在网上对他们发起声讨！他们这是不道德的行为，纯粹只是为了发泄个人的情绪。他们是炒作，碰瓷，蹭热点……”

“够了。”夏宴风抬起头。她的视线有点模糊，全是水茫茫的一片，但是经纪人的脸和身影，却无比清晰地出现在她的脑海里。

“我不喜欢打比赛，我不喜欢三天，我不喜欢做宣传，我不喜欢你给的资料，我也不喜欢陪着你们去应酬。这都是我不喜欢的事情。”

经纪人一时错愕：“亲爱的，你在说什么呢？”

“我不喜欢自己一句真话都不能说。我不喜欢永远照着别人的要求做事。我不喜欢自欺欺人。我不喜欢做一个卑鄙虚伪的人……”

经纪人抓着她的手臂道：“你当然不是，亲爱的！亲爱的，这件事情我会处理的，振作起来好吗？你只是输了一场比赛而已，没什么大不了的。”

夏宴风用力地甩开他，而后脱力地倒在地上。

她的声音沙哑而模糊，喊道：“我不喜欢爸爸，我不喜欢哥哥，我也不喜欢你！我不喜欢你们……重新开始？你们不要出现在我面前，你们离开，我才能重新开始！”

经纪人呆滞在原地，没有再去碰她。

比赛正式结束，评论区反而平静了。

这是一个早已确定的结果，并不值得意外。

开场被动，之后强势转为主动，反逼他们撤销了间谍战。这是一场很精彩的比赛，但是，最后连胜也说了一番很严厉的话。

超亮的灯泡站在入口，对她做了一个要死的表情。比了比夏宴风，又比了一个七，表示她可是一个有七千万粉丝的人。但是他从始至终只是旁观，没有阻止。

超亮的灯泡又笑起来，朝她比了一个赞。

那是他们的荣誉，是他们不可侵犯的领地，能听连胜说出这番话，他其实很高兴。

点睛之笔看着这局面，一时也陷入语塞。他扫了一眼评论区，发现没什么可参考的东西。

夏宴风毕竟是知名公众人士，现在他应该帮忙居中调停。

有道声音先他一步响起。

“你说她想做一名前线军人？不。她的表现告诉我，她没有生的觉悟，也没有死的觉悟。她没有任何牺牲的准备。我希望所有人都能明白，军部不是一个可以随时拎包入住的地方。只要走到这个位置，就一辈子都是个军人，即使退役，十年，二十年，他们依旧被战场的阴霾笼罩。每天在生死边缘徘徊抗争的记忆，会让他们焦虑、不安、内疚，无法停止挣扎和对自己的折磨。”莉莉安娜闭上眼睛，“这些人所遭受的痛苦，如果在你们眼里变成一种轻而易举的事情的话，我绝不会同意！”

莉莉安娜说：“她很努力，去做她能做好的事情吧。我尊重每一位爱岗敬业的人士。”

连胜走出地下室。

她前面是明媚的阳光，视角在她的身后。屏幕里她的身影就像被黑暗同化了一样，挡在门口。

“她已经很有担当的风范了呢。”孙颜看向旁边的人说，“林上校，连胜真是一个值得骄傲的孩子。她还那么年轻，但是她已经把生命看清楚了。”

林冽摩挲着自己的手指，视线有些迷离。现在的连胜，真的跟连横很像了。

连横阳光向上，对谁都很温柔。可是，他有着绝不退让的底线。他生起气来的时候，会严厉得让人觉得恐怖。他从来不会在别人面前表现出迷惘。不管是在怎样的路上，他都会挺直着脊背前进。

可是，他才三十一岁就去世了。他埋在了赋予他荣光、完成他使命的地方，却没有亲眼看到连胜一眼。

那根本就是一个谁也无法保证能活着回来的地方，而她已经不需要一个值得她骄傲的孩子。他们所谓的荣誉已经拥有得够多了。

孙颜握住了她的手：“林上校？”

“没事。”林冽站起来说，“工作吧，休息时间早就结束了。”

连队众人振臂欢呼，在原地狂吼跳跃。他们想享受胜利的感觉直到倒计时结束。

身为小兵，这场比赛他们虽然完全没有弄懂，也没有参与到最后的强攻小队，但是依旧觉得刺激。原来这种出人意料的反转战局，能让人这么有成就感。

此时他们的大部队正聚在一起，直到比赛结束，连队存活人数还有三千多人。

如此让人骄傲的战果，兴奋的情绪在人群中传染得更快了。

“喂！”百米飞刀冲着连胜的方向喊话问道，“你跟人说什么了？说完没有？”

连胜和超亮的灯泡从远处走过来，朝他们招了招手。

方见尘拗着造型，虚靠在被破坏的信号台上，微侧过头，摘下自己的头盔，顺势甩了下自己的刘海，露出一个邪笑，咬着牙小声问道：“镜头现在是不是在我这里？这场比赛我有多少镜头？我觉得我是本场最佳，尤其是我的颜值。”

亮亮的灯泡两手环胸挡在他的面前：“本场最佳怎么说也是你亮哥。”

“我真的会踹你屁股的，这位哥，赶紧让开！”方见尘怒道，“这年头小妹妹们喜欢的都是小清新知道吗？”

“对面两位指挥都挂了，信号台又被崩了，镜头当然是我们的。”百米飞刀随意对着一个方向说，“请注意调整，谢谢配合，屏幕中必须要出现我这张帅气的脸。”

程泽哼道:“那也未必。有方见尘在，什么镜头都绕开了，辣眼睛。”

程泽、叶步青、赵卓荦，他们三个兄弟朝着连胜那边跑去，将头盔夹在腰侧，对着他们两人伸出手:“欢迎回来。二位同志辛苦了。”

百米飞刀插了进来，不要脸地打广告道:“百米飞刀工作室，价格稍贵，指导到位。个人实力，出色无疑。童叟无欺，欢迎致电。”

超亮的灯泡招呼众人:“来来来，留个纪念。”

“等一下，让他们先别登出。”莉莉安娜说，“我有话要说。”

三夭后台管理人员，嘴里叼着一包饮料，闻言险些从椅子上摔下来。迅速点出后台，发布公告。

[公告]系统:请众玩家稍后登出，莉莉安娜上校有话要说。

场内外人员一阵惊呼。

三夭那么高姿态的公司，从来不会因为一句话，如此殷勤地帮一个人传信。明星也好，商人也好，政客也好，他们都不会这样做，因为此种行为会给他们招来骂架和讽刺。

果然这就是军人特殊的地位和影响力。

莉莉安娜说:“我想问一下，你们为了这场比赛，做出过多少的努力？”

众人抬头，看着屏幕上方的文字。他们知道这是问总指挥的问题。

镜头在连胜脸上扫过，她一副不值一提的表情，不温不火道:“没什么。我们研究了一下他们过往的十八场比赛，然后稍稍做了些猜想而已。”

所以她才知道夏队的习惯，他们的指挥风格和作战风格。他们看似强大，实则盲目自信。他们的团队并不是无懈可击的。这是一个依赖于连长和副指挥存在的队伍，指挥是一个不被需要的岗位，或者只是偶尔出来安抚一下众人的情绪而已。

莉莉安娜:“所以，你是为了胜利才站在这里的？”

连胜反问:“如果没有胜利的希望，我为什么要站在这里？为了牺牲吗？”

“我可以答应你一个请求，只要是我权限内能做到的事情。”莉莉安娜说，“你可以现在提出来。”

百米飞刀站在旁边提醒道:“这一位是莉莉安娜上校，她有远征军的招兵权。”

连胜:“是吗？什么条件都可以？”

莉莉安娜:“对。”

连胜略一思考，说道:“希望你能给我的账号涨点积分。要求不高，来个十万分就可以了。当然，要是能跟优秀同志一样高就更好了。”

赵卓荦：“……”

众人：“……”

所有人都被这句话给镇住了。

这就好比，一个人召唤出了阿拉丁神灯。神灯说，我可以给你全世界的财富。然后那个人说，不不不，我现在饿了，我只需要一个饼。

“等等，等等！这货还没有想清楚！”百米飞刀率先站出来道，“身为她的老板，请让我对她先进行一下思想教育。”

他转身就冲着连胜训道：“看看你都做了什么！为什么要在莉莉安娜上校面前开这样的玩笑？”

“我很认真啊。”连胜越过他，重新露出自己的脸，说道，“如果你没有直接权限，我想你应该有相关的人脉。麻烦跟我校教授打声招呼，下次打分给个干脆爽快的。让他们忘了我的积分吧。”

百米飞刀板起脸道：“为什么要浪费这么一个大好的机会？人家哭着求都求不出来！你拿去换什么狗屁积分？那些积分有什么用？进了军部就根本不需要三天的分数了！你有没有一点军校生的自觉！”

连胜说：“什么自觉？远征军我肯定能进，为什么要浪费这样一个大好的机会？”

众人：“……”

听听她说的，如此欠揍！

赵卓荦说：“不用这么麻烦。我愿意把我的积分让渡给你，你也把这个机会让渡给我，就双赢了。”

“不不不，你还不明白。”程泽有点急了，接连说了好几个“不”。他想撬开连胜的脑袋，给里面灌壶热开水，杀杀她那不正常的脑细胞。

程泽解释道：“以你的履历，作为指挥系学生被特招入兵部是不可能的，所以你大四必须以单兵的身份参加校际联赛，并在比赛上被各远征军招生办的人看重，才有可能入选到军部进行专业培训。然而，这也只是观察而已，他们每年选出的绝对不是一两个人，他们是差额招生，这个差额还不少。入选军部之后，还要考察一到两年。你要表现得足够优异，打败你的同期，才有可能进入到远征军的专业培训。听清楚了吗？这还是在培训！”

程泽比了比手指：“现在就去！你可以少奋斗好几年！”

“嗯，可是我并不需要啊。”连胜说，“我少奋斗几年，并不意味着我的身体素质也可以少奋斗几年。现在的训练是我欠缺的，之后的学习也是我应该做的。这是无论我走多远，都不能否认的缺点。我的确还没有那样的实力站到那样的位置去。我不想因为看得太高，最后让自己一脚踩空了。”

众人沉默下来，有些敬佩地看着她。有时候，拒绝需要很大的勇气。

人们对未来总是不安的。害怕没有同样的机会，害怕哪里会出现差错。所以当一个巨大的蛋糕摆在面前的时候，能够冷静地审视自己，并分析利弊，最后做出抉择的人，实在是太少了。

这需要怎样的心态呢？而连胜甚至连一点迟疑、一点可惜的表现也没有。为什么她可以放弃得这么干脆？

“错！你错了！她说了是任何要求！”百米飞刀说，“你可以让莉莉安娜荣誉加盟我们的工作室！”

太煞风景。

众人扭过头，决定无视他。

“我明白了。”莉莉安娜心情愉悦起来，语气也不像先前那样严肃。她说，“我尊重你的选择，可是积分的事情我并不能做决定。我只是可以向你们学校提出一点建议而已。另外，我觉得你已经有了军人该有的思想素质。”

莉莉安娜说：“你的朋友说得没错，按照程序来讲，你要先参加校际联赛，表现优异才有被特招的可能。但你是指挥系的新生，在这里我给你一个特例。只要你能成功通过联盟大学预选赛的话，我代表远征六军，给你一个特招名额。”

百米飞刀说：“是这样的，莉莉安娜上校，我们还有一位不需要积分，同样非常优秀的副指挥，不然你再问一问他？”

莉莉安娜斜了屏幕一眼，对着管理员道：“我没有什么好说的了，请帮我切断吧。感谢他们打出了一场精彩的比赛，我很期待他们以后的发展。”

“她为什么要无视我？”百米飞刀郁闷道，“当年不也是一起出生入死的战友吗？！”

众人齐齐点击登出。

网友一阵嘲笑。

我服骠骑大将军！

我也服！如果是我，肯定禁受不住诱惑！远征军就是军校生的梦想，梦想就在前面，几乎可以触碰到了，但是她面无表情地拒绝了！

触碰到了也是镜花水月啊，很可能会因为专业素质不够最后被刷下来，那就搞笑了。军部层层培训也是有理由的。脚踏实地摸到的，才是真的梦想。

刀哥心如死灰！

刀哥说，这群糟糕的孩子他不养了！

刀哥不哭，你的工作室这次真的火了。

第三十八章 假期

这场比赛在网上引起的反响太大，夏宴风当时表现出来的状态明显不适合在前线作战，更不符合远征军对外的一贯铁血形象。

莉莉安娜得偿所愿。她有充分的理由反对所有让夏宴风进入军部的提案。其余几位远征军负责人当然也不可能接收。此事暂时告停。

连胜再看见夏宴风，是在三天的论坛首页。红字飘浮了很长一段时间，里面是她的致歉视频。

夏宴风穿着白色衬衫，站在空荡房间的正中，朝众人鞠了一躬。

“非常遗憾让大家失望了。这一次的比赛，虽然输得很惨烈，但让我认清了自己。我确实还没有做好相应的准备，是我了解不足，又太自以为是。我会对自己的行为进行深刻反思。在这里向所有因为跟我比赛而产生不愉快的人道歉。对不起。

“也为所有因为支持我而违背本意，做出踩边线行为的粉丝道歉。是我的不对，影响了大家。希望大家以后能以我为戒，不要再做类似的事情。所有的比赛，都是因为脚踏实地才有意义。

“最后也要向所有英勇的士兵，与以此为目标在认真努力的军校生们道歉。是我的不专业让我显得不尊重，但我心里其实非常感谢诸位对联盟做出的贡献。感谢莉莉安娜上校以及连胜、百米飞刀工作室，在比赛中对我做出的教诲和提醒。我会继续做我能做好的一切。希望可以跟大家一起进步。”

虽然她看起来有些憔悴，但是精神状态似乎还不错。因为她道歉的态度诚恳，网上的抵触情绪也减退了不少。她的粉丝依旧表示支持，希望能陪她一起渡过难关。也有很多人希望她能回归娱乐圈，别再去搅和军部那潭浑水了，那真的不适合她。

连胜对于“偶像”这种职业的产生其实不是非常理解，因为她不大明白这种关系建立的根本是什么，也不明白让粉丝保持这份热情的动力是什么。

“是梦想！”百米飞刀说，“偶像贩卖的是梦想，实力派贩卖的是鸡汤。梦想随着年龄的增长可能会迎来破灭的一天，但是鸡汤随着现实的清晰反而会成为他们拼搏的动力。所以，大家都希望能从偶像派变成实力派。如果两者并存，那这人就是前途无量。”

百米飞刀欣慰道：“连胜，你有这前途啊！”

连胜：不明白……

然而连胜现在在网上确实很火。经过这次的事情，她得罪了不少人，但也收获了不少军事迷的青睐。

连胜对这件事还保有一点矜持，百米飞刀已经连脸都不要了，开始四处用小号在下面精分评论。

是那个连胜哦？百米飞刀工作室里的那个连胜吗？百米飞刀工作室首页挂着的叫骠骑大将军呀！

“对不起。”周师锐充满歉意地对她说，“我以前不知道他是这样的人。”

走火入魔了，再也不是那个曾经有梦想的刀刀了。

连胜耸肩。

她最近在跟超亮的灯泡学机甲的操作。

超亮的灯泡比亮亮的灯泡更擅长机甲的微操，因为他主攻侦察兵，同时也会执行一些需要轻便机甲才能完成的偷袭任务。如果亮亮靠的是一夫当关万夫莫开的蛮横力量，那么超亮就是能于万千军中取人首级的突袭奇兵。

超亮的灯泡说，控制速度就跟冲浪一样，最重要的是时刻保持住自己的重心。连胜不知道冲浪是个啥，但这跟保持下盘稳健有略微相似，只是，一个靠的是用腿部的力量去排斥外部的干涉，一个因为有外力干涉，要用技巧去习惯。

要说怎么练，先瞎练练，摸到感觉了入了门才好教。

于是网友们登上三天以后，时常看见她被拖着冲来冲去，边摔边跑，事故连连，惨不忍睹。

众看客围观一阵，陷入纠结：“我应该怎么告诉她，三天里面其实是有专门的赛车的？”

没过几天，联盟大学的成绩即将在学务系统公布。

几位学生原本是小范围商讨，表达一下自己的好奇心，出声后却发现在意的人竟然不在少数。其中还有不少外校学生和社会人士。他们早早地蹲守在校网里，等待军事学院的成绩统计。

是的，他们想知道在以“变态”闻名的联盟大学军事学院指挥系，新生连胜这次能达成挂科几连的成就。

众人在校网上公然猜测连胜的挂科数，并以自己下学期的劳动力作为赌注。

因为活动引发的热议，军事学院内部人士站出来分析。数人的小团队，利用囊括了概率学、历年平均分、教授判卷习惯与给分特点以及连胜平时表现做出评价。说得有理有据，就差照着全卷一题一题地扒考点。最后以挂三科的意见为主流。

随后这件事被宣传到了三天，又一批闲得无聊的人员疯狂拥至。

随着公布时间越来越近……它终于被顶成了校网第一高楼。

连胜是被室友提醒，才想起来今天是公布成绩的日子。她随后也打开自己的学务系统等待刷新，同时在室友丙的提醒下，顺手逛了下他们的校网。

礼花已备好。我选四科。请不要大意地把红色的挂科分数砸到我的脸上！

事不过三，我选两科。

楼上语文老师棺材板都要飞起来了，我选大流的三科。

我们这样其实不好，我不选但是我接受你们的赌局。

我坚定地认为我大将军不会挂科。

大将军脑子一看就很好使，我也觉得大将军不会挂科。

我想跟她坐在一个教室里补考，感受迎面的微风以及空气中弥漫着的学渣的味道。

为了这一刻，我要开始变态了！

看着全校的风云人物拿着惨痛的成绩单，看着曾经材料工程学院的领头生变成军事学院的吊车尾，怎么想想心里都有点小高兴呢。

了解连胜的人都知道，这人极缺常识，尤其是军事学院的理论常识。她是一个好指挥，但她一定不是个好学生。

方见尘给自己开了瓶牛奶，在寒冷的冬季，站在开阔的阳台上吹风，跟几位兄弟通信畅聊，一起等待这让人兴奋的时刻，准备庆贺。

系统刷新的前十分钟，这群看客摩拳擦掌，两眼放光，比连胜自己还兴奋。

他们已经提前娱乐了连胜挂科的事实。

连胜囫囵看了遍论坛，在其中一个帖子里回复道：“其实我觉得我会考得很好。如果教授判卷标准松一点，我或许能高分飞过。”

画了考点的她已经全部都背下来了。至于数学一类的理科类，因为是大学课程，考点比较集中，且历年卷子变化不大。

这一类课程逻辑明显，记下它们各自的符号标识，加上自己的些许基础，背诵各类题型，考试就生搬硬套。她觉得毫无问题。

评论区风向突变，众人一时大惊。

正主还出现了？

连胜同学，希望你下次怼教授之前，能先在心中默念一次这句话。

怼教授？

我学院缺课率最高的一位勇士，教授心中的老鼠痣。

听起来好像很厉害。

众人闲聊了几句，看时间差不多了，迅速切回后台，不停地按键刷新。出现选项后，内部人员直奔军事学院的后台，拉出成绩单。

论坛许久无声。

一群外校游客在论坛里嗷嗷待哺，喊着他们快把军事学院的成绩单发出来。

最后还是连胜先站出来："我就说吧。"

这位公认会在挂科边缘徘徊的人，最终成绩竟然名列前茅。因为有额外的十分加成，她最高一门的分数创造了校史新纪录，一百一十分。

是的，没错，就是她的艺术鉴赏课。不过艺术鉴赏课因为是选修课只有一个学分。另外几门理论内容要求较高的课程，她也拿下了高分。

转系第一学期，无挂科。

终于有人将连胜那一部分的成绩截了图出来，放上论坛。

连胜较为满意，淡定地道："我说了，虽然我看不懂题目，但是我觉得我会考得很好。"

众人："……"

指挥系垫底的那位同学抱着自己的枕头号啕大哭："这跟我想的不一样啊！！"

校网瞬间被一群脑残粉占领。学霸就是学霸，转个系就跟玩儿似的。

连胜抖着腿躺在床上，随手点开一首歌曲，在评论下面逗逗这群可爱的人。她得意地在帖子里大肆炫耀，一群人配合她的腔调四处吹嘘。

赵卓荦等人把光脑放到旁边，听着来自方见尘跨越时空的呼喊。

"她快乐我就不快乐！"方见尘痛彻心扉道，"她的快乐就意味着这世界的不公平！"

赵卓荦："哪里不公平？"

"心！"方见尘咬牙恨道，"这小妖精厉害得没边了！你们说能不能忍？"

三人异口同声道："能。"

方见尘拿过牛奶，猛吸了一口，然后将盒子丢到旁边的垃圾桶里，捂住自己的头，叫道："你们真的不安慰一下我吗？"

赵卓荦："忙。"

程泽："唯有'滚'字可以赠你。"

叶步青："明天准备去买年货了，今晚要早点睡。再见。"

程泽忽然想起来，问道："哎，优秀，你妈妈回来过年吗？"

"她不回来，但是我爸批到假了。"赵卓荦说，"我跟我爸将就着点桌外卖吧。"

程泽："这也太寒碜了吧！你们不意思点准备准备？"

赵卓荦沉吟片刻，反问道："两个男人，能做什么？"

相互依偎着看节目？还是相互携手去看烟花？或者相互携手去逛街？

他们已经过了培养感情的年纪了，对这种节日也没什么特别的感觉。从实际效益来看，摆弄这些，还不如去学校预约一间训练室来得实在。

叶步青纠正道："这不是两个男人的问题，这是两个糙汉的问题。你们太不讲究了。"

"听着太可怜了，你妈不在家，你们也得快乐地过日子啊。"程泽跟腔道，"怎么着年夜饭也可以自己做啊。"

叶步青拍板："材料我给你买。给你寄箱海鲜，过遍水蘸点醋就能吃。最多把醋也给你寄了。"

程泽说："这位叶哥，给小弟也寄一箱？"

叶步青大方地道："好说。"

"算了。"赵卓荦说，"不就是吃顿饭吗？我们吃饭的时候也不喜欢说话。"

方见尘："其实你可以领着你爸来我家。怎么感觉你们每年都像留守儿童呢？"

赵卓荦说："我爸是，我不是。"

程泽脑子转了一圈，终于找到形容词，一时间父爱爆棚，说道："听你的语气就是……缺爱！来，到'程爸爸'怀里来。吃穿住行都给你包。新衣服有没有？红包有没有？"

赵卓荦嫌弃道："我先去找找过年也营业的店了。再见。"

赵卓荦断开通信，陷在沙发里，开始翻找附近的商店。

赵爸披着一件睡衣，忽然晃到了他的面前。赵卓荦不明所以地抬头，赵爸没有出声，又晃远了。赵卓荦继续查讯息。

没多久，赵爸拿着一个杯子走出来，意有所指地感慨道："要过年了呀！"

赵卓荦点头。

赵爸问："今年怎么过啊？"

赵卓荦说："吃饭。"

赵爸："吃什么啊？"

"外卖。"赵卓荦说，"你自己点。"

赵爸爸："那今天怎么过啊？"

赵卓荦瞅了他一眼，又低下头去："吃饭。"

赵爸爸重音道："吃什么啊？！"

赵卓荦依旧看着光脑："外卖啊。"

赵爸哀叹："哎，要过年了呀……"

赵卓荦重新抬起头，点头道："嗯。吃外卖。"

赵爸沉默片刻，放弃了，抬手道："你妈找你有事，让你有空了给她打一个视频。"

赵卓荦看了一眼时间，晚上十点半，其实已经不早了。

赵卓荦问："她说什么了吗？有事吗？"

赵爸摇摇手指，高深莫测地走回房间。

赵卓荦觉得他最近有点不大对，整个人含含糊糊的，试着给孙颜打了个视频。

孙颜很快接起来了，似乎正在做研究，身上还穿着白色的实验服。

科室的灯光打得很亮，她的五官几乎看不清楚。孙颜过去关了一盏，然后重新回来。

"亲爱的，"孙颜朝他挥了挥手，"我们今年回不来了。这边驻派的项目正到关键时刻，要时刻关注记录。你们两个人在家好好过年，明白吗？"

赵卓荦习惯了："我知道。"

孙颜追问："你们想怎么过？"

赵卓荦："……开心地过。"

"哎呀。"孙颜绾了下头发，"你看，连胜是不是也一个人在家呀？"

赵卓荦话没听完，四肢忽然僵硬，将光脑摆到桌上，整个人缩进了沙发里。

孙颜看出他的抗拒，不满地道："你这是什么表情？你怎么能这样对待你的同学、你的战友？连胜带你打比赛的时候，你怎么没这样拒绝？"

赵卓荦：连胜带他打比赛？

孙颜说："她一个人在家过年呢。一个女孩子多危险？而且听着外面热热闹闹的，她在家里吃什么呀？穿什么呀？买新衣服了吗？有没有偷偷哭呀？"

赵卓荦："……"

他觉得，虽然对一个女生抱以这样的思想有点霸道，但是，危险和偷偷哭这两点，对连胜来说应该是不适用的……吧？

赵卓荦试探道："我以前也是一个人过年。"

"推己及人，你一个人过年的时候难过吗？"孙颜叹道，"妈妈不能回家陪你，所以你小的时候妈妈太心疼你了。做军人，保护别人，但是不能保护你。你是男孩子，妈妈只能忍着眼泪告诉你要坚强。可是这样的话说出来太叫人难过了。而且连胜真的只有一个人，你知道的，她那么可爱的小姑娘，让她一个人在家里妈妈很不放心；让你和你爸爸在家里，妈妈也不放心。"

他不难过，他真的已经习惯了。

"你爸爸已经同意了，今年有客人的话就不要再随便应付了事。每一年的时光都是很宝贵的，妈妈希望你们能好好珍惜。你看，妈妈也布置了一下科室。"孙颜转了下视角，说道，"这个项目如果成功了，就能审批到第二期的资金，我们就可以暂时放个假。到时候妈妈就回来了。你们乖啊。"

赵卓荦："……嗯。"

孙颜和他挥手："晚安，亲爱的。"

赵卓荦："晚安。"

林冽拿着光脑，从实验室外面走进来。她一时犹豫，站在孙颜旁边道："其实如果不愿意也没有关系，毕竟他们还不熟。过年这样的日子忽然插进一个陌生人，会很不自在的吧？"

"很熟呀！"孙颜说，"不熟的爸爸很愉快地同意了，熟的哥哥当然不会拒绝。而且，他们两父子在一起才最不自在。"

孙颜笑说："爸爸很高兴的，他很喜欢小孩子。可是优秀特别老成，就算故意找碴儿都是一副'算了我让着你，你随意吧'的表情。"

林冽："他很懂事。"

"他们都是不得不懂事，连胜也是一样嘛。"孙颜叹了口气道，"小时候他看我累倒了，就再也没跟我们提过要求，都是说'我自己可以'。他真的是听话，很少拒绝我的要求，可是有时候看他这么听话，我就想，为人父母，能给他什么呢？就是不断地内疚，又不得不离开他，然后发现有一天，已经补偿不了了。

孙颜拍着她的肩膀道："我都明白，你不用担心。让连胜一个人留在家里确实太可怜了，就当跟朋友出去走走。她和优秀一定可以成为很好的朋友。你看他们打比赛打得那么开心。"

赵卓荦那边断了和孙颜的通信，往下翻着通信录，给连胜那边发了过去。

他还没想好开场白，对面已经接通了。

"哦，听说你很寂寞，想请我一起过年。"连胜一手枕着后脑，说道，"可以的。我会做饭，但是我不喜欢洗碗。不过现在还好，也不需要洗碗。”

赵卓荦站起来，猛地跺了下脚，然后抹了把脸。

连胜：“？？”

赵卓荦平复下来，重新坐下：“嗯，所以你什么时候过来？”

连胜想了想：“我不知道你们现在的传统，也不知道你们这边的规矩。所以我除夕过去？”

“可以早点来。”

连胜：“咦？”

赵卓荦举起手，一脸无辜道：“不是我说的。”

“是我说的。”赵爸爸从房间里走出来，“如果你一个人在家里没什么要紧的事，不如年轻人一起出去走走。放假的时候你去哪里玩了吗？”

连胜立马坐起来，保持仪态端正，答道：“在三天里玩了一会儿。”

赵爸爸坐到沙发边上，露出自己的脸。他不笑的时候，五官是沉下来的，看起来有点严厉。因为常年当兵，肤色有些偏黑，也有些粗糙，但非常英俊。他点头，一本正经道：“那还是要出去走走。”

连胜：“比如说？”

赵爸爸愣住了。这是一个惊天难题啊！

他看向赵卓荦。赵卓荦察觉到危险，眼睛一瞪，什么意思？

赵爸爸严肃地问道：“你最喜欢什么地方？”

赵卓荦说：“家里。”

赵爸爸忽然想起来，重重点头道：“游乐园！”

赵卓荦：“……”

他想开口打断这让人窒息的话题，那已经是多少年以前的事情了？结果就听连胜也很严肃地问道：“那是什么地方？”

赵爸爸说：“专门玩的地方。”

连胜点头：“听起来很不错。”

赵爸爸：“你没有去过吗？”

“没有。”连胜问，“有人会陪我去吗？”

“哦，这样。”赵爸爸皱起眉头，一副这样很可惜的表情道，“那你可以去玩，那里很好玩。我儿子也很喜欢去玩，要不然你们一起去吧。年轻人也方便说话。”

赵卓荦在旁边摇头。

连胜说：“他看起来很为难。”

赵爸爸惊讶道：“为什么？”

两人一齐盯着他。

赵卓荦在两道视线探究的注视下，朝后一滑，再一次妥协道："不为难，我还可以叫几个朋友一起去。"

"谢谢你的迁就，赵优秀同志。"连胜说，"放心吧，我会给你们做晚饭的，我做饭还是很好吃的。"

赵爸爸："谢谢你。其实我们也会做饭，就是不太好吃。"

连胜和赵爸爸礼貌地聊了一会儿，鉴于时间太晚，赵卓荦拿回他的光脑，请他爸回去睡觉。

赵卓荦随后跟连胜约了一下时间，委婉提醒道："游乐园是可以去，但是不要抱太大的希望。"

"为什么？"连胜似有所感，"其实你不喜欢那地方？无所谓，你想做什么都可以，我不挑。打训练我也没意见。"

赵卓荦说："不是那个意思。喜欢是很多年以前的事情了。"

"喜欢过？那不是挺好的吗？"连胜说，"很多年以前喜欢的地方，再怎么样也不会讨厌吧？"

"讨厌是不讨厌。"赵卓荦找不到一个准确的形容词，又不能保证连胜是不是其实心底很期待而故意装作不知道的样子，于是说，"算了，到时候你自己看看吧。"

赵卓荦怕再晚，那里人就太多了，于是直接挑了后天，趁着天晴，喊上另外三个室友一起出来聚聚。三位兄弟毫无戒心，欣然应邀，一大早坐车赶到了赵卓荦的家门口，然后再坐着他的车前往目的地。

一小时后，四人站在游乐园的门口，听着嘈杂的声音，看着旁边一群小朋友追逐着机器人从他们身边跑过，觉得有点玄幻。

"你约我们出来……"程泽不可置信道，"不是为了过年做准备吗？"

叶步青看着眼前的入口，疑惑地说："你不是说你想通了吗？"

"所以你最后选择了逆时光之旅？"方见尘说，"是我疏忽了对你的关爱，优秀，你脑子病了。"

赵卓荦眺望远方，不予反驳。

"别这样。"程泽看着不远处的小朋友低声道，"他们看我们的眼神很尴尬。"

"还用他们看？"方见尘瞪着眼睛说，"我自己都很尴尬了啊！"

叶步青问："进去干吗？所以今天是来做志愿者的？"

赵卓荦终于开口说话了："等人。"

三人面露诧异。等人？赵卓荦今天是被交托了什么育婴的任务吗？

他们正准备揶揄一阵，方见尘眼尖，看见连胜插兜从远处慢慢地走来。他倒抽一口冷气，扯住赵卓荦的衣袖，惊恐道："你为什么最后选择了走一条绝路？”

赵卓荦抽回自己的袖子，批评道：“你就是这样对待你的同学、你的战友的？连胜带你刷分的时候，怎么不看你拒绝呢？”

方见尘蒙了一下，一脸无辜地道：“我做什么了我？”

“早。”连胜抬手跟他们打招呼。

四人点头，表示回应。

“原来这是小孩子玩的地方？很多年以前，是这么个意思。”连胜四面看了一圈，大致明白了，为难道，“可是我更喜欢跟成年人玩。”

连将军有点搞不定小孩子。

“成年人的游戏？”

四人觉得这可以，起码可以远离一下人群了。

叶步青说：“那就鬼屋。”十八岁以下免入。

另外三人跟着点头。

赵卓荦去前台用光脑加载了地图，然后照着导航前往鬼屋。

路上程泽问道：“你怎么跟优秀混在一起了？”

连胜：“不是他主动邀请我的吗？”

赵卓荦闭上眼睛，替他妈背下这个锅：“是的，是我。”

连胜说：“反正我也是一个人，挺无聊的。哪里需要就往哪里去。”

另外三人忽然觉得阵阵心酸，相继拍了拍她的背。

走了也没多远，几人抵达目的地——一栋装饰古怪的古屋。

前面人还不少，进进出出的，虽然走出来的时候，表情看着不大对，但的确都是些成年人。

“鬼屋怎么玩儿？没去过。”连胜问，“进去抓鬼？”

方见尘用手指比了比：“不不不。进去，出来，就可以了。”

连胜：“什么意思？”

程泽补充道：“竖着进去，竖着出来，就可以了。”

叶步青纠正道：“完整地进去，完整地出来。”

赵卓荦：“请让其他人，也能完整地进去，完整地出来。”

四人都觉得自己的总结非常精辟到位，点了点头。

连胜脸上茫然之色愈重，试探地问道：“我一个人进去？”

众人迟疑了一秒，迅速且肯定地点头。

旁边路过一对情侣，听见了他们高能的对话，大开眼界道：“他们竟然都点头了？！”

“四个单身汉，我的天哪！”他女朋友抓紧他的手臂，“会传染的，快走！”

四个传染源:“……”

连胜看了一眼门口，又看了一眼他们:“那我去了？”

四人挥挥手，与她作别。

连胜站在机器人面前，看着上面的选项，问道:“请问怎么选票？”

旁边的情侣说：“就是选难度。恐怖的还是简单的。对了，你是一个人来的吗？”

“其实是五个人，但是我一个人玩。”连胜朝着后面指了一下，“他们似乎没什么兴趣。”

几人顺着她的手指看过去，一时表情非常难言。连胜似乎从他们的脸上看见了一种……蔑视。是的，是蔑视。清晰而不加掩饰。

一女生说:“母胎单身，会不会发展成一种绝症啊？”

另一女生说：“一直治不好可不就是绝症了嘛。不过单身也是会习惯的，习惯久了，就变成享受了。”

然后……就没有然后了。

女生问:“你还是学生吧？你是哪个专业的？”

连胜一头雾水:“我们都是军事学院的。”

众人一副原来如此的表情，点头，异口同声道:“难怪啊！”

钢铁般男生聚集营啊。

连胜:“……”

几位女生偷偷地往那边窥觑，有了共同观点后瞬间打成一片。她们的男友站在旁边，理了理自己的衣领，带着慈母般的微笑，莫名地有了一种骄傲感。

看，随便看。有对比才会有伤害。

“我觉得当兵的男人都很帅，尤其是他们几个真的很帅。”女生遗憾地感慨道，“可是这情商……可惜啊。”

旁边的女生看了一眼连胜，说道:“我觉得他们单身是活该。情商低没有关系，连审美都没有就不行了。美女资源如此稀缺的军事学院，他们竟然一点都不懂得珍惜！”

连胜魂游天外:“所以我应该选哪个？”

“你选这个普通级的吧，你可以和我们一起走。”女生说，“如果害怕的话，我可以陪着你哦。”

连胜婉拒道:“玩个游戏而已，我可以一个人。”然后她选择了地狱级。

众人:“……”

连胜骄傲地道:“在下不惧挑战。”

远处四人，感受到一股特别的视线，围成一团背对着那边。

方见尘压低声音，戒备道：“我觉得她们在看我们。”

程泽：“我觉得她们是在歧视我们。”

叶步青：“现在反悔还来得及吗？”

四人皆是抗拒。

“我以为你找我们来是因为想念我们之间的兄弟情谊，原来都是假的。”程泽对着赵卓荦指责道，“赵优秀同志，你过分了。”

“哪里过分了？”赵卓荦理所当然地说，“女性、适龄、寂寞。这样的机会，不是你们一直期待的吗？”

“不！”方见尘摇了摇手，“连胜本身代表了一种性别。”

叶步青：“女王？”

程泽：“御姐？”

方见尘吐出一口浊气：“鬼见愁啊。”

四人齐齐发出一声叹息。

赵卓荦的良心还是冒了一下头，犹豫道：“要不我们陪她一起进去？”

“我真的怕被打。”方见尘战战兢兢地道，“我也怕她扑进我的怀里。”

三人以“你想多了”的眼神看着他。

比起连胜扑进他们的怀里，更恐怖的是，他们可能会扑进连胜的怀里。

四位兄弟在这边纠结不已，连胜已经排到队伍里去了。

四人的视线随着她身影的消失，终于舒了一口气。太好了，不需要做决定了。

连胜头也不回地走进了地狱级孤魂老宅的房间。

后面的两对小情侣，犹豫了一下之后，选择跟着连胜走孤魂老宅这一块。

这里是一间比较古旧的东方式院落。光色昏暗，营造出已是黄昏的氛围。旁边摆着的烛火，照亮了这一屋的景象。一股阴冷潮湿的风从正面扑来，不知是从哪里吹出的。

房梁下结着密密麻麻的蛛丝网。断裂的门槛以及桌椅随意摆在一旁。地上有一条明显的光路，示意他们出去的方向。

连胜伸手挥了把蛛丝，并没有任何的触觉，但是丝网确实被她摆落，飘到地上后消失了。随即角落里爬出一只巨大的红斑蜘蛛，回到原来的位置开始吐丝。

连胜面无表情，一手对着它拍了下去，她身后的女生见状发出一声尖叫。

连胜回头，给对方展示了一下自己的手，解释道：“假的，我只是好奇而已。”

她当然知道是假的。鬼屋里如果出现活体动物伤害到游客的话可是大事。可就算是假的，她也没见过哪个女生有那个胆子徒手拍蜘蛛。

连胜退了一步:“请。这里做得挺逼真，我想再研究一下。”

后面几人疯狂摇头。

“不急不急，你慢慢看，我们也想仔细研究一下。”

连胜领着队伍往前走，还没走出半截，发现院落里有一口枯井。一个披散着长发的白衣女鬼，手指扒着井口爬了出来。

后面的小情侣立马崩溃，紧紧抱在一起，纵情尖叫。他们的情绪立马感染了后面的人，于是众人开始一起放声尖叫。

按照常理他们现在应该快速跑走，但是又怕跑了看不见同行的人，于是双脚牢牢钉在原地。

连胜捂着耳朵，快要忍受不了这股噪声，三两步跑过去，用脚踩在那女鬼的头上。

“哦！”连胜惊呼一声。这次有实体触感。

原来有的是立体投影，有的却是道具。但肯定不是真人，触感很柔软，像一脚踢在棉花里一样。

白色女鬼被她踹下去了一点，重新伸出手往井外爬，连胜抓住她的头发一提，发现重量果然很轻。

将它举到等身高的脸前，借着昏暗的灯光看了个清楚。它只有半截身体，下面就是空落落的白布。人偶抬起手，将头发顺到耳后，露出一张没有五官、涂成血红色的脸来。

在机器要用它涂抹着颜料的手去碰连胜之前，连胜又把它放了回去。

后面的声音凝滞了一秒，以更响亮的形式爆发。

“啊！啊！！”她身后的人用生命尖叫，然后转过身，慌不择路地要出去。

几位女生带着哭腔喊道:“快跑，我受不了了！”

她们的男朋友一面抽气，一面紧紧箍住她们的手臂，往外面死冲。

连胜:“……”

为了避免受伤，鬼屋里面没有真人工作人员，但是为了避免胆子小的朋友在半路崩溃，保安室也会实时监控各路段情况。后台工作人员看见连胜的动作也是愣了一下，知道情况不对，赶紧安排里面的工作。

“带三路段的人出去。对，后面的朋友都停一停。停一下音乐跟动态场景，高亮一下退出通道。”

不到五分钟，与连胜同一批进去的人直接扑了出来，连站也站不稳了。

旁边等候的群众吓了一跳。

一女生崩溃地喊道:“我再也不玩鬼屋了！”

众人看了一眼上面的标识，点头敬佩，不愧是地狱级别啊。

远处四人看见这一幕，忍不住打了个寒战。他们远远观望，没有看见连胜的身影。

程泽问：“连胜呢？不会在里面迷路了吧？”

赵卓荦：“其实她才刚进去。”

“可是其他人都出来了，就她没出来。”叶步青说，“他们是同一批进去的吧？”

方见尘忐忑地问道：“她会不会怕鬼？”

程泽自我安慰道：“她一向不能以常理来揣度。”

叶步青：“那她的常理是什么？”

赵卓荦：“不怕鬼？”

方见尘：“所以……”

程泽迟疑：“她怕鬼？”

叶步青迈出一步说：“不用担心，有工作人员的。走，我们去出口看看。”

“五分钟！”程泽对着光脑说，“五分钟后她没出来，我们就进去接人。”

于是四人朝着出口处走去，掐着时间，蹲在门口等候。

连胜一路看，一路走。她身边只有自己一个人了。她走过了前院的回廊，来到了中段的寝居，竟然追上了先批滞留部队。

走廊的尽头处，站着一个白色的身影，时不时会有一个红色的女鬼从路中飘过。

屋顶的镭光不停闪烁，旁边的窗户剧烈震颤，发出一阵难听的撞击声，还穿插着女人幽怨哀号的背景音。

“啊——啊——”

一个女生抓狂，一直在尖叫，她的男朋友在她的带动下也跟着失态尖叫。两人几乎要沉溺在自己的叫声中不可自拔。他们就站在转口处，不能往前也不敢后退。前方的同伴早已没有踪迹，但是隐约能听见他们的叫声。

“我害怕！”那女生可怜兮兮道，“你快带我出去！”

男生点头：“嗯！”

女生：“我害怕！你快带我出去！”

男生继续点头：“嗯！！”

女生大怒，抬脚去踹：“老娘留你有何用？！”

男生不知道是真的怕还是在故意逗她，往旁边跳了一步，说道：“老娘，我也害怕！”

女生愤怒地吼道：“走不走？”

男生立马怂道：“走走走。”

女生重新钻入他的怀里。

两人在走道上踏出一步，女生捂着眼睛不敢看，男生小心地往前窥探。忽然前方的窗子被打开，冒出一张脸色惨白却唇色艳丽的脸来。

小孩子半掩着脸，问道："哥哥姐姐，你们来带我出去吗？"

"啊！！"两人又退了回来，且退得更远了。

连胜上前拨开两人，插了进去。左手将女生按在自己肩上，带着她去往终点。

连胜现在是短头发，身高在女生中略高，冬天穿着的衣服过于厚重，遮挡了她的身形，在昏暗的背景下让人难以分辨性别。

男生看着他们相互依偎的背影，气到发抖，在后面喊道："给我放开她！"

连胜回头说："你，闭嘴。我现在带你们出去。"

男生愣了一下，才发现居然是个女生。

他女朋友也回头恶狠狠地喝道："你！闭嘴！老娘留你没用！"

他们继续往前，右侧的窗子重新打开，还没弹出完整的头来，连胜直接一手抓住，往外扯出，粗暴地丢到旁边。看也不看，继续向前。

女生感受到她的王霸之气，捂着脸羞涩地道："小姐姐，你好帅哦。"

"哪里，"连胜语气平静地道，"保护平民的安全，是每一位士兵的职责。"

女生："你是军人吗？你好酷哦！"

男人已经被她的凶残震在原地，用力地张着嘴巴，仿佛下巴要脱臼了一样。

赵卓荦等人数着时间，忽然就见几个穿着工作服的青年，匆匆忙忙地往鬼屋跑去。

赵卓荦立马站了起来，紧张道："怎么回事？"

叶步青跟着升起一股不祥的预感："里面出事了？"

四人不免担忧，一时懊悔不已。

"不应该让她一个人进去的，怎么说也是一个女生。"方见尘问，"我们进去接人？"

"两个进去，两个在外面守着。"程泽说，"不知道她会从哪个口出来。"

赵卓荦和程泽直接转身往入口跑去。

"等等！"叶步青及时喊住他们，"她出来了！"

你永远无法想象那个场景。一个瘦弱的短发女生，一手抱着另外一个女生，另外一手拖着一个机器控制的道具，从鬼屋里走出来的场景。

她身后还跟着六七个人，其中两个拽着她的衣角，直到走了出来。

赵卓荦等人瞠目结舌，方见尘觉得一串口水挂在自己的下巴上。

他们……不是非常能接受。

连胜松开手，将道具往地上一丢，仔细去看，觉得没有里面的灯光效果，做工可谓粗糙。她扭头对着女生说道：“如果害怕，以后别来这种地方了。”

那女生娇羞地点头：“好的，小姐姐。”

一男生麻木地跟在后面，不敢靠近，一脸委屈道：“她、她应该是我女朋友……”

众人：“……”

连胜看见赵卓荦等人，朝他们挥了挥手。四人神色莫名，但都带着一点迷乱。

工作人员抱着一堆道具从里面跑出来，惊骇地对着他们道：“她对我们的机器做了什么？这些道具破坏了是要赔偿的知道吗？这些可是我们自己画的脸！”

方见尘：“……”

他可以解释的，给他点时间。

“我们赔。”赵卓荦非常干脆地道，“我们现在就赔！”

那工作人员闻言脸色缓和了一点。

一般情况下，客人因为情绪激动，破坏或打散了小机器人是常有的事情，他们不会这样追究。只是从来没有出现一个人，会破坏了这么大数量的机器人！而且她不是因为害怕！她可能就是来踢馆的！

因为东西本来就不贵，工作人员给他们打了五折，最后只要五百星币。

赵卓荦正要转账，连胜拦住他，将自己的光脑递过去：“我来，你连将军有的是钱。”

叶步青又伸手拦住她：“是我的错，我不该让你来玩鬼屋，我付钱。”

叶步青眼疾手快地转了五百星币过去，收起光脑，要带着众人离开。

“哎！”那工作人员喊住他们说，“其实如果你不怕这个的话，你可以去我们的终极模式，那里更加真实。游戏方式采用的是一惊一乍，体感比这个恐怖多了……”

“不！”四人异口同声地喝道，“不需要！”

方见尘翘着兰花指怒叱道：“此人居心叵测，歹心险恶，主公不可信之！”

程泽沉下脸：“你们是不是很想换一批新器械？自己去审批，别坑我们了！”

工作人员：“……”

连胜跟着拒绝：“我对你口中的恐怖，其实不是非常有兴趣。”

赵卓荦推着连胜，着急着想要离开。后面的妹子们挥着手臂跟他们道别。

五人一路往游乐园门口走去，脚步迈得极大。

“你们没有陪我进去真是太可惜了，错过了那精彩的一幕。”连胜摸着下巴说，“虽然不明白为什么，但是他们的蜘蛛网做得真好啊。”

众人：“……”

赵卓荦：“谢谢，但是真的不用了。”

连胜耸肩：“鬼屋收费那么贵，他们就是进去随便走一圈，甚至还没有走完一圈，真是太可惜了。”

程泽说：“其实鬼屋的票不贵，贵的是赔偿。”

连胜当作没有听见，继续说道：“为什么他们会那么害怕呢？既然知道害怕为什么还要进去？虽然我觉得并不怎么可怕。”

“可是鬼……会觉得很可怕啊！”方见尘说，“你不是他们的目标客户，你是他们的垃圾客户。”

“请告诉我，鬼屋的意义是什么？”连胜说，“我进入抓鬼……”

“所以说了不是让你抓鬼！”方见尘打断她，吐出一口气，控制住表情，露出一个和善的微笑，“鬼屋，是为了让人体验害怕的感觉。同时在那种逼仄恐惧的环境里，跟你的同伴增进一下感情。”

连胜回忆了一下。什么增进情谊？她觉得那对情侣出来就该分了。

连胜说：“如果只是想要体验恐惧的话，给我钱，我能让他们马上感受到。”

四人不忍直视。

赵卓荦停下脚步，看了一眼边上的设施，问道：“换个地方玩吧，我觉得你不适合这里。”

“你还敢带她玩儿？！”方见尘惊悚道，“坐个飞车，如果有人尖叫，她会不会把整个游乐园给拆了？咱没钱。”

赵卓荦扭过头问：“那你陪她玩？”

方见尘抱住自己，凶猛地摇头。

连胜问：“怎么样？还有事吗？”

方见尘觍着脸问：“云霄飞车玩不玩？”

连胜大度道：“你去吧，我等你。”

众人：“……”

程泽好奇道：“所以你以前的消遣项目都是什么呀？”

“我？”连胜想了想，点点头，“嗯。”

半个小时后，中心大街有名的弈阁。

AI 机器人在前方照本宣科，讲解了一下规则，问道：“请问是对弈、学习，还是观摩比赛？”

连胜：“对弈。”

“请问预约几小时几人呢？”

“一个小时。”连胜看向他们，“鉴于他们全都是新手，我允许四对一，或者不知名数对一。”

四人不屑一哼。

五十分钟后——

连胜敲了敲棋盘，催促道："诸位，落子。"

十几人挤在对面，盯着棋盘如临大敌。

赵卓荦坐在唯一的座位上，揉了揉额头，觉得自己快撑不住了。

"等一等！"方见尘抖着手指向一处，"我觉得应该下在这里。"

"不！"所有人异口同声道，"下这里肯定输了！"

赵卓荦两指夹着黑棋，说道："我还是觉得应该下在这里。"

叶步青拍了拍他的肩膀："不出三步你会输。满格就要开始数子了，现在数子肯定是我们输。"

程泽说："不管下哪里，都有人不同意。"

后面一中年男子抬手指了个空位："以我二十多年的经验，下在这里还可以拼一拼。"

于是众人又开始争辩起来。

连胜托着下巴说："既然你们觉得，下任何地方都会输……"

众人一齐看向她。

连胜说："那就认输啊。"

十几人一起摇头。

方见尘坚定地道："勇士只能战败，绝不认输！"

连胜："……"

旁边的机器人走过来问："需要小Ａ来帮助你们吗？小Ａ可以给你们提示哦。"

众人又是异口同声道："不需要！"

一群新人，不知道是哪里来的自信。

连胜说："我需要。请帮我结算。"

她站了起来，腾出座位。众人哀号，纷纷喊着不要不要。

连胜看了一下，打赏所得已经破万。来这里下棋的都是有钱又有闲的人。如果她下完这场比赛，还能获得他们投在奖池里的十几万星币。但是这群人磨得她没兴趣了。

四人见她离开，纷纷跟上。

方见尘插兜，神秘兮兮地走到后面打量她："技能点亮得太多，我总觉得你不是人。"

连胜埋头将刚才所得全部转到了叶步青的账户上。

叶步青吓了一跳："做什么？"

连胜："赔款。"

叶步青："多的呢？"

连胜："零头算利息。"

几人纷纷喊土豪。

此时天色已经不早了，赵卓荦开车将她送回家。

连胜走下来，朝他们欠身致谢："今天玩得很高兴，谢谢大家。再见。"

四人热情微笑回应，挥手道别。

连胜走了一半，又停住了，回头看他们一眼，似乎有点犹豫，颔首轻笑，却什么也没说。

连胜走进自己的小区，他们的车才慢慢重新起步。

安静了几分钟。

方见尘抠着自己的安全带，问道："她今天看起来玩得很高兴吗？"

叶步青说："显然不是。"

方见尘："那她到底喜欢玩什么呢？"

叶步青摇头："显然她也不知道。"

"同类生物赵卓荦同志。"方见尘凑过上身问，"请问，你平时喜欢玩什么呢？"

"显然我也不知道。"赵卓荦摇头，"我不是都跟你们混吗？"

四人一阵沉默。

叶步青说："其实跟朋友一起出去，随便撸撸串、玩玩赛车，做点无聊的事情，就是很高兴的。"

如果你非要找出具体的形容词来概括，没有。挥霍时间，本身就是一件快乐而放松的事情。

连胜习惯了一直做有意义的事，她似乎永远处于某个紧迫的节点，没有停下的一刻。

她一直忙于行走，也始终是一个人。好像她一个人就能独当一面。

但如果仔细想想，他们其实是知道的。

她是军事学院的传奇，也是联盟大学的传奇，却没有人真正了解她。

别人叫她将军，叫她大师，叫她战神，叫她指挥，抑或是叫她天才，可从没有人叫她朋友。

而她叫别人永远是兄弟。

连胜推开房门，脱了鞋子，直接走进自己的房间。摆出光脑，开始记载今天发生的种种经历。

她活动了一下手指。

今日，我与同校同学赵卓荦、方见尘、叶步青、程泽四人，去了游乐园鬼屋游玩。哦，那真是一个很有意思的地方。我弄坏了他们的机器，最后赔偿了五百星币。叶步青同学替我赔的钱。

门口的饮料非常好喝。一种奇怪植物的汁水。

我很少跟四个男生一起出去玩。不过没关系，他们显然也很少跟女生一起出去玩。所以我们互相都没有把对方当异性。

所以这是轻松愉快的一天。我很高兴。

新年快乐，林洌女士。

写完之后，点出林洌的名字，发送过去。

她趴在桌上想了一会儿。做什么呢？

看会儿书吧。

赵卓荦回到家里。赵爸爸就坐在客厅里，听见动静，抬头问道：“你们今天玩得怎么样？都玩了什么？怎么不喊连胜上来坐坐？”

赵卓荦一面脱鞋，一面答非所问地说道：“这次过年的话，出去吗？”

赵爸爸茫然道：“去哪里？”

赵卓荦走进来说：“随便哪里，到街上走一走。”

“连胜跟我们一起过年。”赵爸爸放下光脑说，“你知道的吧？”

“我知道，所以带她一起出去走走。”赵卓荦说，“你也出去吃吧，让她给我们做饭干什么？多叫几个朋友，今年别闷在家里了。”

除夕的时候，赵卓荦跟赵爸爸下午过来接人。

连胜提着袋子出门，抬手示意了下：“我不知道你们这里有没有工具，所以我连菜刀都带过来了。”

“不做饭了，我们出去吃。”赵卓荦笑道，“晚上八点封锁中心街道，那里会有全城晚会。”

连胜：“全城晚会？”

赵卓荦打了个响指：“空中阅兵。”

联盟的空中阅兵，一向是晚会最壮观的一刻。

各兵种踩着星河，整齐划一地从众人上方走过。绚烂的光线盛开在他们的头顶，一步一步，走出一条灿烂的银河之路。

中气十足的口号和踏步声，响彻在城市上空。

即使只是投影，也能感受到他们恢宏的气势。

随后远征军将驾驶着他们的机甲出列，城市下方的欢呼声几乎能盖过他们的背景音。

连胜前面全是攒动的人头。再稍晚一点，中心街道恐怕就进不来了。

“喔！”连胜看着前面阵阵惊呼，俨然一副没见过世面的样子，“喔！喔！”

赵爸爸和赵卓荦有些惊讶。这是她第一次看空中阅兵吗？这不是年年都有的吗？

脖子有点酸痛，二人视线微微下移。发现她看着的……其实是某动漫投影广告。

猫少女挥舞着魔法棒在人群中穿梭，挥舞着点亮一个又一个闪亮的星星，星星像气球一样飘到半空，变成一个小小的光点，汇入那条闪亮的银河。

连胜指着猫女，很感兴趣道："那个好玩！"

赵爸爸配合道："哦。"

赵卓荦："……"

赵爸爸拍了下赵卓荦的背。

赵卓荦："哦……"

连胜打了个手势，追着那猫女跑出去。

人生总是很短暂的，总是有做不完的事情。无论什么时候回忆起来，就算不觉得后悔，也会有觉得可惜的事。

可是，连胜不记得自己拿过多少次胜利的战役，不记得自己多少次的死里逃生，却永远记得大雪封城的时候，所有人一起窝在火堆旁，咬着一块硬如石头的干粮，舀着一碗白雪化成的冰水，高歌、畅谈。

和兄弟们在一起，她是一个主将，也是一个指挥。她的时间可以过得很慢，她不需要去思考自己下一件事要去做什么，也不需要思考这件事情究竟有什么意义……

"喂！连胜！！"

连胜的脚步顿住，眼神朝着封锁区的外围飘去。

一群人熙熙攘攘地挤在外面，拼命地想往里面靠近。

她的视线落在一排熟悉的面孔上。

百米飞刀在前面挥舞着手臂，跟她打招呼。

鲁明远往手心里哈着气，冷得直跺脚。

方见尘振臂大怒道："快让优秀那货出来！我们压根儿没挤进去，他还故意不接通信！"

赵卓荦和他爸爸相继从后面过来。

方见尘看见，张牙舞爪的动作立马一收，对着两人扯起一个尊敬的笑脸："叔叔，您好。"

赵爸爸友善地回应："你们好。你们是……"

几人一起举手，示意他们是一伙儿的。

百米飞刀工作室五人，还有赵卓荦宿舍的三人，加上鲁明远。

此时中心区还是封锁的，他们要想出去，得去旁边的入口刷卡过检。

附近挤着不少人，连胜跟着赵卓荦往出口靠近，方见尘等人也往旁边走去，等待会合。

成功碰面。

程泽等人很乖巧地问好："叔叔好。新年快乐。"

百米飞刀跟着抱拳，没皮没脸道："叔叔好，新年大吉。"

连胜斜眼瞧他，尴尬道："老板，你叫哥才对吧？叫叔叔都乱辈了。"

"小孩子懂什么？大二十岁就够一个辈分了。你上高中的时候没人叫你阿姨吗？"百米飞刀咋舌道，"我还年轻。我和你们是同辈分，你们都不记得了吗？"

鲁明远往手心里哈气，他觉得太冷了。还不时窥觑一下百米飞刀，见他回望过来，很腼腆地跟他点点头。

百米飞刀似乎知道他是自己的粉丝，毕竟学数据分析的，起码有一半都是他的粉丝。于是抬手顺了下头发，对鲁明远露出一个和善的微笑。

连胜问："你们怎么来这里了？"

连胜是第一次在线下见百米飞刀，他的五官跟三天上的并没有多大差别。

"回来过年啊。"百米飞刀搭着周师锐的肩膀道，"顺便接到邀请关爱留守儿童，我们就一起来了。毕竟你现在是我工作室的头牌，关爱员工心理健康，是老板应尽的职责。"

连胜偏过头，不想和他说话。

旁边还站着两位灯泡。两人都长得很壮，而亮亮的灯泡要更高一些。从真人来看，他们的气质差距过大很容易分辨。亮亮的灯泡就是一个高武力直率兵哥，超亮却一副安静好说话的样子。

因为个子够高，单看起来身材很匀称，并不会觉得壮实，但站在周师锐旁边一比，几乎有两个他那么宽了。

"老板请客，不能不来。"亮亮的灯泡朝她伸出手，"初次见面，你好。"

方见尘正勾着赵卓荦的脖子小声声讨，还想把自己的鼻涕糊到他身上去。

赵卓荦用力扭过脸，用生命在反抗，一面掏出自己的光脑真诚示意："没有听见，里面真的太吵了！"

方见尘哼哼两声，甩着鼻涕水说："你说什么，我没有听见！"

连胜一掌拍在他的额头，将人挥开。这货的动作太恶心了！

连胜问："接下来做什么？"

"去吃饭。"赵爸爸拍着连胜的肩膀说，"饿了没有？晚饭也没吃吧？我在附近订了一家挺有特色的饭店，时间差不多了，大家一起过去。"

鲁明远看了一圈："我们这么多人……"

"没事没事，我早就听说了。人多好，人多热闹。"赵爸爸显然是很高兴，打趣道，"人不多我也不好意思过去，毕竟是你们年轻人的聚会。我负责付钱，让我也参与一下。你们不介意吧？”

几人哄笑，忙道不介意，同时视线若有若无地往赵卓荦身上飘去。

赵优秀同志在旁边摇了摇头。

他爸变了，人设都崩了，以前不是这样子的。

刀哥这几位本身就是社会人士，退役兵，其实跟赵爸爸有更多聊天的话题。

众人在训练中养成了习惯，吃饭喜欢狼吞虎咽，今天难得放慢了速度，听几位长辈讲军队里的故事，用了大约一个小时的时间，才从餐厅出来。

骤然离开温暖的饭店，外面的冷风将他们吹得打了个寒战。

他们坐在中心街区的外面的石阶上，等待着午夜十二点的到来。

虚拟的烟花点亮了整片天空，无声的火光在他们头顶绽放。

方见尘看着被染成不同颜色的天空，说道：“我希望明年的今天，我已经在军部开始培训了。”

另外几人纷纷跟腔：“我也是。”

百米飞刀：“我也是。”

众人扭头看向他。

“做什么？”百米飞刀挑眉，“我正值壮年，完全可以从头再来好吗？”

连胜说：“那我希望明年的今天，我已经在远征军开始实战了。”

众人又扭头看向她。

亮亮的灯泡：“我希望明年的今天，我们的工作室能少一些妄想症患者。”

“哈哈哈。”超亮的灯泡说，“那我就希望我们今年的工作室里，没有妄想症患者。”

只要实现了，就都是现实了。

连胜偏头看向一边：“赵叔叔？”

“跟不上你们年轻人啦。”赵爸爸跟着许愿道，“我希望明年的今天，你们都能脱单。”

众人：新年第一次扎心……

旁边的人开始大喊：“新年快乐！”他们跟着喜气洋洋地道贺。

烟花渐止，人群渐稀，笑声渐小。

连胜拍拍屁股站起来，说道：“回家了。”

她还要给林洌女士写报告。

众人看了一眼时间，发现差不多了，于是挥挥手，往各自的方向散去。

联盟新历 336 年第一天，和朋友过了最高兴的一个跨年。

——连胜

第三十九章

集训

年过完之后，众人的假期只剩下寥寥数日，接着开始下雪了。

军事学院的学生要先进行每学期新一轮的训练演习。不过因为天气太冷，这一次的演习时间相对缩短，只有十天。

鉴于校际机甲联赛即将开始，大三的学生被单独调出去，做体能和射击专项训练。指挥与后勤类的学生，或者不报名选拔赛的学生，可以单独申请，像夏天一样，跟着大部队去山上做实战演习。而且因为现在是下半学期，大四的学生一般已经有了去路，不留在学校。特招的学生更会有自己的训练计划和场所，不会参加这一次的演习，所以下半学期，演习的人少了不少。

连胜打了个申请，跟着为数不多的几位指挥系同学往训练基地去了。

前几天下过雪，所以最近气温骤降。连胜以前是不怕冷的，但或许是因为身体不好，她现在有点畏寒。

林洌女士不在家，她不知道应该收拾什么东西。那个基地，因为是军部的相关设施场所，不对外公开，连胜在网上也搜不到任何的信息。

训练的地方，钱大概是没有用的，但肯定是要带的。就冲那一点意外，人生不能缺少希望。

再就是衣服和被子。之前的实战演习，帐篷、军装及日用物品都由校方提供，这次去基地，不知道还有没有这样的服务。

连胜问了一下赵卓荦。赵卓荦说："可以带，但是不让穿。"

连胜最后还是带了一条大围巾，配上自己的光脑，直接过去。

训练基地建在一个非常偏僻的地方。连胜照着导航，从家门口坐车，转了三趟车，用了两个多小时才到达指定站点。下车之后，还要继续往里面走。

路上遇到了几个学生。他们三两成群地走在一起，手上比画着，似乎很兴奋，但是声音不大，听不见他们在说什么。

连胜的视线往他们那边飘了一点，觉得这群人很眼生。她对自己的记忆力还是有点信心的，这几位不是联盟大学的人。

十五分钟后，连胜终于到了正经的大门口。周围几乎全用电网包围，一眼望去看不到尽头。

刷卡排队，身份确认完毕，她获得了一张粗略地图和时间提示，用光脑扫进去，前方又是一条笔直的通道。

连胜挠了挠头。这鬼地方，太大了。

道路两侧都是平坦的草地，再往前走十五分钟，连胜看见了明显的建筑群。

“学生请往这边走。”机器人穿着制服站在路口，指向左前方的一个入口。

连胜照着指示进去。

里面开着暖气，两侧是楼梯，迎面是一条深不见底的宽阔通道，两边排列着各式房间。

连胜照着地图上的标注，过去领了衣服、被子以及其他物品，回到分配的宿舍。

这次来参加集训的女生没有几个，八人一间宿舍。和联盟大学比起来，条件实在是很简陋。她到的时候，她的室友们已经将东西全部摆好，人不在屋里。

现在正好是晚饭时间，食堂开放用餐，估计先到的人都在餐厅里。

连胜草草收拾了一下，也往餐厅走去。

整座建筑没有任何多余的摆设，走的是极简冷硬的风格，只有偶尔路过的人会增添一点人气。

连胜推开食堂的门，被隔离的声音瞬间冒了出来。食堂还是正常的食堂，嘈杂不堪，连胜很欣慰。

站在不远处的叶步青偏过头，看见是她，立马朝她招了招手。

连胜朝他跑了过来。

“你是第一次来，今年你们系好像就来了两三个，你可以跟着我们。”叶步青拿着托盘说，“不过在这基地里，不会有什么需要团队合作的活动，这里都是个人训练。”

叶步青提醒道：“还有，千万不要跟教官起冲突。这里的教官没有以前的那么好说话。他们都是远征军的预备军。”

连胜点头，也跟着拿了一个托盘，想了想问道：“你们难道不是第一次来吗？”

“我们是第一次啊，但是我们有学长教诲。”叶步青笑道，“每一届的学长回来，都要给下一届的人讲述在这里的光辉历史，顺便给我们出谋划策，以便为我院争光。”

叶步青带着她去中间排队。随后程泽、赵卓荦几人，也气息奄奄地走了过去。

"你还真来了啊？"程泽搭了下她的肩，一声轻叹，"好自为之啊，想在这里活命，身体素质得过硬。谁都帮不了你。"

方见尘打量着她，真诚地说："你可能会被搓成球。"

连胜踮着脚往队伍的尽头看去，发现给他们打菜的是人，而且像是个学生。

"我们提早来，教官拎着我们做了一轮次的训练。"程泽下巴轻抬，点着前面道，"他们是没完成训练被拉过来做苦工的人。"

连胜："为什么？"

他们这边平时肯定不会采用人工打菜吧。山上是因为设备没有建好，而基地这边，设备可以说一应俱全。

程泽说："打饭的人，要等所有人都吃完了才可以吃。而等所有人吃完的时候，第二轮的训练已经开始了。"

连胜了解："哦，做不完训练的人没饭吃。"

程泽："也可以吃。等到晚上大家训练都结束了，他们还要过来收拾食堂。到时候可以捡几个白馒头啃一啃。"

"想想是不是特别有动力？"方见尘捂着心口道，"就是这个让我活到了现在！"

方见尘的体力在他们几个人里算是最差的一个。当然，比起连胜，还是高了那么一个档次。

连胜叹了口气："来的第一天，我可能就要承包基地的食堂。"

她抱着托盘走到前面。打工的男生无精打采地舀了一勺盖到托盘上。

连胜低头，感慨他们这群男生打菜真是细腻呢。那苦工不期然地抬头一看，在后面急急地喊道："等等！你回来！"

连胜诧异地转过身。

男生舀了一大勺肉，伸长手臂盖到她的盘子里。

方见尘见此场景，眼睛都红了，在旁边深吸一口气道："你——"

"这是我们食堂的规矩。"男生握拳鼓励，"对自己的下一任接替者要好一点。你加油！好好珍惜现在的日子！"

连胜：去你的！

赵卓荦等人一番狼吞虎咽，抓紧时间，又去打了盘饭，终于有了说话的机会，催促连胜先回去换衣服，下午六点在二楼的训练厅集合。

连胜准备妥当，往训练室跑去。

这间训练室里什么设备都没有，只是一个足够开阔的空房间而已，里面已经站着不少人，而这些人的军装上的标识跟连胜的不一样。

她找到了联盟大学的队伍，跟他们排在一起。

连胜问："这些人也是过来训练的？"

程泽解释说："都是其他学校的学生，我们一起借用这边的场地。"

连胜点头。

她到了没多久，训练室里侧的大门被打开，几名教官走出来。为首一人直接不客气地喊道："吵什么？一点纪律性都没有！既然来了训练室，就给我摆出军人的姿态来，这里不是你们悠闲聊天的地方！"

众人迅速就位，排好队伍，保持安静。

"后面来的人全部绕场跑十圈！"教官对着门口喊道，"第一天就比教官来得晚，在宿舍里做什么呢？还补个觉，养精蓄锐？必须给我保持紧迫感！我这里不接受任何反驳！"

规定的集合时间是下午六点，而现在才五点五十二分。

一位教官走到他们面前。

"联盟大学。"那教官拿着光脑快速扫了一眼上面的名单，然后抬起头看向连胜的方向，"你，连胜是吧？"

连胜回道："是，教官！"

教官审视了她两眼，鼓励道："好好干！"

"但是，这里没有女生的特权，也没有指挥系的特权，在座的所有人都明白吧？"教官收起光脑，对她道，"到时候别说我为难你们，如果坚持不住，随时可以选择退出。另外提醒诸位，勉强自己再试一试的做法，在我们这里不成立。我们的目标是择优培优，吊车尾不在我们的训练范围之内。跟你们以前的教官不一样，我们不是保姆，也没有兴趣，我们只看你能不能做得到。"

陆续有几名学生从门口进来，发现教官已经到了，挠头哀叹了一声，认命地过去跑步。

教官说："这一次大家会聚集在这里，都是为了选拔赛。本次训练没有任何报名要求，但不代表什么人都能参加。我的意见是，连这里都坚持不下去的人，还是不要去选拔赛丢人现眼了。"

教官："所谓的校际机甲联赛，就是一个单兵选拔赛。我们这一次，是以单兵作战为目标进行训练的。我可以告诉你们，做好对自己失望的准备！联盟各区里军校有不少，联盟大学军事学院确实算是里面的佼佼者。我也知道，一直以优等生的身份活到现在，你们都有自己的骄傲。但是，想进军部，你们现在只是弱鸡里的鸡头，想要蜕变成凤凰，起码需要付出十倍以上的努力。我可以告诉你们，根据历年的情况来看，你们在座……只有不超过十个人，是能在五年之内进入远征军的。"

众人低着头，知道他不是危言耸听。能有十个，已经是非常好的成绩了。

选拔赛里，每所学校能进入决赛的名额是十五人。决赛是团队作战，但是如果拿不到三甲，连进入远征军视野的机会都没有。有多少所学校盯着最后的位置呢？答案是一百多所。

“三天的机甲都是小打小闹，不过也能一定程度反映你的灵活性。首先，你们就是要知道，自己适合什么样的机甲、什么样的位置。”教官问，“还有人找不到自己定位的吗？”

旁边一位男生举起了手，连胜犹豫了一下，跟着举起手，随后陆陆续续地又有人举手。

“没关系。”教官两手环胸，说道，“你们会在之后的训练里面进一步地认识自己。到时候可能还会做调整。我会给你们提出适当的建议，当然决定权在你们自己。现在都跟我过来，做个力量测试。”

他带着众人到训练场的左侧，在墙上刷了下卡，地板下随之升起一台黑色机器。

教官：“依次上前，测试力量。”

学生按照队列，一个个上去打拳。教官站在旁边，时不时地点头。

不久后轮到连胜。她扎好马步，对着机器打去一拳，中间的受力区只是极其轻微地震动了一下。

教官扫了一眼上面的数字，皱眉道：“用力！”

连胜歪了下脖子，表示自己已经尽力了。

教官盯了她一会儿，神色不明，片刻后说：“下去吧。”

连胜：“请问，我应该适合什么类型的机甲？”

“除了前锋和重装，什么都可以。”教官说，“如果动作够灵活，你可以去做侦察；如果射击率够高，你可以去做狙击。你以前是用什么类型的机甲？”

连胜：“狙击。”

教官点头：“保持住。”

如果他能表现得稍微委婉一点，连胜会说服自己不知道这个建议是用排除法做的。

他们这边在测试，旁边的连队已经开始训练。连胜视线定在那边，觉得他们的训练方式似乎有点奇怪。

很快，教官在前面喊着让所有人都退开，空出一块地方后，重新刷卡设置。

一分钟后，地板下出来一排不一样的设备。

那是一个简陋的对战机器人，没有头部和身躯，只有四肢，用一根棍子固定在地面上。机器人手上戴着拳套，脚上也加了一层柔软些的棉垫。每个机器人之间间隔一点五米，旁边放着一套完整的护具。

“所有人分成两组，四十五分钟一次，轮换休息。”教官说，“它们不会移动，不会追击，检测是靠着中间的红外线。坚持不住的话就蹲下然后退出。旁边的兄弟们也看着点，如果发现不对，帮忙把你的同学拖出来。毕竟这些机器人可不会怜香惜玉，动起手来也不留情。如果不注意，在这个地方被打出什么问题也不是没有可能。”

教官对了下时间：“今晚训练时间是四个半小时，现在正式开始！前两排队伍上前，后面的人跟我去做热身！”

连胜刚好就是前两排的队伍。她选了个位置，拿起护具套在身上，走向地板上的示意点。她还正在调整位置，余光中就有一道黑影朝着她的头部打来。

攻击的速度很快，连胜本能地抬手去挡。承受到它的攻击，顿时心下一惊。挡是可以挡住，但是机器的力气很大，那拳套几乎贴到她的脸部，才重新收回。

虽然戴着护具，但连胜觉得自己的手肘部位，此刻应该已经乌青了一块。

这机器不仅出拳有力，连招式也很迅速。她还没放下手，第二拳又从右侧打来。

连胜迅速朝后跳开，躲避了攻势。

因为没有注意，旁边已经有人中招了，那男生也很机智，顺势捂着脑袋躺到地上，先缓缓神。

围观众人一声惊呼：“这么厉害的吗？”

出招的速度太快了！几乎他们一站上可攻击范围区域，那机械手臂已经打了出来。

“厉害个头啊！都动起来，别东张西望的！”教官喊道，“我叫你们热身不是叫你们大呼小叫！这么好奇待会儿自己上去试试！”

教官叉腰，对着场上的人说道：“反正今天每人三组的训练，不让机器打完二百四十拳，做不合格处理！不合格的人要么明天接受惩罚，要么拎包回家！”

学生弱弱地问道：“一定要接住它的攻击吗？如果被打中算不算？”

教官说：“算！你们也可以不停地用自己的肉体去接，如果想今天晚上就出现在医院的急救室里的话。”

他看着众人陷入沉默的样子，畅快地拍手道：“很好，这么快就有想放弃的人了。赶紧的，收拾完包裹还能赶上今天的末班车，别在这里浪费时间！”

连胜甩甩手臂，摆好架势，率先一步上前站了过去。

那教官看着她，视线又飘了过去，不客气道：“同学们，你们的脸是肉做的，会疼。你们的尊严，你们的心，不会疼吗？还是贱卖出售了？这才刚开始啊，拿出点气势来！快看看其他连的人！站起来！”

其余的学生被他一番讥讽，也重新向前。之前是因为毫无防备，没想到这机器看起来这么寒碜，却这么凶残，才被打了个措手不及。

众人深吸一口气，眼睛死死盯住它的两臂。只要看清它们的攻势，一拳还是可以挡下的。

然而，这一次对战机器人却没有都出拳，有几台开始出腿。还有一台，甚至直直往学生的两腿之间踢去。

求生的欲望和对下一代的渴望，让那学生的反应力突破了极限。他两手下撑，用力将它按下。因为太过激动，眼睛瞪得溜圆，嘴里还大喊出了声。

他用两手成功挡住了那条机械腿，结果是头部正中中了一拳，后仰倒在地上。

男生仰面躺着，一时没有起身，表情惊骇。

众男生顿时觉得裆下一寒，夹紧了两腿。

“保持住，这样就接了两招了。”教官安慰道，“放心，触及敏感部位不会这么用力的，何况还有护具。就算反应不过来，你们跳就好了，踢只会踢到一半。”

众人面目狰狞。那也不是这么玩的啊！这里的都是送命题吧！

连胜试着接了几拳。

这个机器基本是用来训练力量和反应力的，它的出拳速度绝对不是一般学生能打出来的，加上可以不讲人体平衡，随意调配四肢，攻击套路难以琢磨。

连胜的视线能跟上，动作却有点迟缓。她刚刚摆出架势，力道还没调配过来，对面的攻击就已经到位。

教官走到她旁边，摇了摇头道：“爆发力太弱！”

其他人是接不住，连胜是会被打到变形。

“所有人注意啊！”教官说，“你们这是一个女子军团吗？现在遥遥领先的人是连胜！还愣在这里做什么？挨打都不会吗？”

那一名男生还沉浸在之前的阴影里，叫道：“教官，可是她没有裆啊！”

连胜退开两步休息一下，回头道：“裆部受击的疼痛不分男女，只是你们的后果稍稍惨重一点而已。”

男生含泪道：“我对你的‘而已’做出否定！”

教官说：“没有危险！我再说一遍没有危险！你们哪里都可能会有危险，只有裆部没有危险。我们请了专业的男性医师在旁边等候，你们完全可以安心！”

一点都不安心啊！

“只要你们下面安的不是义肢，我保证你们可以带着它完整走出这个训练场。”教官振振有词道，“有压力才有动力，没有对生命的渴求怎么能让你们做出超常的应急反应？”

男生忽然间变得很机智：“超常的应急反应告诉我，应该退出这个攻击范围！”

“希望你们也能从机器的身上学习。真正打架的时候不讲人道，知道该怎么打吧？”教官说，“对面也会这么打。到时候不会有专业的医师，对面也不会给出像我这样的保证。”

他抬起光脑看了一下，喊道：“第一轮就剩三十分钟了！你们用了十五分钟的时间来讲废话！怎么样？是不是现在就要退出？给个爽快！”

众人大喝一声，抱着视死如归的心态站了上去。

连胜却在此时退出了攻击范围，摸着下巴思考了一阵。而后想通了什么，一步上前，在对面开始动作之后，出手阻挡，同时后撤。

已经打出的一招力道不减，但是她不需要全力去化解，因为她已经退开了。而因为退出了攻击范围，机器人的第二招也没有出现。

连胜抬头一扫，计数器上面确实跳了一下。也就是说，只要在碰到它之后再后撤，就可以被认为是有效接招。那可简单多了，意味着可以避免硬碰硬的撞击。

教官在她旁边晃悠，见状哼道：“投机取巧。”

连胜说：“这叫灵活应变。”

这世界对聪明人，总是会多开一扇窗的。

要是实打实地接个两百多拳，那她今晚不在急救室里，也肯定要在医务室里。

教官随后换了个位置走动，并没有阻止她。

他说过了，这一次的训练，只看他们能不能做到，用什么方法并不重要。反正逃过了这一环节，也会死在下一环节。

其他学生发现连胜的攻击方式，顿时眼睛一亮，纷纷效仿。他们这一块的训练画风变得十分诡异。

众男生心态上轻松起来。半场过去，觉得它也不是那么难以接受，在慢慢适应了机器的速度之后，开始尝试加大难度。

四十五分钟很快过去。连胜的计数器上面显示的数值是一百二十五，已经过半了。她脱下护具，交给后面的人，走出训练区，直接坐到地上。

这种训练，看似是一招一招的零散对接，其实一点都不轻松。先不说精神上需要全力集中，而且每一招都需要耗费巨大的力气去阻挡。

那种紧绷感，对体力的消耗速度简直是可怕的。四十五分钟的时间里，连胜几乎没有任何喘息的机会。

“坐在这里干什么？以为可以休息了吗？”教官鬼影般绕到他们的背后，吼道，“跑起来！所有人给我绕场跑，跑到可以重新上场为止！训练场内没有一块地方是给你们休息的！做好这个准备！跑！”

连胜觉得，这一次的任务目标有点艰巨。不停地挨打会想要休息，如果抓不住先期体力优势的话，他们真的要接受明天的惩罚。然而这种雪上加霜的规则，可能会利用开场的失败，让他们直到最后一天，都溺在名为“弱鸡”的沼泽里。

连胜甩了下额前的碎发。

跑四十五分钟，注定了会是一个悲剧。

其他军校的学生也在中场开始绕场跑步。因为速度不同，各队很快混到一起。

一男生故意放缓速度，退到连胜旁边，朝她脸上不停地看，然后笑道：“哟，真的是女生啊！妹妹，你好。”

连胜没有搭理他，专注地调整自己的呼吸。

男生扯起个自认为很阳光的笑容：“有没有人说过你很白？我都能看见你眼睛旁边的血管。哦，对了，你的眼睛真漂亮。”

后面的学生看不过眼，插了上来，不屑道：“干吗呢？挖墙脚挖到我们学校来了？她的眼睛是漂亮，可惜你瞎。没看见我们在后面呢？”

“干吗这么凶啊？我只是想帮帮你们。”那男生说，“我刚刚的成绩是九十一个，发挥得不是很好。这一次的任务肯定会有大多数人淘汰。妹妹你是女生，体力吃亏，需不需要我教你一点诀窍？”

后面的联盟大学校友闻言大笑道：“活着不好吗？非要送脸过来！可惜我们大将军根本不理你！”

“大将军？”男生沉吟片刻，觉得这名字有点耳熟。

“知道我们大将军刚刚打了几个吗？一百八十个！你的两倍。”校友不要脸地吹嘘，轰赶道，“一边儿去，你都不够看的。”

男生轻呵一声，显然不信。但见连胜不搭理他，只能默默地跑开。

军事学院的女生一般都走这种冰山美人风，他已经习惯了。但连胜不是冰不冰的问题，她是不想说话。

第二次对打的机会很快来临。连胜跑回原位，几乎废了半条命。她盘腿坐在地上，先休息了二十分钟。

没想到这里才是她休息的唯一机会。

她穿着护具起身，用剩下的二十五分钟，加快速度开始接招。

教官时不时要往她那边看去。她虽然力量和速度都不大行，但是动作干脆利落，且非常地有计划性。

第二次的结果是六十三。如果将这种状态保持住，她可以做到。

又是四十五分钟的长跑。

方见尘在前面脚步打战，左歪右倒地趔趄前行。

连胜挤出肺部一口气，沙哑地问道："你这样，不觉得更累了吗？"

"累。"方见尘点了点头，"可是这样，我摔倒就有足够的理由。如果摔倒，我可以有十秒钟休息的时间。多摔两次，还可以凑整。"

连胜："……"

重新站到训练位，连胜坐在地上，光穿一个防具，就用了五分钟的时间。她边穿，边对着教官摇头。

教官竖了一身汗毛。

最后一次，连胜边打边休息，最终在第四十分钟的时候，成功合格。她举手提前退出训练区。

其余学生一看，顿时大叫。受她激励，也开始迅猛反击。

晚上十点的时候，联盟大学先批人员一个半小时的对打时间正式结束，第二批的人还在继续奋战。

众人这一次是真的废了。

一名学生一手撑墙，呼吸微弱，说道："教官，我们要先去外面坐一会儿，要不你出来说？"

"不合格的人，可以现在去跑八公里作为惩罚，或者明天再接受惩罚。不过，明天的惩罚肯定会比八公里更严厉，希望你们做好准备。"教官嘴唇微张，终于说出了他们翘首期盼的话，"至于合格的人，现在可以回去休息了。"

众人无力欢呼，相互搀扶着往外走去。他们已经快到极限了。

联盟大学这一边，或许是因为连胜新动作的点拨，也或许是在尊严下的挣扎，几乎没有人被踢掉。教官也很是意外，尤其是对连胜。

没看见他们哀号的模样，是多么遗憾啊！

连胜摸着墙，爬了两层楼回到宿舍，洗了个澡，躺下睡觉。靠在床板上的那一刻，呼吸声都沉重了。

刚躺下没多久，宿舍的灯又亮了起来。三个女生依次走进来。她们看了连胜那边一眼，没有出声。

连胜的精神很是疲惫，但她还是能听到外面的动静，一直在梦与现实之间徘徊。好在几位女生也很利索，出去冲完澡迅速就寝，前后不到十五分钟的时间。

第二天早上五点，闹铃响起，快到集合时间了。连胜一个鲤鱼打挺，从床上坐起，感觉全身腰酸背疼，一根筋像从脖子拉扯到脚底板。

连胜撸起袖子一看，果然，经过一晚上，瘀血刚好沉积下来，她的手臂几乎布满青紫，尤其是外侧的位置。

冷风飕飕地往被子下钻。虽然基地里开了暖气，但是开得并不大。毕竟学生训练过后身体会发热，能提供足够的热量。连胜打了个喷嚏，陡然清醒，扯过旁边的衣服开始换装。

旁边两名女生已经用这一分钟的时间收拾妥当冲了出去。

食堂还是要排队的。连胜头昏脑涨的，拿了托盘正要过去，被叶步青直接拉住，扯到了他们桌上。

他们一人贡献出半块面包，还有一部分粥，默默地堆到她的面前。

“快吃。”程泽嘴里塞满了东西，几乎是闭着眼睛，“趁着有时间多吃一点。不知道教官会不会提早集合，但是千万不能给他们抓住把柄的机会。”

连胜抱拳：“救命之恩，没齿难忘。”然后抓起面包，也往嘴里猛塞。

连胜等人吃完早饭，立即小跑着往训练室赶去。推开门，惊诧地发现里面竟然异常安静。还以为是教官又提早到场，往旁边一看，才发现是医务室的人在布置场地。

设备搬了几台过来，人数似乎也不少。这架势让众人忍不住浑身发颤。

连胜看见了一个熟面孔。对方外衣上缝着联盟大学的标记，带着两个人坐在他们集合点附近。

连胜走过去招呼道：“林医生，你也来了。好巧。”

林医生摘下耳机，看着她说：“嗯。以防出现意外，我们要过来监督。”

连胜：“什么意外？”

林医生毫不客气道：“像你这样的体力素质，混到训练队伍里的意外。”

连胜：一如既往的毒辣，何必自取其辱。

连胜数了数，如果一所学校有一支医疗队伍的话……

“这里才十二所学校？”

“你以为什么人都能来吗？这里可是正规的军部训练基地。”林医生说，“要感谢你们学长们在选拔赛上的英勇表现给你们争取到了这个机会。希望你们不要在学弟学妹面前丢脸。”

听赵卓荦说，每一年学长都会跟下一届讲这里的光辉历史，那说明，联盟大学确实是一所豪强学校。

他们没说两句，教官一群人排着队从门口进来，为首的人厉声喝道：“松松散散的都在做什么？赶紧就位！要我说多少遍，给我有点自觉性！”

学生迅速站好队列。

教官走到中间，对着身后的人说了声解散，其余教官便小跑着往各自的队伍过去。

负责联盟大学的训练教官顶着跟昨天一样笑容满面的脸，和善地问道：“昨天睡得好吗？”

没人回答。

教官看了眼鞋脚尖，继续笑道：“如果昨天那么轻松的训练都没睡好的话，那么你们今后更不可能睡好了。”

“昨天不合格……哦，对，你们昨天没有人不合格。不错嘛，其他教官都很羡慕我啊，确实应该表扬一下你们。”教官拍了拍手，“那我来说一下今天的规则。”

他往前走了一步，指着场地的边缘道：“所有人绕圈跑步，一公里一个轮次，跑完一公里之后开始随机对战。只要你打赢了你的对手，你就可以获得十分钟的休息时间。如果你输了，那就只能继续跑，直到你拿到六场的胜利为止。提早完成的人可以提早休息，每半个小时过来监测一下自己的身体素质。坚持不了的人，就给我拎包回家。”

他拿出光脑扫了一眼：“现在是五点二十六分，十一点半之前，你们需要达成我的要求。还有不明白的没有？”

众人正在脑海中消化整个规则，并默默地制订训练计划。

连胜举手道：“报告。”

教官眼睛一眯：“说！”

连胜问：“对战的时间与跑步的时间，有限制吗？”

“当然，我刚才没说吗？”教官一脸无辜道，“一公里跑步时长不能超过七分钟，双人对战时长不得超过五分钟。否则，做无效处理，要重新开跑。”

众人一脸嫌弃，喧哗道：“嘁！”

他们刚才是闪过一个念头，准备分配对战中的时间来调整自己的节奏，毕竟教官没有提到相关的规则，按理是默认允许。众人心中还在暗喜，却不想这里竟然挖了一个天坑。

看来不能指望钻教官的空子，那极有可能会是他们故意设置的陷阱。这些教官就是想看他们自作聪明，最后又自认倒霉的样子吧，真是相当恶劣。

教官观察他们的表情，喝道：“都别吵！安静！还有问题没有？”

连胜仔细品味了一下。

无论是昨天晚上的训练，还是今天早上的训练，其实内容都很自由。昨天虽然限定了一轮次的训练时长是四十五分钟，但是只规定了一个总目标。在时限之内，你跑步的速度或者对战的节奏，都是自己调控的。

现在这里的也是。

因为是长时间的训练，先期得不到休息的学生，疲惫感会逐渐累加，导致在双人对战中，自己将处于不利的地位。频繁的对战失败，意味着不间断的慢跑训练，几乎是一个无限的恶性循环。

对于体力好的学生来说，或许在连续五公里以后会出现明显的差距，而对于连胜这样体力差的人来说，她不能让自己连续失败两次，也就是三公里的慢跑。这里的教官不会提醒你该怎样去分配自己的体能，学习自我管理是士兵必须要做的事情。

一学生举手问道："教官，如果昨天没有合格呢，今天该怎么办？"

"那今天就负重跑。"教官说，"常规是二十千克，鉴于你们还是新来的，我放点水，只需要十千克。"

他们带上测量设备，集体转身，准备开跑，就听见旁边的一位教官大声骂道："有意见？有意见就再加十千克！我说过了，这里不接受任何的质疑！"

前排领跑的人发现有热闹，脚在地上蹬啊蹬，最后停在原点。后面的人跟着停住看热闹。

被吼的学生涨红了脸，梗着脖子道："我只是提问！"

教官站到他的跟前，对着他的鼻子吼道："提问不会打报告？一个大三的人，基本的规则都不懂，你还很骄傲吗？先给我罚跑两公里，去！"

那男生深吸了两口气，抬起头，也对着他的脸大吼了一声："是！"然后转过身，背上负重，加入跑步的行列。

联盟大学的教官走到前排，盯着学生的脸看了一会儿。那学生才回过神来，对着他羞涩一笑。

教官"啧"了一声，小声地道："看见了没有？你们是运气好，遇到我，温柔体贴好说话。对吧？"

众人齐齐点头。

"刚才让你们跑你们没跑，这是违抗指令，很严重的知道吧？但是你们放心，教官不会这么凶你们的。"他后退一步，表情一收，厉声喝道，"所有人罚跑两公里，现在开始！"

众人："……"

罚跑两公里加上开场的一公里，直接就是三公里。她刚刚怎么打算的来着？

连胜调整了一下速度，将时间压制到七分钟。昨天的后遗症开始显露出来，跑完三公里，她已经有点喘气。

确认达标，她走出跑步的圈子，走到中间的对战区。

她身后顿时有几名男生以百米冲刺的速度侧滑进对战区。周围一时间哀号一片。

“我我我！”一男生趴在地上激动地举手道，“是我最先进来的！”

教官挥手：“其他人出去。”

没抢到机会的人讪讪地出去了。

男生得意地大笑，站起来扯扯衣角：“生路，是留给跑得快的人。”

连胜揉了揉手腕：“你确定跑得快就是生路吗？”

男生咧嘴一笑：“嘿嘿。”

教官按下旁边的光脑：“计时开始！”

两人对立而站，连胜抹了把脸，歪歪扭扭地活动四肢。对面也没有急于进攻，给她留了点调整的时间。

“对不起，我真的很不喜欢刷碗，这是我的坚持。”连胜说，“所以我不打算输。”

对面的男生也诚恳地道：“对不起，我真的很不喜欢打女人。但是，我也不打算输。”

“没关系，我会让你保持你的尊严。”连胜说，“去问心无愧地帮我刷碗吧。”

男生试探地朝她靠近，两手握成拳，扭扭捏捏道：“我来了啊。我真的来了啊！”

他说着朝连胜挥来一拳，照着她的脸招呼，但是动作间还留有余地，可以看出并未使出全力。

连胜盯紧他的步调，觑机滑到侧面，顺势抬脚一钩，直接将人撂倒。

那男生对她毫无防备，几乎是被秒杀。

“哇哦——”

跑步的人群目睹这一幕，发出阵阵惊呼。他们不嫌热闹地向地上那男生送去热烈的掌声。

“跑得快死得也快啊！”

“我说你跑那么快干吗呢，原来真的是赶着投胎，哈哈哈！”

“知道你是这样的打算，刚刚哥哥不应该跟你抢，哥哥错了，真的！”

“哥们儿，你是在搞笑吗？！”

“不要放水啊！这里不支持怜香惜玉的，兄弟！”

男生趴在地上，脑子有点蒙。他抬起头看了连胜一眼，眼睛里满是茫然。

连胜问：“这样算赢了吗？”

“算！哎呀，不错呀，过来刷个卡。”坐圈子外面看场子的教官乐了一阵，又对着男生板起脸道，“打完退场！中间场地不多，拉完了就别占着茅坑。”

地上的男生伸出手恳求道：“再给我一个机会吧！刚刚我没仔细打！”

教官面无表情道：“三十秒之内还不滚出这个圈子加罚两圈。”

男生就地打滚，逃也似的溜出了圈子。

连胜走到林医生旁边，盘腿坐下，问道：“有没有什么能放松肌肉的东西？不然您先帮我按按？以后我一定报答。”

昨天训练后的肌肉还没有恢复过来，也没有及时处理，现在四肢无力，完全发挥不出水平。这样下去，估计要不行。

林医生用眼神示意，后面的助理搬出了一个一米长、半米宽的箱子，里面盛着半箱略显黏稠的液体。

林医生指着它道：“泡一泡。”

连胜仔细看了一眼：“泡什么？”

林医生：“哪里拉伤就泡哪里。”

连胜：“可我是在大腿和手臂。”

“那就跪着泡！不然还给你整个浴缸吗？”林医生手指敲着旁边的桌子，横眉道，“泡不泡？”

连胜乖巧地道：“泡！”

方见尘也打赢一场，跑过来休息。他擦了把额头的汗渍，眼红道：“我我我！我也要泡！”

林医生冷漠地说：“我们这边没有多余的了。”

“我不介意啊！”方见尘说，“我可以和她共用！”

林医生不屑地说：“你当然不介意。”

助理在旁边道：“这是专门给女兵准备的，你要是现在去做个手术，我可以给你专门整个浴缸。”

方见尘悲伤掩面，直接躺倒在地上。

连胜拉起裤子和衣袖，露出一片狰狞的青紫。她踩进箱子，然后将手肘也浸泡进去。

里面的液体是温热的，泡进去之后，四肢变得酥麻酥麻的，整个人都放松下来。

跪下去了就不想再起来。

连胜深深吐出一口浊气，抬起头，发现方见尘正躺在她旁边。他紧紧抱着自己的手臂，缩成一团，然后巴巴地望着她。

连胜无语道：“你干吗呢？”

方见尘委屈地说：“假装自己躺在里面。”

连胜低头看了一眼：“躺在我身下？”

方见尘怒道：“滚！”

没多久，赵卓荦也跑了过来，坐到他旁边。

方见尘问：“你这第几次了？”

赵卓荦：“二。”

他看起来呼吸还算平稳。

方见尘坐起来说：“你这也跑得太快了！这是持久战啊，兄弟。”

“速战速决，两个小时可以搞定。”赵卓荦脱下鞋子透气，里面已经全是汗渍，他两手提着自己的军靴道，“早点解决，早点休息。不然疲惫感还没消除，下午的训练又要开始了。”

连胜和方见尘一齐朝他投去目光，陷入了沉默中。

方见尘用力抹了把脸，说道：“你怎么可以对自己这么狠？我会心疼的。不要急，慢慢跑，跟你的小伙伴们一起享受一下青春。人生得意须尽欢啊。”

“青春期的上限应该是二十周岁……”赵卓荦无情地说，“弟，你已经失去享受青春的权利了。”

方见尘再一次闭上嘴巴，然后捂住了心口。该逝去的友情，何必再强留！

“连胜，你时间到了。”

旁边的医生助理提醒道：“不用擦，直接把裤子放下来。”

连胜站起来穿上鞋子，感觉脚底轻飘飘的，麻木地往前走。随后方见尘的时间也到了，跟了上来。

他受赵卓荦的计划影响，加快了脚步，也想速战速决，不一会儿就在前面没了踪迹。

连胜第二次到达对战区，又是一阵争先恐后的盛况。

第四十章
专业报社

这群男生的做法是比较滑头的。

他们会先物色看起来比较弱的对手，然后调整自己的速度，和那人保持同步。等对方进到对战区，就冲刺过去挑战。女生就是不容错过的猎物。

一般来说，军校里的女生人数不到总人数的十分之一，有勇气来参加这次集训的，就更少了。除了连胜，其他女生确实不太能打，毕竟双方对战的力量度跟体能差距太大。这也是教官将跑步时间设得偏长，足够支撑学生进行慢跑的原因。

如果在中途因为体力不支而强行退出，那么也会被踢出本次集训。这些女生从一开始就占着劣势。她们起码有一半的人，因为未能完成昨晚的任务，今天需要接受负重的惩罚。

最糟糕的情况，是要负重从五点半持续跑到十一点半，长达六个小时的慢跑。唯一可以休息的时间，就是对战中停留的几秒钟。而这突然停止了的节奏，反而更容易让人崩溃。这样的对手，让他们屡战屡胜。

尝到了甜头，总要踢踢铁板的。

连胜吁出一口气，冲着对面招手。

“对不起了，妹妹，千万不要怪我。”那男生也很调皮，“形势所迫，跟人品没有关系啊。输了千万别哭啊。”

那男生或许是有前车之鉴，还有点戒备，出拳的时候，竟然来了个虚招。左拳一勾，而后右肩上抬，改成了直拳。

连胜微抬下巴。这样的假动作对她来说没什么用处，而且这假动作太突兀了。

连胜比那男生矮，而且矮了十几厘米，直接向下一蹲，错开了他的最佳用力点。

对方出拳出到一半，发现目标人物不见了，正在错愕之中，连胜鬼魅一般从下面钻了出来。一个手刀，顺着他的脖子砍下去。怕力道不够，还用重力向下一压，直接将人按在地上。

“结束！”教官立马判定道，“连胜赢！好了，都给我麻溜地出圈！”

“不会吧！”

众男生嬉笑着从旁边跑过，还很有力气，朝着中间招了招手。

那男生捂着脖子，一面吃痛抽气，一面往旁边的队伍里去。他嘴里叫道：“太狠啦！果然哪里的女人都不好惹啊！尤其是学军事的！”

旁边的兄弟嘘声道：“脚底抹油都没你刚才跑得快，要脸不？”

“色欲使人昏心啊，兄弟。”

男生大怒：“滚！”

连胜走出场地。

之前泡过的液体包裹在四肢上，让无力的肌肉开始恢复过来。但是同时，酸痛感也愈加明显。看来刚才泡的东西，治疗效果非常显著。

旁边的赵卓荦，也正好结束了他的第三次对战。二人又一次相聚在医疗点的附近。

方见尘神速地跑完了两圈，不幸遭遇滑铁卢，没能获得十分钟的休息时间，瞬间就开始萎靡不振。

在连胜获得第四次胜利的时候，众人有点笑不出来了。他们终于认识到了事情的严重性。

他们选择观望，不再争相上前。

“你们没放水吗？再放水就过分了。”

“开玩笑呢？谁放水了？她真的很厉害好吗！”

“古武大师还真不是吹的。”

“认清现实吧，朋友，莉莉安娜都给她做推荐了，显然是有一定道理的。”

“先不说这个，他们学校开场罚跑了两公里吧？体力呢？”

“那是多久以前了，朋友？人家都已经休息三番了。”

“谁出来谈谈感受？刚才跑步离太远没看清楚。”

能谈感受的人此刻正分散在训练场各地奔跑，哪里还有心情聚过去跟他们聊天？只有坐在地上休息的几个人以及联盟大学亲身经历过的同志们，跟他们随意地说了两句。

看见连胜又一次上场，众人将注意力集体转向她，掐算了一下时间，纷纷转道，朝着她所在的对战区跑去，然后开始远远围观。

他们旁观了一场，实在是看不出她有什么惊天地泣鬼神的大招。

好看的招式未必好用，她的应对很朴实，同时也很精准，基本都是直击要害，没有任何多余的动作。

从他们的角度和以往经验去分析的话，连胜的出招不快，对面的应对也不快，但是连胜到位的速度很快。而且她一招后面永远会连着第二招，整体动作看上去更为流畅，所有打出去的力，不管有没有击中目标，都是收放自如的。

越是直来直往，想要靠力量取胜的人，会输得越快。而蹑手蹑脚，防备为主的选手，在连胜手下反而可以活得更久。

这样分析，她不是一个擅攻型的选手，她拿手的是偏应对的技术。

相比起一个体能变态的男生，连胜本身的瘦弱反而促成了她强烈的存在感，让这群人产生出一股前所未有的紧迫感。

这已经是第五个人了！再来一个她就要解脱了！绝对不行！

此时训练已经进展了两个多小时，那些先期不努力，导致后天徒伤悲的同志们，终于出现了紧迫感。攻略她！要是让她在这里六连胜出，他们的尊严绝对会遭到踩碾般的歧视！

“同志们，都认真一点！同仇敌忾的时候到来了！这种时候不要开玩笑，保持场上人数才是关键！”

人数越来越少，对他们来说会越来越危险。

人多的时候，他们还可以保持一定的主动，去蹲守他们中意的对手。而到了后期人数渐少，总会有一半的人是可以休息的，他们这些体能告罄的人，只会成为别人的猎物。

“最后一个名额了啊，同志们！摸着心口问问自己不觉得害臊吗？在这里先把她拦下来，后面的优势就都是我们的了！”男生喊道，“保持冷静！先观察再出手，不要因为她是一个女生就小看她。”

这里的胜负是一个多米诺骨牌式的效应，稍微露出一点颓势来就有一群人在盯着你，很难获得休息的机会了。

众教官坐在里面看戏，好笑道：“这么多男的欺负一个女生啊？”

男生们义正词严道：“对手不分男女，只看强弱！”

“对对对！我们尊重我们的对手！”

“对女生的关照是在确保自己实力地位的情况下才成立的，她都要逃出生天了，到底是谁在欺负谁啊！”

一男生跑到连胜旁边夸张地眨了眨眼睛：“不要欺负人家了嘛，连胜小姐姐。”

一教官说出了连胜的心声：“好想揍他们。”

连胜又一次跑完一公里，走上对战区。

“啊！”一男生举手大喊道，“我去！”然后冲刺着扑了过去。

“带着联军的荣耀去啊，朋友！”

“我怎么觉得连胜越跑气色越好了？”

“跑个一千米就可以休息十分钟气色能不好吗？是我我也好啊！”

“你先拿到第一个休息时间再说吧。”

连胜扭了下脖子。她的四肢已经从发软到微微发暖，到现在刺痛般地发烫，总之不是非常舒服。

连胜朝他勾勾手指：“上。”

男生摇头。

防守！他要守住！连胜的攻击力肯定不高，他只要保持住被动，那她就是主动！

连胜只想速战速决：“你不来我上了啊。”

男生戒备地看着她，露出一个轻笑：“不要用激将法，没有用的哦！”

连胜大步向前，合指拍去一掌。男生抬手做出防御的姿态。连胜握手成拳，勾起食指，顺势按在他的手肘内侧，而后左手微微下移，点在他的侧腹。

男生只觉得她力道大得惊人，这两指几乎要刺穿他的骨头，大叫一声，向后退了一步。连胜抓住漏洞，抬脚飞踹。

“比赛结束，连胜胜！”教官抬手一挥，拍腿笑道，“不错不错，巾帼不让须眉。”

众人震惊，异口同声喊了一句：“啊！”

教官摇头唏嘘：“这一届男生不行啊。”

“兄弟，你搞笑呢？点点你就退了，还摆出那么大的漏洞，你是豆腐吗？戳不得？”

“豆腐可以戳！豆腐就是被戳穿了个洞它还保持原样不动摇，这货一戳就散架了好吗？”

男生委屈地喊道：“很疼的好吗！真的很疼的！”

“谁管你啊！痛在你身，又不会痛在我心！”

“那你自己去试试啊！”

“我没机会了！”

“有啊！”教官插话道，“下午跟晚上，你们都有机会。不要怕啊。”

众人：“……”

连胜拍了拍手，说道：“不要怪他，换谁都一样。”

男生们听得忍不住想咬手帕。

“你看！都是因为你输得那么惨，我现在连反驳的话都说不出来！”

输掉的男生在前面狂奔，怒吼道：“你们要点脸不？偶尔也给自己留层皮啊！”

连胜以完整无败绩的结果提前结束训练，坐到旁边休息。

赵卓荦用了两个小时，但是连胜用了两个半小时。

其实休息时间是固定的，跑步一趟上下浮动也只有几分钟而已。只要比赛场次一样，基本差不了多少。

到十点，历时四个半小时，多数人已经脱离苦海。此时留在场上的只有不到两百人，还有部分只剩一个人头就可以脱离苦海。好几位女生还在里面苦苦挣扎，连胜一眼就可以看见。

被剩下的这些人水平不相上下，就看谁比较好运，先拿到休息的权利然后一发制敌，反转形势。

几名女生正在努力地绕开男生，争取内部决斗的机会。然而负重跑到现在，无论是精神还是体力，她们都到了崩溃的边缘。

连胜跪在箱子里，以一个诡异的姿势看着前面的战局。

终于，在又一次战败之后，一个女生就那样坐在地上，不可控制地开始流泪，不愿意起来。

医生给她递去一杯水，她抖着两手接过，小口喝了一点。润了润嗓子，强行稳定心神，跟那教官谈判道："这样单纯地比拼体力对女生根本不公平，男女生之间的体力差距本来就是存在的，你们不能无视它来制订训练计划，这不现实。而且机甲对抗赛看的也不全是体力，它看的是技术！"

教官冷静地道："我们给了你们优待，只是你们争取不到而已。"

优待就是旁观医疗队的额外照顾。

"你的优待本身就是建立在不公平的情况下。"女生说，"我们根本拿不到。"

"不，并不是单纯地在比拼体力。"连胜插话道，"我不知道他们以后的计划，但是从早上来看，体力不够，你可以用技术来弥补。什么是技术？双人对战不就是技术吗？体力不对等，力量不对等，照样可以用技术来赢过对面。如果你既没有技术，也没有体力，那么你留在这里的原因又是什么呢？为什么要让别人不断地来迁就你呢？我没听说过选拔赛有分男女两个组的。"

连胜又扭头问了一句："是没有吧？"

赵卓荦："没有。你倒是说得肯定一点。"

连胜："就像我，我应该是所有人里体力最差的一个，但是我现在已经坐在这里休息了。你已经坚持到了这里，应该继续加油。"

女生摸了下自己的肩膀，她的手几乎已经稳不住了。毕竟背了十千克的负重跑了四个多小时，沉重的肩带已经给她的脊椎带来了压迫。

连胜会意，说道："你的负重是你自己背上去的。我昨天完成了任务，而你没有。这并不是不公平，这只是你实力不够的证据。想要摆脱它，那就撑过去。"

连胜抬手一指："和你一样负重跑的女生，她都还在坚持。"

女生偏头看去，眼眶里的液体不停地打转，而后决绝地抬手擦了把脸，站起来继续奔跑，一边跑一边哭。

连胜从箱子里站起来，说道："其实，这场训练的规则是，如果体力不支坚持不到最后，你们会被强行遣返回去。而如果在规定时间内完成不了任务，那么只是继续接受惩罚。如果你们觉得自己的体力已经不行了，又想留在这里的话，可以再控制一下自己的脚步，不用去追求所谓的七分钟。"

七分钟一公里已经是有氧运动式的慢跑速度。

规则里是不允许他们进行行走或休息的，但是适当地减缓速度，并没有被明文否决。

前面已经有人开始边走边跑，或者采取走跑结合的形式，教官没有站出来说话，说明对于这种擦边球式的行为，他们是默许的。毕竟，这种擦边球式的做法，是他们为了留在这里，能做出的最后的努力了。

连胜坐了回去，小声地说道："你们能做到的事情，确实比我们多，可以跑得比我们快、比我们久。但是如果从个体承受的痛苦程度来讲，我很佩服她们能坚持到现在。"

她们水平不够，所以能做的只有坚持而已。可是即便已经到了自己快想要放弃的地步，也还是一面哭着一面坚持了下去，可见，是用心地在走这条路吧。

结果，最后剩下的几个人硬生生地磨到了十一点半，也要选择留在基地。

教官没有多说，转身朝着众人挥手道："现在开始休息！你们有两个半小时的时间用来吃饭和午休，下午两点准时集合。现在解散！"

连胜狼吞虎咽地吃了午饭，回到宿舍准备睡觉，发现宿舍里有一位女生在。

之前那个哭泣的女生就是她的室友之一。女生脱了上衣，正在给肩膀上药。

"需要我帮忙吗？"连胜说，"你没事吧？"

"没事，是我自己的问题。"女生抽了抽鼻子说，"正常拉练背的是二十千克的东西，长的拉练还可以有二十几天。我才背了六个小时，和他们差距太大了。"

连胜说："比上不足，比下有余嘛。"

女生穿上衣服，跟连胜道谢，然后出了宿舍。

她要去医疗点治疗一下她肌肉拉伤的问题。另外两人没有回来，应该也是这样。她们的时间不多，只能依靠这些零散的休息片段进行调整。

下午一点四十五分，连胜已经到了训练场。众人深有感触，比她来得更早的人都有。

果然众教官最后提早了十分钟过来场地。

"早上轻松吧？是不是很开心啊？"教官笑道，"下午还是一样的训练内容，先拿到六胜的人可以休息。惊喜不？想报仇的都趁早啊。”

早上的活动时间是五点半到十一点半，而下午的训练时间是两点到五点。

任务量不变，活动时间直接从六个小时缩减到三个小时。

连胜是这样猜想的。

早上的比赛，只是为了考验队伍里的吊车尾，故意拉长时间，让坚持不住的人可以选择自行放弃，顺便给那些优等生们调整一下状态。而下午和晚上的训练，才是真正的择优培优。

果然，教官将手背到身后，继续说道：“不过有一个规则变了，我提醒一下大家。跑完一公里的有效时间，从七分钟调整到了六分钟。”

众人抽气。

活动时间少了一半，竟然连跑步时间都直接缩减了一分钟。

“没有猜错，晚上的训练还是这个。但是一公里的有效时间，会从六分钟调到五分钟。希望大家自己做好心理准备。”教官露出慈母般的微笑，“会有一大批的学生，接受我们的惩罚，参加明天的训练。放心，你们是不会孤独的。”

众人：“……”

三个小时的活动时间实在是太仓促了。

就算是全胜的记录，满打满算，跑步加上休息的时间，再加上对战与各环节衔接耽搁的一段时长，也要接近两个小时。而且除了个别拔尖的学子，普通学生能保持百分之五十的胜率已经是非常不错了。尤其是因为五分钟对战的限制，如果遇到明知道自己杠不过，所以只想跟你共沉沦的对手，那么一切都是白费。根据早上的情况来看，时长耗尽导致比赛作废的情况还不少。

种种条件限制下，三个小时内要想完成任务，非常艰难。

考验人品和运气的时刻到来了。

对于可能先行获胜的尖子生，众人空前和谐地选择一同抵制。反正各个连队的都不是本校的学生，互相间也不认识，下起手来毫不心软。

早上那几位六连胜直接提早休息的人，全部上了他们的黑名单。从开场就计划好“狙击”，务必要阻碍他们的进程，打乱他们的节奏。

打不过，他们可以躲。凡是对上这些人，公认的做法是拖延时间，好让他们保持在奔跑的状态逐渐消耗他们的体力。

没有办法，前一次训练的结果会影响后一次，为了保证大多数人的实力保持在同一水平线上，前头领队的同学必须要慢下来。

看似是个人训练，但其实是一种竞争啊。总之各个都不安好心，稍有成绩，后面会有一排等着拖你后腿的人。

赵卓荦和叶步青两人对视一眼，一起飞冲了出去。后面的人看着他们的背影，控制住速度，没有放肆追逐。

两人几乎同时跑完一千米，然后进了对战区，开始下午的第一场比赛。随后陆陆续续的学生也到达场地。

这一次终于没有人在边缘慢走拖延了。

赵卓荦两人选择速战速决，一招定胜负。开场都是一记直拳。赵卓荦以更快的速度，抓住了他的手臂。叶步青没有硬缠，直接出了场地。

只用时几秒，第一场结束。

教官登记好名字，在旁边提醒道："人数足够的情况下，相同的人做对手只能打一次，而且不能一直是同校学生。"

两人点头表示明白。

他们出场比赛完毕，却并没有选择休息，反而继续跑步。于是两人直接赶超了连胜一整圈。

连胜悠悠地走进一个对战区，那里面已经站着一位男生。

"对不住啦！"男生搓着手说，"你明白的。"

连胜点头："我明白。你放心，不会让你对不住我。"

一个直径四米长的小圆圈区域而已，逼着他走还真能逃过去不成？

连胜的爆发力不强，但是无论再强的爆发力，都会有一个减速再加速的过程。当连胜挡住对手的去路，对方开始掉头或转向，这中间调整的时机，就是连胜进攻的绝佳机会，尤其是在能预判到对方行动方向的情况下。

很快，连胜就从斜角直接逼近了对手。

那男生低头看了一眼站位，害怕自己出了有效对战区，重新上前一步，跟她对面迎战，再做考量。

如果是面对一名男性同胞，他可以用力气抵挡拖延一阵，然而面对连胜，不得不说他有些手脚受限。最有效的袭胸与抓裆动作他都不敢干，防守的话，连胜总是会打在一些诡异的地方，疼到他姿势变形，然后将他踹出去。

果然，连胜看着柔弱，却是最难对付的选手。

"啊！"男生一声惨叫，抱着自己的头跪下，"为什么？！这是为什么？！我不服！"

教官嫌弃地道："麻溜地滚，下一个，这边忙着呢。"

连胜安心地坐到旁边休息。男生悲愤交加，朝着外围跑去。

一教官后撑着手，向旁边的同伴问道："刚刚那个，你学生啊？"

负责联盟大学的教官点头道："对啊。"

"近战水平不错啊。作战意识超前，看起来经验异常丰富，该攻该守切换得也很及时。"

“还是不行啊。”教官摇头说，“虽然打点很准，都是神经密集处，但是力量不行。耐力偏弱，爆发力也不太行。机甲可没有现在学生身上的这种缺点，除非她想一辈子当个步兵。”

“可以练嘛。爆发力你苦练个几年就出来了，这样的眼力给你十几年练得出来吗？”

教官说：“眼力好所以可以做狙击手嘛。”

“不一样的好吧！远距离跟近距离，静态跟动态，对光线还是对状态敏感，都不一样好吧！”

“那我有什么办法？力量和爆发力也是要看天赋和上限的嘛，咱们也不光是皮糙肉厚啊。”教官说，“我一直坚信我是被命运眷顾的体格。”

他同伴嫌弃地咋舌。旁边的几名学生也发出一句嘘声。

教官瞪眼道：“啧什么啧？敢啧罚跑两圈啊！”

赵卓荦和叶步青这一类，大概就真的是被命运眷顾的体格。

赵卓荦是整体的稳定，他各项数值拔尖而平衡。叶步青的爆发力更为突出，是冲刺型的人员，加上本身肌肉强大的力量，就属于远可追、近可杠的类型。

想要磨他们，没有相当的实力，效果并不怎么可观。

程泽是一个耐力型的选手。他不像赵卓荦、叶步青开场这么凶猛，但是到了中后期，就显得有点可怕了。

前场略有落后，中场开始奋起直追。

他们喜欢速战速决。连胜则专门卡着时间，跟着节奏一步步走，似乎不管规则怎样变化，竞争怎样激烈，都跟她没有关系，最后又是以六连胜的状态完成了下午的训练，坐在医疗点里，悠闲地看着他们挣扎。

竟然就没有人能在双人对战这一环节拿下她。

教官看着她的模样甩手捶地，恨道：“真想踢着她的屁股往前推，一点都不符合我们训练的风貌！”

“你们给点力好不好？你们倒是赢一次啊！”教官很是痛恨道，“这一届男生不行啊！”

众男生委屈巴巴。

方见尘在剩最后一个场次的时候不幸被“狙击”了。之后一直被外校的人紧盯，开始了一轮又一轮的消磨战。

后期他体力已经有点跟不上，近战实力也还没有到变态的地步。面对这样明显的刁难，他找不到突破口。接连跑了几公里都无果之后，他不得不慢下来，利用速度调整一下自己的节奏。然而即便是慢跑，也是一种消耗。

他掀起衣服擦了把汗，发现留给自己的时间已经不多了。

“优秀，他们欺负我！”方见尘悲痛号道，“快替我报仇！”

赵卓荦静静地坐在一边：“我已经跑完了。”

方见尘：“叶哥！”

叶步青踩着弓步在拉伸，点头：“加油。”

“他们这群没有人性的家伙！”方见尘怒道，“一起拉着去地狱干吗？不怕挤吗？！”

连胜摇着医生助理的扇子，在旁边悠悠地道：“怎么不叫声你连哥？”

方见尘用力一吼：“滚！”

方见尘前期跑得太猛，导致体力消耗巨大，但也确实为后场预留下了不少时间。

他用两公里的距离重新调整气息，然后开始加速，压着六分钟的边线进行奔跑，争取下一次的对战机会。

就差一次！赐他一个女生吧！

一圈复一圈，未能及时脱离苦海的朋友们，陷得越来越深。连胜被林医生支使过去给他们送水。

方见尘又一次路过他们这边，连胜问：“你还有力气跑步吗？”

方见尘接过杯子，缓缓摇头，沙哑道：“当我跑到第十二圈的时候，我觉得我快不行了。可是当我跑到第十五圈的时候，我发现我能飞。”

方见尘虚脱道：“然后就真的飞了，而且还是往西边去的。可惜，不是得道成仙。”

真正的考验，永远是在体力告罄之后。

该疯的都疯得差不多了，他们的训练该结束了。剩最后一刻钟的时候，竞争白热化，方见尘终于完成了任务。

在众人不懈努力地互相伤害下，三个小时的训练，有一半的人任务不合格，晚上开始负重跑。

胜出的，要么有着绝对的对战实力，能保证足够的获胜率；要么有着惊人的耐力，单纯靠着场次数目刷取结果。

然而不管怎么样，众人都已经能明显感觉到训练任务对他们的不友善。

时间越长，身体负担越重，他们的任务量也越重。一旦背上负重的惩罚，恐怕就再也难以卸下。严苛的规则就是为了能在短时间内让更多的人处于这样被压迫的状态，无论是精神还是肉体。就像沉重的锁链扣在他们身上，直到结束的一天，才有打开的机会。

最初的训练是针对吊车尾。现在的训练，是针对耐力跟对战实力都平平无奇的人。那么之后，应该会针对耐力足够或者对战实力足够的人，施行更严苛的要求，直到将所有人都按在地上摩擦一遍，才算实现了这次集训的目的。

随后众人过去吃晚饭。

方见尘快跑虚脱了，现在胃酸开始翻涌，又必须大量进食保持体力，就一边干呕一边往嘴里海塞。几人看着食欲大减，纷纷抛弃他转向别桌。

吃过饭直接前往训练室。那些还没缓过神来的学生，坐在地上调整状态。训练室里瘫软了一大片。

不久后教官过来列队，看见这样的盛况，很是满意。

“规则还记得吧？晚上继续。”教官说，“下午先合格的一百名选手全体出列！跟着中间那位教官过去做狙击训练。”

两次相同的任务已经足够试探出学生的实力，对于这些得以提早休息的学员，这种训练规则有点太舒服了，可以进行下一轮的针对蹂躏。

“我！我是狙击手啊！”方见尘听见简直要哭了，举手道，“给我一个机会，教官！我也想做狙击训练！”

教官看了他一眼，思考片刻，点头微笑道：“那你跟着过去吧。”

教官说完，方见尘周围的几人一齐以诡异的目光扫向他。

赵卓荦摇了摇头。

方见尘脖子一缩，戒备道：“干啥？”

程泽紧跟着举手报告：“教官！我请求和他交换位置。既然他想去，我愿意把我的位置让给他，继续留在这里做对战训练。”

“没必要，你们的实力已经可以进行下一轮的训练了。我们非常欢迎主动又有积极性的学生。”教官直接拒绝道，“而且那个，你们是兄弟吧？正好，成全你们的兄弟情。射击训练会稍稍涉及团队合作，加油。去吧。”

几人直觉没什么好事，恋恋不舍地出列，朝着中间等候的教官走去。

额外抽取做射击训练的这一百人，除去主动报名的方见尘，联盟大学共占到了十三个名额。十二所军校里，他们的表现的确不俗。

中间负责的射击训练教官看着他们走过来，让他们分别刷了下卡，然后喊他们去三楼的训练室先做等候。

直接都换场地了。

众人转过身，慢悠悠地朝着三楼走去。

赵卓荦扭头，小声地对方见尘道：“我不知道你是怎么想的，但你真的是太大意了。”

“为了陪伴你们，还有为了陪伴我的枪啊！”方见尘情真意切道，“都是因为对你们的爱，这还用问吗？”

“明显这边会轻松不少啊，傻瓜！”程泽用一根手指戳着他的后腰道，“现在这里最顶尖的一百个人都被调走了，留下来的人肯定不会像早上那样草木皆兵。你稳扎稳打地跑不会有什么人为难你，怎么可能三个小时还完成不了？！拖后腿的跟争上游的都不见了，不要太轻松好吗？！”

下午有一半的人因为没有完成任务，背上了负重的惩罚，现在还有力气捣蛋的人已经不多了。何况晚上训练的一公里限时是五分钟。虽然只是提早了一分钟，其中的意义可是天差地别。不仅体力的消耗不可同日而语，而且如果做出同归于尽的举动的话，就要做好接连跑数公里的准备，估计不会再有人敢轻举妄动了。

方见尘只要自己低调一点，他就是安全的。

“其实我觉得攻跑交换的训练很简单，尤其是对于单兵作战实力优秀的人来说。”连胜点头道，“方见尘同志，你应该对自己有点信心。如果你前面少了一百个排名，那么你在团体里的实力就属于中上游了。”

方见尘在被针对之前的战绩，七战五胜，可以说非常不错了，今天晚上的训练应该也毫无问题。

“不要拿你的近战跟我比，你不是一般人的标准，已经是变态了。”方见尘斜睨着她说，“刚来几天，你已经成了基地十大未解之谜的其一。”

连胜问：“十大是你自己编的吗？”

方见尘不服道：“这明明是大家公认的。”

连胜：“那另外九大呢？”

方见尘：“另外九大待定无所谓，反正只有你是不可动摇的。”

连胜品味了一遍：“听你说起来，我觉得很荣幸。”

叶步青：“方啊……”

方见尘抬起手，打断他说：“不用说了，我意已决。如果要比射击，我不是上游人物，我是顶尖人物！没有之一的那种！”

他等的天下终于来了！

叶步青沉吟片刻道：“未必。我觉得不可能是简单的射击训练。如果这么轻松的话，不至于叫前一百名过来。”

抽取的这前一百名，全部都是在两个半小时以内完成任务的选手，这意味着继续和同样水平的人比赛，无论是对战训练还是跑步训练，对他们的提升都有限，所以才要进入新的训练进程。

他们一面磨蹭地走，一面讨论，很快就到了第三层。

第三层的训练场比第二层显得更大。墙面和地板都是偏向于白色的，暂时看不出什么设置，或许和楼下一样，设备都存放在底下。

教官随后进来给他们整好队，一步右跨，去到墙边刷卡。格子应声下落，露出排列整齐的壁柜。里面各摆放着一把武器以及一套衣服。

教官手一挥："所有人迅速领取装备！"

学生们按照指令，都去领了一套，将那身黑色的衣服穿了上去。衣服材质不明，表面光滑，却像麻一样有点硬。

众人穿上装备，心里升起一股不祥的预感。

教官捂着胸口提醒道："刷卡激活！"

连胜往胸口扫了一下，口袋处显示了一个数字。随后衣服各处，忽然出现一些靶子形状的标识。

众人四面观察比对，发现各人衣服上靶子的位置都不大一样。

"你们衣服上标注的，就是你们今天下午完成任务的名次。"教官说，"你们身上共有十个靶子的标识。一到十名，靶子的位置是完全固定的。十一到二十名，九个靶子的位置是固定的。以此类推，九十名以后，所有靶子的位置都是随机的。具体的位置，你们可以互相研究一下。"

赵卓荦跟叶步青是前十的水准。连胜坚持自己的步调，六连胜赢到最后，拿到二十三名。

程泽是兼备型人才，远攻近防都可以，喜欢通过分析对手来制定自己的对策，属于一个慢热型的选手，所以这样的训练，速度会比较慢。他的力量不那么强势，追求的是稳扎稳打。这一次的训练里，完成成绩最终排在八十六名。

方见尘……不说也罢。

教官说："我们基地一向的看法是，有压力才会有动力。我相信你们也是这么认为的，能明白我们的苦心。"

他走到中间，拍了拍手。场地下面升起两列射击台，位置相背，每一格都用屏障隔开。

"你们的队伍将根据名次分为两组，奇数组跟偶数组。先由奇数组负责射击，偶数组负责逃命。负责逃命的学生绕场跑一圈，随后进行对调。直到完成十组训练。本来军队是一次性跑完十圈，你们是学生，所以一轮一轮地来。"教官一副我已经是大发慈悲的表情道，"看见地上的红线了吗？逃命方必须要在红线范围内活动，出线超过一秒，按照中弹一次处理。中途明显停顿，也做扣分处置。

"你们可以控制自己奔跑的姿势，来遮掩你们身上靶子的位置。但其实我不建议，因为你们需要绕场十圈。我可以跟你们保证，我会将整个场地布置得毫无死角，而你们不会知道，自己在什么时候会暴露在谁的枪口下。也就是说，你们要保持绝对的速度不停地奔跑，以避免自己被不知名人士的子弹击中。这对体力的要求是非常高的，变换姿势、打乱节奏，只会无端消耗你们的体力，让你们后场的处境变得更加危险。"

教官严厉地道："另外，我绝不允许出现任何舞弊打暗号的行为，一旦发现，惩罚加倍。好自为之，朋友们。"

教官问："规则听清楚了没有？"

"报告！"连胜举手问道，"教官，惩罚是什么呢？"

"惩罚？你们在绕场奔跑的过程当中，身上靶子被射中的次数就是你们的惩罚。"教官负手道，"靶子被射中一次，记为一分。一分代表着一组训练，类似于一公里的慢跑。总之到时候，我会根据你们的得分，给你们安排不同的项目搭配，不用担心。"

众人一阵骚动，颤抖道："我们不担心这个。教官，您再说一遍，照什么计分？"

一个人在绕场跑的时候，会经过五十个人的视野，这意味着有起码五十次中弹的机会。而他们一共需要绕场跑十圈。

假使中弹一次意味着一公里的慢跑，运气差一点的话，这训练量或许有机会排到天荒地老。

教官又问了一次："都听清楚了没有？有没有信心？"

众人拒绝回答。这场规则听起来，跟射击训练的差距似乎有点大。

射击水平高唯一的作用，大概就是"报社"。而如果奔跑速度不够快，肢体不够灵活，爆发力和续航力不够持久，类似于方见尘跟连胜这样的，后果有点惨烈。相比起"报社"，他们会先被社会教育。

方见尘仔细思考了一遍规则，也发现其中的恐怖之处，顿时觉得两膝一疼，想倒下去打滚。攻跑交换训练真的是太简单了，真的真的太简单了！

教官抬着枪示意了一下："当然这不是真枪。同时告诉大家一个好消息，鉴于你们是第一次参加，不了解比赛节奏，可能把控不住速度，也为了避免你们之中有某几名神枪手存在，导致你们成绩太惨淡。在每一次绕场跑中，同一个人对你的有效攻击只限于一次，多次击中不多次计分。"

他说着带头鼓掌。

"我听说你们这里面还有人是自动报名的对吧？很厉害嘛。"教官说，"方见尘，你先加入到偶数组。"

"爱令智昏。"方见尘真诚地道，"我错在我的深情，错在我一直没有斩断我们塑料般的兄弟情。但是现在我醒悟了。所以……"

教官打断他说："所以，用你的枪彻底打断你的兄弟情吧。"

方见尘沉痛甩头。不！这跟他想的不一样！

教官握拳："加油！"

众人：不是很需要他的鼓励。

基地里的规则，看似是要他们心服口服地接受惩罚，实际上却是一次又一次地试探他们的水平，然后不断逼紧，加大难度，从心理上击溃他们。

连胜吐出一口气，揉了揉肩膀。她也知道形势对她来说有点严峻，抓紧时间检查身上靶子的位置。

头部、四肢关节、心口腹腔，基本都有。靶子数量虽多，面积却不大，只有手心大小。部分位置还设置偏僻，不方便射击。

射击台两侧屏障的限制，导致射击手视野有限，短时间内能捕捉到的信息也有限。如果逃命者全速奔跑的话，想要击中确实不太容易，然而十圈绕场跑，就意味着有五百次中弹的机会，教官拼的就是误伤率。

教官："准备！偶数人员在起点区排队等候，奇数人员在中间集合。"

连胜是奇数，她跟着同伴走向中间。

射击台外围升起遮挡帘幕，教官根据人数，重新设置射击台的视野间距。他们站在中间按照指示戴上头盔，开始安排站位。

准备妥当，帘幕放下。除了靠近大门的地方留下了一段十几米长的空隙作为逃命者的起点和终点，一圈射击台上都站满了人。

"所有人准备！听我指令！"教官喊道，"开始！"

随着他的指令，第一个逃命者从起点处蹿出，压着上身飞奔而过。

"什么情况？没了？"前排男生情不自禁地喊了出来。

太快了！几乎是晃眼之间就消失不见。

他排在第一格，还没开始戒备，目标已经消失。仔细回忆了一遍，脑海中只有一道低矮的剪影。不愧是军校生中的佼佼者。

他抿住唇，重新凝聚心神，等待第二个人。

三秒后，第二位学生开始出场跑。

连胜预想到自己的结局可能会很倒霉，那么她也不能让其他人失望。互相伤害的人生，才是完整的人生。

她站到了射击台屏障允许的最左侧，以保证视野的最大化，抬起枪，全神贯注，不敢松懈。不久后，她的视野内出现了第一位逃命者。

连胜直接扣下扳机。

她的射击速度和判断速度不如方见尘，这很大程度上是天分使然。方见尘的动态视力注定了他适合做一名优秀的狙击手，而连胜靠的只是经验跟手感而已。

他们的枪不需要上膛，全自动式步枪，加上逃命者要按照红线画出的诡异曲线跑动，不得不放缓速度且改变身体的姿势跟角度，让连胜有机会能掉转枪口，连射三枪。

红光一闪，显示击中目标，人影随即消失。

连胜收回视线，等待第二个人。

五十人，每人只间隔三秒。因为每个人跑步的速度不同，临近终点的位置，开始有人被身后的队友赶超，同一视野之中出现了两个甚至三个人影。射击者心一慌，开始随便乱射，状况百出。

每个人都全速奔跑中，绕场跑完一圈，近五百米，五十人相继绕场完毕，才用了不到四分钟。

双方换位。偶数组按照到达终点的顺序直接进入射击区，奇数组来到起点处准备绕场跑。

新一轮的追逐射击开始。

因为刚才的冲刺，偶数组的人呼吸渐沉，端枪的手有些发抖，用力握紧手指，调整了一下。

方见尘排在后段，稳得不行。

又是四分钟左右的时间，一轮结束。

方见尘收起枪，哼了一声。掐指一算，将近三分之二的人栽在他的手上。

这才是专业“报社”。

完整的第二轮开始之前，众人的成绩被分别显示在两面墙上。

数据出来，众人下意识地往墙面看去，教官在旁边催促着他们迅速轮换。

“三十秒的时间！摘头盔，换头盔，换位，抬枪。”教官看着光脑里各处的监控，喝道，“还没有找到位置的人直接按秒计分，不要什么都等着教官给你们安排，自己看着办！”

众人没再拖延。偶数组从右侧出了射击区，奇数组从左侧进去。依次轮替，选好位置，抬枪准备。

教官在起跑点走了两步：“我知道你们这些人就喜欢磨磨蹭蹭。接着磨，我没关系！一秒钟一公里，选择权都在你们自己手上。

“教官嘛，都是很开明的。反正就算踹着你们的屁股你们也不会听，那就只能让你们跑了。”教官低头看了一眼时间，“你，开跑！”

被点中的男生仓皇之下冲出起点线，一脚踩中红线，惊叫了一声，站稳身形继续奔跑。

教官又随手一指：“你，你，后面排队依次跟上！看灯光提示。”

连胜抬着手臂，趁机看了一眼自己的衣服，上一轮应该是中了三弹。

被打中是没有感觉的，但是胸口处会有红光一闪。她已经很努力地冲刺，靶子的面积也不算大，可毕竟射击的人会高频率连射，红线又画得歪歪扭扭的，他们必须时刻关注自己脚下的路，同时还要尽可能地扭曲身体，避开衣服上处于明显部位的靶子。保持着最高速的紧绷状态，却跑不出实际的高速水平。比她原先预想的要难一点，被击中似乎不可避免。

出场如果都有三弹的话，那么到最后一场也许有突破两位数的希望。

射击组的男生终于有时间抬头去看墙面。

他正对的这面墙，记录的是偶数组成员的成绩。从上至下排列，分别囊括了四栏：名字，中击数，射击数，其他。

方见尘位于名单的尾端，突兀地吊在最后一格，加上他那不同于队列的两位数成绩，太过明显了，直接映入众人的眼帘。

一男生抱着枪惊骇地喊道："最后那个人是谁？方见尘？射击数多少？三十四？刚刚不是才打了一轮吗？"

其余人蒙道："啥？一轮五十个人打中三十四个！简直丧心病狂！"

那男生还抬着头，忽然见人影从射击区跑过。

他一时没反应过来，彻底脱离了对战状态，眼睛在墙面和人影之间转了一圈，才惊慌地叫出声，重新抬枪瞄准。然而已经太晚了，大角度射偏，目标离开射击区。

教官低头开始加备注，乐道："开小差，43 号，扣一分！影响同学发挥，加扣两分。"

43 号："……"

方见尘叹道："这世界对火热的人真的太苛刻了。"

偶数组的人哈哈大笑，拍着方见尘的肩膀道："干得好！"

还没轮到起跑的男生们挤在等待区，仰头看着远处另外一面墙，指着前方道："那个连胜不也打了三十六个吗？她是奇数组的人！朋友们，报仇！"

连胜的三十六，是包括第二场已经进行到一半的射击数，她第一轮次的成绩应该是在二十七左右。

众人又顺着成绩栏仔细扫了一遍，发现除了方见尘和连胜的数字特别突出以外，还有几位学生的有效射击数也上了十，只是没有他们这么恐怖罢了。

众人不知道以往的成绩是怎样的，但这样的射击率，显然是偏高的。

"这是怎么选的人？怎么这么多人玩狙击？"

"只有我觉得是数据出错了吗？教官，开挂这种事情过分了吧？"

"那打中能减吗？不然没法玩了啊。"

"这让后面怎么打？这才第一轮啊！今天要跑几公里直接说吧。"

"你干脆让我们所有人开始负重跑算了！"

教官点头，满意道："这一届的射击手确实不错。你们继续加油。"他偏头看了一眼，说道，"起跑线上的，你已经被扣三分了。现在是四。"

那边的男生惊叫道：“啊！”然后才后知后觉地狂吼跑出。

“这惨淡的人生！”男生大喊，“给条活路啊，教官！”

对于这样的冲刺训练，在体力告罄之前，肌肉会先行发软。

呼吸可以调节，但是肌肉调动不起来，爆发力就发挥不出来。只要速度稍慢，中击率也会直线上升。所以，前期的挑战还算是好的，后期扣分只会越发惨烈。要是保持住这样扣分的节奏，十轮下去……

“哎哟。”教官两手环胸，不住地颔首，“继续保持。不错的。”

不久，又是一次攻防交换。

整场比赛运动量不大，但是节奏非常快，给人相当匆忙的压迫感。

奇数队从射击台里出来，打商量道：“那位叫方见尘的兄弟，不要这样好不好？我们可以追求双赢。大家都收收手，欢乐你我他。”

他们不认识哪个是方见尘。那黑色的衣服还是连帽的，遮住了大半的脸。就算认识一时也辨不出来，只能靠喊。

方见尘哼了一声：“射出的每一枪，我都在给自己报仇。什么叫双赢？”

男生与他擦肩而过，回头道：“你不要逼我们啊！我们也会狂暴的啊！”

方见尘怒道：“说这话害臊不？！刚刚打得那么起劲心里没点数吗？！”

才两轮时间，他的扣分数已经成功突破了七。

事实再次证明，在这样的集体选择中，众人不会去选择对集体最有利的抉择，而是会选择对个体最有利的选择。看着别人一起倒霉，就是对个体最有利的选择。

而且，这群学生心里清楚，对方嘴上再怎么说，该怎么做还是会怎么做。他们会故意捣蛋去增加别人训练的难度，但绝对不会故意放水去争取得过且过。不然来这基地，将变得毫无意义。

这群训练生分属不同军校，现在又分处不同组别，本身就带有一种竞争的关系。既然是竞争，那目的是争优而不是求退。痛苦，才是自身进步的踏板。

他们现在不知道是不是应该庆幸，连胜和方见尘不是一个队的，不然他们真的要反抗举报了。

负责训练的教官也没想到会放进来两个这么厉害的狙击手。能达到这样的成绩，水平绝对不属于普通军校生了，从数据上也能明显看出。再想想方见尘是自荐过来的。哎呀……那教官好机智啊！

众人逐渐进入状态，这场攻守交换训练，很快过半。

此时连胜身上已经背了二十六个负分，尤其是在第五场逃亡赛的时候，她直接吃了六个负分。

连胜能感觉到自己的冲刺速度在减慢，同时敌对方的火力在加强。是时候转变一下作战策略，不然负分的情况只会更加严重。

她抬手摸了摸耳朵，脚下踩着的起跑线亮起，连胜迅速单脚跳出。

除却开场一段路是比较直且开阔的红线，训练中段红线开始无规律地扭动，如果顺着跑，在保持高速的情况下为了平衡住身体，人会下意识地伸展开四肢，那么相当于将身上的靶子展开给敌方看。她的速度不能帮她保证降低中弹率，那便只能依靠动作来扭正。

方见尘正打得用心，但这边的人出现得没有规律，他只能一直保持射击状态，长时间慢频率地眨眼让他的眼睛有点疲惫。忽然，画面中冲进来一个动作变来变去，像耍猴戏一样的学生。

方见尘愣了一下，举枪大笑道："扭成麻花我也知道是你！"

这一百个人里，只有连胜一个是女生。虽然都没有胸，但是她在里面显得特别矮。

连胜因为不停地调整角度姿势，与其他人比起来速度偏慢。

方见尘志在必得地射出一枪，她却正好侧了个身。方见尘奇怪地"咦"了一声。

他很肯定自己是打中了的，但是这里的擦边或许默认为不致命，所以不记录分数，红灯并没有亮。她会故意垮下肩膀，用手臂去遮挡小腿上的靶子，同时可以利用勾背遮挡胸前的靶子。整个人的运动姿势堪称扭曲，且难以揣测。也正是因为这样，方见尘虽然看得清楚，却一直找不到好的下手点，所以迟迟没有开枪，只能眼睁睁地看着她离开。

这样的动作，她竟然没有摔跤，可见她的平衡力相当好。

众人纷纷大笑——

"这是什么鬼？刷训练跳大神有用吗？"

"一看就知道是谁，哈哈！"

"作孽啊，连胜同学，你这么高调，大家不得知道是你吗？万一树敌你就完了你知道吗？"

"同志们，报仇的时刻到来了！"

连胜觉得这不太公平。最应该引起众怒的人应该是方见尘，但最好辨认的人却变成了她。

这群人何止不怜香惜玉，认出她的身影反而变得更加凶残。单身真的不是没有理由的。

第四十一章 机甲的选择

连胜重新走进射击台，将枪往桌上重重一蹾。

来嘛，大家可以共沉沦。

后半场战况尤为激烈，众人开始补充装备。

一人手架两把机枪，在射击台片刻不停地疯狂扫射，正好一上一下，不需要看清视野，也不需要仔细瞄准，不断靠频率拼概率。

这兄弟情算是彻底碎了，大家都在争取同归于尽。

教官站在一旁，喜闻乐见，并且鼓励群众继续发挥想象力，开发更多玩法。

在后半场轰轰烈烈堪称无死角的强攻里，所有的遮掩都是徒劳无功。连胜成功地壮烈了。

这场所谓的射击训练，最终用时不到两个小时就圆满结束。众人脱下靶子服，将武器归还原位，前去整队。

负责教官拿着光脑走上前，准备给众人播报成绩。

先期的时候他还会用各种理由给他们增加扣分项，到了后期，发现根本没有必要。他们可以自己达到最终效果。

“最后一名的分数是负六十八分，其次是负六十三分，第三是负五十八分。”教官的视线从光脑上移开，似乎很是敬佩地唏嘘了一句，“都快破我基地纪录了，很厉害嘛，这一届射击手水平相当不错，让我看见了你们年轻人的激情跟热血！”

众人眼皮一跳，心口甚痛。

教官高兴地道：“在这里要鼓励一下我们的方见尘跟连胜同学。不仅在倒数前三里都占据了一席之地，还一个贡献了三百八十一的有效射击，一个贡献了三百一十九的有效射击，远超双方平均水准。虽然他们在防守阶段表现不佳，但是在射击板块起到了良好的带头作用。没有辜负教官对他们的期待，鼓掌！”

教官指着他俩笑道：“另外，冤有头债有主，为难你们的绝对不是我，请认准这两位同学的脸。”

这世上竟有如此厚颜无耻的教官！

方见尘感受到来自四面八方的仇视目光，抬手按住额头，微微挡住自己的脸。

连胜神色隐晦，面带杀气地回视了那些朝她看来的同学。

“对于倒数前三的同学们，我感慨于你们的努力，要给你们一个额外的优待。”教官收起光脑，用大发慈悲的模样道，“负重二十千克，可以获得训练量减半的资格。”

六十八分的惩罚太繁重了，他们肯定是完不成的，加上现在他们肌肉松弛无力，难以支撑。如今已经近晚上八点，明天还会有新的训练，这群抖擞灵劲的小子或许会直接选择休息。

要想让他们乖乖受罚，必须要让他们看见能完成的希望，即便那希望或许很渺茫。

有学生期待地举手问道：“那倒数第四和以后的呢？”

教官无情地说：“负重二十千克，训练量减三分之一。”

众人笑容淡去。太不划算了，这不公平的世界！

一男生举手道：“身为倒数第四的五十五分，我必须要说一句。教官，五十五公里我今晚是跑不完了。”

教官说：“你们的训练是我排的，不一定就是一公里一组。我会根据你们以前的力量测试结果以及本场表现做特别的安排。稍后逐个过来领取任务。”

无论分数是过高还是过低，教官都会通过微调来将局势掌控在自己的计划之内。一切惩罚的解释归教官所有，规则只是噱头，最终的走向，起码一半是他提前安排好的。

他要根据个人的耐力和身体素质的薄弱情况，分配不同的任务。只是扣分过高的，肯定会更加严厉，而那些表现确实优异的，他也实在苛待不了。

今晚这场射击，他的安排是让学生在经历过欲生欲死的挣扎之后，依旧会有一半的人数带上负重参加明天的训练。

倒数第一的连胜掐指一算，六十八公里负重减半，也就是一晚上三十四公里，凭她的速度，她选择睡觉。

连胜举手说道：“报告。我要让您失望了。”

教官顿了一下问道：“你要行使你身为女生的特权吗？”

连胜说：“如果有的话，还是可以用一用的。”

“你的爆发力和腿部肌肉太弱，所以速度提不上来。五十米蛙跳加二十次高抬腿再加五十米冲刺算一组。”教官说，“完成二十五组，今晚就算你过关。”

众人放声叫道：“哇——”

做完十组五百米的冲刺训练之后，又是蛙跳和冲刺。就算只有二十五组，蛙跳也是他们最不喜欢的运动。

爆发力的训练当场或许感受不出来，但是到了第二天就会发现，两条腿是要废了的。

教官加了一句："看你射击表现优异，算作抵减，不用负重。"

方见尘立马举手，咧嘴笑道："教官，我的射击表现更优异啊！"

教官重重点头道："是啊。可是我要保证公平性啊。"

方见尘："对啊，要公平性啊！"

教官说："你是主动申请参加我们射击训练的啊。"

方见尘据理力争："对啊！可是那又怎样？我的表现和我的动机有什么关系？"

"有啊！"教官一脸真诚地道，"你的训练热情很高涨，我不能打击你的。"

方见尘悲痛地号道："教官！"

教官脸一板，忽然厉喝："方见尘！你是要违抗教官的指令吗？"

他生起气来，声如洪钟，铿锵有力。众人都被一吓，不敢再嬉皮笑脸了。

差点忘了，喜怒无常是教官的固定属性。

教官说："告诉大家一声，十点半，按照日程晚上的训练已经算结束了，三楼的训练场会关门。你们可以选择接受惩罚参加明天的任务，或是到二楼跟其余的学生一起补足。

"你们这群人，明天早上五点半，还是这里集合，依旧是做射击训练。"教官看着他们，"干吗这么紧张？还有问题没有？"

有学生举手问："报告！教官，能不能打听一下下面的情况现在怎么样？最后负重的人多吗？"

教官说："还可以。我们会争取将受罚人数锁定在七成左右，底线是保持住这个水平。"

加上他们这里的人，这才是训练的第二天啊，就快全军覆没了。

"毕竟如果数量不达标，我们也是很苦恼的呀。"教官像煞有其事地叹了口气，"我们要打报告，要证明你们确实在此次集训中受益，怎么办？只能从各种数据方面来体现。我们部队接到你们的训练通知，就是今年评选争优的一个要点。大家互相理解理解。"

用他们的怨念去理解，还是用他们几近残疾的肉体去理解？！

方见尘沉痛万分，试探着问道："我想知道，我们明天的训练还是一样的吗？"

"不大一样，我们会扩充一下这边的阵容。"教官看他们似乎很感兴趣，干脆把以后的事情也给他们说了，“明天早上，楼下会继续进行对战与跑步的训练，但是一公里限时四分钟，同时活动时间依旧缩短为三个小时。而在楼下，今天晚上率先完成任务的一百人，也会加入我们的射击训练中来。”

教官抬手比画了一下：“我们会拓展一下我们这边的射击范围，到时候你们绕着外面的边线跑，大概是一千米一圈。绕场圈数也改成五圈。一百人对一百人，你们就都变成队友了。”

连胜想了一下。

五圈受到攻击的次数依旧是五百次，但是攻防两者之间的距离变远了一倍，同时射击手的视野会变得更开阔，相邻射击手之间攻击范围会叠加。这种安排，对射击手的水平要求明显提高，但是对于有水平的狙击手来说，难度反而是降低了。

另外，五百米的冲刺跑与一千米的冲刺跑完全不是一个概念，不仅是对爆发力的考验，同时还有对体力的考验。

说不清楚这规则究竟是变难还是变简单，显而易见的是，新加入的一百人是自由身，而他们明天如果带着负重参加训练，开场就会落于极大的被动。

基地开始分批次分难度地训练学员了。

总之，相对比起来，二楼简直是天堂。

方见尘抬手捂住眼睛。西湖的水，他的泪！

教官说：“明天中午进入到对战训练。我希望大家回去好好准备一下，选出适合自己的机甲。如果没有，等待你们的直属教官到时候给你们安排。

“哦，对了，今天训练完了之后，记得都去医疗点治疗一下，不然明天后遗症可能会很明显。”教官按了下头，想起来说，“好机会只有一次，我会跟你们学院的医生打招呼。名额有限，先到先得哈！”

“抓紧时间，这里十点半关门。”教官拍手道，“分数排名前十的人，可以直接去做跑步训练，一公里对应一分，自己换算。还有连胜，刚刚已经分配给你了。其余人排队过来领取任务！”

学生们按照队形，从第一排依次过去，教官比对着光脑，一个个分配。

赵卓荦等人走出队列，自觉地过去领取负重。

他们的分数和尾段呈现两个极端，只扣了二十几分。如果放在往年，应该能压制在二十以内。但今年有连胜和方见尘在里面捣乱，引起群情激愤，极大地拉高了群众的实力发挥，导致他们遭受无妄之灾。

这次训练的前十名，中午训练的名次也很靠近。事实证明，就算靶子都是固定的，他们依旧毫无畏惧。

这前十名学员作为军校优等生里的佼佼者，没有明显的短板，还有自己的风格跟想法，需要的只是保持，教官不会去强行扭正。跑步就是一件可以锻炼全身的运动，所以教官暂时打发他们过去长跑。

连胜提起裤腿，到旁边选了一条跑道，开始练习蛙跳。

方见尘负手，悠悠地跳到了她旁边。

连胜喘着气，和他打招呼："哟，咋样？"

"不咋样。这里的教官和传言中的一模一样。"方见尘摇头说，"学长说的都是真的。"

连胜："和上一届的训练任务是一样的吗？如果他们都告诉过你了，你还主动来这里受罪？"

方见尘说："训练内容当然是不一样的，没什么传授的必要。我说的是他们的险恶用心，一样一样的，简直令人发指！"

连胜开始做六十米冲刺，然后走回方见尘旁边，跟着他一起慢慢跳。

连胜说："你们学长是怎么说的？你也传授一下，我好类似地跟我的下一届说。"

方见尘看了她一眼，点头："学长准则三，基地的教官就像处于生理期的女生，习惯性地暴躁，而咱们的教官还要再加一个喜怒无常。不要试图解释，也不要试图以理服人。"

连胜沉思片刻，方见尘已经跳远了。他步子更大且速度更快，连胜想要追上，险些绊倒。

随后方见尘也开始高抬腿。

连胜抬起头："你们就是这样看待异性的？不是所有生理期的女生都很暴躁。"

"你说得对。"方见尘说，"有些不在生理期的女生，也很暴躁。"

连胜："比如说我……"

方见尘打断她说："你就是引线，不仅自己狂暴，还能点燃其他人。"

连胜："这一点你也差不多啊，兄弟。"

方见尘："我是被动的。摔炮你知道吗？被丢了才会炸。"

方见尘开始冲刺。

两人再一次在往返中相遇。

连胜："你接着说。"

方见尘于是清了清嗓子："学长准则七，越是看起来好说话的教官，其实越不好对付。他们表面在对你微笑，但是脑海里都是你鬼哭狼嚎的样子。"

"等等，"连胜问，"就没点实际的吗？这都什么呀？"

"主要目的就是吐槽发泄，最后表达一下他们对教官深深的爱以及对学弟的鼓舞期待，和未来的美好展望。不然你还想怎么样？”方见尘说，“集训嘛，熬呗，熬不过就死出来呗。教你躺着熬还是站着熬，有差别吗？不如来碗鸡汤暖暖心，毒毒肺，指不定就过去了。”

连胜没什么想和他说的了，转身跑开。

赵卓荦等人成功地在十点半之前离开了。连胜大腿肌肉无意识地发颤，蛙跳几乎是要了她的老命。五十米冲刺被她冲出了慢跑的姿态，然后一面休息，一面接受惩罚。

晚上十点半，三楼训练场准时关门，教官将他们清出场地。

少数人选择回宿舍休息，还有部分人仅剩一点体力，决定去二楼拼一拼，今晚一次性痛苦完毕，以免明天再受煎熬。

连胜也已经快了，但是最后的这几组她实在是做不完，又很不甘心就此作罢，问道：“我可以先去一趟医务室，再回来继续训练吗？”

教官说：“随便。我不管你们怎么分配时间来完成这个训练，凌晨两点以前，二楼会有教官守夜。你们只要在这之前达成任务目标，都算合格。”

连胜这就放心了，她决定先去放松一下她的肌肉。

她摸着墙，前往联盟大学的医疗点。此时里面灯光是亮着的。

“还好。”连胜感觉希望也在冉冉升起，感动道，“还好你真的没睡。”

他们这边分配的医疗点出乎意料地大。林医生坐在门口，点着头朝里面示意了一下。

一群人就躺在他们这边睡觉，七仰八歪的。他们或卷着裤腿，或光着上身，倒在狭小的病床上，身上布满各式瘀青，担心将上面的膏药沾到被褥上，所以连被子也没盖。

打鼾声此起彼伏，绵延不绝。林医生还没有那个定力可以在这里睡着。

林医生看她站不稳的模样，问道：“你们晚上做的攻防射击训练？”

连胜：“对。”

“不错，能走到这一步。”林医生看着她说，“虽然你体力不行，但起码证明你实力出色。这是第一次的考验，但每一个安排都有他们的目的，你认真参加。”

林医生到后面提出一个箱子，摆到自己的座位旁边，指着说：“直接坐下去吧，裤子晚上换下来直接洗了。手没怎么样吧？”

连胜摆了摆，表示手部完好，直接盘腿坐下。

“你们的训练时间太短了，所有的计划都很仓促，所以对你们来说，他们只能下狠手看造化了。”林医生说，“来的学生很多，但是越早被筛选出来的学生，他们会越用心去培养研究。给你们的训练也是相应特别的。虽然看起来有点凶巴巴的，好像是在故意刁难你们，但这群老兵无疑更有经验。”

“我的惩罚任务还没做完，待会儿过去。”连胜两手抱着自己的小腿，仰头看着他道，“我是最后一个，还真是特别不行。”

林医生：“嗯。他们的难度就放在初期，熬过去到后面反而轻松了。”

连胜扯着那黏糊糊的东西问道：“这个到底是什么？为什么上次训练的时候没有？”

“基地提供的，不用白不用。”林医生两手环胸说，“为什么以前没有？因为这玩意儿贼贵。你休息一下吧，待会儿还过去？我半个小时后叫你。”

他说着转回身，继续开始玩他的光脑。

连胜坐了一会儿，虽然很疲惫，但是实在睡不着。

这液体对肌肉修复力度很大，同时反噬的痛觉也真是不小，一点一点袭向她的神经，而且越来越明显。

连胜抬手抹了把脸，让自己更清醒一点，想和林医生聊聊天。

连胜问：“你觉得，我应该选什么位置的机甲？”

林医生的背影顿了一下，反问道：“你现在是用什么？”

“七星，”连胜说，“狙击型。”

连胜以为他不会回答，毕竟他是一个医生，专业不对口，她也只是随口一问。

结果过了一会儿，林医生忽然开口道：“如果你是说机甲选拔作战的话，你可以打前锋或者重装，我觉得你更合适。”

连胜揉了揉额头：“额……”

林医生回过身，危险地看着她：“怎么？不相信我？那你问我干什么？”

连胜说：“不是，我的教官跟我说，不要选前锋和重装。”

林医生：“管他放屁！”

连胜：你刚刚似乎还在肯定他们。

林医生跷起一条腿，半耷着眼，沉声道：“选前锋！”

连胜郑重地点了点头，表示他说的都对。

整个基地里她最不能惹的就是林医生，起码在集训结束之前，她不能惹，毕竟她还想活着走出这里。

林医生单手抄过旁边的光脑，摆在腿上，慢慢地说道：“其实所谓的机甲，就是一个大型兵器。既然是兵器，它肯定就会有很多的限制。

“其实更准确地说，它应该是一个大型武器库。真正的机甲身上携带着繁复的武器，以用作不同的功能。电磁类的干扰武器、浮游类的侦察武器、抛射类的射击武器，还有各种爆破武器、近身武器，隐藏身形和干扰信号用的警戒武器以及正在不断开发创新的各种新式武器。实际作战中会碰到多少困难，它就要有多少种应对的功能。机甲的造价，相比普通的飞行机和重甲装备，实在是太过高昂。但是它能更充分地应用新式武器，并随时进行组装替换，保证行动速度的同时，保证准确的杀伤力，数次变革中，机甲一直在发展创新。”

他的视线从光脑上移开，看向连胜。连胜直接低头看向自己的脚，拒绝和他视线接触。

林医生冷笑道：“你竟然不知道？你以前不就是做武器研发的吗？”

连胜：“我知道。但是我了解机甲的一部分，不代表我了解全部。”

“总之驾驶机甲不像你们三天里的那么简单。有关于机甲重量和速度对能源消耗、性能的发挥使用都很复杂。驾驶机甲还要考虑诸多的和平条例限制。”林医生说，“即便是交战，除了在野战区，也不能随意使用机甲的高杀伤力武器。应用更广泛的是前锋和重装，它们自身的高强度材料和操作的灵活性能，不仅应用于作战，很多时候也会被征用去做城市建设。”

“城市建设？”连胜说，“哦，你是在为我的未来做考虑吗？”

林医生吐出一口气，又以不屑的眼神瞥了她一眼：“愚钝如此，你给我闭嘴。”

连胜低下头，表示洗耳恭听。

医务室的光线偏亮，林医生的脸色显得很苍白。因为连日熬夜，眼睛下方透出一股青黑色。

一个原本就脾气暴躁的人，又处于失眠的状态……果然，这才是最恐怖的角色。

林医生一边手指划着光脑，一边冷声说道：“我是说，在真正作战的时候，这一类机甲佩带低杀伤力兵器，是可以进入交战城区的作为控制对方武装部队的主要战力。

“很多人以为重装跟前锋就不需要过于强大的射击能力，或者它们本身的笨拙让它们不便于掩护，这简直是无稽之谈。不会远程作战的机甲还不如一辆坦克，只会狂轰滥炸的机甲还不如一架空袭机。相反，它们需要更精确的近程攻击力。在你能保证自己不会误伤的情况下，可以使用杀伤范围小的射击武器。”

林医生说着又开始打量她，不知道她听懂了多少。这货似乎总是在莫名其妙的地方掉线，然后像进入未知领域一样，开始一脸蒙的状态。

连胜盘腿坐得很端正，两手按在自己的膝盖上，看似很乖巧的样子，但是没有一点回应。于是林医生抬脚踹了一下她的箱子。

连胜抬起手，示意自己在听：“我的大脑告诉我，我应该知道你在说什么。请继续。”

林医生：“在我看来，你的近战天分比你的射击天分好多了。我想你自己也是更习惯在前线作战吧。”

这是当然的，连胜做主将会位于队列的中后段，但是一般不会去埋伏点带领弓箭手。

林医生：“而且，并不是射击准度高就适合做狙击手。”

“真正的狙击型机甲并不好驾驶。为了能携带足够的弹药，同时保证移动速度，必须大幅减轻机甲的重量，所以它的防御很弱。也因为移动速度很快，对身体素质的要求尤为苛刻，天分占了很大一部分。机甲手要做到看着高速变转的画面不会眩晕，在不断翻转失重的情况下也不会产生呕吐的感觉，看见远处目标的同时能迅速判断出距离、位置和薄弱点。”

林医生：“尤其是远物的动态视觉能力，这一点不是锻炼可以轻易补足的。你们小团队的那个方见尘，堪比机械的反应分析能力，这其实很大一部分就是天赋。他才是天生的狙击手。”

连胜摸了摸脖子：“其实我还不是他们团队的，不知道他们缺人不。”

林医生：“那你可以发展一下，找准自己的位置，抱抱他们的大腿。”

连胜想了一下。他们四个抱成一团，连胜去抱他们的大腿，百米飞刀又让周师锐去抱她的大腿，那不是撸成串了吗？

林医生：“但是说实话，你的身体素质现在不太好，前两者的条件我不知道你有没有，但是第三点，你没有。你要用多少的努力才能赶上这种天分？而有天分的人还在努力的话，你又怎么能赶得上？如果你真的成了机甲手，你永远不会是最顶尖的那一个，你又愿意站在别人的背后吗？

“相反的，你的超强射击准度可以为近战服务，而且你的近战水平足够优秀。虽然许多技巧在机甲对战上会失效，但是我相信经过训练，你会是一个很好的单兵。”林医生很仔细地和她说了一通，“你自己考虑吧。前锋作战水平高一点，重装要稳健一点。我觉得你的特性偏向于前锋。”

连胜竖起耳朵：“我什么特性？”

林医生认真地道：“让人想打死你的特性。”

连胜非常肯定，这些事情不是联盟大学教科书上会有的，或者说，所有有关于前沿武器技术的内容，学校里都没有。只有在进入军部，进行内部培训的时候才会开始正式介绍。

上大学不需要考察你祖宗数代，可是通过特选要。

“如果你是想学更实用的东西的话，建议你选前锋。如果你想在选拔赛中更容易获胜的话，我还是建议你选前锋。一个队伍里不需要太多的狙击手。”林医生搓着自己的手指道，“不过你现在怎么选都没关系，等你体能上去了，如果真的进了特选，不合适的话，他们会帮你扭正。

“远征军一般是从老兵中提拔，毕竟是前线最精锐的军种。而之所以从军校特选，又开始慎重地多番考察训练提拔，是想把你们作为机甲手进行培训。因为驾驶员必须要有年轻的体魄、强健的骨骼，所以特选生前途无量。”林医生摊手道，“不过选不上也没关系，你们有的是时间可以等。”

“等不起。”连胜说，“我这人心急如火。”

林医生转回了椅子，将光脑放到桌子上，提醒道：“半个小时了，你可以过去训练了。”

连胜才想起自己的惩罚任务还没结束，后知后觉地站起来，出了箱子套上鞋，朝他敬了一个礼，朝着训练室跑去。

因为害怕学生着凉，医务室的暖气开得特别大，一走出来，连胜感受到一股寒意。

此时已经是深夜十一点，连胜去二楼将剩余的惩罚做完。训练场内还有一批也在锻炼的学员正瘫倒在地上，顽强地坚持，想要借休息调整一下状态，再继续奋斗。

教官搬了张椅子坐在场地中间，跷着二郎腿，端着一杯热茶，悠悠地朝上面吹了口气，说道：“不要勉强自己啊，做不到就去休息，明天还要早起呢。人有时候要学会放弃，学会退步，学会正视自己。与其想着怎么避免现在的惩罚，不如好好想一想，怎么摆脱惩罚。所以说，人无远虑，必有近忧。壁虎都知道断尾，知道吗？会放弃的人，才能活得久……”

众人：没见过这么啰唆话痨的教官，像唐僧一样，都被他念叨困了。

教官一面润喉，一面孜孜不倦地教诲，还要用扩音器将自己的声音传遍训练室的每个角落。

终于有学生坚持不住了，眼含着热泪先行离开。

教官指着他点头：“智者。你好我好大家好。你们这一届学生是我带过最烦心的一届。”

连胜选择速战速决，最终在午夜前完成了任务，回到自己的宿舍。

她拿了衣服跟毛巾出去洗澡。热气升腾的时候，她觉得自己可以直接睡着。

基地的训练量跟之前在荒山上的训练量相比，差距太大了。一个是试图调动各专业学生参与的集体活动；一个是追求自己保命，同时拖别人后腿的个人训练。

现在她终于知道报名人数会这么少的原因了。

连胜是盖着浴巾在床上睡着的，第二天早上没听到闹铃的提示音，最后被一位室友给用力晃醒。

那室友看她坐直了，转身出去赶时间。

连胜醒后大惊，用力抹了把脸。

她从来没有睡得这么沉过。以前不管是在多疲惫的情况下，都会保持一定的警觉性，所以失眠才是更多数的情况。可是这次她竟然连放在手边的闹铃也没有听见。

“正常！”赵卓荦往嘴里塞了一颗水煮蛋，用力揉着太阳穴，感觉吃得很是痛苦。他用牛奶让自己强行吞下，才说道：“修复液有助眠的效果，而且医务室里也放了安神的药物，帮助我们深度睡眠，更好地让身体休息。”

方见尘：“所以我们会把光脑集中起来，振动开到最大，轮流垫在一个人的脑袋下面。就算没被叫醒，也会被震醒。”

程泽抚着自己的后脑：“头疼。亲身实验不大建议采用。”

“医务室果然是个魔窟，难怪我进去了就不想出来。”连胜说，“那食堂也有安神的效果吗？”

几人一齐盯住她，仿佛看着智障。

叶步青捧着白粥，淡淡地说道：“食堂有着镇魂的效果。”

他们火速吃过饭，到了三楼。连胜觉得胃撑得慌。

三楼场地已经被重新布置过了，此时里面站了不少人。众人趁着训练还没开始，抓紧时间热身消食。

这一次的两百人里又多了一个女生。连胜倒是有点意外，因为她觉得那女生有点眼熟。

连胜一直往女生那边看，其余人则频频往连胜这边看，场面可谓诡异。

随后教官走进来，他笑得一脸灿烂，抬手跟众人打招呼：“昨天休息得怎么样？过得开心吗？”

连胜忽然露出一副恍然大悟的表情。教官一直在偷偷地关注她，见状问道：“怎么了？”

连胜：“没什么，我只是想起来，原来她也是我的室友之一。”

真的，只有起床的时候瞥过模糊的一眼，其他时候根本看不见。这里的训练节奏太快了。

教官甩了下头：“我先看看，有多少人是昨天最后没有完成任务要接受惩罚的。”

他拿出光脑查看数据，另外一只手擦了下嘴边的残渣。

顺着名单扫了一遍，众人可以清楚地看见他脸上的笑容逐渐消失，然后皱起了眉头。

众人心下一紧，有些忐忑。

果然教官很是不悦："你们是我带过最差的一届。"

众人眼珠乱转，打量旁边的兄弟，和他们用脑电波交流。

"我昨天给你们的任务还不重吗？你们这么坚持干什么？不知道休息的吗？"教官说，"不就是惩罚吗？你们怎么这么执拗呢？这样让我很难做啊。"

他原本的计划是将惩罚率控制在一半左右，结果刚刚一看，还不到百分之三十，说明昨天一大批人为了摆脱负重惩罚，最终熬夜完成了任务。

感人肺腑，可以加罚。

教官心中考量了一遍，然后说道："给你们五分钟的时间热身，然后开始早上的训练。因为是冲刺型的训练，一定要把筋骨拉开。"

众学生大声应"是"，开始自由热身拉筋。

之前向连胜搭讪过一次的男生，小心地朝她靠了过来。

"喂，你好。"男生用很是可惜的表情道，"楼上的训练是不是很辛苦？今天是一公里的冲刺，如果你是跟我一组的话，也许我可以带着你走。"

连胜盯着他的脸回忆了一遍，依旧是莫名的熟悉。她眨了下眼睛，觉得自己最近脑子开始有点不大好使，问道："你是哪位？"

那男生："……"

连胜说："没关系。反正你今天是我的对手，加油。"

"我知道，我听我同学说了今天的训练内容。"男生说，"如果带上负重，对你会非常不利。不过你是女生，虽然看不见脸，身形还比较显眼。放心，我和我朋友打过招呼了。虽然人数不多，起码可以轻松一点。"

连胜："谢谢！"

"没事。"男生开心地笑道，"中午一起吃饭吗？我请客。"

"我说的是，谢谢你的关心。"连胜站直了身体，甩了甩手臂，"其实我没有负重，也不是很需要你们的承让。"

男生大惊道："你没有被罚？"

他知道基地这边的训练是分批次的。连胜会成为最先批的一百人被选出，是因为她诡异而有效的双人对战。但是，所有的训练是混杂的，今天测试单兵作战，第二天就会测试耐力，再之后可能会混杂，又可能会转变。

连胜的近战实力和她的体力、耐力几乎是两个极端了，在昨天针对精英的训练里，她竟然没有被惩罚？！

男生觉得自己肯定是漏问了什么关键的信息。

连胜看着他变幻莫测的脸说："我会争取给你们来个全杀，所以，你自己保重。"

男生退了一步，然后又退了一步，最后有些类似仓皇而逃。

连胜耸肩。

教官在新来的学生那边粗略地讲解着规则。

两个团队里的学生，中间就像隔着楚汉河界，泾渭分明，气氛可谓剑拔弩张。

连胜说：“为什么？昨天不是还很和谐的吗？”

“就算是集训也是会有等级区分的。因为基地会针对不同的人群进行不同的训练，你自己也看见了。”方见尘说，“我们是一批，像他们就是二批，再之后还会有三批，一直摆脱不了惩罚的人就是四批。一起训练的人难免惺惺相惜，而我们，是所有人的对手。”

方见尘说：“没有威胁的时候才讲异性，有威胁的时候不讲人性。你刚才就应该跟那男生撒个娇、卖卖萌，有好处的哦。”

热身时间到，教官一声呼喊，打断了他们的对话。

众人又一次排成两个连队，站在他的面前。

“准备就位！谁先来啊？”教官抖了抖腿，在两队之间巡视一遍，指着连胜这边说，“就一队先来吧，做个示范。穿装备，二队进射击台。一队负重的人过去背包。”

众人去墙边领了武器，再一次穿上靶子装。这一次终于不分名次了，所有人靶子的位置都是固定的。

穿完衣服，一群男生过去提负重背包。上手觉得重量有些不对，喊道：“教官！这负重是二十千克吗？”

“对啊！”教官说，“赶紧就位！”

众人一阵熙攘，叫道：“昨天惩罚的负重不是十千克的吗？”

教官：“昨天你们还是新生啊。”

一男生睁着无辜的大眼：“新生只新一天啊？”

“今天也是。”教官说，“但今天你们是不值得被呵护的残破的新生。”

众人：“……”

教官不耐烦地催促：“赶紧的！”

连胜跟着队友站在起点处准备。

这一次要奔跑的圈子扩大了一倍，也没有昨天那扭曲的红线，需要跑的是有规则可循的波浪形弯道。

和昨天相比，规则简化了很多。或许，对他们而言，最大的惩罚应该是昨天高强度训练的后遗症以及应该带上的负重。

教官一声令下，点的第一个人却是连胜。

连胜立马低头，循着跑道开始冲刺。

射击台的一百人是第一次进行相关的训练，视线中出现第一个人影，立马辨认出是连胜。

“女的！那个女的！拿个开门红！”

他们心下兴奋，抬枪开始对准，等到真正要攻击的时候却没了节奏。

只见她灵活地在外围转向、跳跃，进行着高频率的转接动作，却依旧保持着极快的速度，脚步和节奏丝毫不乱。

他们不好瞄准了，毕竟他们要打的不是人，而是她身上固定位置的靶子。

“她不晕啊？”

“这怎么打？靶子一直在旋转。”

“直接扫射！靠误伤！”

“这边的跑道他们很熟吗？直接这样转？”

随后第二个人出现。

他们重新调整枪头，照着打连胜的节奏去瞄准后面一个人，却发现那人跑起来有如疾风带闪电，两腿大步迈开，一蹿而过，和连胜的风格完全不同。

随后又是第三个、第四个。

连胜的跳跃以及变化节奏导致她体力大幅度耗费，跑到后半场就连不上之前的速度了，冲刺一公里的后半段，被后面的男生屡次追上。但也正是这样，他们反而给她挡了不少次的视线。

一轮完毕，众人更换场地。

二队奔赴准备地点，一队众人摩拳擦掌，过去抬起武器。

连胜抱着枪，回忆了一下刚才的中击率。对方的射击成绩似乎有点惨淡，一百个射击者，一公里的路程，连胜红灯才闪了四次。

后半场速度她慢下来了，水准发挥较昨天差了不少，但是结果竟然还不到昨天一半的扣分项。

同队其他人也察觉出来了。

一男生乐道：“不要放水啊，我们的狙击手！给他们一点颜色看看！”

不管是连胜还是方见尘，终于都是自己这一边的了。

方见尘擦了擦裤子：“哥要给他们来个保底。”

二队学生听见，嗤笑道：“光说大话，打完再说吧。”

“第一次来，不适应怎么了？刚刚上手而已。”

“都很有朝气嘛。”教官很满意，“准备跑！你！”

不知道为什么，一队众人有一种在高处欺负人的感觉，莫名地爽。

虽然距离变远了，但射击范围也变广了一倍。对于连胜和方见尘来说，十米跟二十米是没有区别的，都在他们的肉眼可捕捉范围内，但是射击范围变广，意味着射击率得到了保障。而先期一批选拔出来的人，射击成绩确实比较优秀。

开场打趣一番之后，众人进入了修罗状态，手指不断扣动扳机，带着杀气，有条不紊地射击。

在飞速奔跑的二队众人很快发觉不对劲，身上红灯频频闪现，这情况实在太诡异了。他们心下开始发慌，脚步也有些错乱。不熟悉这边的场地，好几次踩到了红线，尤其是在靠近终点的时候，状况百出。

跑完一圈，他们就知道要糟。

教官站在旁边，并没有说话，依旧带着浅笑，时不时抬起光脑加个备注。

等所有人跑完之后，按照惯例宣布换位。完整的攻防交换一轮次之后，墙上开始出现成绩。

一队这边，负重的几名男生，普遍中击率在十左右，其他人从三到十之间浮动不等。

二队那边被扣的分数就相当惨烈了，几乎是一队的两倍不止，他们之中可没人有负重状态。

而在有效射击率里，方见尘明晃晃的九十八，连胜是九十，实在是太过惹眼。

“哪两条漏网之鱼？”方见尘遗憾道，“一定是系统出错了！我的全杀！”

昨天他的开场射击率是 68%，今天直接飙升至 98%，他还不满足吗？

二队众人则是被深深地震撼了。

他们知道双方或许有差距，但他们一直认为其中有运气和状态的原因，毕竟连胜这样偏科严重的人也上来了，他们身为第二批次的选手，总是有些可取之处。

眼前的事实却如此清晰地告诉他们，不，不是这样的。

差距……有这么大的吗？

教官也发现了，这一届拔尖的选手似乎不少。

不管在哪一行业，大概都有这么尴尬的规律。总会有那么几年，莫名之间，青黄不接。所以也会有那么几年，人才都聚集到一起，竞争尤为激烈。

看来今年就是这样的。

一队、二队各有一个女生。

连胜那近乎变态的射击率，导致出现了跟昨天晚上一样的结果。

没有什么怜香惜玉，一队众口一致地喊道：“集火那个会扭秧歌的女生！”

连胜：有一句话想说……

二队的那位女生是无辜的，但是依旧走上了和连胜一样的道路。

“打那个女生！好打好打！”

“我的天哪，打连胜打出习惯了怎么办？我以后怎么办？”

“这样是不是不好？”

“是有点不好，打完再忏悔吧。”

“你说得对！”

连胜和她的室友很无语。

随着训练的进行，场内开始变得安静下来，只剩下脚步踩在地板上的踢踏声和学生不断沉重的呼吸声。

一千米的冲刺，比五百米的冲刺难太多了。by 连胜。

一队的狙击手，太变态了。by 二队。

我们终于要凭自己的本事实现终身单身了。by 全体同胞。

三股怨念萦绕在训练场的上空，教官已经深深地感受到了。

五轮次，每人五公里的冲刺训练很快结束。

众人看向墙面上的成绩。

二队几乎被一队的人打击到了自尊心，他们的队伍除了拔尖的几人，其余人几乎跟不上节奏，和对方负重的学生成绩不相上下。

不能忍受！

都是一群争强好胜的人，看见这结果，无论如何也笑不出来。他们不明白，自己已经这么努力了，那么是从哪里被拉开的差距？他们还要怎么办？

教官说：“有些时候吧，你们可能会觉得人与人之间没有什么大的差距，觉得他好就是运气，就是我没有认真，就是我还在放水。放着放着就发现，其实自己已经拧紧了，忘了自己真实的水准。

“不到极限的时候，确实感受不到什么大的差距。可是战场是什么地方呢？就是你不做到自己的极限，你就可能活不下去的地方。”教官说，“数据是很直观的，你们要认清自己的实力，看见自己的位置，你们才能往前进。”

他在两队之间走了一圈，站在二队的前面，和他们说道：“我可以告诉你们，你们和一队之间最大的差距是什么，是射击。”

教官：“双方之间的身体素质、速度、体力和躲避意识，其实不至于让你们拉出两倍以上的差距。多出的一部分是什么？是对方的狙击水平。

“不要忽略你们的射击水平，不要以为自己主攻的不是狙击就可以放松这一块。在真正操作机甲的时候，它非常重要。无论你担任什么位置，都不能放弃抛投类的武器。”教官说，“不要忽略你们身上任何一块的短板，现在能明白这点，那都是幸运。因为最后能起决定性作用的，就是你们的短板。”

教官转身，抬手一指，说道：“不用觉得有什么不好承认的，你们看看连胜！她就很清楚自己的不足。这不足不是一时半会儿可以改进的，所以她一直努力地在掩盖自己的不足，同时，遵循训练，不断努力。”

众人扭过头看向她。

教官：“昨天，她也是最后一名，她扣了六十八分，但是她最终却没有背上负重，坚持完成了惩罚。”

众人惊讶地一阵抽气。教官故意没说他开了后门。

“报告。”连胜举手道，“我否认您的‘也’字。”

连胜后期速度跟不上，最后还是沦落到了尾巴，但是却没有再次勇夺倒数第一，她很欣慰。

方见尘这次没有陪着她吊车尾，他把自己夹在了中间的水准。

“哦，抱歉。”教官说，“但你在我心里，体能是永远的最后一名。”

连胜：“……”

“总之！你们反思一下自我！”教官对着他们喊道，“回去以后好好钻研一下射击训练，我们这里时间有限，没办法给你们做大幅度提升。现在，按照规矩，所有人依次过来找我领取任务。”

教官回头喊道：“连胜，方见尘，你们的训练内容和昨天晚上一样！排名前二十的人老规矩，继续跑步，一公里一分。”

连胜和方见尘：“……”

昨天，她扣了六十八分。但是今天，她只扣了三十七分，而方见尘也才扣了二十九分。

众人认命地过去选位，接受惩罚。

教官抬手一指：“提早完成任务的人，四楼传感室集合。你们懂的。”

此时还不到七点，这意味着先批的学生，今天早上就可以接受机甲操作的指点。

实在是……太叫人嫉妒了。

第四十二章

向上的青春

连胜到一旁选好跑道，深吸一口气，继续做她的蛙跳、高抬腿和冲刺。

场内人数比昨天多了一倍，也热闹了不少。部分人因为设备有限的原因，被无情地赶去二楼。其余人分散开，根据要求，做针对身体各部分的强化训练。

这一次训练的内容比之昨天要更加多样化。

赵卓荦等领先学员背着二十千克的负重，在旁边一圈接一圈地奔跑。一批罚跑的学生跟在后面，试图跟紧他们的脚步，最终被无情地甩开。

场地中间的射击台降了下去，清空后改装成简单的布局，不少二队的人正在那里做俯卧撑或引体向上。

二队的狙击成绩在对比下普遍较弱，教官认为是他们手臂力量不够的缘故，所以给他们分配的多是手部训练。

之前冲刺的时候，他们消耗的是腿部肌肉力量，这时候进行手臂锻炼，对他们并没有太大压力。他们一面铆足劲拉伸，一面讨论之前的比赛。

竞争似乎充斥在每一个角落，真是争分夺秒，不敢浪费。

众人受罚的气势高涨，一派热火朝天。

当然，这和连胜都没有关系。她依旧以软绵无力的姿态，在外围悠悠地跳跃，脑海里精准地计算着时间和体力，让肉体一步步跟上。

教官每次扫过去看见，都想踢她一脚。

其实，保持热情才应该是正常状态。他之前说了楼上会有传感训练，是故意说得语焉不详，让学生误会。都是从年轻时走过来的，他当然知道机甲对他们的诱惑。一是源于神秘，二是源于力量。那是他们曾经废寝忘食也想去一窥究竟的东西。

然而，这边虽然是重要军事基地，也有许多远征军的预备队员，但没有能给学生摸的机甲，他们只是准备基于自己平时的训练，尽可能地点拨一下他们而已。

但现实如何，并不影响这群不明真相的青年。

看看这群小年轻，多好的表现！再看看连胜，多糟糕的斗志！

自己二十岁的时候是这样的吗？不知道冲动和愚蠢是年轻人的特权吗？

连胜跳了一会儿，重新坐到地上休息。她的一组训练耗时很短，所以并不紧迫。

赵卓荦的罚跑任务顺利完成，过去刷了下卡，和教官打了报告，准备往四楼去。

随着他的动作，房间内诡异地安静下来。众人以各式复杂的目光盯住了他，想亲眼看着第一位勇士从这试炼场走出去。

赵卓荦抬手揉了把额前的短发，转向到连胜旁边，停了下来，弯下身小声地道："不要再拖延了，最好快点把这边的任务做完，到楼上去。"

连胜抬起头。

赵卓荦解释说："训练会慢慢分出批次，我想你也知道了。一味地提高训练难度，对先批成员来说没有什么大意义，教官们会不断改变训练内容。"

赵卓荦："之前的跑步对战交替训练，是两轮次选出了一百人。这一次的攻防射击训练，也已经两轮次了。

"最先是耐力和对战力的多项考察，再是爆发力和射击水准的多项考察。他刚才说了四楼是传感训练，我想，之后应该会是身体素质的单项考核，再慢慢区分学生。"赵卓荦摸了下耳后，"早上已经是射击训练的第二轮次了。二楼还有之前的学生，应该会慢慢顶到楼上来。我们现在是绕全场跑的状态，就人数来说已经到了该训练设计的极限，所以他们肯定会再分出一批次的人，只是不知道具体的人数是多少。告诉方见尘，让他也赶紧跟上，不要落队。"

连胜点头。

虽然教官说了完成训练的人去四楼，可是如果完成的人太多，上面一句"人员已满"把你打回来那就好笑了。

旁边的学生很努力地想偷听两句，毕竟这是来自胜利者的指导。然而距离太远，没能听清。

教官在远处眯着一只眼睛道："训练完毕的同学赶紧上去啊，不要在这里干扰其他学生的热情。不然要留下来再加一组训练吗？"

赵卓荦将外套往上一提，跟她点了下头，小跑着走出训练场。

连胜两手捶着自己的大腿，目送他离开。

方见尘面色狰狞地朝连胜这边跳过来，围着她将本组剩下的米数跳完，两膝下沉，直接跪地，问道："他跟你说了什么？"

连胜说："让我们抓紧训练，他在上面等你。"

"他竟然不来跟我告别，而是来跟你。"方见尘沉痛道，"见色忘义！"

“谁让你带不动啊。”连胜指着门口说，“你看，你几位兄弟都要离开，只有你会继续留在这里。”

方见尘:“……”

叶步青脱了外套扛在肩上，也差不多完成惩罚，准备前往四楼。见他们看过来，抬手打了声招呼，朝上一指示意，颔首轻笑。

“啊——”方见尘在地上打滚，“这个世界就是残酷！”

连胜对了下时间，目前还符合自己的计划，应该不会出现意外。但是既然赵卓荦这么说了，还是早点完工，以免出现意外。

她不是非常喜欢这场披着射击训练外皮的冲刺训练。

不知道是修复液的作用，还是最近极限式的训练出了奇效，练得越久，连胜越能感受到自己肌肉强度的提升。原本应该放弃倒下的地方，现在能一而再、再而三地压榨出力量。不走到濒临极限的一步，真的发现不了。

时间一分一秒过去，教官没有对他们做出任何的催促，只是放任学生们自己分配时间和任务。他不停地在场中巡逻，纠正学生逐渐变形的动作，同时回答一下他们的问题。有人找他聊天，他也很乐意地陪他们聊天。

这位教官看起来和善可亲，有求必应。二队众人很快就被他的温柔感动了。

场内人渐渐少去，越来越多的学生选择坐下来休息。然而一旦开始休息，就会丧失斗志，后半场的气氛，显然有些过于平静。

连胜目不斜视，咬牙重新拉伸一下自己的筋骨。在不断的蛙跳之中，她深刻认识到了青蛙的不容易，也终于明白青蛙为什么会有两条这么健壮的后腿。

她不敢强行跳跃。昨天林医生警告过，蛙跳是一种剧烈的下肢运动，对腿部训练效果显著，但是如果过量的话，也会造成身体损伤，容易引起膝关节的软骨板骨折。

连胜等那股劲头过去，重新蹲好，开始蛙跳。

教官闲得没事了，就守在她旁边，盯着她搞事道:“这次不算啊，重新来。”

“这叫蛙跳啊？你这叫青蛙扑水。看看你这姿势，什么玩意儿？”教官嫌弃道，“表演什么呢？扑通扑通跳下水？高度给我出来！远度也给我出来！力量给我出来！我没让你做原地蛙跳啊。”

教官站在她的身后，鉴于她是女生，没有上腿去踹，但嘴上丝毫不客气:“身体前倾，两手负后，先摆出准备姿势，两腿用力蹬伸，给我跳！”

连胜往前蹿出一段，然后停住了。

教官跟在她后面，指挥着她一步步训练。旁边的学生纷纷看向他们，眼神里说不清是羡慕还是嫉妒。

虽然教官的语气里无不带着嘲讽和揶揄，但是他一直在关注连胜，无疑是很看好她的。而连胜确实也是所有学生里最有潜力的一位女性，尤其是以她的体力竟能坚持到现在，甚至跟上了最先批的部队，不得不让人敬佩。

他们收回视线，低头看了一眼自己的胸牌。

差得好远，为什么还有那么多的训练？来基地的第三天，想到自己将来的生活，闪现的第一个念头，已经不是我可以，而是我能做到吗？所谓实力，只能在这样痛苦的消磨中被激发出来吗？

连胜在教官的叫嚷下跳完一段。

教官摘下帽子，在手里转着玩，又是一副嫌弃的表情，说道："停了。先休息一下。你这样的距离，一次还跳不完五十米哦。自己看着办啊，你的胜利就在不远处。"

连胜的二十五组已经快完成了，频繁的训练也几乎达到了她的极限。这一次她没有中途去医务室治疗，而是靠着自己的潜力完成，所以到最后，体力实在支撑不住，只能磨洋工一样地磨着最后的几组。

教官看了一眼时间，觉得她应该没有问题，便放心地走开了。

中午十一点半，早上的训练正式宣告结束，有一半多的人还在痛苦挣扎。

"准备去吃饭，不要再训练了！"教官拍了拍手说，"中午的射击训练继续，还是照旧，规则小幅度调整，到时候听我指挥。已经完成训练的学生，我尤其点名一个人，对，就是你，连胜。占着茅坑不拉屎，我让你上去你还蹲在这里占地方，下午滚楼上蹲去！"

两腿发软正站不起来的连胜："……"

教官说："我再重复一遍。十一点半前打卡完成任务的人，中午可以去楼上报到，其余人中午依旧在这里集合。"

众学生知道自己被踢出了先批部队，有些急眼。一人举手道："教官，我马上就好了！求你再给我十分钟！"

"十分钟个屁！叫你们去吃饭听懂了吗？"教官顿时大怒，朝着他们吼道，"急什么急？教官这边都有安排。你们只要服从命令听指挥！教官不接受反驳知道吗？"

他大手一挥："都吃饭去！"

连胜从地上爬起来，准备朝食堂摸去。

方见尘在完成训练后也留在了原地。他主要是害怕相同的事故再次发生，想等赵卓荦等人回来，给他通报情况再过去。

于是两人正好搭伴，以食堂为目标进发。

他们吭哧吭哧地到了地方，环顾一周，却没有看见赵卓荦等人的身影，甚至没有看见任何一位先批学生的身影。

连胜和方见尘都有些惊讶，但是没有多追究。二人过去窗口端了饭，选了位置坐好，表演新一轮的狼吞虎咽。

吃过午饭之后，连胜试图站起来，后遗症开始显现。她觉得自己腿部每一个细胞都在叫嚣，肯定无法支持她下午的训练。她放下餐盘，和方见尘知会一声，又往圣地医务室而去。

在医务室那里坐了半个小时，她决定回宿舍小睡一会儿。

这一次，连胜终于在清醒的情况下，在宿舍看见了自己的几位室友。

她有三位室友。

一个女生已经回家了，她无法想象后面还会有更艰苦的训练。早上的时候，她将床铺整理完毕，然后拎包离开了基地。

连胜觉得有点遗憾。那个女生第一天跑过了六个小时，最后却还是因为六个小时的恐惧停在了原地。她遇到了最糟糕的情况，这情况让她失去了对未来的希望。

第二位是早上和她一起训练的女生。那女生看见她进来，只是抬头扫了一眼，又重新低下头去，没有说话。她正坐在床边擦药。

最后一位，就是早上叫醒她的那个姑娘，也是之前跑步痛哭投诉的那一位。她正在努力地脱袜子，她的袜子粘在了自己的脚上。

连胜坐到床铺边缘，看着她一点点动作，问道："早上怎么样？很累吧？"

"嗯，早上最累了，要跑六个小时呢。"女士抬起头笑道，"不过我今天拿到了三个胜场，还泡到了修复液。我们校医满心欣慰，说总算是给我用上了。"

那女生脱下了一只袜子，丢到旁边，单脚小心地踩在鞋面上，开始脱另外一只袜子。

因为长时间的奔跑，她脚底被磨破了皮，时间一长，伤口和袜子粘在一起，要脱下来，得带下来一层刚结好的皮。

连胜自己也是经历过的，但是看别人撕就觉得特别疼，于是在旁边主动地抽气。

"你别这样！"女生停下手里的动作说，"你这样我下不了手！"

连胜干脆扭过头不去看："你继续，继续。"

女生问："你呢？在三楼怎么样？"

旁边擦药的女生插嘴道："她已经上四楼了。"

"这么快！"女生震惊，看着她羡慕道，"真好啊，这么快就要上四楼了。你真是好厉害啊。"

连胜说："你比较厉害。像我，负重跑不了六小时。其实后面的比较简单。"

擦药的女生没有说话，意味深长地看了她一眼，放好药膏转身躺下。

女生看了一眼旁边空出来的床铺，苦笑道："你不用安慰我了。"

宿舍里面四个人，只有她一个人还留在原地。

连胜和另外一位室友的存在，让她不能再给自己找借口是训练计划不合理。毕竟她们都上去了，证明只是自己还不够优秀。

仿佛每个人都有各自的轨道，她们根本不是前往一个地方的。

这时候走了一个人，她顿时有些慌神，也会怀疑自己是不是太过自信，是不是也应该及时醒悟，趁早脱身？

"我真的合适吗？"女生有些迷惘道，"我就是拖大家的后腿，就算参加了机甲选拔赛，也肯定活不久，决赛就更不用说了。"

连胜问："那你为什么要报名参加这个？"

"为什么？"女生沉吟片刻，成功扯下了自己的袜子。她两脚踩到旁边的脸盆边缘，小心地用水冲洗。她说，"为了证明自己，为了让别人不会瞧不起我们。"

女生抬起头说："我们军校女生很少，我不是自吹，我在她们里面算是不错的。我觉得我是特别的，我想让她们明白我可以做得更好。我想说这里不是男人的世界，这里不可怕。"

连胜问："那你做到了吗？"

"当然没有。"女生说完自嘲地笑了一下，以掩饰自己的尴尬，而后又耸肩表示自己的不在意，"我也只是冲动而已。我确实证明了我的实力，半吊子嘛。"

她想证明这里不可怕，可是现在却发现这里的确很可怕。眼前是一堵堵翻越不了的高墙，从一开始，她就被落在起点。

差距，她看见了踮着脚也弥补不了的差距。

"没有做到，那就继续去做啊。连一点结果都没有看见，你就开始迷惘了吗？可还远没有到你应该迷惘的时候。"连胜说，"冲动没什么不好的。凭着一腔热血莽撞去冲动，不是每个人都会有的经历，这段经历未必能带给你什么，但是，它永远都富有价值。"

连胜摆正枕头，也准备躺下小憩，她用手枕着后脑勺，说道："能做的事情，想做的事情，该做的事情，这三种是不一样的，可是它们会交叉在一起。等你继续长大，学会分析利弊，慢慢变得狡猾，变得聪明，你就会困惑，你就会踯躅，能做的事情你会错过，想做的事情你也会错过。如果没有这股冲动，你只会按部就班地去做自己该做的事情。所以这股冲动，就是年轻啊。"

连胜偏过头问："有人会觉得，年轻不好吗？"

连胜就时常在想自己年轻的时候做过什么，自己现在又能做什么。

她喜欢那个曾经会意气风发地说着大话、无畏而又无知的过去，多少被岁月磨出油滑和尖酸的人，曾经也有这样壮志凌云的青春啊。

“你……”女生听着她的话愣了愣，而后一直看着她道，“我觉得你好成熟啊。”

连胜抬了下下巴，说道：“怎么？有什么不对吗？如果你放弃了这一次，你还会有再次冲动的勇气吗？”

女生摇了摇头：“你说得对，我才刚开始，根本不需要疑惑。会痛苦是因为我还能进步，我也觉得这两天我在不停地进步。而且我不是最差的那个人，我后面的人都没放弃，我也不会放弃。”

连胜笑道：“这不就挺好的吗？”

那女生抬起脚，脚上褪去了一大块皮。她伸手小心地摸了一下。

如果坚持住，以后也保持这样的训练强度，再过一段时间，就会磨出茧子，不至于这么容易破皮。如果能坚持住。

她给自己上了药，轻手轻脚地躺下。

下午两点开始训练。

几人提前十五分钟起床，用冷水泼了把脸，让自己清醒，而后前往各自的训练场。

赵卓荦等人已经在里面训练。连胜推开门，就看见他们大汗淋漓地在一旁爬高架。

那是用简易的几根铁棍堆砌起来的无规则架子，四米多高，长度不明。

这一次的训练场有些特别，墙体四面似乎是平面播放屏幕，而学生身上穿着厚重的衣服。不知道是在做什么，每个人的动作都显得很笨拙。

总之，这绝对不是连胜想象中的画面。

“什么情况？”连胜走过去问，“不应该是做机甲训练吗？不是传感训练吗？”

赵卓荦正爬到一半，听见声音低头看了她一眼，一脸悲催地摇头，然后两手一松，从上面掉了下来。

连胜问：“饭吃了吗？”

“吃了。”赵卓荦缓了两口气，才说道，“我们是一点就开始训练的。”

连胜：“……”

教官忽然出现在她身后，冷哼着说道：“一听就知道，是早上投机取巧没来的学生对吧？”

连胜转身，见是联盟大学的带队教官，惊道：“咦？教官？你是这边的负责人？”

连胜越过他往另外一面看去，发现训练场内还站着四五个教官。

教官板起脸说：“去换衣服！”

赵卓荦拍了拍手，已经重新抓住上面的铁杆开始攀爬。

连胜边走边回头查看。连赵卓荦都成了这鬼样子，看来似乎不是非常美妙。

连胜缓步走到另外一侧领取装备。

一位脸熟但记不清楚姓名的教官负责发放，他坐在桌子的后面，问道：“选什么类型的机甲？你们教官给过你建议没有？”

连胜想了想，说道：“我要选破军。”

那教官闻言，扯起嘴角笑了一下，手指在旁边光脑上一划，又问道：“前锋啊？可以啊。衣服型号大小多少？我给你选了小号行吧？”

连胜点头。

教官转身，从地上抽出一套衣服，两手小心地摆到桌上，示意她自领。

连胜拎起衣服。上手后微微一惊，又捧在手里验证了一遍。它竟然有六七斤重，看细节处的设计也很复杂。连胜捏了捏，觉得布料里面应该埋着不少的电线和电磁。

这一件衣服，跟传感器里的装备有一些相似，连胜猜想功能应该也差不多。

她用了五分钟才穿好这套衣服。旁边有使用说明，她照着顺序再检查一遍，确保各个需要扣紧的地方都到位了，才安心地活动手脚。

穿上衣服，或许应该说是一套没见过的传感器，手脚都有些诡异的感觉，仿佛不是自己的四肢。关节处变得很笨拙。每一次迈步，都有一股作用力在阻止她。幅度越大的动作，那股力也越大。

她试着做了个高抬腿，但是抬到一半，硬生生被卡住了。连胜放下腿，又被身上一股莫名下压的力道影响，险些摔倒。

不远处的教官朝她靠近，抱胸笑道：“怎么样？”

连胜握着自己的手心，这感觉太新奇了，问道：“这是什么情况？”

那教官抬手指去：“看前面！”

连胜往前看去，墙面上出现了一台红色的机甲，正和她做着相同的动作。连胜低头，它也低头，两只手在猥琐地做着揉捏的姿势。

她迅速停下手，摆到两侧。

“你们要学会适应。真正驾驶机甲的时候不会像三天里面那么灵活。机甲质量越大，对你们体能的要求越高。我想你已经感受到那股反抗的力了。”教官说，“动起来觉得很不习惯吧？多数人以为用传感器，机甲操作就会和真人一样变得很灵活。错了，如果你不熟悉机甲各个关节的话，你会变得和机甲一样很笨拙。”

是很笨拙。她想将手往下按，可对面屏幕中的手已经放在两侧，那是因为机甲结构和人体不同，她自己的手依旧没有碰到自己的大腿。这种微妙的距离感，叫人太难受了。

教官开始接待第二位过来领装备的学生，没空跟她多解释，催促道："快点过去吧，习惯就好了。哦，对，你们没有机会习惯，但熟悉熟悉也是可以的。"

连胜迈开她的腿，小跑着调整姿势，朝自己教官那边跑去。

"等等！"

教官喊停她，负手绕着她走了一圈，说道："连胜？"

"报告。是的，教官。"连胜转了个圈，"我换身衣服您就认不出来了吗？"

教官看了一眼面前的屏幕，又看了一眼她肥肿了一圈的身材，皱眉道："你选的什么？你选前锋？"

连胜点头："我选的是破军，的确是想打前锋。"

"我之前跟你说过，除了前锋和重装你都可以选！"教官的脸色有些不善，道，"你是在故意跟我唱反调吗？教官这么关心你，哪里的服务让你不满意了？就算不满意，也不应该拿自己的前途开玩笑。"

连胜说："你想多了，教官。这是别人给我的建议。"

教官说："那是谁？谁跟我唱反调？隔壁刘教官？你听他放屁！他就是胡言乱语！"

旁边分发装备的刘教官顿时跳起来，喊道："你才放屁！我灭了你信不信？"

教官说："她是我的学生我了解！你见过几面啊，你就肤浅地见过她的脸！"

刘教官接到横空掉落的一口黑锅，气到叉腰："哎哟……哎哟喂！你可有本事！有本事待会儿过来练练，别求饶！"

连胜对他给予深深的同情，坦诚地说道："报告教官，这是我们校医给我的建议。"

"什么？！"教官觉得这回答还不如把锅扣给那姓刘的倒霉蛋，他挖了挖耳朵，重复了一遍道，"你听一个医务室的医生教你选机甲，而放弃了一位专业教官的意见？！你听他放屁！"

连胜耸肩："我可以将你这话转告给他。但是，他不是一般人。"

教官像看智障一样地看着她。

连胜凑近了一点，问道："你知道他是谁吗？"

教官被她这样问，忽然觉得有诈，抛块砖都有可能砸到关系户，谁还没点背景？他咳了一声，收了脾气问："那他是谁？"

连胜："医生。"

教官反应了许久才说："他又不是我们基地里的医生，我怕什么？"

连胜："可他是我们学校的医生。"

教官硬气起来："那他也不应该多管闲事！"

连胜斜睨他一眼，说道：“我先过去训练了。”

教官也没有硬逼着她换回去，随便她怎么玩，闻言挥了挥手，提醒道：“看着屏幕去爬，适应一下机甲驾驶中真实的重心。最重要的是忘记你的习惯，重新适应你的身体。”

连胜点头。

她有点明白。像刚才的高抬腿，她本来可以做到，但是机甲的关节限制做不到，所以她的动作卡在了一半。因为传感器的操作方法，机甲跟人物必须保持一致，这意味着，机甲在外部受到影响时，会反作用于驾驶员。机甲和驾驶员是一体的。

机甲的重心和人本身的重心当然不一样，视野跟距离也不一样，操作机甲最难的地方就在于如何消除这些习惯性的动作。

连胜挠了挠头走过去，正看见赵卓荦不知道第几次从上面摔下来，还好下面垫着一层厚重的缓冲气垫，没什么大的影响。

连胜好奇地问道：“怎么样？”

赵卓荦不敢躺在下面，怕上面有人砸下来，就地滚了两圈，滚到安全区域，躺着说：“太累了，比负重二十千克还累。不，比四十千克还累。”

连胜：“那不是背了半个方见尘？”

方见尘这种时候耳朵尖了，吊在上面的一根铁杆子上，喊道：“什么半个？！半个多了好吗？我还没到八十公斤呢！”

有肌肉的男生八十公斤根本不显胖，何况方见尘人高马大的，就算不到八十，误差也大不到哪里去。

连胜决定不理他，继续问：“有什么诀窍没有？”

赵卓荦说：“保持平衡，慢慢动。不要急于求成，也不要以为自己身轻如燕。”

连胜勒了勒裤腰带，转身上场。

她走上前，看着前面的屏幕。屏幕里有一台暗红色的破军。

连胜起跳，抓住了上方的铁杆。还没做出下一个动作，立马感受到了不对劲。如果说她原本是一块海绵，可以随风飘荡的那种，那么现在就是被注了水，有股力道在不住地拖着她往下沉。

连胜知道不能继续这样吊着，左腿往旁边的杆子上借力一蹬，想要翻身上去。她撑起手臂，左腿也绕过了横杆，下意识地想用左腿钩住铁杆稳定身形，却怎么也伸不过去。随后左半身轻飘飘的，而右半身又开始像注铅一样，变得尤为沉重。

连胜几次试图调整重心，但是因为机甲体积大，重量重，重心左右移动，难以把握，终于手一滑，摔了下去。

连胜小跑着退回到安全区域，仰头看向前方的铁架。

看来这一套传感器会真实传递机甲的情况，所以当重心发生偏移的时候，也会有一股额外的力量加在身体的局部位置，的确比负重还难。

都说真实的机甲操作和三夭是有很大区别的，还真不是说说而已。

众人摔爬的节奏持续了一整个下午，依旧没什么突破性的进展。这是一项就算大脑知道应该要怎样去做，肉体也难以跟上的训练。

对重心和平衡的把握，已经是他们直觉般的存在。没有人会去思考自己要怎样走路才不会摔跤，也没有人会去思考自己要用什么样的姿势攀爬，才能让自身的体重不会对骨骼造成太大的压力。而现在驾驶机甲却要。

他们现在，需要像一个刚学步的婴儿一样，重新掌握行走的诀窍。

连胜终于确定了，她肩膀上轻微的压力差距不是错觉，而是事实。

传感器要将机甲此时所处的状态、四肢背负的力道传递给驾驶员，但是如果太过明显，反而会成为他们的负累，所以在平衡状态下，这股力道并不明显。但是在即将坠落或摔倒的边缘，它就会不断加大，以保持机甲和驾驶员动作的一致。这就是为什么他们在吊住的时候，身体感觉比负重四十千克还要疲惫。

先不说技术，传感器长时间加重他们的负累，对他们的体力已经造成了莫大的压迫。

整个训练场内都是沉闷的撞击声。

众人爬到一半摔下来，摔完了再继续爬，仿佛永无止境，然后开始怀疑人生。

赵卓荦跪在旁边——这是他现在最舒服的姿势——而后仰头看着前方。

他不断地比对屏幕里机甲的身影与真人攀爬时的动作，反复研究。

学生攀爬的时候，动作显得很卡顿，四肢伸展不开，总是做到一半就被卡住了。卡住之后四肢变得无处安放，承受着传感器的压迫，支撑不住，才会一遍又一遍地摔下来。

可是又能怎么办呢？要怎么才能避免？

连胜仰面躺在地上，也不再蛮干，开始回忆之前的训练场景，并试图让大脑重复确认机甲和真人之间的细微视野差距。

她躺在柔软的缓冲垫上，思绪逐渐变沉。身体放松，轻轻往下塌陷，仿佛整个人被浸在了水里，疲惫感不断地翻涌包裹住了她，同时脑海中冒出千丝万缕别的想法。

她知道自己要睡着了。

教官在远处看她一动不动，喊了两声，也没有回应，于是三两步走到她旁边踢了一脚，喊道：“怎么的？这就睡着了？你以为这是哪儿呢，兄弟？是不是还得给你来床被子？”

“我醒着呢。”连胜睁开眼睛问，“教官，能让人休息一下吗？”

教官冷笑道：“还休息？你练完了吗？你爬到哪里了？”

连胜坐起来，比了下距离，摇头道：“一言难尽。”

她摔下来几次，有的是因为手臂力量不够，实在支撑不住；有的是因为没有预算好距离，导致一脚直接踩空；或是想投机取巧用脚尖去借力铁杆，然而机器的脚板不像人类的那么柔软，它们也没有可以柔韧弯曲的筋骨，反而带着整个人跌了下去。

这个铁架子，越到里处搭建的间隙越大，可以借力调整的地方也变得越少。她最远只走到一半的地方，手臂已经支撑不住掉下来了。

连胜重新起来，开始新一轮的尝试。

教官坐在旁边，跷起自己的长毛腿，跟身侧的兄弟笑道：“给他们一个架子可以玩两天了。哎呀，真好，我就喜欢笨笨的学生，我们也可以轻松一点。”

旁边的兄弟说：“你说人家笨，他们就是曾经的你啊。”

教官哼道：“世界上有一种人叫人生赢家。比如刚上手，三个小时就可以爬完整个架子的人！”

教官故意说得很大声，让前方的学生听到。

年轻？其实他们现在也很年轻好不？只是比他们早一步加入了士兵的这个行列而已。

众学生对他们的辉煌过去根本没有兴趣。

先批人员已经尝试过多次，均以失败告终，他们选择暂时保存体力，站在架子的下面，在脑海里设计各种可以保持稳定的姿势，手上比画着，一遍遍做模拟训练。

他们需要一个数据分析师，这根本不是他们的强项。

众人都很努力，忽然就听见架子上传来阵阵惨叫。

几位教官心下一紧，齐齐站了起来。

方见尘连声喊道：“我卡住了，卡住了！”

众人顺着声音看去，就见他倒挂在一个直角处。两腿钩在横杆上，而手则握着旁边的直杆。几次想翻身起来，但似乎不大可行。

连胜说：“要么松开你的手，要么放下你的腿，你马上就下来了。”

方见尘：“我卡住了！不……是机甲卡住了！我的腿动不了！”

众人：“……”

方见尘疾呼：“腰要断了！头也要断了！救命！教官，快救命！”

教官一脸无语，关闭了他的传感器。方见尘身上的制约力立马消去，他安心地抬起膝盖，然后摔了下来。

“不要强行做什么高难度的动作啊，机甲关节是拼接的，真的有可能会卡住，也不要试图用机甲做倒挂金钩。”教官说，“真实情况下是有推进器辅佐的知道吧？你的腰腹没这么强的力量！”

方见尘从地上爬起来，捏着自己的手臂，冒出一头冷汗道：“报告，我手可能脱臼了！”

“不就是脱个臼吗？”教官撸袖说，“我给你接。”

方见尘连忙回避，朝着门口戒备地移动：“不不不，我热爱我们的校医，我现在就去找他。”

教官哼了一声。

连胜请求道：“教官，不然你来个示范吧，总好过我们在这里白白浪费时间。”

“不示范。”教官挥手道，“穿衣服太累。叫偷懒的那个人给你们示范。”

连胜：你们哪个没偷懒了？

教官见连胜还没放弃，委婉地提出自己的建议：“很难吧？当然难啊。破军的重量很重，在这次的训练里七星要更轻便简单一点。其实你可以先换七星试试。”

“如果不能征服破军，我征服七星有什么用？”连胜说，“如果能给我来个示范，别说三小时。三分钟我就可以爬过去。”

“哟！口气吹得不小啊。我倒要看看。”教官转身对着门口挥臂喊道，“刘二标兵！过来给他们做个示范！”

刘教官听见，没有和他计较。他从堆积的装备里抽出一套衣服，慢条斯理地给自己穿上，朝着学生这边过来。

众人迅速后退，围成一圈，等待他的表现。

刘教官走到架子下方，看了一眼距离，选定一个点站好。他在地上蹭了蹭脚后跟，紧接着一跃跳起，抓住了上方的一根横杆。

“看清楚了啊！脚要踩到什么地方才能站稳。踩边缘的时候用脚尖是不行的。做动作之前，先放松身体去感受，感受一下你传感器反馈给你的力，之后就知道该怎么调整了。”

他一面教学，一面单手吊在上面的铁棍上。如果没有亲自体验过的话，他们肯定不会明白这个动作的难度。这需要强大的臂力。

刘教官说着朝旁边移动。跟他们一样的动作，上身撑起，抬起左腿，横跨过去。随后朝着右边移动，到了交叉口，小心地站起来。

接下去才是正式的表演。

他踩着略粗一点的那根横杆，直接向前奔跑。到了向上的岔口，两腿夹住横杆，向上攀爬。等能握住两米处高的横杆，转身换位，重新翻了上去。顺着新的杆子向前交替行走，直到前方变了粗细。他用力一跳，直接换到了下一层楼，像切换高低杠一样，抓住了一根新的横杆。两脚借力稍做调整，撑住身体的重量。

他的诀窍就是，始终走最粗的那根杆子。爬上或跃下，对他来讲都是小事。身体轻盈，简直一气呵成，全然没有他们那种左右两难、七歪八倒的情况。眨眼之间，已经爬到了铁架的最里处。他开始直线向上攀爬，最终成功踩上终点的踏板，停住。

教官转过身，朝着众学生张开双臂说："怎么样，看明白了没有？"

连胜对了下时间，一趟用时还不到五分钟。

一众学生颓丧着脸，尴尬地看着他。看明白啥？教程会跑这么快的吗？

刘教官从上面跳下来，关掉身上的设备，笑道："继续加油啊。不指望你们做得多优秀，毕竟才刚上手。就是想让你们适应一下而已。机甲选拔赛肯定不会比这么难的，三天玩得溜就可以了。"

众人围着他鼓掌，一面叫唤感慨："再来一次，再来一次！"

"英明神武的教官，刚刚风刮了我的铝合金眼，请再来一次！"

连胜没有跟着起哄，她闭上眼睛，在脑海中重现之前看见的画面。

粗略分解动作，可以确认，全程没有高难的地方，教官胜在流畅和熟稔。

这样一套完整不停顿的动作，保持住了平衡，传感器应该不会有太多的反应，反而比他们磨磨蹭蹭的试探要简单许多，身体完全可以吃得消。

她没和其他学生一样，对比屏幕中的画面，参照示范的动作，再去计算机甲的各个需要调整的参数。这种东西不是能看出来的，看出来也不是可以轻易吃透的。她只是牢牢记住了教官示范中的姿势——他身体绷直的角度，落脚的位置和抬高的距离。

刘教官在众人接连不绝的赞誉和吹嘘中有些飘飘然，简略地发表感言，这时一道人影擦着他而过，飞一般地冲向旁边的铁架台。

众人微惊，下意识地追寻起那道身影。

只见连胜选了和教官一样的道路，上跳，冲跑，抓荡。几乎完美复制了他的动作，甚至连习惯和几处停顿也拷贝了下来。

没有任何阻碍，和连胜猜想的一样。把握住平衡跟重心的话，就能做到像自己的身体一样应用自如。

她失败在不知道如何将自己的视野和机甲真身联系起来，不知道该怎样弥补其中的数据差距，而教官完美地做到了，所以连胜复制了。

她只要能保证自己在相同动作下保持平衡，就可以完成这个挑战。而平衡感和下盘的稳健，是她一贯的骄傲。

“教官。”连胜轻巧地跳上最后一段的踏板，叉腰和他招了招手。

众人仰着头，齐齐喝了一声。

教官做得熟练是因为他平日里会有训练，这货是个什么情况？哪里来的妖孽？！

远处几位教官看见这一幕，陡然精神起来，表情很是错愕。

果然，偶尔会有这样的学生。他们有着超强的模仿和细节调整能力，就算还把握不好机甲跟真身之间的差别，却可以依靠毫无疏漏的复制，完成固定式的训练。

教官看着她得意的模样忽然轻声一笑，说道：“模仿是没有用的啊，有本事你照着别的路再走一遍！”

连胜竖起一根手指摇了摇。

教官看时间已经差不多了，站起来说：“反正你们自己慢慢摸索，下午的训练先到此结束，都出去吃饭！”

他说着，关掉了学生身上所有的设备。

刘教官走到门口，坐回原先的位置，拍桌道：“先归还设备才可以走啊。”

连胜从踏板上跳下来，一群学生迅速上前，拦住了她的去路。

“不许走！”众学生放弃了教官，对着她喊道，“大侠，再来一遍！”

第四十三章

射击训练

一群人围着连胜，七嘴八舌地请求她再来一次。

他们搓着手，不要脸地照搬之前奉承教官的话，又全用在连胜身上，连个句号也不改，一点诚意都没有。

教官在远处指着他们沉痛道:“你们啊你们！一点矜持都没有的吗？”

比起阴晴难料的教官，当然是同学比较靠谱。教官最多演示个一两遍，一位能领头的同学，却可以不断地向你展示。

连胜耸肩表示，她的传感器已经被关闭了，现在她也没有办法。

众人才想起来，失望不已，巴巴地看着教官，想让他们再开一次。

连胜要挤过人群出去吃饭。众人又是一阵骚动：“等等，等等！大神留步！让我等再瞻仰一下！”

连胜说:“瞻仰什么？”

“我们太激动了，不要见外。五分钟就可以！”一男生注意和她保持着距离，不要显得太冒犯，说道，“请你说一下机甲的真实数据，就是行动的时候该怎样运用把握。”

他越说越激动，一个高壮的男生挥舞着手臂幼稚地道:“你刚刚是怎么算出来的？算出来后又是怎么马上运用起来的？明明之前还不行的，是顿悟了，还是坐化了？”

“滚！”连胜黑着脸说，“坐化就是死了。”

“是吗？我的意思是说你成仙了！”男生后退一步，夸张道，“神啊！赐予我智慧吧！”

众人:“神啊！赐予我数据吧！”

连胜:这群人玩得可真高兴……

数据什么的连胜是真不知道。他们摸了半场都没摸透的东西，她当然不可能用肉眼直接辨识，她又不是数据分析师手上那台光脑。

“我只是模仿他的动作而已，深入的也不知道。我们失败在动作不到位或姿势变形，导致机甲重心偏离，给身体增加了额外的负担。”连胜说，“那就跟着标准的做呗，学习不都是从模仿开始的吗？”

原来是知其然而不知其所以然。但是，只看一眼，就能够记住教官整套的动作跟细节，这已经很不可思议了。

一男生弱弱地道：“这不是武侠小说里才会有的技能吗？”

连胜挑眉：“事实证明不是。”

男生：“等等！你先告诉我，你这属于天分，还是后天可以补救一下的？”

“都散了啊！做什么呢？”教官在门口说道，“我说去吃饭，你们堵着人小姑娘干什么，都要点脸行不？”

连胜摆摆手：“退下！”

众男生恋恋不舍，让出一条道路，目送着连胜离去。

连胜原本以为，上了四楼之后训练会越来越难，毕竟它一直呈现出的就是一个不断严密的针对式训练，却没想到反而变得更轻松、更自由了。

他们可以随意调配自己的时间，选择休息或锻炼。教官在旁边不会催促，也没有任何惩罚的措施。这样看来，他们这批应该就是确定了的精英人员，不会再细分了。

明白这一点，众人安下心来。训练场的气氛不再这么紧绷，也有更多的时间进行反思总结。

晚上，四楼训练场又多了不少人。通过三楼射击训练后，他们成功步入传感训练。

新来的人迫不及待地穿上设备到铁架上尝试，步入了和他们之前一样的摔跌大业。

新人们有些没辙，于是睁着大眼，想看看其他人有什么诀窍没有，环顾一周，却发现先批精英们都站在一旁不动作。

这画面很诡异啊，他们竟然不珍惜这样难得的训练机会。

精英们都在等连胜动作。

他们想再看一遍她的示范，好给自己做参考。经过下午的尝试，他们已经明白，毫无目的的尝试收效甚微，只是浪费体力而已。

他们的眼神迫切地盯着连胜，连胜却在旁边慢悠悠地热身、拉筋，等准备完毕，才去领取装备。

一男生掐住自己的脖子，克制自己蠢蠢欲动的手，急道：“我从来没觉得她是这样一个人，我从来没这么讨厌过一个拖沓的人！”

教官深有感触：“想踹她？”

“想！”男生难受道，“可她现在是老大！”

连胜终于准备妥当，来到了铁架前面。

众精英团团围上，现场气氛都变了。

旁边的男生帮忙喊道："麻烦麻烦，清个场。这条路让出来一下，这一段也请空出来，谢谢。"

新来的学生不明所以，对这架势有些不悦，忍着没说话，先退到旁边。

"干吗呢这是？"方见尘混进人群中，问道，"有杂技看？"

前面男生回头："有。"

就见连胜助跑冲刺，抓住横杠一个起跳。又是和中午一模一样的动作，她一路冲锋，站到了终点。

底下是来自新老生混杂的惊叫："哇！"

众人仰起头，看着她面无表情的脸，又跟了一句："哇！！"

"我就是去医务室接了一下手，后面到底发生了什么？"方见尘崩溃道，"这熟练的动作……你被什么妖孽附体了吗？也附一下我啊！"

连胜跳下来说："什么热闹都凑，你咋不上天呢？"

方见尘说："凑上这个热闹我就可以上天了啊！"

连胜说："现在凑也不晚，加油。"

连胜开始不停地重复之前的动作，并在操作中慢慢进行拆解、分析，试图习惯其中的差异，再适当调整自己的动作，进行变形。

然而习惯是一个长期的过程，并不是轻易可以改变的。

后面的勇士想和连胜一样模仿那套动作，再进行融会贯通，却发现他们根本无法追上那一套动作的速度。它要求每一步都踩得到位中正，身体角度稍稍倾斜就会导致重心偏移，后续动作扭曲。

除了连胜，几个人能做到那样细致？

他们尝试了几遍之后就放弃了，根据连胜的动作寻找新的方法。

在单兵作战上，连胜毫无疑问有着常人难以企及的天赋。

"我看她破军选得很好。也许她真是一个很优秀的前锋。"旁边的一位教官说，"我不知道她身体素质的极限在哪里，但是，机甲的产生不就是为了弥补这个吗？体能不是衡量机甲手最重要的指标，作战意识才是。"

教官捏着鼻子没说话。他不高兴承认自己的错误。

晚上八点过后，四楼的教官人数多了起来，似乎二楼的长跑对战训练已经全部结束。

教官间互相交流心得，他们今年成功逼退了一百多名学生。

一教官问："这边有没有特别出众的学生？"

"有几个。"另一教官说，"还有几个有潜力的，有特别出众的才能。"

正巧连胜开始了新一轮的冲刺。

几位教官仿佛没见过世面一样，齐齐叫道：“喔喔喔！什么什么！”他们热情地鼓掌，“打 call 打 call！”

联盟大学的负责教官咋舌道：“不要让她太骄傲，好吧？你们在这里瞎凑什么热闹？”

方见尘侧趴在地上，不忍再看，委屈巴巴地道：“我觉得我错过了一个亿。我不在的时候到底发生了什么，你们为什么不告诉我？”

程泽摸着他的脑袋道：“你只是缺个脑袋，不缺钱。”

连胜连续跑了一个小时，之后开始做单项的动作分解，再进行组合。

她的动作都很分散，只要传感器不额外增加负重，这项训练就没有太大的难度。

随着时间分秒过去，连胜对整个铁架都开始熟练起来。她依旧没有去分析具体的参数。她所有的动作，是仅针对这个铁架做出的针对性应变。

时间很快到了晚上十点。

四楼的场地几乎成了连胜的个人秀场。

其余的学生开始无意识地模仿她的动作。当一个人不停地在你旁边做引导示范，旁边的人或多或少能有所受益，整体效率竟然都得到了提升。

教官最怕他们这群小年轻盛誉之下，把持不住自己内心的躁动，被夸后开始飘飘然，于是在旁边不停地打压嘲笑。

“她就会模仿嘛。”

“她这样学个表皮，画虎类犬，以后很难说啊。”

“人家虽然起步慢，但是融会贯通了就快啊。她总要学到里面的内核才算真的会啊。”

“你们这群人用心险恶啊，都挤在这里干什么？闲得没事去三楼帮忙啊！”

连胜回头，朝他们做了个噤声的手势。

众教官纷纷好奇，看向了她。

学生同胞也停下手里的动作，退到一旁，等着她动作。

连胜开始冲刺，从相反的方向，来了一套和先前完全不一样的动作。

大步跨越高架，跳过横杆，整个人张开上身，像一只会飞的雏鸟，以更快的速度、更流畅的动作衔接，冲到了终点。

现场一片静默。

连胜跳下高台，挑眉说道：“我还可以来个不同版本的，你换这架子的结构也可以，只要是架子我都可以。你说谁融会贯通了比我快？”

教官笑骂道：“去你的！跟教官抬杠呢？”

众人摔锅不干了。

“她开挂了！我举报！”

“我实名举报！她是不是传感器没开？教官，你再检查检查！”

“教官，她太装使我致残，我请求隔离她！”

“教官，我的小心灵碎了，我需要安慰！”

“我一定还有什么天赋技能没有觉醒，上天不会对我这么残酷的。”

连胜甩了下头，嘿嘿一笑。

方见尘趴在地上凶猛地捶地，号道：“告诉我到底发生了什么？你们为什么不告诉我？！”

程泽怒道：“不是跟你说了吗，就教官过来示范了一下！”

“天降异象呢？火星撞地球呢？灵魂附体呢？”方见尘抬起头道，“我昨天晚上苦苦召唤出来的英灵呢？！”

程泽：好想给他一巴掌……

连胜面对众人羡慕嫉妒的目光，没有说话。或许他们认为她的作战实力是靠着天分拉开的，这也是许多人不得不望而却步的。但其实，她的眼力，更多的是她多年在对武中养成的习惯。

她知道分析一个人的招式应该去看什么部位，想要打出什么样的招式最重要的是调动哪里的力气。教官之前在示范的时候，连胜无法还原所有的细节，所以她还原的是教官的腿，是他腿部的分岔距离，踩到横杆上时的落点位置，腿部用力时的时机。

她学的是神，而其他学生学的是形。他们囫囵地追求着连胜站过的位置，追求着一些无关紧要的细枝末节。那学不会是正常的，觉得难也是正常的。

这一点，连胜不知道该怎样去形容。跟他们说关键在于脚，多注重一下站位，他们也适应不过来，只能随他们去了。

教官说得没错，她并没有融会贯通，她只是聪明地转变所学而已。连胜习惯用身体去记忆。这种所谓愚笨的方法，恰好就是最适合她的方法。

连胜和众人挥手告别，插兜悠悠地走回宿舍。

推门进去以后，发现她的一位室友正哼着小调，也待在里面。

她抱着自己的脚丫很仔细地观察。脚底板出现了两种不同的颜色，那是蜕皮之后的新肉。她伸手摸了摸，觉得很有意思。

连胜坐到自己的床上，那女生终于停止了动作。

“我今天终于上三楼了！”女生说，“觉得自己特别英勇，教官宣布的时候，都快把我自己感动哭了。”

连胜看着她笑了一下，说道：“恭喜你。”

她或许不是最优秀的一个，但她绝对是值得骄傲的一个。

女生好奇地问："第四层怎么样？累吗？"

"第四层？"连胜抬起头说，"第四层简单多了。时间自由，没有惩罚。"

"真的吗？"女生说，"听起来好厉害啊。"

连胜点点头，过去拿了衣服，出去洗澡，准备睡觉。

终于，难得，她又可以早睡了。

第二天，依旧是四楼集合。

早上的人数明显又增多了，教官在不断地从后批学生里面调人，训练室里也出现了新的架子。

连胜等人自觉让出位置，让新来的同志们先体验一把。

他们觉得应该还会有其他的训练才对，毕竟之前的训练都是两轮次开始转变。可是这回没有惩罚的设定，不知道会是什么安排。

五点半，他们的负责教官走进来。

教官站在门口拍手示意道："想留在这里训练平衡的，继续啊。想练习射击的，现在跟我来！我们主张自愿原则。"

方见尘岿然不动。众人都岿然不动。

方见尘守则之一：所有的自愿都没什么好下场。这里只有"死"是真实自愿的。

教官得不到回应，望了一圈，补充道："这次是真射击训练啊！没惩罚，带着传感器去隔壁做机甲武器射击训练！"

方见尘跟连胜"噌"地站了起来，朝着门口冲去。

一众学生在后面嗷嗷喊道："连大侠别走！"

"连大侠再做一组啊！"

"连大侠橘子还没吃完呢！再讲一课啊！"

先批训练过的精英们，觉得挤在这里也没什么效果，于是相继往旁边的射击室走去。相比起机甲平衡，机甲的炮击训练才更为实用且紧迫。

他们很快到达指定的房间。

连胜对这个基地一向的印象就是，不差地。它所有的训练场都建得开阔宽敞，然而这个训练室却显得长而扁，完全不像是一个射击训练室。训练室中间摆着数排射击台，每排射击台间隔五米左右，用屏障隔开。

连胜选好一个位置，朝前推算了一下距离。

还真是五米距离的炮轰训练？

方见尘有点兴奋，等着教官分配任务。

“自己玩啊。”教官站在门口说，“你们看着我干吗？”

连胜问:“武器呢？”

教官无辜地说:“没有啊！靠想象啊！”

众人:“……”

“真正操纵机甲的时候，你们还能把武器带到操作仓里去？开玩笑呢？”教官说，“哪，跟着我学啊。”

他说着半蹲到地上，拍了下手臂示意道:“首先，要清楚记得自己机甲装配的是什么武器。你可以口令选中，也可以手动选中，然后瞄准直接射击就好了。”

众人:“……”

教官见他们没有回应，保持着姿势催促道:“快过来啊，别干站着啊，仔细模仿！”

众人感觉智商受到了愚弄。

“这没意思啊，教官。”有学生喊道，“谁要在这里 biubiubiu 啊！”

方见尘顿时觉得索然无味，往门口摸去:“我的机甲适应能力还远远不足，我先回去了。”

赵卓荦等人也默默地贴着墙壁出来，准备低调地离开。

“吵什么吵？给我站住！都翻天了！”教官厉声一吼，“来了还想走？做梦呢？都给我归位！”

众学生磨磨蹭蹭地挤在门口。

连胜问:“那这到底是考验表演，还是考验想象？”

教官失望道:“你们真的是好笨啊！”

教官回过头，抬着手臂，很认真地说了声:“biu！”

众人:怕不是闲的……

“啊！”连胜站在教官后面，看见眼前的一幕，眼皮轻跳，震惊道，“打出来了。”

众人:“什么？”

连胜说:“真的打出来了。有显示。”

方见尘两步凑到她的射击台后方，就见用作屏障的隔离板上，此时显示出了一幅远景 3D 图片，图片里是一座高塔，被从中间生生炸断，只剩下半截，上面简单打着一个评分“81”。

方见尘嘟囔道:“还真是训练？”

“废话！以为我唬你们呢？教官是这种人吗？咱基地能这么空吗？”教官站起来，顺了把头发说，“看见了没有？都自己过去练习！不要觉得好笑，传感就是这么个意思。你并不是直接跟对方在决斗，你要富有想象力！同时，你要足够熟练，无比熟悉你的机甲。”

方见尘闻言，伸手去抓肩后。因为传感器的设备还开着，触手的确有一股轻微的力道。他将背后的枪甩到前面来，抱在怀里。

但是靠着空虚的想象，根本不知道枪口瞄准了哪里。

“报告教官！”方见尘说，“在三天对战的时候，我能通过机甲的视野看见我的武器，可是现在什么也没有，瞄准了哪里也不知道。我明明可以不需要想象啊。”

他抱着自己的武器，靠那并不太明显的传感力度，慢慢去摸它的扳机在哪里。这实在是太奇怪了，莫名有一种被坑的感觉。

“你们真是……不要浪费拔枪这种无谓的时间。在战场上，射击的时机是以毫秒甚至微秒计算的。”教官摇了摇头，看起来有些无奈道，“正常的攻击顺序是什么？抽出武器，瞄准，射击。为了追求绝对的速度，一个优秀的机甲手，在抽武器的同时，已经做好了瞄准的准备。他能清楚地知道自己的枪口对准什么地方，要做的只是根据视野再进行小幅微调。”

教官招手让学生都围过来，重新下蹲，摆好架势。他对着连胜点点下巴示意：“上前选一个，速三轮换。”

连胜走到射击台边，看见上面的几个选项，照吩咐点了功能。

“好了，现在给大家讲解一下具体的训练规则。”教官一手按在膝盖上，很是淡定地道，“先注意，看前面板子的提示。”

众人盯紧了前方的白板。

白板上出现倒计时。倒计时结束后，屏幕上的画面定格成一栋高楼，高楼楼顶的位置，有一个代表射击点的红圈，同时板子左上角出现一个新的 3 秒倒计时与一排编号。

“A3L，代表左手臂上第三支武器。”教官说着，已经摸上指定位置，准确地抽出了枪支。抬手一枪射出，而后又迅速归位。将手放在胸前，随时等待新一轮的指令。

白板上的评分一闪而过，几乎命中红点，评分依旧在八十上下浮动。

“A3L 的特点是攻击距离长且弧度稳定，但是范围不广，适合在城区使用。”他在讲解第一把武器的时候，已经连续换了三次装备。

白板上的画面不断转变，所要求的武器也完全相同，但教官的瞄准、射击、切换武器一气呵成，毫无间断。示范过几次后，教官停手站了起来。

“退出射击台后面的红线开始重置。如果训练中途你们的武器掉了，那就退出重置。”教官说，“当然，这是不可原谅的错误。如果你现实中真的干了这种蠢事，你可以和整个军队说再见了。”

“都看明白了没有？抛射类武器这就是最基本的速度。在这种速度下，六十分是最基本的准度，否则你们就没有驾驶机甲的资格。”教官偏头看向他们，很是不屑道，“你们行吗？武器正反认得吗？”

方见尘站出来说：“我可以试试吗？”

教官瞥了他一眼，无视他的话，从旁边拎出一个看起来有些茫然的学生，按到射击台前：“你来！”

那男生抬起头，委婉道：“教官，我对狙击没有这么高深的研究。学生水平不足，需要再训练一下。”

教官瞪眼道：“让你试你就试！刚刚怎么嫌弃我来着？不是很想做射击训练吗？不是很想玩机甲吗？上！”

男生学着他的姿势蹲下，将手摆在和他先前一致的位置。

不管水平怎么样，架势先学好。教官在后面轻微点了点头。

隔离板上出现新的提示。男生如临大敌，他的手按上了右边肩膀处，犹豫了一下。

教官咋舌道：“B2S，是右手第二把短枪！摸哪儿呢？！”

男生迅速转向去拎短枪。

稍一耽搁，板子上的倒计时已经结束，出现了新的要求。

教官换了个姿势站立，皱眉道：“如果你知道这种场景下，应该使用什么口径的武器，也知道那把武器安装在什么位置，那么不需要看提示也能第一时间抽出装备！”

男生手足无措，刚拔出枪想别回去，又急着去找另一把，于是手一松，直接去拔新的目标武器。

教官抬脚轻轻踹了下他的屁股，叫道：“干吗呢？做这么标准的错误示范。你就这么想退出军事圈吗？”

男生放下手，自觉地退了出来。

“都知道了没有？”教官骄傲地叉腰，指着他们说，“看看你们这水平，还想走？走哪里去？大学生是长出小翅膀了，但是不能飞，给我摁住，在这里得听教官的。”

方见尘低下头小声地道：“又不是鸟，哪里来的翅膀。”

“所以，这一次的射击训练是切装训练，同时在不断切装的情况下，给我熟练武器的运用！”教官说，“我知道你们有些人，打比赛的时候，开场到结束都喜欢用同一把武器，这是大忌。不管是打哪个位置，近战还是远攻，你们都必须要有切装的意识！”

基地这边严格地按照武器口径、杀伤范围与距离，细分出了十几套枪械，背在机甲身上。主近战的机甲也是如此，而狙击类机甲划分得还要更细致一些。

三天系统从来没有这样的讲究，它们只有可以粗略用大、中、小来形容的装备，所以对于这边的武器安放，他们真的不熟悉。

“所有学生都要打至少五百弹，但是上不封顶。现在赶紧去了解一下自己的武器，去找隔壁训练室的刘教官。”教官扫了他们几眼，“你们身上这套装备穿了快一天了，在隔壁对着屏幕看了也快一天了，有谁去研究过它的构造跟武器？”

方见尘骄傲地举手：“我研究过！”

教官屡屡被拆台：“你闭嘴！我问的是不知道的人！”

众人乖巧地认错，转身去隔壁辨认武器。

连胜摸着自己的手臂，确认一遍装备，开始练习射击。方见尘在旁边跟几位室友讲解武器的不同和位置以及适用的场景。

学生们看完配置，陆续跑回来，选好位置点击开始。隔壁教官也来了好几个，在中间往复巡逻查看。整个训练场内，都是“biubiubiu”的声音，连胜觉得有点羞耻。

板子上的画面是会不断切换的，有的是荒野区，有的是激战区，有的则是都市区。

一男生持枪，对准目标大胆喊了一句：“biu！”

屏幕直接出现一片猩红，得分显示：-500。

那男生惊悚地叫道：“这怎么搞的？”

“你杀人了，还杀了五个无辜平民。”教官神隐般出现在他身后，“这里才扣五百，现实中你就完了。”

那男生靠着自己传奇的想象力，调整枪口，又补了一枪。

血液飞溅，-800。

男生身体往上一弹，激动道：“我明明打中红心了！”

教官深吸一口气，用力点着射击台道：“切装！”

男生内心忐忑，仔细看了一遍屏幕：“切哪个？没说啊。”

教官吼道：“你说切哪个？你在人群密集区给我用大口径的重炮，显然你从一开始就抓错装备了！”

男生后退重置，叫道：“天哪，我这么快就破千了！负的！”

“顺便告诉大家一下。”教官负手说，“你们这次集训的分还没打，都给我好自为之哈。”

众人险些都忘了这事，闻言稍愣，异口同声道：“不是说没惩罚吗？！”

“这是惩罚吗？这是你们自己的成绩和水平！”教官说，“教官对你们和善一点，就忘了这里是训练营对吧？忘了自己来干吗的对吧？”

众人立马收起玩闹的心情，开始用心射击。

连胜甩了下手问道:“这非得喊‘biu’？‘啪’不行吗？”

教官说:“喊什么‘biu’啊，我不是说了吗？你们可以手动打也可以喊口令。”

众人:“……”

教官看了一眼时间，想让楼下那位专业的射击教官过来接替，就听方见尘那边又是一声尖叫。

“为什么？”方见尘蒙道，“我打中红点了啊，正中红心啊，二次伤害也算我的？”

他射的是一栋大楼。

“角度不对！这边有人影，这边没有，说明你打的这个方向有未能及时避难的平民，你要到那里去打，然后枪口大幅度向上抬。”教官指着对角处道，“没点自我判断能力吗？”

方见尘:“咱规则能一次性讲完不？”

教官反问:“这是你的事还是我的事？”

众学生在射击训练室里用一早上的时间，给自己打出了高额负分，总分能保持在零左右的已经是勇士了。

他们已经选了最慢速的轮换，如果跟不上场景转换，直接扣分。而刷新出的场景，除了射击和失败，无法修改。

这种时候，都市场景的可怕之处就显现出来了。无论是误伤、偏射，或是建筑倒塌导致二次伤害，全都算作扣分项。

每次刷出都市场景，众人就忍不住心一紧。是就这样看着倒计时过去，直接扣个两百分，还是尝试一下，争取更高的扣分项？

偏偏都市场景出现的频率还是所有场景里最高的。满满的都是恶意啊。

每人射击数的下限是五百次，这用不了多长时间。

但是五百次过后，有的人分数直接突破了负万，将自己也吓了一跳。虽然不知道具体打分措施是怎么样的，以防万一，他们还是决定把自己的负分努力补平。

训练进行到后半场，学生们逐渐适应了各种武器的位置与功能，加上板子上的目标范围也算大，终于开始走上正轨。

从早上到中午，持续了近七个小时的拔枪动作之后，众人的大脑和手臂开始条件反射性地应对。在看见提示的第一眼，手已经下意识地往准确位置摸去。于是他们不断加快速度，分数也缓步提升。

“我终于追平了！”一男生两手捶桌，站了起来，眼含热泪道，“我要回去爬栏杆了。”

旁边的兄弟说：“这么快？等等我啊！”

男生迈起大步，头也不回地朝门口冲去，走到一半，忽然身形一顿，鬼使神差地拐了个弯，绕到连胜那边去。

他坚信，这世间每个人总会有不擅长的事情，哪怕是在同一个领域内。

他站到连胜的侧面，就见她面无表情地射击归位，一路毫无停顿，看起来熟稔无比。

男生上前一步，仔细辨认。

连胜现在用的规则和教官示范的一样，都是速三，即三秒一轮替。而他最顺畅的只是速五。

男生抬起头，忐忑地往上方积分区看去。那是一长串的数字，多少都不重要了，他的心脏一跳直接移开视线，没有仔细去数。但是旁边的连杀记录，已经很好地彰显了她的实力。

她的眼睛紧紧盯着屏幕。因为长时间的侧蹲，大腿有些发颤，可她的上身和手臂，依旧稳稳当当的。纵然是如此枯燥的训练，纵然已经有了这样的水平，依旧保持着万分的投入。

男生想起一句不知谁说过的话——人只有在自己想变强大的时候，才能变得强大。

那他现在是在做什么呢？敷衍地面对谁呢？

他默默地走开，重新回到自己的射击台。

旁边的兄弟一时惊讶，说道：“真回来了？”

男生沙哑着声音道：“别说话。拔枪吧。”

兄弟：“……”

他走后没多久，方见尘从另外一排跑过来，问道：“怎么样？”

连胜叹了口气：“连杀一百八十七。”

手太酸了，稍有偏离。

方见尘嘿嘿笑道：“那是我赢了。我二百一十一。”

连胜耸肩。

“用你的美色去帮我领四个鸡腿，两个辣两个不辣。我还要多加二两菜。去中间二号窗口拿。”方见尘得意道，“那小子看我不爽很久了，我偏偏要吃他亲手打的东西！”

连胜感慨道：“可怜夜半虚前席，不问苍生问鬼神啊。”

机甲训练这一块的内容起初是众人最感兴趣的地方，也是他们在先期地狱般高强度训练中说服自己支撑下来的动力——无论如何也要了解一下真正的机甲，不然只能算是三天的游戏玩家而已，根本没有资格成为机甲驾驶员。

然而，真正上手之后，他们只觉得枯燥，无比地枯燥。来来去去只有那么一件事情，偏偏这一件事情，就牢牢地卡住了他们。

擅长的人似乎从一开始就能适应，而不擅长的人，耗费了力气也只是在原点徘徊。

教官没有给他们任何提示，只是偶尔路过的时候会指正一下错误的做法。

持续性的失败是会让人烦躁的，对比出来的实力差距更是让人挫败。当那股饱含期待的新鲜念头过去之后，倦怠期就来了。

连胜的射击室这边氛围还算良好，因为大部分都是攻击型机甲手，本身对射击没有什么太高的自我觉悟，失败根本打不倒他们，隔壁铁架区的那群学生就有些崩溃了。

射击室满员之后，要求能成功到达铁架终点的人才可以过去练习。

为了腾位置，连胜等人被赶出了射击室，要么找教官去接受体能训练，要么被征用去做学生指导。

持续了一整天的摔爬，的确有成功到达终点的，只是时间距离连胜的纪录起码有两倍的差距，更多的人始终在中途挣扎无果。

晚上的时候，所有学生都被调上了四楼，整个铁架区人满为患，训练变得更加艰难。

一学生忍无可忍，问道："教官，没有什么别的技巧吗？我可以去学射击吗？"

教官抬起头说："这么浮躁，还想学好机甲？"

他们基地能教的只有一些基础操作，其余涉嫌机密，没有那个权限。然而除了少数学生，就是这基础操作，他们都还有很大的进步空间。

能有什么办法？他们能教学生怎样走路吗？除了自己摔出一条路来，还能有什么捷径？

教官站起来说："明天所有人休息。"

众人抬头看去。

教官摘下帽子说："想做什么做什么，基地这边没有安排。训练室全天开放，食堂也全天开放，但不需要学生再过去值班了。"

众人有些惊讶。

"后天开始拉练。你们自己调整一下作息和体力。拉练完了，我们的训练也就结束了。"教官说，"但是，给大家提个醒。记得多穿点衣服。这里是开了暖气，但外面还在下雪。我们这次拉练中途会经过雪山，或许还要蹚冰河。多带几双袜子，也多带一双鞋。但是，固定二十千克负重，你们多带的东西不算在负重内。慎重啊！”

基地训练后半程基本设定为拉练。

拉练有小拉练和大拉练。先是一天五十公里的短程拉练让他们稍加适应，之后开始三天两夜的一百三十公里拉练。

从路程来讲没什么困难，只要他们能抗冻。

第四十四章
拉练

教官很嫌弃，挥着手道：“这边太挤了！你们挤在这里挡视线！已经合格的人去做射击训练，射击训练也已经完成的人就回去休息！不要怪教官没提醒你们啊！”

连胜从旁边跑过来，左右张望了一下，最后停在门口。赵卓荦等人也跑了过来，迟疑地停住。

“你们的水平可以的，明天不用过来，好好休息。”教官指着他们说，“回去吧，回去吧。哦，这个点还可以去吃个消夜。要去吗？”

教官举着光脑，在那边依次喊名字，让上面的人跟着出去。

赵卓荦想看看情况，他说：“这些人，可能就是我们以后的对手。”

教官现在念的都是成功完成所有任务的学生。

连胜在机甲训练这一块的成绩简直有如一骑绝尘，然而真正实打实登记分数的，还是前面的体能训练。

有几位学生的身体素质成绩比赵卓荦还高，且一直保持到了最后。

接连几人走出来，都是穿着一个款式的军装，说明是同一所学校的。

一个小麦肤色的男生朝他们笑了一下。

在连胜眼里，身高相近、发型相近、肤色相近，连衣服也相近的人，可以等同于一个人。一群多胞胎在她面前整齐排列、微笑，有点让人头疼。

那男生一手搭上赵卓荦的肩膀，问道：“明天休息，要不要提前比一场？”

赵卓荦看着他的手，微微皱了下眉头：“不。”

“不要这样嘛，反正以后也可能是对手，互相了解一下，怎么样？”男生不由分说道，“我就当你同意了？”

连胜当下插话：“我不同意。”

男生愣了一下：“我没有问你。”

“我没有说我。”连胜说，“我在替他做决定。”

男生：“你凭什么替他做决定？”

连胜："那你又凭什么替他做决定？"

男生语塞。

教官头也不回，喊道："禁止私斗，违令者滚！"

"好了，好了。"那男生抬起手道，"我叫严朔，就是来跟你们打个招呼。抱歉了。"

他回身一挥手，带着后面的兄弟走了。

方见尘小声地道："这不是一直咬着你的那个吗？非跟你比高下？至于吗？"

连胜对于训练场内的其他人没什么关注。只有那个，不知道是哪所学校的，两次向她搭讪的男生。

"国防大学嘛，听说今年花大价钱了。几名特招生终于上了大三，还有几个大四的优秀学生还特意留级了。"程泽看着他们离开，说道，"连续几年败北，应该很不甘心。这次决赛势在必得吧。"

方见尘说："那他们今年真是见谁咬谁。"

连胜问："咬你了？"

"没有。"方见尘哼了一声，愤怒地朝她龇牙，"还能不能做朋友了！"

"走吧。等集训完了再说。"叶步青看向连胜，"今年有很多值得注意的学生，我到时候告诉你。"

连胜点头。一行人结伴往楼下走去。

连胜问："关于拉练，你们的学长准则里有相关经验吗？"

"基本就跟教官说的一样。起码要带三双棉袜子，一双鞋子。其他的装备基地会安排，水和食物也不用带。医生跟队随行，所以没有问题。"叶步青说，"教官让我们休息，我们就休息，服从命令听指挥。"

这样连胜就放心了。

连胜抽空去了趟医务室，缓解一下她之前肌肉拉伤的沉积问题，身体状况好了不少。

最大的问题是休息不足。训练期间大量出汗耗费体力，还用熬夜的方式去完成惩罚任务，导致原本就匮乏的睡眠时间一再被压缩，只要松懈下来，连胜就能感觉到侵袭而来的困意。正好多了一天休息的时间，给她调整状态。

早上五点，多日的习惯让她醒了一次。两位室友也醒了。她们小心地穿上鞋子，按照平时的作息上楼去训练。

连胜翻了个身，继续补眠。直到中午两位室友回来，她才刚刚起床。

室友惊道："你竟然真的这时候才起来？"

连胜："教官不是说没事吗？"

室友："那你也……太不讲究了吧。"

连胜："不然出什么事了吗？"

室友："……倒是没有。"

旁边那位一向高冷的女生说："她的任务已经完成了，跟我们不一样。"

连胜的所有任务的确都完成了，而她们因为初期的训练任务被拖延，机甲模块才练了一个晚上，所以只能靠着休息的时间来弥补。

室友以为惹旁边那女生不高兴了，朝连胜吐了吐舌头，转过身不再说话。

休息的时间转瞬飞逝，一天仿佛眨眼即过。

第二天的早上，教官集合众人，把他们分出了四个批次。

连胜四面看了一圈，心中了悟，应该就是成绩的四个阶梯。

他们的队伍，只有一百个人，连胜依旧是其中唯一的女兵。

教官看她特别，将她提到了前排，做镇队之宝。

"一小时休息十五分钟，中午十二点会有一次大休息，自己做饭。中途设有小型训练，内容暂时不知，请主动避开。反应迅速一点。"教官说，"五十公里，我们走的基本上会是山路，要注意安全。你们的背包都是一样的，穿上棉衣，准备出基地。包上的武器绝不能丢，谁丢了谁自己做好心理准备。"

背包上面横放着一支沉重的枪械。虽然是不具有杀伤力的仿真武器，但它有一定的改装价值，丢失之后会非常麻烦。

众人穿上棉衣，整个人瞬间肥肿了一圈，四肢的动作也很不便利。

连胜将袜子揣进兜里，然后把鞋子绑在背包上，重新排队。

教官挥手："现在，一分队的人跟我走！"

连胜所在的就是一分队，他们要先一步出发。跟着队伍的一共有三名教官，分别看着队伍的首尾和侧面。

外面已经下了好几天的雪，但是基地附近处理及时，并没有堆积起来。

教官带着他们一直爬了一个多小时，没说要休息。学生们为了自己身为精英的尊严，也没有开口。

一路走到了基地后边的雪山林，海拔开始升高，气温也越发低冷，他们看见沉积的白雪。

天地素白的一片，林木被压弯了枝丫。雪飘在没有遮严实的脸上，融化了，又凝成冰霜。一脚踩下，鞋子完全没了进去。

这边的景色是很漂亮，但连胜没有欣赏的心情。太冷了，她的身体很怕冷。

教官鼓励说："可以聊天啊，拉练嘛，多聊会儿天，就走完了呀！"

众人深一脚浅一脚地往前走，不是很想说话，一开口，冷风就呼呼地往嘴里灌。习惯了基地里的暖气，外面真是太不舒服了。

连胜的脚已经没了知觉，鞋子也仿佛湿透了。但是不能换，她只带了一双，要留给回程。

“你们真的不跟我说话吗？”教官回头说，“你们会后悔的哦。”

连胜对上他的视线，摇了摇头。忽然就见前方雪地里冒出一个黑点，黑点还在移动。

“那是什么？”连胜眼睛一眯，问道，“人？”

教官直接趴下。连胜不明所以，但身体还是跟着他一起趴下，直觉告诉她往旁边一滚，先藏到隐蔽的地方。

“你们干吗呢？别玩了好吗？”旁边的学生停了一下，问道，“教官，我们到底是从哪里开始算的路程？走了几公里了？后面的同学呢？我们不走一条路？”

他话音未落，密集的子弹朝着他站的位置打来，周围一群人纷纷中招。

几位学生浑身都被冻僵了，后知后觉地反应过来，立马趴到地上，往背后掏了两次枪，但因为棉衣太厚，都没能抓住自己的武器，只好直接用手在地上一推，朝后“噌噌噌”先滑到安全的位置。

“好！中三弹！”教官回头说道，“负重加三千克走三公里！回基地再做额外惩罚。”

众人异口同声喊道：“都什么啊？！”

教官说：“随时保持警惕，准备应对！不要把它当作实战演习，这就是敌军来袭！不小心你们就等着挂！惩罚多么轻啊，我没跟你们说过吗？”

众人吼道：“没有！”

教官：“那也是你们的错！”

“散开！”连胜拆下枪，抱在怀里道，“左前三十度有一人，我来解决！”

教官趴在地上打滚：“哟，真是可靠啊。”

方见尘排在队伍的中间，没看见之前的情况，闻言问道：“几个人？”

“没看清楚。听声音应该只有三个左右，小批次人群。”连胜猜测道，“应该是基地的教官吧。”

连胜说着，从雪地边缘探出头，抬枪瞄准尽头处的黑点。手指有些僵硬，扣动了扳机。远处那人应声而倒。

连胜没来得及安心，教官大笑，拍地又喊：“误杀平民一人！负重加五千克走一公里！”

众人：“去！”

连胜跟着喊出声：“去！！”

教官话音刚落，那些冒出头的狙击手们立马收回枪，重新藏好。

众人一时茫然，不知道接下去该做什么决策。留守在这里挨打是肯定不行的，但贸然行动，谁知道又会有什么特殊的设定？

“什么情况？”先前身中三弹的“三弹君”喊道，“他们朝我们开枪了，你竟然说他们是平民？教官你唬谁呢？”

教官说：“是不是平民，看的是他们的身份，不是你觉得！也许他们误会你们是外来者呢？也许他们是在自卫呢？也许人家只是路过这里呢？”

那学生捂着自己的胸口喊道：“我都已经挂了，我哪管他们是什么动机？”

“你身为军人，在未确认身份的情况下击杀了目标就是错。”教官说，“看清楚啊，朋友！野外是你们能随便开枪的地方吗？这里不是交战区。草菅人命，你们简直丧心病狂啊！”

众人反抗：“谁更丧心病狂？”

教官喝道：“正常流程是什么？你们询问了吗？亲眼看见他开枪了吗？行军的时候表明身份了吗？”

“我死不瞑目！”连胜问，“所以他的身份到底是不是平民？”

“是。”教官说，“他刚刚没开枪，你没看见吗？”

看见个啥呀？啥都没看见，光跟着他一起就地滚了。

教官拍手道：“你看你看，罚得不冤。真敌人会这么明显地让你一眼看见吗？显然不是。挖个坑你们就跳，这么热情，让我说你们什么好。”

众人：“……”

枪弹声从他们头顶飞过，众学生却只能抱着武器面面相觑。

连胜问：“还有什么设置没有？”

“刚刚不是不跟我聊天嘛。”教官指着前面道，“NPC 在你们面前都不知道点一点。现在，NPC 拒绝开口。”

众人：怎么就那么想打他呢？

赵卓荦微微抬了下头，知道在这僵持没有办法。他调整了一下姿势，后腿紧绷点地，随时准备出击：“我冲出去看看，你们掩护。”

他说完便用力一蹬，冲出这片隐蔽点，朝着不远处的一棵枯树蹿去。

地上雪厚，他的身影尤为扎眼，且行动不便。赵卓荦干脆弯下上身，就地滚去。

黑影从白雪地上掠过，暗处的人趁机强攻。连胜抬高上身，开始反击。

这一百人毕竟都是各军校选拔出来的精英，被教官坑了一把，叫嚷归叫嚷，却反应神速。

后方狙击手即刻就位。对面只有三个人，这次听清了方向，一齐开枪，分散行动，向前推进，迅速拿下了目标。

枪械的爆破声似乎还在耳边鸣响。周围的积雪簌簌掉落，随后彻底安静下来。

赵卓荦站出来，将身上细碎的雪花拍干净，重新归队。

“好了，第一阶段实战通过。加负重继续前行！”教官跟着站起来说，“在你们的背包里有几个黑色的袋子。垒实积雪，一个刚好可以装一千克，现在开始分装，挂在自己的包上！”

说着他拿出光脑，开始播报之前的惩罚。

连胜问：“个人训练，却是集体惩罚吗？”

“虽然我们的集训更看重个人实力，但拉练是一个团体性的活动，希望能培养你们团体合作的意识。”教官说，“我们不接受掉队，不接受各自为战，惩罚当然也要共享。请各位好好保护你们周围的人，同时也好好保护自己。你们每一个行为都要全队的人来负责。明白我的意思了吗？”

教官在旁边监督他们装积雪，不过并不怎么严格，这一部分也不需要他们担心。

训练的目的是增强自身，如何看待这一次集训是学生自己的事情，教官并不为他们负责。如果他们选择违背这种明确的规则，那也没有什么参与的必要了。

需要接受的惩罚是分人分批次进行的。最先执行的是连胜射杀“平民”的惩罚，五千克一公里。随后是三千克三公里、两千克两公里以及一千克两公里。

开场才不到两个小时，这趋势看起来不大妙。

加上原本二十千克的背包和厚重的棉服，肩膀的负荷瞬间增加。

连胜用手托着背包底部往上提了提。看来要尽快脱掉这边的负重，且在下次突袭来临时，保证己方伤亡不那么惨重。

教官见他们准备好了，在前面挥手道：“接着走！时间紧迫！”

连胜打了个喷嚏。她的关节已经开始发热了，但血液似乎流不到脚底，四肢还是处于僵直的状态。

前方的路都被雪埋住了，非常不好走，教官领头却走得很稳健，连带着队伍的速度也越来越快。

等他们走到了中段，就连明显的山路也不见了，全是未开发的土坡。

这边地势坎坷，不知道哪里就会出现一个土坑，山坡倾斜的角度又高，加上路滑，一个不小心就会摔倒。

他们一直在爬山。

连胜朝前看了一眼，腾不出手去拿光脑，但看日色变动和体感，起码有两个小时了，问道：“教官，我们是不是有休息的时间？”

“刚刚趴雪地里那么久还没休息够？”教官回头一看，停下脚步道，“我说镇队之宝，你怎么掉后面去了？”

连胜刚想说话，教官又开口道：“你再不上来，我只能让前面的人加负重等等你了。”

众人顿时大骂。这一次的拉练，让他们彻底认清这群教官的恶劣。

“请尊重一下女性啊，教官！”

“请尊重一下自己制定的规则啊，教官！”

“我们要休息！”

“说好了一小时休息一次，你坑了我们两次休息的时间！我们抗议！”

“我们跟不上了，教官！”

众人空前团结，为连胜争取她的合法权益。

教官定定地看了他们一会儿，无奈道：“好吧，原地休息十五分钟。”

连胜就地坐下，男生们纷纷朝着她围拢过来。

这群单身人士此时幡然醒悟，明白了照顾女性、担待弱小、维持团队和谐的重要性，不断地向她打听她的身体状况，并鼓励支持她。

一男生去掏连胜的背包：“喝点热水吧，你的水壶放哪儿了？”

旁边的男生立马抢过水杯：“我来拧，连同学不要浪费多余的力气！”

“要暖脚吗，连女士？”

“要捶腿吗，连女士？”

“一定要坚持住啊，哥们儿！不，姐们儿！前面还有很长的山路，教官还有很多的套路！”

“不不不，前面没有，再坚持一下就返程了。走了两个多小时，前半段还连走带跑的，我估计怎么也有十五公里了。”

“你是不是脚很冷？我贡献一双袜子，你先换一双吧。”

“多穿两双，我也贡献一双。”

“多穿几双，把脚撑大，直接换双鞋子吧。我贡献一双鞋子，连胜女神你穿几码的鞋子？”

连胜按下他们的手，接过杯子喝了一口，说道：“没关系。我就是腿短，刚刚没跟上。”

“你这样说我就安心了，千万不要客气，我们是一个团体。”

“我们争取找到机会，在后面推你一把。”

“你们联盟大学的人怎么这么没有兄弟爱呢？看人落队了都不知道拉一把！”

众联盟大学学子鄙视地看着他们。有完没完了？

十五分钟明显没到。教官掐指一算，觉得差不多了，挥手道："出发！"

众人整装出发，连胜再次被教官提到了队伍前面，亲自监督。

教官回头，对着连胜问："感受到军营里铁血男儿的关爱了吗？"

连胜问："那是什么东西？"不存在的。

教官笑道："哈哈哈，给他们留点面子！"

"是关怀。"有学生纠正道，"没有到爱，但是有放在心上！"

经过之前的教训，这次行军众人都非常谨慎，仔细查看周围是否有脚印，前方是否有人影晃动，尤其是走在前列和两侧的同学，被赋予了侦察的重任。

一百多人的队伍，顺着山势上下起落，留下一串蜿蜒漫长的脚印。

连胜回头看了一眼，教官宣布可以撤掉两袋负重。

他们又走了一个多小时，保持着戒备，却没有再遇到实战演习。

随后前方出现了一条河流，教官转道，带他们下去。

众人在后面看见，五官皱在一起，阵阵哀号。

"准备渡河！"教官说，"脱掉你们的袜子，卷起你们的裤子。但是记得穿上鞋子，小心河底的石头和碎冰！"

河面已经结冰了，但那冰面尚未坚固到可以让他们行走的地步，踩上去再崩裂，那就太危险了。这边的渡河点是教官们考察过的，他们特意截取了一段地势较高，水平面较低的位置，用带来的工具将冰面撬开，就是为了让他们感受一下冬天的严酷，磨砺他们的意志。

教官先下水走了一趟，确认高度，把下面有危险的尖刺物扫开一段，然后指挥着他们迅速渡河。

"快快快！按照队伍，右二两列先行。谁要做第一个出来的人？"教官喊道，"不要磨蹭啊，到时候迟到了时间都算在你们自己头上的！"

众男生若有若无地将目光往连胜那边飘去。毕竟是女生，他们很担心，这样的任务她会熬不住。

连胜只是出神地看着对岸，没有说话。

这边的水刚过教官的膝盖位置，连胜估算，她下水的话还要再高一点。棉裤非常厚重，加上里面还穿着一条裤子，她应该撸不到那么高的上面。

连胜深吸一口气，尽量拉起裤管，在众人还在观望试探的时候，率先背着包冲了过去，涉水而过。

一阵水打晃的声音过后，人已经到了对面。

众男生卖力鼓掌："勇士！加油！你是最棒的！"

"勇啥啊？这叫女神好吗？"

"美少女战士！"

连胜原地坐下，背对着他们，面无表情地更换鞋袜。

裤管被打湿了一段，但问题不大。

后面的男生紧跟着下来，排好队列，倒抽着冷气嗷嗷叫唤，涉水过河。

在队伍渡到一半的时候，连胜抬头警觉地侦察着前方，隐隐地似乎能看见旁边林地的雪地上有凹凸不平的脚印。连胜眼皮一跳，抬手揉了下眼睛，继续往深处巡视。

虽然没有看见明确的身影，但前方的确有点不寻常。连胜立马抽枪，喝了一声：“趴下！”

两岸的学生反应迅速，就地趴下。站在河中间的男生骂了一句脏话，在下蹲和回撤之间犹豫不决，然后抱住了头，弯下腰，尽量将自己弓成一团。

已经渡过河的男生们出列，朝着连胜示意的地方小心逼近。

“前面的是谁？”叶步青喊道，“现在马上出来，说明身份。我们没有恶意，是附近基地演习的士兵。如果你现在不回答不出列，我们将会把你视作敌人处理，对你展开攻击。我数到三，请在时限内给出答复！”

“一！二……”

“不要开枪，不要开枪！”一个男人高举着双手，从树后走出来说，“我是这边山上的游客，听到前面有动静，不知道是什么人，所以躲起来看看情况。”

众人松了口气，手上的武器也开始倾斜。他们看向教官，得意地炫耀。

“教官，好歹换换汤也换换药啊，我们这么聪明！”

“一样的套路就别玩两次了，我们已经看穿了。”

“冰天雪地里来的游客和平民，这边又不是什么景点，教官下次设情景能贴近现实点吗？”

连胜觉得不太对，皱眉喊道：“拿稳你们的武器！”

众人噤声，看向连胜。

连胜说：“大家小心！上次平民混在敌军里，这次也可能不是一个人！实战演习肯定有敌军，也许还藏在暗处。”

“左中右三路，看看前面还有没有多余的脚印！不排除脚印被打扫过的可能，请保持警惕！”连胜微微偏头，对着还未过河的同志们道，“敌军是想等我军渡河，防不胜防的时候进行攻击，不排除两岸都有埋伏的可能，后方同志注意侦察！河内的士兵有序脱离河流，寻找安全的位置！不要在原地停留！”

众人有模有样地按照指挥朝前侦察。

那低着头高举双手的游客，朝他们赔笑两声，而后试探性地将手放下。众人没有多怀疑。

他两手交握，揣着自己的袖口，忽然右手动作，从袖子里抽出一把袖珍手枪，对着前方的一名学生进行射击。

连胜嘴唇微张，一直盯着他没有放下武器，这时立马扣动扳机，朝着对方打去。“游客”没能继续行凶，直接倒下。

教官一手挥下：“一人被间谍反杀！负重三千克走三公里！”

众学生愣了一下，看着游客的“尸体”，陷入错愕之中。

教官面无表情道：“继续！”

众学生站在原地，集体抗议。

“啥玩意儿？”

“有完没完？这不科学啊！”

“教官，咱真诚一点行不行啊？你这都什么啊，怎么什么都任你说。杀也不行，不杀也不行，怎么那么难搞呢？”

“我们队伍里还有女生，注意点影响行不行啊？别再给咱男同胞们增加罪孽了！”

前排教官厉声道：“安静！”

他看着众人，上前一步哼道：“好歹也换换汤换换药，这刚刚是谁说的？不是你们自己求的吗？教官罪孽？就你们这素质和警觉还想当兵？别闹了好吗？”

“我不是告诉你们要仔细观察了吗？你们别说仔细观察了，连一点防范意识都没有！”教官走到游客的身边，指着那人道，“你们自己想想，荒山野地的，看见一个穿着常服的人，他说是游客，你们就信他是游客。你们有毛病没有？你们的脑子是糨糊做的吗？求证呢？追问呢？搜身呢？查明身份呢？先制服他再做观察啊，朋友们！”

教官说：“刚刚提出质疑和抱怨的人为什么要说服自己相信？自我催眠呢？这个地方出现游客正常吗？这个地方只有一排脚印，出现的不是敌军正常吗？这就算是一个游戏，那也是一个无法忽视的大 bug！对方说的话你们怎么能轻易相信！”

教官又继续说：“我说过了没有？我说不要把它当作实战演习，这就是敌军来袭！时刻保持你们的警惕性！你们呢？全在当过家家！还有问题没有？！”

众人低下头，没有再接话。

“是平民还是敌军我说过要先确认！武器都搜出来的话还有什么不能确认的吗？”教官甩了甩手道，“都给我用心一点！就因为你们没点自觉，我们的情节设置都变得很不科学了好吗？一点挑战性都没有，好像在故意刁难你们。”

众学生忍着没出声，听他训斥。

地上那“尸体”睁开一只眼睛，抬起头道：“给口饭吃，敌军也很不容易，地上很冷的。你们打完就赶紧走行不行？边走边训话行不行？还要停到什么时候？我前面还有大部队在等我呢。”

教官瞥了他一眼，挥手道：“整队休息！把地上这个人给我丢到河里冲走！”

“去！”地上那人唾弃地骂道，“这日子没法过了！你逼我的啊，我先走了。”

他直接站起来，拍拍屁股往下个点走去。

连胜看着他的背影摇头，后面还有一大帮的可怜人。

原地休息十五分钟，只是他们穿袜子换鞋子的时间而已。被堵在河流中间的几位壮士，冻得直发抖，擦干水渍，先抹上一层防冻伤的膏药。

收拾妥当，众人重新出发。

他们一路弯弯绕绕，已经不记得自己走过哪条路了。也许是为了增加路程，绕山多走了一圈也说不定。

终于，教官开始带着他们往山下走。

路上又遇到了一次突袭，也是去程的最后一次。众人这次教训吃够了，每一环节都严防死守，显得有些神经兮兮。死命在原地折腾了一段时间，不肯前行。

教官拉都拉不动，最后在队伍前面踹着男生的屁股说“够了”，才带着他们继续进发。

幸运的是终于没出现纰漏。

随后时间临近中午十二点，教官停下脚步，宣布开始大休息时间。

他们已经到了地势平坦的偏僻地区，旁边是一个搭建到一半的地基，雪也浅了不少。

五十分钟里，他们可以卸下负重，准备吃饭。

他们带的是可以即食的套餐。但这样冷的天气，里面的饭都结成团了，还是要加热一下才好吃，顺便烤烤火，热热手。

一群男生被指派出去清扫场地，搭建石灶。负重背包里已经放了燃料。他们几人将东西集合起来，开始生火。

连胜掏出光脑查看，发现路程早已过半。早上六点出发，如今已经十二点了。刚出基地的一段路走速较快，上山后速度开始放缓，休息时间也开始跟上，加上各种演习耽误和额外负重惩罚，他们最终走了三十二公里。

此时从地图上看，距离基地，最短还有二十三公里的路程。

作为先批部队，这次针对他们的拉练可不止五十公里啊。连胜直觉要多的话，不可能只多那么一点零头。

几位教官在前面聊天，等着学生这边准备妥当，他们过来蹭饭。还有两位医务室的人，拿着药箱询问他们的情况。

长时间的登山，还蹚过冰水，又一直在雪地上行走。就算军靴是防水的，依旧会有雪水融化，顺着裤腿往里面流去。有些人的脚已经像被泡发了，不知道是走脱皮的还是被水汽蒸脱皮的，可以撕下一块来。

医生看了一眼，给他们分发膏药。上完药，又是一条需要跋涉的好汉。

连胜一路上没敢喝太多水。实在是第一次的演习给她的印象太过深刻，害怕这边路上也没有排泄的地方。果然不出她所料，选址极为随意。

在这样的荒郊野地，想方便比较羞耻。

教官环胸走过来说："怎么样？要不要上厕所？我们一百多个男生可以给你望风啊！被一群男人宠爱着的感觉怎么样？"

连胜：被这样一群男人宠爱着，不如让她死了吧。

"谢谢。"连胜点着头说，"我还可以再撑一撑。"

旁边的餐盒渐渐冒出热气，连胜小心地端过来，用那装过雪的袋子垫在手上，享受地吃了起来。

热腾腾的饭菜从喉咙口滑下去，温暖了食道，也温暖了整个身体。味道已经不重要了，反正吃起来舒服就行。

休息过后，要再起来就成了一个挑战。

众人缩着脑袋，蹲在火旁，感受着火焰的温度。直到带来的燃料烧尽，规定的休息时间也即将告罄。

教官站起来，残忍道："所有人起立，收拾场地准备回程！"

方见尘哈出一口热气，抱成一团不想动作："从来没觉得起立是一件这么艰难的事情，真的。"

他们现在最想做的是睡一觉，就算是这样的露天地带，他们也不讲究。

连胜使劲搓着手，闭上眼睛。

"赶紧啊！"教官在旁边催促道，"下午你们是有任务的，要是完成不了，后果很严重啊！现在不抓紧时间，待会儿是会后悔的，我告诉你们。"

连胜抬头问："什么任务？你是说类似早上的演习吗？"

"不是。"教官说，"我们基地后面的山林区吧，是很大一片的。我们最早走的是左侧山路，然后慢慢转中，绕到中路。其他学生不一样，他们最早走的就是中路。"

教官摸着下巴想了想说："按照计划，他们现在应该走了二十五公里左右吧，我们走得比他们远，但是我们现在离基地的距离比他们近。我们在他们返程的路上。"

众人听他这样讲，心中稍稍有数。

果然，就听教官说："你们回程的任务就是拦截他们！我们对你们做了什么，你们就对他们做什么。射中五百发子弹，算是拦截任务完成，你们可以反身回基地。我们会给你们减轻负重，从现在开始，你们的负重只有十千克。”

“但是！”教官伸出手说，“注意啊，如果你们被击中，就要倒在地上扮演尸体。直到你们的队友完成五百发的射击任务才可以起来回程。如果下午六点之前到不了基地，你们也会被算作拉练失败处理。失败的后果很惨重，你们心里一定有数。”

他说得抑扬顿挫，但众人都没什么兴趣。只是又一次被分派了莫名其妙的任务，却不知道为什么生出一种果然如此的安心感。

男生摊手说：“为什么？这种讨人厌的事情交给你们就好了嘛。”

“没有经验啊，教官。我们都是一群小天使，让我们安安静静地回程不好吗？”

“说好的是拉练，不是实战演习啊，又变形态了？”

“不是我说啊，教官，为什么你们自己不去啊？这都快结束了还让我们自相残杀，不好吧？”

“我们也想啊，但是我们人手不够啊！基地里的人不可能都调出来，分配出来指导的人有限，要看着你们的队伍，还要去找你们做突袭。”教官指着他们说，“教官相信你们，所以选择了你们！”

一男生举手道：“报告教官，您说拉练是一项团体活动，不接受掉队，所以它应该不是一个淘汰训练，而是追求你我共同进步，迈向新社会的好训练！”

众人握拳做励志状，集体点头附和。

教官微笑道：“拉练不是，但集训是。集训不是一个好训练，有本事你打它啊。赶紧给我起来！磨磨蹭蹭的，一点精气神都没有！”

众人无奈长叹一声，站起来收拾场地，将背包和武器减到十千克，重新准备上山。

他们来到山腰，看见一排杂乱的脚印通往远处，确认就是大部队的痕迹，于是停了下来，等待对方回程。

一男生捂着心口道：“教官，我都要高原反应了。”

教官咋舌，用手戳了戳他：“这才多高你还高原反应？你是在哪个坑里被挖出来的？化石啊？”

“高是不高，可难过是真的。”

教官抖着腿道：“一天才五十公里你们嚷嚷什么呀！女兵都没你们这么会叫！”

男生举手：“我们队伍也有女兵啊！你怎么能无视连胜呢？”

教官：“对啊！女兵都没掉队，你们还嚷个屁！”

方见尘看向连胜，悠悠地道：“她是没掉队，可是她魂儿都要掉了。”

“非也。”连胜靠在树上，抬起手道，“行尸走肉，也是一种磨砺。”

众人：“……”

教官感动道：“什么时候你们能有她这样的觉悟，我再也不用替你们担心了。”

他们将人员分散开，寻找一个好的遮蔽点，留下了几个人，明晃晃地守在路中间，以混淆视线。

本次集训一共有一千多人，具体的人数连胜不知道，但应该在一千五以上。而他们这边加上教官也才一百多个。对面没有中弹就“死亡”的说法，他们却有，这意味着双方的人数差距只会越来越大。

五百发的要求，意味着队伍里的人，每人至少要拿到近五个人头才能算作合格达标。

问题是，对面的可不是什么泛泛之辈，他们也是各军校里的佼佼者。

劣势可谓非常明显，但优势也有。趁其不备地偷袭，可以先收割一波人头。对面经过早上的诱导，投鼠忌器，可能不敢第一时间开始反击，加上他们这一百多人，身体素质全部都是最优秀的。

连胜在心里推算了一遍。不是那么难以接受，但也不是那么乐观。

他们守在原地等了几分钟，保持不动的姿势，前方大部队终于过来了。

“嗨！”守在明处的几位男生朝他们招手，“你们好。”

对方队伍前排戒备地停下脚步，持枪对准，打量他们。

“又是教官假扮的？”

“不是，是学生没错。看脸啊，朋友啊，不觉得眼熟吗？”

“是我们学校的，没错。”

“怎么停在这里？是被我们追上了？”

“应该走的就不是一条路吧，我们都没看见他们的脚印，而他们明明是早出发的。”

几位男生上前一步，努力地说明。

“我们是从旁边走的，为了多走一点路被带着绕了个大圈。走到这里的时候我们稍微慢了一点，被队伍丢了。”一名男生抬手一指示意，接着说道，“这边的路我们不认识，看见你们的脚印了，想跟你们一起走。”

大部队的人还有些戒备：“不是吧？你们会落队？”

进入了第一批次的人，会甘心在训练里落队？

“我们怎么想不重要啊，我们只是学生啊。但那几个教官太过分了，拿我们当傻子一样的。我们忍不了，和他吵了一架，因为太生气就主动脱离团队了。”

几位学生看向大部队的教官，说道，“教官，收留我们吧，把我们也带回去。话说你们要不要在这里先休息一下啊，我们可以慢慢解释的。”

教官这一次终于跟他们站在统一战线，等待打击自己的学生。

几位教官看着他们，露出一个微笑，放声道：“都先原地休息一下，我们看一看目前的情况。”

听他们声情并茂地解释抱怨，暗处的教官欣慰地点头：“一个优秀的战士，一定是一个优秀的演员。不错，不错。”

此时大部队的学生们，听到教官说休息，猜想应该没什么变故，顿时放松了警惕。他们收起武器，三三两两坐下，等待下一个指令。

进程过半，中途又被折腾得不轻，身心俱疲。

他们拉着一队落单的那几位，问道：“你们是怎么跟教官吵起来的？也是够有勇气的了。”

男生摇头晃脑道：“说来话长，主要是该动手的时候，就要动手。”

一队这边，教官抬手一挥，埋伏在暗处的学生们举枪探出头来，开始疯狂扫射。

子弹从四面八方打去，冲破矮树，掠过地面，激起细碎的雪花，宁静顷刻之间破碎。

坐在地上的学生听到爆破声，心猛地一沉，右手撑住从地上蹿起，望向枪声来处，看见的却是几个穿着熟悉军装的学生，顿时傻眼：“什么情况？！”

得亏他们在这次拉练中踩到的各种神经兮兮的坑，虽然不明真相，却第一时间反应过来，进入备战状态，寻找躲避位置，控制住了先批伤亡。

有学生喊道：“有敌袭！有大批敌袭！所有人注意！”

他们毕竟人多，不管敌军从哪个方向过来，先随意瞄准一个地方，空鸣两炮以作威慑。得到喘息的时机，躲到树后，查探情况。

连胜喊道：“偷袭得手就注意撤退，不要恋战！同志们记得随时换位保持距离！”

虽然这次活动是教官带队，但突袭活动没有指挥，连胜无意识地已经抢过了这个重担。

教官看向她，说道：“很自觉嘛，喜欢做指挥？”

连胜收枪，为免暴露自己的位置，弓着腰躲在一簇灌木的后面，闻言道：“还好还好，毕竟这里指挥系的学生不多。”

教官好笑道：“是不多。一队好像就两个，去年倒是听说有几个指挥素质不错。你们这些人很有野心嘛。”

基地这边毕竟是为了机甲选拔赛进行的特训，而机甲选拔赛是针对单兵的一场比赛。一般指挥系的学生想要通过军部特招，不会参加这个。他们的正常途径是准备简历和报告，上报答辩考核。

连胜笑了一下，然而衣服的高领遮过了嘴巴，让人看不见她唇角的弧度。

她朝旁边张望，因为互相间距离过远，根本无法掌握队友目前的状况，也不知道他们各自的位置。他们这里没有对讲机，说出的每一句话，都会落入敌人的耳朵。

这条件，不适合指挥发挥啊。

混战中，大部队的同学们仔细一看，发现晃过的人影根本不是伪装的教官，而是从起点处就消失了踪迹的一队众人。

因为毫无准备被打了个措手不及，刚刚那一波伤害，足够让他们增加负重直到回到基地了。

“来自一队的敌袭？”众学生开始反应过来，抓狂道，“这是被耍了吗？”

他们立马回头，找到之前留在这里的一队学生，将枪口对准了他们，凶狠道，“你们一队什么情况？你们什么目的，你是间谍吧？”

那男生用一脸茫然的模样说：“我不知道啊，我不是说了我落单了吗？他们什么安排我不知道！”

另外一名男生已经将教官彻底拉入自己的阵营，挥手将他的武器打下，信誓旦旦地道：“不信你们可以问教官！这样审我们是什么意思？”

教官土狗般蹲在一侧，闻言捂着耳朵道：“你们说什么？我不知道啊。”

几位一队学生立马道：“教官都不知道，我们肯定也不知道啊！对方发疯还归我们管？”

双方对峙片刻，二队学生最终放下武器。

面对这一言难尽的现状，他们开始烦躁不安：“到底闹哪样啊？！”

一队见对面没有即刻开始反攻，自觉调整视角，准备第二次的收割。他们在进攻上都是老手，不需要太多的指令，可以自己分析战况并把握时机。

黑色的身影们像蚂蚁一样在外围挪动，一声枪响又一次带动了强攻的开始。

攻势忽然强烈，二队学生匆忙朝旁边躲去，大骂道：“你们神经病啊！这是拉练不是比赛啊！”

“别闹了行吗？我们这边有惩罚的！没见过你们这么不看人好的。”

“没法做兄弟了！你们等着！我们也不客气了啊！”

教官在一旁看好戏不吭声，众学生几次受到突袭，忍无可忍，准备反击。

“等等！”一队男生按下他们的武器道，“谁知道现在是什么安排，开枪建议慎重啊。”

学生怒道：“慎重什么啊慎重？对面先攻击的！两次！”

男生皮肤偏黑，但是眼睛很亮，他不慌不忙地道：“所以我说不知道对面什么安排。你们忘记之前的事情了吗？整场拉练赛都很诡异。反正就是要让我们在该攻击的情况下保持防守，该防守的情况下进行攻击。我问你们，现在战况明不明朗？”

众人被唬得一愣一愣的，仔细那么一想，觉得很有道理，点头道：“明朗啊。”

“对啊，明朗！”那男生挥舞着手臂道，“就是明朗，才觉得很奇怪啊。”

他说着举起了手，无辜道：“我没别的意思啊，我现在和你们是一伙的，就是合理质疑。一队的人大家不了解吗？都是学生，被压迫了这么些天，去坑教官还差不多，怎么可能主动来坑你们呢？此事必有蹊跷。”

众人被说动了，迟疑了一下，看向教官，问道：“教官，你怎么看啊？”

教官露出一个和善的笑容，不置可否。

一队留守的几位男生见教官是这反应，彻底安下心来。

“你傻呀？如果真有猫腻谁安排的？拉练从一开始，各种坑爹规定谁定的？”他小心指了指教官，“你问他？他这反应才正常好吧！”

众人彻底被说服了。

教官审视地看着他，嘴角带着意味不明的笑意，而后点点头。

这学生反应迅速，脑子好使，能进一队看来身体素质也不错。前途无量啊！

“什么情况啊？我都要害怕了。”连胜蹲在后面，抓紧这个难得的时机开始攻击，一面说道，“都打到头上来了，这么久对面还没有反应？去交涉的人什么来头？”

教官笑道：“我不是说了吗？一队还有一位指挥。”

连胜感兴趣道：“谁？”

“国防大学的学生，严朔。”教官说，“过分了啊，这都这么久了你还不知道人家？”

“名字有点耳熟。哦！”

连胜回忆起来，是之前在训练室外面想找赵卓荦挑战的那个人。那么好战，竟然是指挥？

他们隐藏着身形持续强攻，就听对面高声喊道：“一队的，你们到底什么目的？如果再不开口，我们将对你们进行攻击。”

一队同志们有点乐了。

连胜大声回应：“我们是无辜的，我们被胁迫了！”

大部队众人有些迟疑不定，互相讨论。

“那能不能杀啊？”

“胁迫屈从就是叛徒啊，叛徒当然能杀。”

“还有什么步骤没有？问一问。”男生躲在暗处正了正帽子，“我都不敢打了，这拉练到底有多少套路？”

连胜这边一百多人的队伍，将大部队牢牢逼在了林子里。

前排队伍不明真相，不敢贸然攻击，后面的同志们又得不到任何信息反馈，只能原地待命。他们迟缓的反应给了一队绝佳的攻击时间。

一队部分男生胆子越来越大，逐渐分散开后，从两侧一路下移，强袭抢杀人头。

林子里不断地回荡着枪击声和叫骂声。

连胜扭头问：“射击数多少了？过半了没有？”

教官看了一眼数据，点头说：“不错啊，已经快三百了。”

对大部队来说，形势很严峻。

“这样不行！再被打下去我们的惩罚也甩不掉了。先干掉他们，也就一次性的负重惩罚。”二队成员道，“同志们别想了。出击！”

“先应对，都做好防御措施。”严朔道，“不管能不能打，我们不能就这样坐以待毙。让后面的队伍上前来。一队人少，用人数震慑他们，可以有很好的效果。”

大部队这边教官不管事，内部没有一个公认的领导，显得很杂乱。众人的行动想法下意识会跟着态度强硬的人走，因为他们需要指挥。

严朔的身份虽然尴尬，但说得在理，在找不出错误的情况下，众人决定听取他的建议。于是一群人费力地喊道：“后面的人上来准备迎战！有敌袭！”

连胜听见动静，跟着喊道：“所有人注意撤！不要再恋战了！”

“同志们散开！不要往同一个方向撤退！先拉开水平距离再后撤。”连胜说，“灵活应战！对面人多，小心被四面围捕。”

她说着，朝旁边的几人勾勾手指。

联盟大学的几位学生算是了解她，决定跟着她行动。其他人没得过暗号提示，不明所以。

赵卓荦下巴一点示意道：“走！”

叶步青等人相继收起武器，朝着连胜的方向狂奔。

连胜的位置离战区较远，她故意保持了距离。因为知道自己逃跑速度不快，遇到反扑容易倒霉，而且躲在后方也可以更清楚地观察战况。

一队的战斗力很强劲，并不怎么需要她的助攻。

她也开始撤离，却不是朝基地的方向，而是朝左侧移动，一面跑一面回头注意战友的情况。

一队的人在刚才的攻击中不断地从两侧向前突进，现在先批部队已经深入敌营。

连胜喊道："对面开始反攻，两侧的同志们来不及了，想甩开他们就不要往基地的方向跑，先往两侧跑甩开追兵！都听见了没有？"

严朔听见那边的喊话，似真似假地提议道："前排部队火速往两侧延伸，拦住对面的去路！让他们有来无回！"

在负重拉练行程过半的情况下，大部队学生的体力是一个大问题。这种时候往两侧追击，意味着他们拉练的路程会被拖长，队伍被分散，还要重新集结，简直得不偿失。如果某个学生被对方扣住难以逃脱，那就更糟糕了。毕竟惩罚是团队全体共同承担的，所以他们肯定不会选择深追。而且一队如今负重只有十千克，少了一半，身轻似燕，跑起来飞一般的快速，他们想追也追不上。

二队学生停在原地，朝着一群"脱兔"喊道："跑什么？你们不是被胁迫了吗？我们正好来解脱你们啊！"

"活着不好吗？"一队学生说，"我们想活着，好意心领了。"

众学生怒道："一群祸害！"

连胜和赵卓荦等人成功在队伍侧面集合，暂时观望等待。她叫住那些从后方逃撤过来的队友，让他们一起过来选位埋伏。

带领着少数人从正面对抗是非常吃力的。他们一面要准备进攻，一面又要投入大部分的精力进行防守。纵然他们有着负重上的优势，也早晚会被消磨殆尽。

如果时间拖延得太久，那么早期阵亡的战友将没有足够的时间冲回基地。规定是他们需要在下午六点前赶回，而此处距离基地，尚有二十几公里。所以，他们需要的不仅是完成任务，还要高效地完成任务。如果绕到队伍的后方，他们的任务将轻松许多。

对方要进军，就要背对着他们；对方要追击，就要考虑一下拉练的距离。他们可以从精神上压迫对方，再用猥琐的试探攻击达成自己的目的。毕竟，他们的任务不是击溃这一千多人，而是拿到五百的射击数。如今，只剩下不到两百个数了。

在这样的雪地里，所有的行踪都会被轻易暴露出来。

主路的地面虽然被踩得一片凌乱，但侧面一直是干净的。现在可以清晰地看见一排脚印，从前方蔓延到他们队伍的侧面。

深入后方的成员绕去侧面躲避追击还说得过去，这群人就在队伍的最排头，绕什么呢？他们要是真想撤，直接往基地的方向跑就行了。

二队有人一直盯着他们，发现了他们的操作后，立即回来报告道："对面在旁边停住了，应该是想继续偷袭。"

“他们拿了那么多击杀数还不满足？究竟任务是什么？击溃我们？做梦吧，干脆上去直接人数碾压，少留他们在这里恶心人。”

大部队虽然一团散沙，但理智尚在。一队如果不肯放过他们，如附骨之疽，挥之不去，那么前方二十多公里的路都会很艰难。最佳的选择还是斩草除根，图个爽快。

严朔略一沉吟，知道连胜是想绕到大部队的后方收割剩下的射击数，于是及时打断他们的讨论，转身严肃地说道：“兄弟们，你们都想什么呢？杀什么杀？这时候应该趁机冲过去啊！他们主动绕到侧面，就说明前面已经安全了，我们抓住机会，可以一路直达营地。不要再耽误了。”

几名学生面面相觑，犹豫道：“这不大道德吧？”

这次拉练一队是特别的，他们最先出发，后面的队伍以二队领头，依次出发。各队伍之间的惩罚当然不共享。三队和四队此刻就在二队的后方。

对方如果不肯罢手，又放弃狙击他们，那新的目标是谁不言而喻。他们现在跑路，等于把危险留给后面不明真相的兄弟。

“干吗？做慈善呢？这叫战术抉择，缩小损失。”严朔说，“你们还想背多少负重？集训可还没结束呢，后面还有好几天。”

众人略一思索，觉得该不厚道的时候，就得不厚道，接受了他的提议。

他们商量完毕，跟着旁边的兄弟招招手，低调地展开动作。

旁边的教官抱胸问道：“决定走了？”

众人点头。

教官高声一喝：“撤离！所有人准备撤离！”

尚未完全脱离战斗状态，教官没让他们停住增加负重，只是指挥着人往正确的方向走。

二队的人火速离开，三队和四队紧跟其后。

可是他们并不明了前线战况，见队伍忽然开始快速前行，只当敌军已经被击退了，也迅速跟了上去。

前方人员的速度变化，传到队伍后方的时候会变大，四队学生埋头小跑跟上。先前还堵着不走，现在节奏又变快了。

忽然，队伍后方响起了枪声，连绵不断，密集打来。

众人恍惚中一愣，脚步凝滞，朝着后面看了一眼。

“人在后面！”一学生回神道，“后方有敌袭，让前面的人等一等，先过来支援！”

四队紧急开始调派队伍，摆开架势。

连胜收枪喊道：“撤！拉开距离！”

他们这一批人只有二十几个，都是连胜路上临时拉来的壮丁，还有两位教官随行。

他们拒绝所有的正面冲击，争取保存战力。

四队已经开始迎敌，连胜等人却干脆利落地撤退了。他们现在也是群龙无首的状态，顿时没了主意。

“追吗？”

“怎么追？要脱离大部队了。”

“已经脱离大部队了！三队的人冲开了。”

“不要深追，我们还在拉练啊，朋友们，不要中了他们的圈套。”

“对面的目的是什么？”

“他们如果被教官征用了，那他们的目的就是教官的目的，阻碍我们成功完成拉练。”一男生煞有介事地分析道，“同志们，不要被他们骗了，稳住别追！”

战友咬牙切齿道:“我深深地憎恨教官们的套路。”

众人深以为然，留下四五个侦察兵守在后面随时注意情况，大部队继续往基地行进。

连胜探头看了一眼前面的情况，点头道:“照旧。两个做诱饵，其余人全力掩护。上！”

速度较快的赵卓荦和叶步青干脆出列，二人冲上前，虚打出两枪以做掩饰，吸引他们的目光，然后就地一滚，朝旁边躲开。

连胜与其余队友在后方开始猛烈射击，瞄准对面走在最后方的四位侦察兵。

四队众人再一次被迫停下脚步，救援队友，展开迎敌姿势，而他们面对的，依旧是空荡荡的密林。

学生烦了:“到底追不追？”

“对面速度快，你追得上？跟他们跑远了还能回得来？拉练不接受落队啊，朋友。”

“那怎么办？”

“大家小心一点，我们人多，还怕对方这样的试探吗？保持速度前进！一定要在六点前回到基地！”

双方不断地拉锯，长达一个小时的消磨游击战术过去，四队成员已经在崩溃的边缘。

连胜粗略估计了一下，觉得应该已经完成任务了。

“我就不信了！”连胜半蹲着看向教官说，“怎么可能还没到五百？你们是不是故意的？还是缩减了我们的射击数？”

不只他们这边在杀，前方部队应该也在杀，他们的行动或许会比较狼狈，但身为一队成员，绝不可能一无所获。

教官听到她的催促，终于喊道：“一队所有人员注意，已经到数，准备回营！友情提示，现在是十五点二十五分，请在两个小时内到达基地，否则同样视作任务失败处理！”

众人都打了一个激灵，叫唤着抗议道：“不是下午六点吗？你这人怎么这样啊，还带出尔反尔的？”

“教官，你坦白说坑我们多打了多少？过分了啊。”

“六点那是最低时限，你们提早完成任务当然要提早回去，而且也就差个三十五分钟，你们至于吗？”教官指了指光脑示意，“已经开始计时，你们还想聊天聊到什么时候？”

众人抱起武器，立马朝着基地的方向跑去。连胜在后方跟上。

她在冰天雪地里蹲了八个多小时，脚踝以下都没了知觉。小腿部位的裤子，也因为之前渡河被打湿，一直冰冷地覆在腿上。此刻猛地站起来，右脚脚踝的骨头处传来一股刺痛，左腿没能站稳，直接大幅度地往旁边崴去。

连胜跌坐在地上，面无表情道：“扭了。”

众人：“……”

连胜挥挥手：“你们先走，我可以自己爬回去。”

众人：“……”

“不要这样欲说还休。”教官说，“他们真有可能干得出来。”

一男生实诚道：“干不出来，教官。她不能按时到达基地，你肯定会连我们一起责罚。”

教官抖着眉毛：“哎哟，聪明了。”

“说什么呢？”一男生挺身而出，“连胜身为我队实际指挥，为我们本次活动做出了巨大贡献。我们已经培养出来深厚的战友情，怎么说也不可能把她留在这里。”

连胜单脚爬起来，试着在雪地上跳了跳，说道：“谁帮我拿负重，扶我跳回去。”

赵卓荦上前一步，二话不说，单手解下负重，丢给程泽。然后一步上前，也卸下连胜的背包，丢给叶步青。

他弯下腰蹲到连胜面前道：“上来！”

“优秀！”方见尘在旁边抽了抽鼻子，“从没见过你这样，你年老体弱的兄弟还在这里……”

程泽咋舌：“年老体弱的兄弟就丢在这里了吧。他只是一个累赘而已。”

连胜看着赵卓荦的背，有些受宠若惊。

之前她气息奄奄的时候，赵卓荦给她背过枪，给她背过包，但从来没有脑子开窍背过她。这会儿竟然会主动请缨。

赵卓荦久久不见动静，催促道："走吧。"

连胜趴上他的背，两手按住他的肩膀，欣慰地说："赵优秀同志，我太感动了，也感谢程泽同学与叶步青同学的亲情支持。"

二人轻笑了一下。

背着一个人速度必定会减慢。他们要马上开始赶路，没有闲聊的时间了。

赵卓荦掂着连胜往上提了提，胸口堵住一口气。

本来穿着棉服，身体就比较圆润，动作间不是非常灵活，加上地势坎坷不平、积雪深厚等诸多原因，总之体验下来，比想象的困难。

"你的体重……"赵卓荦默默地憋下了后面的一句话，迈开腿赶路。

连胜抬手摸摸他的脑袋，说道："你连将军最近为了补充体能，吃得稍稍有点多。但是你放心，中午吃的我已经消化了，就是还未进行排泄。"

赵卓荦："……"

连胜的队伍终于真正地撤退，四队的小可怜们却不敢相信。

四队侦察兵看着他们的身影，说道："他们走了？这次看方向好像是真走了。"

"这就走了？有诈吧？还没到呢。"

"有没有诈不知道，但毛病肯定有。"

连胜的室友缩在队伍里不敢出声，抿着唇假装什么都没听到。

连胜脚崴了一下，但并不是非常严重，先期休息过后，坚持坚持依旧可以走动。

赵卓荦背着她走了快一个小时，程泽又接手背着她走了一段，在她数次坚持下，才放她下来。

一行人最终成功在时限内赶到基地，受到了二队成员集体的热烈欢迎。连胜借口去医务室及时脱身，其余一队成员被自己的校友按在地上不停地摩擦。

不久后，四队的人回来。他们整个脑袋还是木的，完全没明白一队的目的是什么。

互相间一对情况，才知道严朔竟然就成功骗了他们一路，轻松到达基地，然后又毫无负担地滚去休息了。

众人纷纷唾骂，太无耻了，世间竟有如此厚颜无耻之人！

第一天的拉练圆满结束。虽然过程有些曲折，但因为时间给得充足，最终各队都成功完成。

晚上没有额外的安排，算是给他们休息时间。第二天早上所有人继续室内训练。

教官根据他们在拉练中的表现分配训练量，拿到扣分项的人，再一次被提着脖子严格操练。

连胜和她的两位室友都在二楼训练室里磨到晚上才回来。连胜继脚受伤之后，手臂又再一次肌肉拉伤。

完成这次室内训练，只剩下最后一个大拉练，本次集训就算结束了。

众人丝毫不敢懈怠，互相猜测着教官可能会出的规则，气氛空前热烈。

教官守在旁边，静看他们喧哗。

翌日早晨，连胜准备妥当，依旧在训练营的大厅等候。

众人围在一起，熙熙攘攘地不知道在说什么。连胜悄无声息地加入了赵卓荦那边的群体。

方见尘说："昨天教官好像走了，不知道今天的拉练还继不继续。"

连胜："走了？"

"嗯。"程泽严肃道，"好像连夜被调派去前线了，基地里走了不少人。虽然他们本来就是在这里做最后训练的预备军，但是走得也太突然了。"

问题是，他们没有从光脑上找到任何相关信息。

众人小声讨论了一会儿，教官从里面走出来。看脸的确是个陌生人。

众人列好队伍，等待他的讲话。

他往前一站，挠着头道："是这样的，本来今天呢，你们的教官要带你们做最后的三天拉练，但是他们有事被调走了，所以现在我临时接手。另外基地收到紧急通知，不允许外来人员进入，正好你们要拉练，现在回去收拾行李，咱们提前出基地。拉练完了之后直接回校，不用再过来这边。有问题没有？"

众人答道："没有！"

新教官："那就收拾东西，咱们现在出发。"

之前拉练的行程是几位教官共同设计的，他们走得匆忙，没有时间交代，换成新教官后就成了非常常规的拉练。

日常徒步，做做普通的应对演习，每天到住宿的地方帮忙打扫一下卫生，休息一个晚上，然后白天继续赶路。

历经了各种变态训练之后，这样的行程反而简单得让人有点不适应。

大拉练最终平平淡淡地结束，本次的集训也迎来了终结。他们在最后一个住宿点告别，回各自的学校。

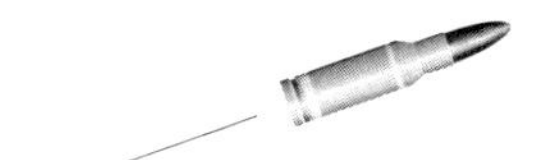

第四十五章 开幕

连胜等人结束集训回到联盟大学的时候，在山上进行实战演习的学生们尚在煎熬之中。按照惯例，他们还有五天的训练时间。

因为这段时间在校人数过少，军事学院无法正常开展课业，一般课程都改成了自习。另外校方聘请了几位退役士兵来暂时担任教官，负责学校里临时加设的体能训练课，算是为了机甲选拔赛做最后的突击准备，想参加的学生可以随意选择参与。

连胜作为指挥系里一朵明艳的奇葩，这几天都跟着赵卓荦他们一起上课。

然而，这群在集训里生龙活虎，无惧寒风暴雪，彻夜不寐地燃烧生命，上可入天下可钻地的学生们一朝回到学校，三分之一的人都感冒了。

这场感冒来势汹汹，病人状况可谓严重。连胜吓了一跳。林医生好像已经习惯了，眉毛也没皱过，敲着手指一个个安排下去。

为了保证药物不会影响他们之后的比赛，就让他们每天过来检测一下身体数据，尽量避开药物治疗。

回校不久，机甲选拔赛的报名也正式开始。

连胜跟赵卓荦他们，一起约在食堂碰面，组团报名。因为叶步青说，根据历年来的数据观察，报名序号相近的人，在初赛对上的可能性更低。机甲选拔赛的赛制比较靠运气，所以能拼玄学的地方，他们都不会放过。

连胜特意去了解了一下相关内容。

机甲选拔赛，是一场大型校际联赛，初赛和决赛各要持续一个学期。

根据她自己查到的信息，因为报名人数众多，学生间素质良莠不齐，报名系统会先用学务积分作为评判学生的标准之一，以此暗中将选手划分成三个组别。

组委会人数有限，每天能监督举行的场次是固定的，但为了能尽快淘汰尾端选手，不同组别被分配到的场次却是不同的。

预赛初期，低分组的学生多数会在短期内被匹配到大量比赛，且很大可能遇到身处高分组的对手。而初赛前期采用的又是单败淘汰制，所以在最短的时间内，低分组人数会大幅缩减。

之后同样的遭遇再转移给中分组的人。一周之内，可以直接淘汰近一半的选手，中低组的人可以占到九成左右。

所以处于积分顶端的学生，在比赛前期会非常轻松。很少需要对战，且不可能遇到积分相当的对手。当参赛人数少于三百的时候，系统才会开始真正的随机匹配。通过互相对战淘汰，决定决赛的人员。

这种时候采用的又是双败淘汰制，即两次被击败才会被淘汰。

“初赛还好，根据今年集训的结果来看，联盟大学应该没什么问题。”叶步青托着下巴道，“比较麻烦的是决赛，有好几个比较难以揣测的对手。”

集训里一队各校成员的人数有很高的参考价值，他们参加这次训练的同时，也在努力地收集数据。

虽然是同一个比赛，预赛和决赛的赛制却截然不同。比较有意思的是，机甲选拔赛的初赛是个人作战，决赛却是团体作战。

为了保证能凑齐决赛的团队人数，预赛后场会有一条额外的规定。当一所军校学生的剩余参赛人数不足五人，无法组成决赛圈的队伍的时候，该军校所有人会被直接做淘汰处理。

组委会的态度非常明确，他们需要单兵，但是不需要一枝独秀。团队合作也是机甲手需要考察的实力之一，如果你不能提供，我们当然也不能接受。

但是，总体水平实力弱的军校，也有可能出现一两个水平特别突出的学生。他们因为各种各样的原因，平时没有能够表现的机会，也没有足够的渠道。在这个大舞台上异军突起的话，就能得到额外的关注。预赛后期，为了实现各方双赢，会出现频繁的学生转校现象。

组委会也鼓励这种现象，优秀的学生就应该得到更好的资源。

在连胜看来，选拔赛初赛考察的不只是单兵实力，更是军校实力。它的目的不是给学生进行排名，而是选出十二所能提供全精兵阵容团队的军校。

当然，这种赛制也有让人诟病的地方。

最坑爹的一次，是在临近预赛结束，各校竞争白热化的时候。系统将同一所军校的两位选手匹配成了一组。两人不得不淘汰对方，随后导致己方军校人数小于五，直接丧失决赛资格，同时将其他军校送入了决赛圈。

虽然预赛还没开始，但他们已经在以决赛为基础开始做准备。叶步青正准备讲解一下收集到的情报，赵卓荦抬起头问连胜：“你积分多少了？”

他们几人当然是有信心能进入决赛的。

预赛结束的条件，是只剩十二所军校能提供五人团队的阵容。但是，每次结束的时候，联盟大学进入决赛的选手都会远超于五个，最多的一年，似乎进了十二个人。

决赛以军校名义参加，人数超标，他们要在内部将合格人员进行组合，再派上场应战。

连胜能不能进入决赛关系很大。她的实力很有优势，不只是单兵，更重要的是指挥。

他们希望能提前组成一支固定且有风格的队伍，可连胜如果依旧是那几百几千的积分，大约是……非常艰难的，他们就需要再考虑考虑。

连胜拍出自己的光脑，摆在桌上，展示给他们看。

几人将信将疑地凑过脑袋，随后呼吸一窒，数了数后面的零，再看了一眼首位数，陷入沉默之中。

莉莉安娜之前答应过连胜，跟校方提了一下积分提升的事情，校方很是重视。学务系统引进积分制度，就是为了衡量学生的实力，可是如果因此成了优秀人才成长的禁锢，那就本末倒置了。

连胜是转系生，她积分不足情有可原，校方确实应该提供一个更合理的实力评判方法。于是借用这次集训，根据基地给分重置了连胜的积分。

基地教官并不知道这件事情。

连胜虽然身体体能薄弱，但是从全部的训练项目来看，她反应迅速，作战老到，技巧高超，意志力强大，颇具潜力。身为指挥系的学生，她有很强的全局观，同时作为一队唯一的一名女生，有很强的表率领导作用，发展前景值得期待。

于是，各位负责教官对她印象深刻，在打分的时候，手一抖，弱化了她的体能劣势，打出了额外的高分。

校方根据她得分前后学生的总积分数，取了个平均值。连胜就这样成功迈过了十九万分的大关，并朝着二十万奋力迈进。

什么叫一飞冲天？这大约就是了吧。

四人看着她的眼神顿时变了味。

原本还是一个需要同情的人，忽然一夜暴富，甚至还要超过你，这心态有点崩。

空气诡异地安静下来。

室友丙一声高呼：“老公！”

几位室友端着餐盘走过来，站在他们的桌边。她们看着这僵持的气氛，试探性地问道：“打扰吗？能一起吃饭吗？”

赵卓荦和叶步青往里面挪去，留出几个空位，说道：“没事，我们已经聊完了。”

于是三人安心地坐下。

连胜这才低头，吃自己端过来的早饭。原本天气就冷，包子和粥都凉了。

“给我们说说呗，集训是怎么样的？”室友丙朝着连胜挪了挪，“听说是地狱里的地狱？还分批次？结果怎么样？老公你是第几批次？”

连胜沉吟片刻，将集训里的部分规则跟她们讲解了一下。

三位室友听得直抽气。

她们是材料工程学院的，平时就是宅系一族，跑个八百米都能要了她们的小命。脑海中的训练量，路程按米计算，时间按秒计算，结果到了他们这边，直接上了几个计量单位。

新世界的大门……不能打开！必须堵死！

室友丙打了个激灵，说道：“听起来很难啊！”

连胜想起之后的拉练赛，咬着包子叹道：“没有最难，只有更难。”

可以预想后期的大拉练应该是集训里的重头，如果教官们没有离开，或许会是很美丽的场景。

室友丙说：“听你们说起来，你们的教官应该也很厉害吧。”

程泽说：“远征军预备役吧。”不然也没有资格训练这群军校生里的佼佼者了。

“那他们突然被调走不是很奇怪吗？”室友丙的声音小了下去，“不会出事了吧？”

“真出事不可能没有消息，担心什么？军人调派是很正常的事情，尤其是教官，本来就是额外任务。”程泽说，“反正不管发生什么，我们现在能做的，也只有提升自己了。”

数日之后，军事学院众人全部回归。

一个寒假没见到连胜，却总觉得一直在受她的影响，尤其是期末考试的成绩，成了他们心头的一片阴影，一直如影随形，挥散不去。

经过欲生欲死的演习，他们本已经忘了这事，但随着学院开始开课，各个授课教授反复提及她的传奇事迹，阴云又飘了回来，还壮大成雨。

得知连胜目前的学务积分以后，大家的心彻底凉了。

众人表示，不想跟她做朋友，减寿。

然而这件事情并没有干扰他们太久。机甲选拔赛报名时间只有一周，截止之后立即开始资格审核。为了抓紧时间，审核通过的学生先进行分配场次。

众人都在讨论机甲选拔赛的相关事宜，毕竟这是他们大三最重要的事情。

指挥系的学生表示只能看看热闹了，而且他们也要开始准备相关的公文资料。但他们对于连胜的参与表以诚挚的支持，表示一定会前往观战。不过以连胜目前的积分，注定了她先期不会有什么激烈的比赛。

时间很快到了三月一号。

早上八点，所有军校报名学生，在各自的体育馆集合，通过立体投影参加开幕式。

联盟大学指挥系报名的人太少，连胜再次作为镇系之宝，被拎到单兵作战系的队伍，站到他们的最前列露脸，于是她能清楚地看见站在司令台上的几位领导的脸。

坐在中间的一位正装领导缓缓开口道："感谢所有参加本届机甲选拔赛的学子，你们都是我联盟最值得骄傲的学生。首先，我谨代表选拔赛组委会……"

几乎所有的活动，在开始前都会有一段冗长的发表演讲。

但听领导讲话也不全是糟糕的事情，譬如远征军代表的动员词，总是只有简单几句，却铿锵有力，让人血脉偾张。

在历来的开幕式中，都会有远征军某军团选派出的代表人物出来致辞，一般都是颇有名气的将士。但这一次，他们等了许久，出来的只是一位不怎么眼熟的尉官。他上前一步，接手主持开幕。

不管出来的是谁连胜大概率不认识，所以毫无反应。但排在连胜后面的男生小声地嘀咕道："这位是哪位新晋的军官吗？哪个部队？什么功绩？是我脱离外界太久了吗？"

前排带队老师回过身来，眼神示意他们保持绝对的安静。男生顿时一凛，低下头不再说话。

之后便是众人宣誓，主办方负责人简要介绍活动流程以及相关规则。在结束之前，公布了当天举行比赛的学子名单。未出意外，没有连胜的名字。

开幕式正式结束，众人散去，负责教官让大家自己上官网查找数据，官方已经放出了之后三天会有比赛的学生名单。连胜搜索了一遍，都没有自己的名字。赵卓荦几人倒是有一场。

选拔赛正式开始之后，联盟大学里相关作战系的学生都开始切入训练模式。就算在校际选拔赛中先期落败，这段时间也有很多其他的赛场，正是他们崭露头角的机会。

有了先前的经验，教授并不强制连胜参加文化课程，而院方出于集体考虑，又削减了指挥系的体能训练。

连胜在学校里显得非常尴尬，仿佛没有落脚之地。

没有专业性的机甲训练计划，连胜现在处于完全自由的状态，她最终选择上三天逛逛。

三天的群众见到她，群情激奋，仿佛见到了多年未见的老朋友，一个个在世界频道呼唤她的名字。

这不是我的梦中情人大将军吗？！

大将军你不在，感觉整个三天都寂寞了。

再没有遇见一个人像你一样霸气，会装的同时，还不忘打脸。

闭上眼睛仍能想起那些年你开擂台赛的样子。

大将军明显打指挥更厉害啊。

大将军之前应该是去集训了吧？之后是选拔赛了吧？还有心情上外网潇洒？

连胜在频道上扫了一眼，觉得对这场景很是怀念。

她如今已经很少在十二区正式露面，曾经的擂台赛成了她辉煌的过去。实在是机甲上手之后，积分又已经足够，和新人玩在一起没有太大的意义。

连胜点开信息提示，才想起来，哦，其实她还在擂台赛的状态里。

百米飞刀跟工作室的几人都在线，看见她上线的消息，也追过来说："好久不见了。"

骠骑大将军："哟。"

"哟个啥？你是不是忘了我是你老板？"百米飞刀说，"干什么事都不来报备。你这人怎么这样啊？"

骠骑大将军："……"

虽然签约了百米飞刀的工作室，但他真的从来没有打扰过她。

相信在夏宴风的事件过后，应该有许多人想跟连胜过过手。莉莉安娜亲自夸过的团队，有退役的远征军坐镇，输了不丢人，赢了就是无上的荣誉。不管输赢，光说经验那也是宝贵的，有钱人不会吝啬。但连胜没有收到任何的接单请求，百米飞刀应该是帮她推了。

亮亮的灯泡也过来找她，问道："没人带你训练选拔赛？要不要临时多抱一只佛脚？"

骠骑大将军"咦"了一声："你这是要给我补课吗？"

"可以啊。"亮亮的灯泡说，"反正我最近也闲着没事，而且你之前不是说好了要教我古武的吗？"

事情太多了，她真的是管不过来。

亮亮的灯泡："房间已开，过来。"

如果说基地集训教的是机甲的实战水平，那么亮亮的灯泡提供的就是标准的应试训练。

亮亮的灯泡对三夭机甲相当熟悉。他根据机甲各处，跟连胜强调了一遍具体的参数和弱点以及可以利用的连招跟操作，其余的就要看连胜自己的悟性和积累了。

上次看见连胜驾驶机甲还是过年前，他很期待连胜的最新表现。虽然时间尚短，但这人的进步速度总是让人惊讶。

他再次选了一个高难度的地图——曲折的热带丛林，让连胜以最快的速度绕场一圈，考察她对推进器的应用水平。

之前训练的其实也是这个。

要保证机甲足够灵活，那么就得最大程度地提升自己的速度，且在高速的情况下，依旧保持机体的稳定。

连胜当时进展不快，接连摔跤，始终未能完成四肢协调的目标，因为她没摸到窍门。而这一次，连胜上手之后，自己也觉得一阵惊讶。

或许是在基地经历了丧心病狂式的重心训练，现在她对推进器的使用有一种恍然开窍的感觉。

当时虽然只练习了一两天，却调动了全身的细胞和肌肉去感受。如今在操作的时候，感觉四肢肌肉已经学会放松，也能体会到四肢被某种力牵引着走时，对整体变动产生的效果。

与真实机甲重心的变化无常相比，推进器确实要简单多了，毕竟它还是主观可控的。果然，各种看似毫无用处的训练，会在不经意的时刻展现出它的意义。

亮亮的灯泡三人看她以高速的状态飞过了一圈曲折的丛林地图，并完美地避开了各处逼仄的危险小道，虽然依旧有些卡顿，但第一次完整安全地走完了全程。

连胜的眼力很厉害，以前她的四肢反应跟不上她的眼力，如今，终于有一种得心应手的感觉了。

亮亮的灯泡吹着口哨惊喜道："不错啊。可以领取一个进阶大礼包了。"

连胜问："有钱拿？"

百米飞刀用力鼓掌："有前辈热情的鼓励。"

亮亮的灯泡走过来，站到连胜面前仔细打量。他摸了摸鼻子道："可以的，现在准备把速度应用到对战里面。你打选拔赛还是用七星吗？其实七星配置好的话，本身速度已经足够了，你如果继续用加速器，难度会成倍增加，风险很大。而且，七星是狙击型机甲，我认为没有追求这种极速的必要。"

连胜点头说:“我已经决定换机甲了，我想改成前锋，暂时用的破军。”

“哦？”

几人闻言都有些惊讶，毕竟对于多数人来说，熟悉了一种机甲再转换类型，需要莫大的勇气。你不能确定新改变的机甲类型就是适合自己的，频繁的自我怀疑反而会让人失去方向。

“我觉得你近战能力的确不错。”百米飞刀认真地道，“我最初给你做的数据分析，就是基于你近战的情况给出的，因为我认为你有很大的发展潜力。”

连胜好奇地问道:“那如果当时我就是个狙击手呢？”

“嗯……有点兴趣，但没有太大兴趣。”百米飞刀说，“说实话，狙击手是可以经过严格训练来提升能力的，但是普通人，再严格的训练也会遇到瓶颈。我更喜欢那些进步空间大的人。”

连胜的进步速度的确是很快，对比许多人来说都是。然而，速度和上限是两件事情。

他们的目标是终点，想要做到最好，那么要考虑的就是自己能走到哪里，至于路程有多艰辛，并不是他们现在要考虑的事情。

不管是林医生还是百米飞刀，都更认同她的近战潜力。然而在前期，她的近战水平还比不上她的远攻实力。

百米飞刀叉腰说:“既然决定了，就照着这个方向先走走，走到头再掉转方向也来得及。我可以把灯泡先借给你。”

亮亮的灯泡冷笑道:“借谁呢？我是你的吗？”

“你不就是吗？”百米飞刀朝他蹭过去，“你是我的小心肝儿。”

亮亮的灯泡甩手:“别了。你的小心肝儿是你弟，你的心肝脾肺肾都是你弟。”

百米飞刀:“可你是我不能动摇的摇钱树。”

亮亮的灯泡很是嫌弃道:“滚滚滚。”

亮亮的灯泡重新开出一个房间，邀请连胜进去。二人开始实时对战指导。

他们从早上八点持续打到了中午一点，又约定了之后的时间。亮亮的灯泡逐个纠正她的动作，并开始潜移默化地向她讲授散打的精髓。

起初亮亮的灯泡对战连胜，并没有使用太多的技巧，他本身的力量优势太明显了。但当二人开始切磋技艺的时候，就陷入了僵持的拉锯战。

亮亮的灯泡用他的强势攻击当作自己的防御，而连胜则是依靠她灵活的走位。

双方用的都是对面不熟悉的招式，并不断地在各自的攻击与防守中寻找对方的薄弱之处，吸取转换对方的优点。

连胜交手过的对手，没有一个像灯泡一样精通散打的精髓，简单直接而狠戾，直击命门。强势得让人避无可避，退而无路。

现代格斗技术与连胜的对战习惯自然是有相悖之处的，但是当敌手的速度跟力量达不到一定标准时，连胜可以利用自己以往的经验化解对方的攻击。

连胜逐招向灯泡讨教拆解之后，才深刻地认识到两者之间的区别。化解方法针对的是人还是招式，区别是很大的。她开始重新审视，并寻找新的制敌之策。

二人一直保持这种对战的节奏，每天进行固定时长的切磋。

军校里的学生在教官带领下做着规范式训练，连胜则跟着亮亮的灯泡混迹于三天。双方几乎没有碰面的机会。

不知不觉，机甲选拔赛进行了一个多月。

其间连胜打了二十六场比赛。有六场的对手总分在十万以下，有九场是这周才开始的，总分都在十五万左右。

能明显感觉到随着场次增加，对手在变强，但依旧没有遇到什么高分区的选手。选拔赛初期对他们来说真的是非常友好。

连胜在比赛进行中一直泡在三天的信息被不断地热议传播，等传到了军校这边，就有点变味了。

赵卓荦倒没放在心上，就是觉得连胜有点太痴迷三天了。虽然不知道她在那里做什么，但正常来说，三天里很少有高手，就算有，也不一定会熟悉选拔赛的规则。而他们系在各校可以拉到友谊赛，多的是符合条件的学生。现在最重要的，是和各种各样不同的选手进行对战熟悉，调整比赛状态。

赵卓荦便劝连胜过来一起上课："我跟教官打个申请，你可以来旁听，没人会赶你走的。教练虽然严厉，但是也有很高的职业素养。"

连胜婉拒道："不用了，谢谢，我最近有在特训。"

跟学院里的教官比起来，连胜还是更相信灯泡的一对一指导，更何况还有百米飞刀从旁协助。众人求之不得的刀式数据分析，短短一个月内，连胜已经拿了四份。

她心里明白工作室几人为她耗费的精力和寄予的厚望，大恩不言谢，将它默默记在心里。

然而赵卓荦等人并不知情，当她是找不到门路，只能在三天里做个人训练。这种看她被排斥在边缘的感觉实在是太难受了。

"我们让人帮你查查你后面的对手吧，正好找了一个数据分析师帮忙。"赵卓荦说，"还有，预选赛后期必须要认真对待。我们基本已经可以锁定大致范围，正好要开总结汇报，你要不要过来旁听？”

连胜立马道：“好啊。太感谢了。”

连胜对数据收集确实不太擅长。她没有数据来源，也没有通达的人脉可以过去打听，更没有足够的技术支持去对视频进行分析，而且她知道现在要请一个数据分析师有多不容易。

大三都正在忙报告，大四的很多人已经不在学校了，大一的学生水准和经验又普遍不够，所以大二的分析师们变得异常抢手。

百米飞刀没那个空闲陪她去逐个分析对手，他认为在绝对的实力面前一切都是碾压，让连胜自己随缘。

连胜问过周师锐，当时他表示自己已经有了安排，连胜又没有其他相熟的人，就干脆作罢。这次应邀过去后才发现，周师锐的安排原来就是赵卓荦几人。

众人在食堂集合，围着桌子坐好，互相点头示意。

“我跟你说一下最近的对手。目前已经公布出来的对手预测，你有十一个。不过这只是未来三场比赛的对手预测，不会都对上，也不一定就是这些人，后期会出现一定的变动。”周师锐抽出光脑，问道，“你都看过了吗？”

连胜坦白地道：“看过名字跟时间了。”

众人：这人真是一点比赛的紧迫感都没有……

连胜接着道：“你哥说，对手是谁并不重要。比三天的机甲对战能力的话，我可以稳进决赛。如果我没进，那肯定就是赛制错了。”

众人：“……”

周师锐埋头看着光脑，随口说道：“他说的话太多了，他还说远征军会哭着求他回去。”

连胜眼神上飘。其实她觉得这话也不是完全没有可能的。

周师锐将光脑倾斜，面向连胜，切入正题道：“这次的十一个人里面，有两个高分组的人。我估计应该要不了一个星期比赛就要进入后半段了。等三百人名额全部确定以后，组委会会安排三天的休息时间，然后重新设置系统排位。再后面你们的出战频率会重新减少，给你们留出适应调整的时间。”

周师锐抬手一指，指着上面的名单说：“你特别需要注意的两个人：一个是东三的学生，叫孙涵卫；一个是国防的学生，叫陈北识。前者对上的概率只有7%，你稍稍注意一下就可以。但是后面这个有69%，你一定要重点关注。”

连胜扫了一圈，指向另外一个人问道：“我比较在意这个。他怎么样？”

季班。连胜已经听不少人说过他的事迹。

这人只有一百多的积分，很有连胜当年的风采。那直接缺少了一段的数字，在全体六位数的选手之中尤为醒目。

能靠着一百多的基础分厮杀到现在，绝对不是运气可以做到的。按照系统先期分配的模式，这么低的分数，已经进行了上百场的比赛，而且还有不少高分组的场次。

他应该也是有些一言难尽的理由，导致学务积分寒碜至此。连胜看着他，颇有一种同病相怜的感觉。只是如今她飞黄腾达了，难弟却还在贫困线上挣扎徘徊。

季班的头像后面，标注的对战概率只有 2%。

“你不用看他，你不会对上他的。”周师锐只是扫了一眼，“他所在的军校很快人数就要不够了，校友不耐打。应该就明天吧，他的一个校友会对上叶步青学长。我看过了，基本没有获胜的希望。只要人数不足五，军校里所有人都会被强制退场。”

他调查得很细致，连胜知道他说的是对的，依旧好奇地问道：“那他怎么样？”

周师锐想了想说：“很奇怪，很厉害。”

连胜琢磨了一下他说的话。

“就算会被强制退场，在他被淘汰之前，明天还有一场比赛。”连胜说，“季班对陈北识。”

就是之前说的那个对战概率 69%、需要重点关注的学生。

“所以，有点问题。”周师锐说，“如果季班打败了陈北识，然后又被劝退，那么你可能会被排到一个陌生的对手。只能到出结果的时候才知道了。”

连胜抬头问：“不是听说可以转学的吗？”

一个凭借一百多积分强杀到现在的人，怎么可能会没有军校招揽？如果有，他又想继续打对战的话，应该要开始准备转校事宜了才对。

连胜问完，几人脸上流露出奇怪的神态来，说不清楚是可惜还是什么。

“确实没有……”叶步青说，“他的机甲操作方式不是传感，而是最传统的手操。可是现在已经没有传统机甲在生产了，军部也不提供这样的技术支持。就算转校或者进军部，根本没有人可以训练他。所有的操作指令都是他自己设定的。他现在所在的军校，也是为了参加机甲选拔赛，刚过去挂名的。”

方见尘说：“这根本不是最主要的问题，最重要的是，联盟根本不会因为他再去造一台手操机甲。”

连胜微惊。

这就跟千辛万苦学会了降龙术，可是世界上根本没有龙一样。手操根本不是这个时代应该有的技术。可是，这样的事情他自己肯定也清楚。既然这样，为什么还要学习手操机甲呢？而且，不是普遍认为，手操机甲的使用难度高于传感器吗？

连胜嘴里各种话滚了一圈，却先问了一个无关紧要的问题：“那三夭还可以用手操驾驶机甲吗？”

“可以的。”叶步青说，“毕竟这就是以前的机甲操作技术，数据都还在。而且，只要输入足够齐全的数据，你还可以在三夭直接建一台新机甲。”

连胜说：“哇。”听起来就贼厉害了。

方见尘说：“还有更哇的。三夭以前就是生产机甲的。”

连胜瞪大眼睛：“哇！”

“三夭现在是一个虚拟对战平台，但是以前，是联盟官方指定的机甲建造公司。”周师锐点头说，“地位完全不能相比。确实很可惜。”

连胜道：“说说。”

周师锐见她感兴趣，就详细地解释了一遍：“往前倒推一百年，三夭是很传奇的一家公司。他们招纳到了当时最前列的研发人员，联盟有许多机甲技术都是他们创新的，可以说当时的手操机甲，都可以跟三夭扯上关系。他们手上掌握的机密数据，比联盟官方存储的还多。”

周师锐：“比较讽刺的是，他们研发了几十年的新技术，说是可以实现机甲性能全面提升，在兴奋地对外宣布的时候，联盟军方却忽然公布了传感器的面世。两者对比起来肯定是传感器更有冲击力。事实也是如此。从此以后，机甲发展进入了新纪元。后来联盟停止和三夭的生产合作关系后，三夭也受到了很大的打击，手操机甲就此走到末路。”

周师锐说：“三夭为了生存，紧急更换管理人，转变经营模式。当时卸任了大部分的研发人员，并主动向联盟公开了自己庞大的数据库，换取传感器的相关数据，才以此为基础建立了现在的三夭。”

一个是主动，一个是被动，这大概就是现代社会前沿技术所代表的东西，地位转变可能只在一夕之间，所有的汹涌都被隐藏在暗潮之下。不该用可惜形容，但确实值得唏嘘。

连胜问：“那这个季班坚持使用手操机甲，难道是因为和三夭有关吗？他想复兴手操机甲吗？”

周师锐说：“这我就不知道了。不过应该不是，因为三夭的所有人不姓季。”

方见尘道：“你怎么会有如此新奇的想法？如果三夭有这样的坚持，就不会选用现在的经营策略了。”

“其实，从实力来看的话，我觉得手操机甲复苏不是完全没有可能。”周师锐看向连胜，“我给你看看他的对战视频吧？”

连胜点头：“请。”

周师锐随即调出他对季班的研究数据。

季班在先前的对战中几乎都是完胜对手，战绩和他的分数一样亮眼。这样一个人横空出世，驾驶着已经成为过去传说的手操机甲，让整个军事圈都震惊了。

周师锐当然没有错过这个研究的机会。只是他越研究，越觉得可惜。因为手操机甲注定成为过去，季班再优秀，也不会有好的结果。

连胜目不转睛地盯着桌子中间的投影，另外几人也调整坐姿，严肃审视。

仔细一对比，才明显感受到手操机甲和传感机甲的不同。

操作传感器机甲，需要紧绷肌肉积蓄力量，然后再用传感器带动机甲进行攻击，而手操则不需要。所以，季班可以连续地使用回踢或拳击，不用担心肌肉被损伤；可以轻易地扭曲躯体再摆正，不用担心韧带会拉伤；可以频繁地下腰或起蹲，不用考虑腰部的负担。

他的动作非常快，却不能说是流畅，因为那不是正统的招式技巧。他只是将需要做的动作，依次敲打出来，将高难度的动作进行任意衔接。

有许多人类肢体难以做出的动作，但是机甲本身的关节却可以支持，他可以直接用指令调动出机甲最大的潜能。

在他的战场上，完完全全，就是一副王者的姿态。

“很厉害啊！”连胜惊叹地说道，“手操机甲很厉害啊！”

周师锐点头：“是很厉害，但不是人人都能用。”

周师锐又点了几个视频，几人一个个看去，餐桌上一阵沉默。

想到季班会因为没有军校接收而失去比赛资格，这感情是很复杂的。

“哦，对，忘了正事。”周师锐伸手拖回光脑，“应该先给你看看陈北识的视频。”

他重新点开文件夹，选中播放。

众人发现之前坐得太久，身体有些僵硬，先调整了一下姿势，再抬头看。

相比起季班的强势，陈北识的攻击明显要弱很多。虽然也是一个高手，但是在对比之后，总有一种挠不到痒处的感觉。

周师锐：“陈北识用的是雷暴，他两只手都很擅长攻击，所以要时刻关注他的左手剑。”

机甲选拔赛上能带的弹药和能量是有限的，所以近战机甲比远攻机甲要更有优势一些。

连胜看了两场：“如果没有出现意外，他很大可能会输。”

周师锐没有接话，但显然他也是这样认为的。

“反正先照着准备吧。”周师锐说，“明天早上是陈北识跟季班的比赛，中午是季班校友跟叶学长的比赛，晚上就是你的了。陈北识也不是一个简单的对手，先准备着总不会有错的。”

周师锐将连胜后面几人各自的特点都讲了一下，再把其他数据给赵卓荦他们。赵卓荦等人之前就有过相关调查，所以耗时不久。

第二天早上，陈北识跟季班的对战，跟众人预料的一样，季班再次获胜。

官网上有无数人在关注此事，并唏嘘呼吁，却没有一所知名军校站出来，表示愿意接收这位学生。

中午，叶步青胜出。季班未能逃脱被强制退出的命运。

叶步青的比赛结束之后，系统重新给连胜分配对手。

周师锐守点打开一看，发现竟然是国防大学的严朔。

周师锐一口老血喷出，紧急找了连胜。

“他！你一定要注意他！”周师锐说，“他用的是西方剑术！”

连胜讯息迟钝地道：“你说季班？”

周师锐：“忘了季班吧，你真正的对手是严朔！”

第四十六章

古武与西洋剑

连胜不大关注选拔赛的外圈，所以并不清楚。

像这样规模盛大、意义超前的比赛，从活动开始起，就会有人详细分析各个种子选手的情况，调查一切能搜集到的数据，并做出猜想与讨论。

这些人，极有可能就是未来真正的机甲手。如果表现良好，那么还有可能会成为新一代远征军的代表人物。毕竟没有比机甲手更好拿战功的职位了。

在这场比赛中，季班无疑是异军突起。他最为人惊讶的是手操机甲，而因其所在军校只是名不见经传的挂名学校，则注定了他走不长远。

话题性虽然爆炸，但时间一长，就会很快消逝。当他离开选拔赛，众人正纷纷表示遗憾的时候，却迎来了连胜与严朔的比试。

众吃瓜人士虎躯一震。两人都是开赛前就被重点关注的选手，又同是选拔赛中难得的指挥系专业。

连胜他们已经非常熟悉了，无论是古武的宣传视频，还是之前与夏宴风的对战指挥，她的知名度在学生军事圈已经打开，属于顶尖人物。

而严朔是国防大学重推的一位学生。国防大学今年野心勃勃，出战阵容可谓豪华，甚至不惜让大四的学生留级，来组成最强势的决赛队伍。严朔就是这支队伍的核心。

可惜他出来得太晚。他最重要的两个噱头，指挥和古典武学，想开始宣传的时候，都已经被连胜占了先机，导致光芒暗淡，反而有一种陪衬的感觉。

国防大学自然大感可惜，严朔的目标却始终是赵卓荦等实力强劲的种子选手。

总之，这场比赛看点十足。

东方古武与西方剑术的比拼，单兵作战中指挥的比拼。谁输都有爆点，还有比这更会凑巧的系统吗？

不过连胜此时正躺在床上午睡，对他们的兴奋一无所知。周师锐打来通信的时候，她依旧没什么特别的感觉。

周师锐说了半天，只得到对面简短的回应，才想起来连胜或许压根就不知道其中的奥妙之处，直接将先前存储的资料通过光脑发了过去。

周师锐说："你快看看他的吧，反正跟你的很不一样。你之前作战的片子都流在网上，他们或许已经了解过你了。这对你很不利啊。"

周师锐顿了顿问："你知道什么叫西式剑术吗？"

"我自认还是挺了解剑的。"连胜说，"但是没听说过什么叫西式的流派。"

周师锐：她的风骚都足够让她自成一派。

东方古武与西方剑术，在历史不断的发展中都已经走向没落。提起它们，人们只有一个缥缈的印象、笼统的轮廓。

他们不知道，单古武里就有百八十样兵器，每一种兵器还有百八十个门派。而西方剑术，也有单手剑双手剑、短剑刺剑长剑重剑、宽刃剑细刃剑等等之分。

武器是随着时代而变化的，而招式是根据武器变化的。

兵器，里面有凝聚了一个时代的灵魂，它是人类过去的一段缩影。

现在的问题是，连胜并不了解西方人的灵魂。这中间，必然有什么鸿沟式的误会。

连胜垮着肩膀，仔细看了一遍严朔的几个对战视频。

的确是从没有看过的招式。和她完全不同的作战风格，但又是一样的特色明显。太过陌生，她有些抓不住其中的套路。

连胜选择停止，放大图片，仔细观察了一下。

他的剑跟普通的机甲佩剑完全不一样。剑身细长，剑根呈菱形，并不是平薄的剑身，两边似乎都未开刃，前端尖细，以足够锋利的角度，去破开对方的防御。轻盈纤细，灵巧迷人。

连胜看他的攻击方式，也多是用刺来代替。看来是为了这次选拔赛特意打造的剑身。

至于连胜自己的剑……她第一次觉得自己太不讲究。

周师锐在那边问："怎么样？"

"这是什么武器？它的剑柄为什么是这样的？"连胜说，"刃是怎样做的？看起来后面没有开刃。像矛的前端？不……也不是。但这真的是剑？"

周师锐："这个我就说不清楚了，但它的确是剑。西洋剑以灵巧快速为特点，有坚韧的剑身，主要以刺为攻击方式。"

连胜摸摸下巴道："明白了。"

周师锐："你还有三个小时的时间准备。"

连胜："嗯。知道了。"

要在几个小时内吃透西洋剑术，那是不可能的。

无论是什么类型的武术，都需要在亲自对战后，观察它对自己招式的应对，感受它攻击中的力量和意图，再去琢磨它剑术中的精华。

没有人会跟你打出一样的招式，对方也不可能任由你复制任何一场比赛。

连胜又看了几遍，起床收拾一下自己，洗过澡后，往军事学院的训练室走去。在门口等了一会儿，直到比赛前十五分钟，准许入场。

确认身份，在监控下被带领到一处传感器的前面，连接登录，确认上线。

连胜和她的破军被传送到中转地图，等待对方确认完毕，再一起转向对战地图。

这场比赛，来旁观的人不少，从右上角的五位数游客就证明了一切，并且还在不断增加，大有破六的趋势。

选拔赛才刚到预赛前半段，竟然就吸引了这么多的人。要知道连胜以往的比赛，最高也没超过千呀。这样的数值，如果心理素质不好一些，真是容易紧张。

连胜只是扫了一眼，就没有再看。

他们的对战地图是：黄昏——决战之道。

这是一条笔挺而宽阔的古风长街。黄昏的光色从上方洒下，酒肆下挂着的灯笼被风吹得轻轻摇曳，机甲被拉出一道长影，印在灰白的地面上。

虽然说是很有意境，但当两台高大的机甲对立站在这个地方时，只有浓浓的违和感。

机甲选拔赛主要是考察单兵作战实力，地图是变化的，但是为了保证各场比赛的公平性，地图的基础参数都是一样的。地图不会很大，平坦而笔直的通道交错，宽度跟长度全部一样。障碍物的高度一般不会超过四米，部分可射击可摧毁。

二人直接在中间的道上相遇，对立而站，谁都没有先出手。

对面的机甲是一台黑色的重装机甲——力拔。力量强、防御高，但是稍稍笨重，连胜见得不多。

严朔看着她说："你好。"同时从肩上抽出了一把剑，挽出一个剑花，斜过手置于胸前。

这与连胜之前看见的不一样。剑身更长，偏薄，有些类似单刀。但比之前的剑像一把剑了。

连胜看了一眼，问道："你换剑了？"

"你看过我的比赛了吗？"严朔在对面笑道，"不好意思，看来你白准备了。"

虽然看不见他的脸，但是对面说话的时候稍稍侧了个身，加上他语气里的轻快语调，连胜能想象到他现在骄傲的样子。

连胜说："还好吧，也没有怎么准备。几个小时前看过，不过没深入研究，也不算太亏。"

严朔："……"

连胜问："你这是什么剑？"

"one and half sword（一手半剑）。"严朔直起剑，弓步向前，下压重心。他伸长手臂直指前方，做了一个起势，问道："来试试吗？"

连胜说："我说不你会认输吗？"

严朔："……"

严朔数次被怼，实在有些无语。众看客也是。

开战前的交锋？这么激烈？

交个鬼？明显就是聊不来。

聊不来为什么要勉强自己？打就好了，没有交流的必要啊。

交流有概率换取一个惺惺相惜的机会，你明白啥？

周师锐等人看着战局，心觉不妙。他们竟然还会刻意隐藏情报留一手。那么，连胜又该怎么办呢？

连胜在前面走了两步。严朔开始戒备。连胜却重新停住，问道："我不动，你是不是也不会动了？就保持这个起招？"

严朔觉得不能再跟这货僵持下去了，不然怕是会吐血身亡，于是直接调动脚步，保持着高度，向前突刺。

连胜迅速后撤，视线紧跟着他的武器。看着他的剑尖越来越近，朝着破军致命的腹部攻来。

果然，攻击速度极快。但是……好长！

连胜又一次感受到视觉距离上的差异。

机甲的臂长，加上机甲上身前倾，然后再加上剑的长度。全部拉长之后，比连胜预想的还要长。

连胜腰身向后，打开推进器，将自己迅速推远，拉开距离。

眼看着追击速度变缓，已经退到安全距离，连胜余光的上方边缘处，有红光闪现。

她对颜色和静态的分辨一向很有自信。当下未经思考，抬起左臂，挡在驾驶舱的位置前面，并加大推进器，全力向后撤离。

破军和力拔截然不同。为了追求攻击速度，减轻负重，全身防御都很薄弱，最坚固的地方就是它的左臂，坚硬无比。她的左臂就是她的盾牌。

霎时间，严朔趁着攻击的当口，对着她的致命点打出一炮。

火光打中她的手臂，猛地上蹿，又迅速湮灭。破军的左臂上因为冲击凹陷进去一块。手腕处像是被高温熔化了一下，中击的痕迹明显，层层向外漾去。

连胜没有停留，她要防止在不利状态下受到追击，一面后撤，一面开始寻找严朔的身影。

她粗粗扫了一眼自己的手臂。

冷兵器加上热武器的组合吗？看起来真是不错。

机甲无法进行近距离大杀伤力的爆破，因为能量同样会对自己产生冲击力，几乎是两败俱伤的结果。借由剑的长度，先扩大攻击范围；当对手退出这个范围的时候，就是热武器上场，以达成全范围攻击的目标。

原来如此。

严朔看她从火光中撤出，似乎没有受到什么严重的损伤。

他没想过可以一招得手，轻易获胜，所以那一炮被挡住，他觉得还算正常。但是在这样的距离下，能反应过来并及时做出应对，也不是那么容易的事情。

连胜停下，面向严朔。

那么，他又是怎么面对自己的攻击的呢？

她直接两步助跑，快速冲去，抬剑前指。

一模一样的起势，一模一样的角度，朝着严朔刺了过去。

只是，她在靠近的同时，先行打出了一记火炮，想以此将对方逼退，观察他移动中的漏洞。

然而，面对连胜的攻击，严朔却不闪不避。他两手执剑，竟然是要正面对抗。他特意绕开长剑前端，用中后的位置，敲在破军的剑锋上，反而向着连胜逼近。

火炮打在他的身上，光和热在他身上蔓延，反向传给了破军。

连胜一吓，重新后撤。

哦，它是皮糙肉厚的重装嘛。

严朔继续追击，抓到了攻击的时机，趁她全意后退的空隙，用剑砍在了破军的肩膀处，但因为没有砍中薄弱点，只听见清脆的一声撞响。

他没有收力，任由剑身顺着表面，划向了机甲的接口处。

竟然是想砍下破军的右手小臂吗？

连胜直接侧身，一个回旋踢，将他踹翻在地。

她用了推进器的力道，然而力拔也只是被她踹得身形一歪，然后扑倒在地上。整个地面都沉重地一响。

重装机甲的质量真是……一言难尽。

严朔的机甲虽然质量超标，却足够灵敏。在倒下的同时，他用左手去撑，身体已经起了一半，右手执剑挡在身前，始终保持着作战的状态。

长剑跟炮火比起来，她选长剑，起码这个还是她熟悉的，所以她无畏无惧地又上前了。

严朔边防御边起身。他的机甲重量让他不能以鲤鱼打挺的形式快速起身，但是他厚重坚韧的外壳却足够抵御那一两次的打偏攻击。

连胜并不了解严朔的剑，也不了解他的派系。这和她以往的认知差别太大了。

了解，只有通过对战。

连胜防御了一部分的防御动作，只是不断朝他攻击，追求攻击的频率。哪怕被他砍中，依旧选择近战。强势地贴近！

严朔微微皱眉。最初对她抱有期待的那股热烈，开始逐渐化成一摊冷水。

他喜欢强者，所有人都说连胜很强，但是他不觉得。

真正的强者，是靠着日复一日重复枯燥的锻炼，年复一年痊愈又累加的伤痕，逐渐磨砺出来的。剑上闪着的是光芒，但身上增添的是疮痍，而不是靠着所谓的天赋，享受众人的赞誉，轻易地站上顶端。

他不相信天赋，很久以前他就不相信了。付出多少努力，才会有多少回报。当你站上更高的位置，那些曾经敷衍过的缺点，都会逐一暴露出来。

他本来就对这个走路打飘、体力薄弱的女生没什么好感。

果然，连胜让他很失望。

技巧，不够卓越；力道，不够强劲；动作，不够标准。

他讨厌弱者。他为什么要在这里浪费时间？

严朔心底生起一股无名火来，表情纠结在一起，显得有些狰狞。

“就这个水平？你还是现在就放弃吧！”严朔厉声一喝，再次用力劈下。

连胜数次用来抵挡的左臂终于横飞出去。

手臂脱机，电光闪跳的一瞬间，看客一阵抽气。

他们看着眼前这一幕，惊诧非常，有些哑然。

这就完……完了？

大将军的远攻不是也很厉害吗？为什么非要和重装磕近战？她傻了吗？

破军比重装灵活啊，她完全没利用起来，只是不停地向前冲撞。

连胜不适合破军吧？

没看出她平时的灵活技巧。是想应用古武所以选的破军？可是想和合适是两件事情啊，不实战应用根本不知道自己合不合适。

谁给她推荐的破军？真想打死他。

可以换机甲了！虽然可能有点来不及了……联盟大学的教练没给她建议吗？就让她这样半吊子地上这里？

连胜却站在原地，似乎并不惊讶，也不显得慌乱。

严朔看着她的样子，又用力地握住自己的剑。是震惊过大，还是佯装镇定？

连胜忽然开口说道："你的剑，很长。"

严朔："……"

众看客："……"

古文有言："一寸长，一寸强。"这长剑的攻击力，比连胜身上这批量生产的不明所以剑要强多了。重要的是它对严朔来说，应该要更得心应手。而一把称手的武器，对战力的提升是恐怖的。

连胜又好奇地问："你这是什么派系的？"

"西班牙剑术的步法走位，意大利剑术的节拍，德国剑术的搏力。"严朔的语气有些不客气，"不是你知道的东西。"

连胜说："嗯，我确实不知道。我不知道的事情太多了，但是我又知道。"

"你说什么？你是在转移视线还是混淆视听？"严朔没有再次上前将她的机甲拆散，想给她留点面子，说道，"你认输吧。我不想和你打了。"

"剑并不是什么神奇的兵器，它只是手臂的延伸而已。用剑，就像用自己的身体。所以所有的剑术，最后都会有相似之处。"连胜抬起手，"毕竟，对剑的研究，其实也就是对人的研究。"

严朔挑眉："所以呢？"

"我已经了解你了。"连胜扭了扭脖子，笑道，"我很喜欢。这很厉害，有意思。"

"是吗？"严朔知道她是不会放弃了，重新摆好架势，"但是我不大喜欢。"

连胜在跟他不断交战的过程中，用攻击去试探，明确了两件事情。

第一，他很注重步法。

在站立的情况下，他几乎就没有停下过。不停地小步移动，以改变自己的姿势和位置，掩盖自己的破绽。

天下武功，唯快不破。一种是攻击快，一种是变化快，让人难以琢磨，无法摸清套路，那么他就赢了。

其次，他的攻击非常精准。怎么说，感觉每一步都是完美计算后的结果。

数次格挡连胜攻击的剑身位置都没有变化。跨步的距离，身体的高度，动作的姿势，保持在一个变态相同的水准。虽然动作看起来流畅凌厉，但每一个招式拆解开来，就像重播一样。

他的剑，应该是前轻后重。前端锋利，剑身轻薄，用来攻击。后段厚重，剑身坚韧，用来格挡。

或许应该用一个词，叫作杠杆，跟古武里的四两拨千斤尤为相似。

如果连胜的古武带着一种自由潇洒的变化，那么他的西式剑术就是严格格守的剑术训练。

严朔能将数种剑术联合应用，就说明它们之间是有共同之处的。

西式剑术都严格要求，和古武的目的其实是一样的，那就是用力来压制对方，让他们逐渐掉入自己的节奏，也算是一种殊途同归。

严朔看着她诧异地道:“你还觉得你能赢我？”

“不知道。”连胜说，“但起码，我不觉得我已经输了。”

严朔:“那你觉得怎么样才算输？”

连胜:“系统觉得我怎么样才算输？”

如果有排行，连胜一定是严朔最讨厌的人。

这人没法聊天，实在让人喜欢不起来。

黄昏之下，一台断臂机甲对着前方的敌机，说着挑衅意味十足的话。纵然现在身处绝对的劣势，似乎也全然不放在心上。

她很轻松。她全身心地在表示自己的轻松。

三天群众对这画面可谓非常熟悉。

独臂大将军重出江湖？

看起来西方剑术更厉害，现在占尽优势。而且剑术看起来更绅士，重装那种猪一样吨位的机甲，都变灵活了。

厉害的不是西方剑术或东方古武，而是人，是谁能用得更厉害。我感觉是前面大将军没有发挥好。

严朔看起来好说话，但是打起架来可是很凶的。建议她提早认输，以免到时候太难看。

都认输了，别说好看不好看。

丧失一条用于防守的左臂，所损失的绝对不像是一个人失去一只手的事情而已。

机甲被拆分之后，等同于它表面的完整防御被破坏。

如果前期连胜还可以用左臂的特殊材料遮挡一下炮火，但是现在，她必须要全力避免。机甲内部的线路是连通的，如果对方朝着她的伤口处进行猛攻，连胜很快就会因为线路的问题被弹出驾驶舱。

她究竟明不明白现在的境况？

连胜说:“我很喜欢剑，所以我也很喜欢喜欢剑的人。”

严朔皱眉道:“什么？”

“看一个人的剑可以了解这个人。就算是同样的剑法，不同的人也能练出不同的味道。”连胜抬起头说，“你的剑告诉我，你是一个很务实的人，你的每一剑，都落在最应该的地方。”

严朔不知道她在说什么，憋了半天道：“我说了我不喜欢你。”

连胜说：“你喜不喜欢我跟我没关系。另外我喜欢的是你的剑道，不是你。不要误会。”

严朔：“……”

连胜抬起自己的剑，她对这把剑实在是太陌生了。

“如果可以，我想更了解你一点，和你多切磋一会儿。”连胜遗憾道，“不过既然是比赛，那还是算了吧，再下去要输了。”

严朔是她在这里见到的第一位剑客，而西式剑术，是她第一次接触到的剑术。无论是哪一种，都让她有一种惺惺相惜的同类之情。

严朔用见鬼一般的语气道：“你的意思是你在让我？”

连胜伸长了仅有的手臂，对他说道：“现在来吧。”

“不知道你到底在说什么。”严朔的语气忽然变得有些尖刺，“但是我不喜欢你，也不喜欢剑！”

连胜歪了下脑袋：“你不喜欢剑？”

严朔喝了一声，再次弓身，踩着零碎的步伐朝她冲来。

他的长剑贴向连胜的左臂，想从她的残缺处直指驾驶舱，或是一点点拆解她的机甲，达成自己的目的。

严朔的剑更灵活，而连胜的剑太笨重。她却用自己那笨重的剑，做出了和严朔一样的动作。用剑身的后段，挡住了他的尖峰，然后斜着手腕朝旁边压下，小步跳着调整位置，向前一个突刺。

她临时模仿的这套攻击，成功逼退了严朔。

所有看客都震惊了，以为是自己眼花了。

那虚晃的几剑，抽步收步的动作与姿势，手腕的轻抖以及时机的把握……他们在连胜的身上的的确确看见了西方剑术的影子。

破军比力拔更加轻便，所以动作做出来快速而凌厉，攻击也尽显灵动。比起力拔展示出来的形象，破军似乎更有西方剑客的灵魂。

这怎么可能？这是被……偷师了？！

严朔先是有些惊讶，他后退保持住距离，而他对面的人，摆出了和他之前一模一样的起势。

他练了十几年的西方剑术，所以他知道，连胜现在的动作，不是相似，而是标准。那是寒冬酷暑中，他都要站在后院里摆出的姿势，那是被身体都牢牢记住的姿势。

心中的惊骇难以形容。

愤怒像爆发的火山岩浆一样喷薄而出。严朔无法接受这个事实。

“你在学我？你以为一手半剑是看一眼就能学会的吗？”严朔朝着她凶狠地吼道，“少在这里卖弄你的天分了！”

严朔又一次朝着连胜刺去。

连胜像是故意要激怒他，没有再使用古武，她就用自己那把拙劣的宽刃剑，和重装机甲比拼着一样的招式。她用的都是之前严朔对她用过的攻击。

西洋剑主要的攻击动作是刺，但是一手半剑，还可以像单刀一样进行劈砍。

既然用过的招式会被模仿，严朔干脆来了之前没有用过的动作。他改变了用剑的风格，转成攻守兼备的模式。

然而连胜再一次让他失望了。

一个只会模仿的人，是做不好模仿的。

连胜浸淫剑术已久，她吃透过各门各派的剑法，也明白每一招每一式的目的所在。她知道下一招为什么是下一招，也就明白，在遇到特殊情况的时候，下一招应该是什么。

所有能历经上千年岁月磨砺，依旧流传到后世的招数，都有它难以描述的闪光之处。

这需要不断地重复对战才能体会出来，也只有不断地重复对战，才能将招式中那些冗杂无用的部分去掉。

严朔或许不明白，他的每一个动作，都是剑师的灵魂啊。而当这把剑握在连胜手里的时候，连胜就会赋予它自己的灵魂！

破军在力量上比不上重装，但是也有可以弥补的办法。

于是连胜带上了之前和亮亮的灯泡学习过来的推进器辅助技术。

严朔的长剑斜斜劈来。他的剑在尾端质量偏重，剑的重心本身就在后段，所以适用于他的剑法。

连胜见状，加速一个闪退。严朔半路调转角度，小步追上，加紧攻击。

然而连胜一个虚晃，在此时忽然加入了古武的动作，她后仰身体，脚跟轻旋，擦着剑身闪了过去。严朔根本无法预料到她的动作，在错愕中她已经从防守切换成了攻击的状态。

快！太快了！

身影似乎都带上了一道虚影，严朔的眼睛和动作几乎追不上她的速度。

在这样的极速下，怎么保持她动作的连贯性？这就是破军吗？争锋肃杀，毫不留情。这还是之前那个处处透着笨拙莽撞的连胜吗？这是同一个人吗？

连胜的瞳孔中倒映出了力拔庞大的身影。她拆解了每一个动作，似乎看见了自己的铁剑刺中对方的画面。然后，她毫不犹豫地伸出了手。

细长的剑身，同预测的景象重叠，穿过了所有的障碍，长驱直入，确实打中了对方的胸口。

破军只剩一只手臂，却丝毫没有胆怯，动作间大开大合，看起来出人意料地有效。

二人你来我往，互不退让，都在尽情展示着自己的攻击剑术，誓要一分高下。

东方古武与西方剑术的比拼，不知道为什么转变成了西式剑术的内部决斗。

严朔或许是心情浮躁了，或许是被连胜的速度带乱了节奏，纵然动作一如既往地标准，出招的频率却更快了。

他乱了！

连胜抓到了绝佳的时机，脚下节奏再次一变，剑锋跟着一转，改回了自己习惯的剑法。她抢回主动权，朝着对方驾驶舱的位置一阵猛攻。

一次，一次，再一次。

不断重复的攻击，使重装机甲厚重的胸口前，终于出现了一条裂缝！

严朔的表情终于崩裂，手中的长剑猛力一挥。左手奋不顾身地拉出剩余炮筒，朝她打去一弹，以争取拉出距离，避开近战。

他主动退却了。

现在的局势，竟然陡然一个转变，优势偏向了连胜。谁也不敢贸然猜测之后的走向。但是，却忍不住想，严朔如果被自己的剑招打败，该是怎样的一种心境呢？

看客纷纷感慨惊呼，这场面未免太过瘾了！

好快！破军的动作能这么快的吗？

这不是破军的速度，破军达不到的，这是推进器的辅佐。

我三天玩得少你们别骗我，推进器还能这么玩？

难度不是一般人可以学的。重心把握不好，这样玩推进器怕不是嫌摔得不够。

事实证明可以，她不就正这么玩吗？

谁再告诉我大将军是机甲新手，我一定用我的手指抠出他的电子眼！

严朔望着连胜，仿佛世界上所有的外物都消失，只剩下他们两个人。

不同的人，能练出不同的味道？不，从始至终，他的剑道只有一个样子。

从小的时候开始，他刺出的每一剑、每一个角度，都是经过准确计算的。他的行动，可以用一连串的数字来表示。而他每天要用十几个小时的时间，让自己更贴近于这串数字。

那是他还完全不明白西式剑术是什么的时候，那是他还完全不知道这种行为有什么意义的时候，那是他除了这样做没有第二个选择的时候。

他被逼迫着走上了一条别人选定的路。

传承？他讨厌这种不知所谓、按部就班的传承。为什么他要担起这份责任？

多年习剑生涯，带给他更多的是来自父亲的失望和责骂。别人认为他有天赋，而他只看见这两个字之中的讽刺。他们什么都不明白，他应该可以做得更优秀，但是他做不到。

这就是他眼中的西方剑术。

所以他讨厌西方剑术，讨厌弱小。

他讨厌剑。

这样一种会被模仿的剑术，它有什么灵魂？

严朔深吸两口气，划出一个圈，朝着连胜攻去。

连胜的长剑横于身前，准备迎击，却见他放下了长剑，转而抽出背后的炮筒。

连胜一惊。这是想趁着近距离，打出高杀伤力的远程炮火吗？竟然是要同归于尽吗？

不，不是。重装机甲外壳坚硬，先阵亡的肯定是破军。

众看客当即捏了把汗，忍不住激动地站了起来，盯紧屏幕。

没人知道里面究竟发生了什么，只见在爆破掀起的灰色云雾中，一把宽刃的铁剑飞了出去，在空中被气浪崩成了两半，一半刺入旁边的梁柱，一半摔在了地面上。

硝烟散去，众人又是倒抽一气。

机甲破军还站着，但是它的右臂在轰炸中被废了半截，只剩下上臂和安装在上面的一把武器。

这样一来，连胜的两条手臂都断了，身为一台近战机甲，连武器也拿不起来，还能继续打吗？

力拔稍好一些，但也不容乐观。它身体各处都受到了不同程度的损毁，胸前脆弱的驾驶舱也暴露了出来。

连胜抬手，检查自己半臂上的武器。

众人屏息，等待结果。严朔也是紧紧盯着。

对方能否进行远攻，是决定他最终成败最重要的一件事情。

两人保持着距离，谁都没有轻举妄动。

破军身上没有携带过多的热武器，大部分都是装在手臂及肩膀连接后背的位置。

随后系统回复，能源武器已经损毁，背后的炮筒也因为波动震荡，零件部分受损，判定无法正常发射。

连胜沉默地拆下它们，直接丢到地上。

“唉——”

看着她这动作，明白其中的意思，联盟各地同时响起了这一声叹息。

力拔就差最后一击，而破军似乎连给它最后一击的机会都没有。

这一战打得太狼狈，走到了这里，只剩下穷途末路的挣扎。

这局面很惊险，但是战况不会有太多激烈的地方了。已经可以预想到他们最后的结局，没有一方能体面收场。

旁边的酒肆被火点燃，明艳的晚霞与绯红的火光交相辉映。

严朔丢下自己的炮筒，从后背抽出一把剑，就是他之前使用的西洋剑。

连胜抬了下自己最后的半截手臂，说道：“比赛是快结束了，但你说我输还早着呢。”

连胜用长剑遮挡了大部分的火力，但武器的材料毕竟不同，不好用来防御。那样近距离的攻击也根本没有办法完全躲避。

破军的机甲外壳原本就是轻便类的合金材料，如今已经非常脆弱，承受不了致命一击。

相比起来，力拔虽然机甲舱暴露，起码四肢完整，还能佩带武器，比破军好上那么一截。

严朔拿着他的新武器，朝连胜冲了过来。

他的这把剑只有前端开刃了，攻击方式也只有刺。它的特点就是快，有时还会在旁边配一把用以防御的短剑。

西洋剑靠着剑师无与伦比的攻击速度，几乎能够突破所有的防御。而它的剑法，跟长剑相比当然是有所差异的。

破军此时就像一块扁平的金属板，体积变小，整个人反而变得更灵活。

失去了两条金属臂、宽刃的铁剑，还有装配的大半热武器，负重顿时减轻。推进器的效果也成倍增长。连胜一瞬间觉得自己走路带风，动作再风骚一点或许真能上天。

重装的出剑速度快，却追不上破军的移动速度。

两条手臂原本是剑术重要的掣肘部位，现在连胜的没有了，严朔反而找不到下手的地方。

剑术中成套的动作被生生拆散，他要改而攻向胸腹部与机甲的下盘。短时间内重新编排出一套合适的剑术，不是那么容易的。

重要的是连胜的动作过于灵活，严朔的剑无论向哪个方向刺去，连胜都能以更快的速度闪身避开。

她扭曲着身体在地上滑行，走出一道无规律的曲线，沿着青石板的走道朝另外一条街上游去，像一尾无法捉摸的鱼。

严朔打开了全速推进器。但重装机甲依旧追不上那半台破军，而且他对速度的把握不及连胜，急转弯的时候控制不好，机身被惯性甩到了边角，冲势却还未调整过来，险些撞车，惊慌之后，只能认命地降低速度，在她的身后慢慢跟上。

重装身上带了不少热武器，可惜杀伤范围都不大，炮筒和燃料也只配备了两个。毕竟是近战机甲，总不会频繁使用爆破武器来实现自爆。

严朔已经没有多余的炮筒，便直接抽出手臂上的枪支，对着破军开始射击。一道道光线紧追着破军打去，落到地上后打出一个浅坑。

严朔追着她绕地图跑了数圈，路边挂着的灯笼掉落下来。火点着了外面的纸，纸又点燃了旁边的桌布。忽起的风将火势带大，整张地图竟然燃烧起了火海。

连胜似乎在控制着速度，让严朔只能看见她行动的虚影，引诱他进行攻击。只要遇到危险，就从街口迅速转入旁边的安全点。

攻击的时机只有那么一瞬，而严朔除了攻击又没有第二种选择，只能咬上连胜放下来的大诱饵。

火光和影子，很好地影响了严朔的视觉。这样危险的长距离追逐消耗战中，严朔竟然真的一次都没能打中破军。

破军的移动速度实在太快了，比赛又进展了太久，力拔的能源开始下降到了一个危险的边缘。

严朔无法保证自己能够击中，不想接受能源告罄这样的结果，终于收手，将武器也都卸了下来减轻重量，然后停在原地，眼睁睁看着连胜消失在视线范围内，重新思考对策。

连胜的机甲就那样自在地在街上游走，似乎整张地图都是她的溜冰场。

这不是机甲，这根本就是长了两条腿的鱼啊！

当力拔停止攻击以后，她没有跑远，自己也停了下来，用眼睛估算着两者之间的距离。

随后，令人错愕的事情发生了。那条长了腿的鱼，径直朝着先前的猎人冲了过去。

严朔迅速抽剑，迎着她的方向两步上前冲刺。

破军却不如他预料，脚下推进器全开。避开剑尖，用机身狠狠撞向力拔的身躯。

严朔眼皮一跳，心里默默数着。

这已经是连胜不知道第几次躲过他的快速剑攻了，这是以前绝不可能发生的事。先不说他的出剑速度，单说机甲基础属性的推动加成，就不可能做到。

纵然机甲性能再怎样优秀，操作的人依旧是人类。只要是人类，肉身就有承载的极限。从信息接收到反应再到处理，是一个耗时的过程。他现在也说不清楚，这究竟是连胜的直觉，还是非人类的实力。

严朔没有过多思考的时间，连胜残破的机身已经撞了上来。

他不是很明白。就算力拔的正面已经被轰炸过了，但双方质量差距依旧在，绝对不是她轻易一撞就能撞倒的。紧跟着，他就知道了。

破军在即将贴近之后开始收势，所以冲撞力度没有想象的大，力拔只是稍稍退了两步。破军因为她身躯的支撑，也稳了下来，随后直接高抬脚一踢，将力拔握住的剑，踹飞了出去。

严朔迅速后撤。

连胜没有停留。一脚落地，另外一脚迅速跟上，腾空而跳，推进器全开，对准力拔的胸前使出一记回旋踢。

破军力量不够，没有武器辅佐，只能依靠速度来增强力量。而长时间地启用推进器，高功率的使用，导致吹出的风都是炙热的。严朔能清晰地看见她脚后跟处因高温而扭曲的空气，那一瞬间似乎隐隐察觉到了两人之间的差距——她能对自己的攻击做出提前应对，但是他却要受制于人。

严朔不再后退，他低下头，抬手死死护在胸前，以保证驾驶舱位置的安全。

腿部的机甲材料要比上身厚重许多，毕竟需要承载足够的重量并保持行动的流畅性。

连胜用推进器的力量，加上自身重量的甩动，这次终于将重装机甲狠狠踢翻在地。严朔顺势滚了一圈，两手撑着地面准备起身，余光处瞥见一抹红色的身影不断靠近，竟然如此快速地到了他的面前。

严朔当机立断，重新抱住自己的胸口。随后再次受到一次强踢，机甲朝前滑了出去。

腾不出手，就起不了身。严朔准备用肩膀和腹部的推进器帮助自己调整姿势，连胜有如鬼影，又一次攻至。

怎么会这么快?

毕竟这是机甲的视野，过快的空间旋转会让人产生眩晕感。而她不停地变换方向，方位认知也应该会出现错乱。各种姿势下，保持动力的推进，机甲笨重的身躯总是会有一定的不平衡感。这些仿佛都没在她身上出现，她急雨般的攻势没给他留下任何一点喘息之机。

这根本就是没有长期训练无法做到的事，她接触机甲才多久?就像自己的剑术一样，他练了十八年，而她只用了不到一小时。

不甘心……实在是很不甘心。

严朔只看见了连胜移动的大致身影，所以他不知道，从第三方角度去看，那画面是多么地恐怖。

连胜的最高冲刺速度，根据数据监测，已经超过了三百千米每小时。要知道这可是短距离冲刺的速度，而且她不停地变换方向，提速几乎是瞬间的。前方有障碍物的时候，那种迎面而来的压迫感堪称骇人，不是每个人都能克服的，甚至到了后面，他们有一种越来越快的错觉。

众看客阵阵惊呼，被眼前的一幕深深震撼，移不开眼睛。没想到到最后，还能看见这么精彩的一幕。那些原本觉得索然无味准备离开的人，现在打量连胜的眼神多出了一抹深意。

她之前该不会是故意的吧？

所有人都认为连胜之前在隐藏实力，因为前后的差距太大了。

严朔也是这样认为的。

他保持着姿势，眼底爬上猩红的血丝，抬起头质问道：“你之前故意让着我？想看我笑话？”

连胜抽空回了一句，夹杂着急促的喘息：“我不知道你在说什么。”

连胜并没有隐藏实力，她认真对待每一次对战。每一位对手都应该尊重，何况松懈与轻敌，从来都是对战中的大忌。

想着常胜不败的人多是好高骛远。未来瞬息万变，天底下没人能预测得到，她只想认真地赢下眼前的胜利。

之前选择不断进攻，是为了试探严朔的身手。她对他了解得太少了，需要先摸清他的攻击技巧，否则拖长了时间，也依旧有可能会被他的长剑压制。

她认为自己受到的每一次伤害都是有意义的，没有所谓的隐藏实力的说法。只是，在她的机甲被强行拆卸后，骤然减轻的负重与下沉的重心，使她的动作变得更为灵巧稳当，让她找到了更好的应敌方法。

超亮的灯泡说，高速是可以适应的。

先前在绕场跑的时候，她就在不断地提速，让自己的大脑和速度逐渐接受景物的变化。应该这样说，她是进入状态了。

连胜再一次上攻。这次她没有踢向力拔的胸口，而是踢中了它的头部。

头部的感知装置在受到两次重击后终于损毁。机甲头部损毁并不致命，毕竟那不是真正的头，只是一个安放传感器的部位而已。

虽然机甲身上会在各处安装多个探知装置，修整后再传递给驾驶员，但缺少了头部的装置，严朔的视野和高度瞬间发生了变化。

连胜顺着它的头部，继续强攻。如果要论可以从哪个位置破开机甲的话，那么只有头部了。

严朔似乎已经放弃了抵抗，不再挣扎。

连胜察觉到，于是也停了下来，站定在他的面前，喊了声："喂？"

严朔没有说话。

"喂？如果你认输了麻烦选择退出，因为我也很累了。"连胜扭了下脖子道，"谢谢你的指导。你是我……嗯，在联盟遇到过最优秀的剑客。"

"剑客？"严朔自嘲地笑道，"我讨厌剑。"

这是连胜第二次……或许是第三次，听他说讨厌了。但是她不明白。

"一个讨厌剑术的人，是练不到这种地步的。"连胜说，"剑术是不会骗人的，你可以问它。"

一个练剑的人，会对剑产生特殊的情感，仿佛它代表着自己的一生。只要产生一点抵抗的心理，他就会想要退却。

日复一日、年复一年，每分每秒都做着自己讨厌的事情，并且想到未来数十年都要做着这样的事情，那他一定会疯的。

严朔没疯，所以他心底肯定不讨厌剑。练好一把剑，需要的不只是时间和技巧而已。

严朔愣了一下，一道同样的声音出现在他耳边。

"剑术是不会骗人的。你用了几分力，做了多少努力，都会在你的剑术里体现出来。没有什么比它更诚实。你想知道自己走到什么程度，你想知道你付出了多少，你可以问它。"

他不明白。他不明白父亲为什么这么钟情于剑术。

以前他也喜欢过，因为他觉得父亲使剑的样子绅士而强大，可当他知道这份强大背后要付出的东西的时候，他犹豫了。

"你太厉害了。这么小就能打出这么厉害的剑，你就是一个天才！"

"西方剑术太酷了！我要学多久才能像你一样？"

"太好了，你都不用上学，你不知道上课多累。我也想留在家里练剑。为什么我爸不这么要求我呢？"

……

不是的。

只有他的剑知道，他用了多少努力才做到这样。只有他的剑知道，自己今天又有怎样的进步。

他不是一个天才，他一点也不轻松。

他已经离不开西方剑术了。那是他的骄傲，他的自尊。他不需要向别人讲述自己有多么厉害，自己付出过多少的努力，他只需要用他的剑就可以了。

他讨厌吗？

连胜发现这货又不动了，于是喊了一声："喂，兄弟？"

她抬起脚，对准他机甲残缺的头部："不说话，我踢了啊。"

严朔直接点了退出。

系统宣布比赛正式结束。

连胜凭借着两条腿，最终战胜了一台重装机甲。结果出来的一瞬间，评论区无数人为她欢呼。

这是他们见过的外观最特别的一位胜利者。

指挥系的课堂上，孟江武激动地握拳，当场站了起来，大声喝道："掌声在哪里？！"

周遭一阵安静。

郑磊捂着脸，抬手扯了扯他的衣角。

孟江武终于想起来自己是在什么地方，不敢抬头，默默地坐了下去，立起光脑挡在前面，整个人要缩进桌子底下。

"这位同学，"讲台上的教授推着眼镜道，"你在上课时玩光脑，我忍了。你情绪激动，我可以理解。年轻人嘛。但是你还要我们配合声援你，不太好吧？"

孟江武卑微道："您说得对，我错了。您请继续。"

郑磊扭头对他道："谢谢你。"

孟江武气道："干什么？！"

郑磊吐出一口气道："如果不是你叫出来，我可能就要叫出来了。"

孟江武心伤累累："滚！"

一个严朔，一个季班。新晋的两位热门决赛候选，竟然都在一天内被淘汰了。

今天的比赛实在是太让人唏嘘了。这才是选拔赛的前期啊，可以预想到后期和决赛应该是诸神之战。

今年的学生素质实在是高得变态。

众人并未替严朔感到有多可惜，因为决赛肯定还会有看见他的机会。

选拔赛的决赛队伍，是以五加一的形式进行的，队伍可以额外邀请一个人参加，国防大学不可能放过这个高金挖来的种子选手。这位可是团队指挥啊。

不过，连胜的实力，他们必须要重新评估。

之前当她是机甲新手，只是有着更多的近战技巧，现在看来，她对机甲的把握应用已经是炉火纯青，堪比专业了。

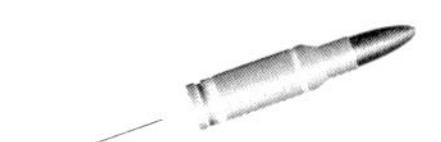

第四十七章
季班

连胜走出训练室的时候已经将近晚上九点了。

比了近两个小时，意味着她在传感器里跑了近两个小时。要知道后半段她可是用老命在狂奔，以致走出传感器的时候，双腿几乎无法直立，又在门口坐了三十分钟，顺便接受一下路人敬仰的目光。

正好晚上的课业结束，一大群人从教学楼里冲出来，熙熙攘攘，拥挤前行。

连胜仰头看着头顶的路灯，感觉腹中空虚。

“瞧我看见了谁！我的老公！”

熟悉的声音从后面传来。

几位室友认出她的身影，快步朝着她冲来，勾肩搭背地抱到一起。

“我刚刚看你比赛了。”室友丙压着声音道，“太厉害啦！差一点你就真的能飞了！”

周围的人纷纷侧目，认清了她，减缓脚步跟在旁边。

连胜问：“你们不是在上课吗？”

室友丙挺起胸脯道：“教授岂能阻止你我相会？”

室友甲大笑道：“主要是教授没用对方法，得用打狗棒才行。”

室友丙撞开她：“你走！”

四人有说有笑地走在路上，到生活区的时候，连胜转道去食堂，几位室友先回宿舍。

连胜点了一碗面，多加菜，吸溜地吃了两口，才重新打开光脑。

亮亮的灯泡在不停地给她发通信，未接十二，正在请求一。

连胜嘴角抽搐，点了接通。不出所料，在用光脑的人是百米飞刀。对方咧嘴扯出一个灿烂的笑容，冲着连胜摇手招呼。他们几人正聚在一起，发现通信接通以后，两位灯泡也走了过来。

“恭喜你赢了。”亮亮的灯泡欣慰地笑道，“不错啊。打得漂亮。”

对他们来说，决赛不决赛不重要，战胜了多强的对手，取得了多大的进步，才是比赛存在的意义。

亮亮的灯泡说："你应该感谢一下你的对手，如果不是他，你不能那么快掌握推进器的实战应用。"

连胜点头。

战斗和训练还是很不一样的，状态和领悟这种东西玄乎着呢，或许是严朔的剑激发出了她的潜能，今天她确实踏上了第一步。

百米飞刀探着头朝她这边张望，然后说道："你吃面啊？晚上吃面容易发胖啊。多吃点鸡肉跟高蛋白的东西，最近要辛苦了。"

连胜喝了口汤，敷衍地点头。她似乎听到对面有一阵背景音。不过没有在意，以为他们在看什么视频。

亮亮的灯泡又跟她聊了一会儿，给她发过去一些单项训练。旁边的超亮哥终于按捺不住了，恼怒道："周狮子！你个有病的赶紧去接通信！要么就给我挂了！"

百米飞刀面不改色地道："不挂。挂她了不得。"

超亮的灯泡叱骂："那就给我开静音！你是不是有病啊？！"

"不行。"百米飞刀抠了抠耳朵，"开了静音怎么知道她发来通信？不利于我想象她现在气急败坏的模样。"

连胜第一次看见超亮的灯泡陷入狂暴中。灯泡兄直接按住百米飞刀的脖子，后擒住他的手，将他拽出了可视画面，紧跟着是一阵惨叫，应和着超亮哥的呼喝："接不接？赶紧给老子接！"

连胜：受虐狂吗？

亮亮的灯泡都不屑于搭理他们，嫌弃道："没关系，别管他们。"

连胜用心吃面，空隙间点了点头。

亮亮的灯泡哭笑不得："你倒是看我一眼，我是你师父啊！"

赢了比赛不先谢师，吃什么面啊？

他们似乎专门在等连胜，应该是有事。于是连胜问道："怎么了？"

亮亮的灯泡说："过段时间我们可能不在这里了，你自己安排训练。我给你配个训练表，你先照着练吧，适应了以后自己加训练量，我就不给你安排了。尽快将身体素质提上去。"

连胜这回多了几分诚恳："谢谢。我觉得最近进步特别大。"

通过这一次的对战她明白了，机甲的性能可以弥补一定的差距，但是在传感操作下，体能的需求是巨大的。如果她遇到更强的对手，这就是致命的弱点。

亮亮的灯泡瞥了一眼远处，又收回视线，然后摇晃着上身问："对了，你的武器要不要换一换？换一把得心应手的，到时候也更方便。"

连胜陡然来了精神，惊喜道:“可以换？”

亮亮的灯泡嘚瑟:“你说呢？”

超亮的灯泡走回来，正好听见他们的对话，接口说道:“换装备的话让狮子给你换就可以，他校对可以做得很精细。但是武器的具体参数他不懂，需要找人给你做。”

连胜觉得这不是她能懂的次元，问道:“怎么做？”

超亮的灯泡说:“很复杂的，我们要找专门的人，先将武器转换成数据包，然后再插进去。工作室倒是认识不少人，可以帮你联系。武器需要人帮你设计吗？我记得你以前是材料工程学院的，有没有自己的想法？”

连胜想了想，为了拍视频，之前室友照着她的想法帮她设计过一把，那把就挺好的。

“我有。”

超亮的灯泡:“那就好了，没有也没关系，他们那边有很多模型，到时候微调也不费时间。”

连胜摸着耳朵问:“要多少钱？”

三夭里面携带特殊武器的人很少，基本都是标配的宽刃剑。说是剑，完全可以拿来当刀用，这说明更换装备一定不是一件简单的事，或许还是有钱都解决不了的事。

超亮的灯泡笑道:“不用，让那蠢货去肉偿。反正他闲得都发霉了，正好活动一下他的脑子。”

连胜非常不好意思:“这也太照顾我了。”

从第一次认识百米飞刀和两位灯泡起，他们就非常照顾自己。指导、陪练、分析，带着她做各种事情。说得郑重一点，这已经是恩情了。

没有他们帮忙，以连胜当时的水平，连进决赛的机会都没有。

“这个真看眼缘。”亮亮的灯泡挥了下手说，“别管了，你安心打比赛。下周应该要进预选赛后半段了，你们会有几天休息时间。我来接你过去换装备。一定要先撑住啊。”

连胜应声:“好嘞！”

百米飞刀靠在护栏上，被扬起的大风吹花了眼睛，终于点了接通。

莉莉安娜被他拒接了无数次，听着提示音再次断掉，正准备重新拨号，才发现竟然接通了。

周师韧正站在阳台上，头顶的灯光照下来，衬得五官越发深邃，还带着一点落寞。

他没好气地问了一句:“干吗？如果还是之前的问题，那就算了。”

“可以了，周狮子。为了这样一件事情，和这样的人计较，自毁前程，你疯够了吗？”莉莉安娜说，“赶紧滚回来。你知道现在是什么时候吗？”

百米飞刀：“我说了，李岷那小子在，我就走。”

“你不要再任性了。”莉莉安娜穿着军装，有些疲惫。她抚了把额头，说道，“没有人比你更了解十二区，也没有人比你更适合做副指挥。你走了以后，整个分析部跟侦察队都乱了，新来的人根本压不住他们。”

百米飞刀没心情听，转了个身，将光脑垂着挂在手上。

莉莉安娜只能看见外面的一片夜景。灯光闪烁，川流不息。

这一片土地宁静而繁华。他们为了保护这里而存在，却又对这个地方感到陌生。

百米飞刀说：“我不是把地图给他们了吗，还想怎么样？”

莉莉安娜皱起眉头：“一群蠢货，光有一张图有什么用？等他们分析出来，仗都打完了。”

百米飞刀哼了一声：“当时你们可不是这么说的，有我没我不一样？我算什么东西？我说呢，又怎么了？要擦屁股了才想起我。不嫌我擦得太多，都臭了？”

莉莉安娜：“我知道你是一个聪明人。你知道大局为重，不会意气用事的。我们现在需要你，如果谁再阻拦你，我和你一起走。”

百米飞刀沉默了。他闭上眼睛，感受了一下迎面而来的风。

“你别这样说，莉莉安娜，我不是故意针对你，也不希望你离开。但十二区的地图是怎么来的，你也知道。我们为了调查十二区，用了多少人力？为了潜伏进去，死了多少兄弟？我们像老鼠一样缩在地沟里的时候，从来没有想过放弃，是因为我们觉得值得。我带的都是新兵，新兵你知道吗？他们是最有希望、最讲人情的一群人。

“但是，这份初心被侮辱，我不能原谅。战败了，牺牲已经造成了，不管是指挥的责任还是副指挥的责任，都没有关系。十二区的地图是我画的，出错了我担也没有关系。可是他不应该太过分。他凭什么抢别人的功劳，又把自己的责任推得一干二净？想升官想疯了吗？这样的人你让他做什么？指挥？你也疯了吗？

“士兵跟政客的宿命是不一样的。他们认准我们会为联盟卖命，就不讲道义地压榨我们，我们认。谁让我们生在这里，还生成一个好人？但是，命给你们了，荣誉也要抢走，我不会在这样的军团里带兵。”

莉莉安娜：“好了，你不用说了，我明白。我会跟他们说，这种时候他们不会拒绝你。”

百米飞刀缓了缓，问道："十二区怎么样了？"

"不怎么样，老样子。"莉莉安娜说，"对峙，谈判，内乱。但是最近主和的德韦格尔上将病重了，他们开始拒绝和我们接洽。你先过来，早做准备吧。"

百米飞刀高冷地应了一句："嗯。我先挂了。你好好办事。"

莉莉安娜挂了通信。

百米飞刀又迅速地点了周师锐的号码。

"弟！怎么样？远征军哭着来求我回去了！"

如果让周师锐用一句话来形容他哥，估计就是有病。虽然这样说有些不太好，但……的确是一言难尽。

明明可以做一个有魅力的人，却总是不合时宜地开些不明所以的玩笑。

所以周师锐迅速地挂断了。

百米飞刀嘟囔了句："弟弟太不好养。"

他跑回房间，想看看他给弟弟养的"大腿"，却发现连胜也已经挂断通信，回去休息了。百米飞刀顿感落寞，小辈们太不懂礼貌了。

连胜的这次对战，让她在专业圈子里彻底出了名。

一般来说学生都不会去做推进器的技巧训练，因为那需要耗费大量的精力去适应，学生的日常课程太满，根本没有时间。而且如果没有专业指导，恐怕连门路都摸不到。

众人跃跃欲试，却不好意思直接来问。怎么说？他们不知道这训练方法是不是保密，就算不保密，人家也没义务告诉他们。毕竟明眼人都能看得出来，这项技能对实战能力提升有多么重要。何况现在还是个人选拔赛正进行的途中，要连胜抽出宝贵的时间来指导他们，有些难以启齿。

跟连胜不熟的人就不说了，直接放弃这个念头。赵卓荦等人陷入无比的犹豫中。几人推搡来推搡去，最终决定统一战线，主攻赵卓荦同志。

赵卓荦一路从教学楼冲到食堂，最后又被三人团团围住。

叶步青："优秀，咱们就是交流一下心得。"

"不至于吧，我说你不要弄得像奔赴战场一样。"程泽说，"想想那些年你们相约过的八岁啊！你们有过多么美好的八岁，你怕什么？"

赵卓荦钩住他的脖子往后一拉："闭嘴！"

程泽头朝地，气血涌上头部，脸色泛红，不放弃道："这种时候你害羞什么？让你去跟她说句话难吗？"

赵卓荦："这么多年兄弟了，什么时候修炼到这种不要脸的水平？"

程泽扑腾了一下手："兄弟间不都是说真心话吗？谁没点龌龊的想法？不说给你听，还能说给谁听？"

“我来。”方见尘端着碗蹲到赵卓荦面前，循循善诱道，“拿出你拒绝其他女生的霸总气势来，直截了当地告诉她：女人，我看上了你的训练方法，快点给我交出来，我愿意陪你一起训练。就算是连胜，本质上也就是一个母胎单身啊。”

赵卓荦腾不出手，怒目而视，手上越发用力。

程泽吃痛大叫，伸手去抓方见尘：“快滚，要被你坑死了。”

方见尘灵敏地朝后一退，发现撞到了一个人。那人单手撑住他的后背帮他站稳，并说了句：“兄弟，当心。”

方见尘回头致歉：“不好意思啊。”

然后四人一起看见了那张熟悉的脸。

连胜招呼道：“哟。”

四人：“……”

赵卓荦松开手，程泽一秒爬上来，四人端正坐好。

程泽指了指旁边的空位：“请坐。”

连胜问：“母胎单身是什么意思？”

赵卓荦面不改色地道：“坚韧不拔，独立自强，不屈不挠，独当一面。”

连胜恍然大悟，在空位上坐下来。

程泽搭着赵卓荦道：“我家优秀啊，有话跟你说。”

连胜慈祥地转过头。

赵卓荦咳了一声，干脆问了出来：“你最近，都在三天练习那个吗？就是加速器的使用？”

连胜点头：“对。顺便还有散打。”

赵卓荦又问：“感觉怎么样？”

连胜想了想，在众人期待的目光中道：“又酸又麻？”

众人：“……”

赵卓荦承受不住，起身：“我走了。”

连胜笑了下，说：“男人，我知道你看上了我的训练方法，我可以交出来，陪你一起训练，反正我最近也没什么特别的安排。”

赵卓荦表情崩裂，猛地转身，想把手上的餐盘砸到方见尘头上去。

方见尘机智地抱住自己的狗头。

“其实也不是我的训练方法，是灯泡哥教的。他之前都在陪我单练，就是最近挺忙。”连胜说，“正好，我缺个伴。”

叶步青问：“他教你的？你练了多久？”

赵卓荦悄无声息地坐了回来。

“练了挺久，效果不大。后来集训的时候玩那个爬架子，感觉有点像。”连胜如实相告，“跟着摔一摔就会了。”

四人感受了一下她的摔一摔，陷入沉思中。

叶步青：“那你什么时候有时间？最近还有比赛，要么就休赛三天的时候，你给我们示范一下吧？”

连胜：“最近我就有时间，休赛的时候可能不行。灯泡兄说带我去给机甲做装备。”

赵卓荦愣了下，又确认了一遍：“做装备？”

连胜点头。

几人的表情顿时就不对了。

连胜：“这玩意儿很复杂是吗？”

赵卓荦由衷地问：“你姓什么？有没有什么流落在外的兄弟？”

连胜带着一丝骄傲感慨道：“落地为兄弟，何必骨肉亲啊！”

连胜成功出师了，并且帮灯泡收了一帮徒孙。

因为之后还有比赛，大家互相对了下行程，发现几乎没有能重叠的地方。连胜是最自由的，干脆就让他们有空自己上三天，直接来找她，不用拉着兄弟了。

后面几场比赛都不太激烈，连胜打得很顺利。

越到后面，战局分配变化越大，淘汰人数也越多。因为军校最低人数的规则设置，几乎是挂一个撸一串。很快他们就迎来了预选赛的后半程。

组委会清算了人数，正式发布通知——预选赛后半段开启。同时让系统重新分配对战场次，其间全员休息三天，更改比赛规则为双败淘汰制，并放出了所有入选学生名单。

众人循着列表查看，却惊诧地发现，上面写了季班的名字。

众人都以为是自己眼花了，但是它写得清清楚楚，再仔细一看，发现后面标注学校改成了一军。

他竟然成功转学到一军了！

因为被强制退出之前他没有败绩，一共拿了一百六十二场的胜利，其中五十八场是对战高分组的选手，虽然空缺了几天，但是数据达标，组委会认定他有足够的实力可以进入预选赛后半程，于是转学后直接被加回了参赛名单。

一军接收季班的消息不胫而走，此举实在叫人深思。

毕竟所有人都知道，现在的军校没法给予季班更多的实战指导，他的实力只能依靠自己拼搏钻研。而他毕业之后的去向，军校也无法进行安排。他们能做的，只有劝他放弃手操。

任何一所军校，如果表示愿意全盘接受季班，都会遭人置喙——他们只是为了选拔赛的名次，竟然选择毁掉一个年轻的学生！

这种抨击对于一所名校来说实在是太严重了，他们没有必要为了一个前景渺茫的学生去承担这种风险。而普通的军校，又没有进入决赛的希望，就更没有理由招收季班了。

所以，做出这个抉择是很需要勇气的，不然凭季班的实力和话题度，不会一直磨到比赛结束都没有军校愿意表态。

一军管理层是怎样安排的，跟连胜没有关系，她只知道，又有机会能见到这位传奇的机甲手操员了。

三天假期被确定下来以后，灯泡约她出去做武器。

连胜往光脑载入了自己的图纸，在校门口等候。

不久他们的车开过来，亮亮的灯泡一只手搭在窗户上，对她点头："走了，上车！"

连胜上了车，前面百米飞刀直接加速起步。

超亮的灯泡坐在后排，和她聊天，说道："我们和那家认识挺久了，技术问题不用担心。你要不要顺便把实体的剑也做出来留个纪念？"

连胜："这也可以？"

超亮的灯泡："当然。他们那边方便，工具都还齐全。"

百米飞刀开车带着她到了郊区，那边工厂林立，都是排列整齐的厂房，但是人流量稀少，只有负责仓储运输的车辆在路上开来开去。

穿过前排的一段大路，百米飞刀慢慢减速，往深处走去，里头格外安静，随后车停下来。百米飞刀拍了拍窗户："下来，到了。"

靠近马路的建筑都是低矮的平房，而此时这里，明显有四五层楼的高度。

连胜抬头看了一眼，问道："这里是？"

百米飞刀说："以前是机甲零件供应厂。"

连胜："那现在是？"

百米飞刀看了她一眼，不屑道："显然现在也是。"

连胜有点想翻白眼。

他们径直走进去。或许是从监控里看见了画面，走到一半的时候，里面走出来一位年轻的男生，负责领路。

男生发色偏浅，皮肤也很白，整个人看起来有些瘦弱。他看见百米飞刀等人，很高兴地笑了起来，伸出手道："你们好，好久不见了。最近过得怎么样？工作室忙吗？"

百米飞刀拍着他的肩膀和他寒暄。

连胜站在后面，视线下移，瞄了一眼他的腿。他的腿上架着一排金属器械，从大腿一直绑到鞋子，走路的姿势也有点僵硬。

男生察觉到她的视线，转向她道："你好，我叫季班。今天要来做装备的人就是你吗？"

"季班？"连胜才回过神来，和他握手道，"这名字有点耳熟。你好，我叫连胜。"

季班笑了一下，退开一步道："进来吧。"

季班领着他们往工厂里走去。

百米飞刀俯下身，和她介绍道："季班，他爷爷以前是三天的首席技术员。当时三天还是机甲生产公司，风光无限。军部那时都是手操机甲，他们就是权威。真是三十年河东，三十年河西啊。"

连胜听说过一点，跟着点头。

季班带着他们走到建筑内部，连胜才发现，一层楼就有十几米高，墙面上挂满了各式工具和零件。虽然里面很拥挤，但是因为高度的原因，一点也没有逼仄的压抑感。

一个穿着深蓝色工作服的人，正在门口手工打磨一块黑色材料。

连胜看他一头白发，手上皮肤也很是粗糙，想想联盟这边大多数人是显年轻的，脱口而出道："你好，爷爷。"

季班尴尬道："额……这是我爸爸。"

连胜："你好，叔叔。"

季班笑了一下："没事。我们家生小孩都比较晚。我爷爷跟我爸爸都是老来得子。我爷爷很早就已经去世了。"

前面那人跟着点头说："叫我爷爷也一样，算年龄正好对辈分。坐吧。"

这边摆设很简单，只有两张凳子，里面也不允许机器人入内。

季班走到里屋又搜了几张椅子出来，让他们先坐下休息。

他的手按上腰部，腿上的装置直接屈起两腿，改成了坐。调整好姿势后，打开图纸，细细看了起来。

百米飞刀凑到连胜耳朵边，小声地道："你干吗总盯着人家的腿看？你不知道男人的腿也是女生不能看的地方吗？"

连胜用不屑的眼神扫向他，抬手将他推开。

百米飞刀又凑了过来："怎么？你是没有看过助走器吗？你这样盯着人家的断腿看很不礼貌知道吗？"

连胜稍怔，又下意识地瞥向季班的腿。断腿？

季班似乎听到了，抬起头朝她眯眼笑了一下。

传感器是根据神经活跃来进行传导的，他没有腿，如果想使用机甲，当然只有手操一种方法了。

所有人都在猜测季班为什么要用原始的指令输入来操作机甲，却没有人想到是因为这个。因为没有人会相信，一个人能对机甲执着到这个地步。

在技术支持下，四肢残疾对日常生活并不会有太大的影响，甚至因为机器独有的力量，在习惯之后可能会觉得更方便了。只是，所有跟传感器相关的行业，他们都无法入内。

季班放下光脑，大致了解了她的设计，抬起头问："你以前是材料工程学院的吧，你想用什么材料？"

连胜失神："嗯……"

季班："那大小比例呢？这里也没有写。"

连胜："嗯……"

季班："那你是想装配在哪里？左右、上下和高度的数据。"

连胜看向百米飞刀。

"天哪。"百米飞刀怜爱地摸了摸她的头，"读大学不谈恋爱、不上课也不玩游戏，那你的时间究竟都去干了什么？"

连胜再次伸手拍开，表示不是很想和他说话。

"那跟我过来吧，试一下。"季班道，"手感或者长度自己体验一下，然后告诉我。"

他又起身，带着连胜到里面。百米飞刀跟着过去帮忙。

他们将其他已经转换好的武器数据传到破军上，让连胜确定质量和长度，再一个一个确定数据。

这真是一个麻烦的过程，季班问得很细致，众人不厌其烦地校对了一个多小时，然而这还只是初步确认武器模型而已。

连胜现在知道为什么拿专属武器的人那么少了。非专业人士做不到这程度，专业人士很少有这么闲暇的时候。

随后武器数据终于落实下来，众人都松了一口气，一起走出房间。

季班走在前面，手里拿着光脑。

连胜想着是不是可以回去了，就见他忽然回过头道："带你去看看我的机甲吗？"

连胜顿了一下："你的机甲？"

"对啊。上面有我的名字。"季班抬手一指，"就在前面！"

百米飞刀在后面笑道："走走走，过去看看！"

季班刚才是对着连胜说的，那么显然百米飞刀是看过的。

就像跟一个人分享自己的玩具一样，得到回应季班变得很高兴。当然要看到传说中的机甲，连胜也很高兴。

季班转道，带着他们走向地下室，前往更深处。

一路上层层加密，他仔细地解开密码，一直到一个宽敞的房间。灯光亮起，前方出现用防护金属罩住的一个大立方体。他在墙上按了一下，终于露出里面的机甲。

说是机甲，更准确地说是一台黑色的机器，因为它完全没有连胜以往看见的机甲轮廓。所有配件缩在一起，像一台飞行器。

外壳被擦得锃亮，那种黑到发光的颜色，透露出一种威严。

连胜走到它的面前，问道："这是什么？"

季班炫耀地说道："变形机甲。"

连胜上前一步："模型？"

"当然不是！这是我爷爷留下来的，他最杰出的成就，毕生的研究所在。它的能源消耗率只有普通机甲的三分之一，但是提速效率可以达到它们的两倍，而且兼具速度跟攻击。"季班看着眼前的机甲，眼神里都在发光，"不过，当时他留下的是一个半成品，后面的是我爸爸根据图纸进行完善加工的。"

他看连胜蠢蠢欲动的样子，握住她的手按在机身上："可以摸。这上面的材料是很坚固耐用的，普通的便携枪支都打不出痕迹。"

触手冰凉，表面极为光滑。

连胜问："它能开吗？"

季班说："可以开，每天都会维修检测性能，强化零件。但是不能启动。"

连胜："为什么不能启动？"

季班："没有联盟的审批，也没有合格标志。"

"哦。"连胜点了点头，"为什么没有联盟审批？"

季班："额……因为没有专家出具文书证明，说明它是合乎标准，可以安全驾驶的。"

连胜："那它合乎标准吗？可以开吗？"

季班说："可以啊！"

数人看着机甲沉默片刻。

连胜又扭头问："那为什么不给批？"

季班：我也很想知道啊！

百米飞刀拍了拍连胜道："这就是大人之间的事情，你不会懂的。"

这件事情解释起来比较麻烦，他们直接拖着连胜走出存放室。

季班的父亲还在门口擦着那块黑色的机甲。

连胜这时候认出来了，看材料，似乎就是地下室里那机甲的外壳材料。

“机甲不能一直停着，否则零件会老化。但是它已经停了几十年了，我们只能不停地给它更换零件。”季班解释说，“爸爸在擦东西的时候就是在想事情，不用在意他。”

连胜相信，一台机甲的造价绝对不是普通人可以承受的，或者说它的维修费用就不是普通人可以承受的。而几十年都没能拿到合格审批，已经很说明问题了。所以连胜有点不明白。

耗费巨大的资金，养着一台可能永远也无法启动的机甲是为了什么？用十几年的心力，去学习可能再也无法实际投入使用的指令操作，又是为了什么？

当然这件事情她不可能当着几人的面说出来，只是弯腰朝他们鞠躬，跟着百米飞刀等人告辞。

数人坐上车，连胜给自己系上安全带，等待起步。

百米飞刀一只手搭在键盘上，说道：“季班一般都住在这里。他很喜欢机甲和数据，不喜欢上课，所以就留在这里帮忙。这边又很少会有人过来，所以不容易交到朋友。他能跑能跳的，对机甲的了解比你们还厉害，可以和他多交流。”

那是！普通学生对机甲的了解局限于三天，季班了解的可是真实的机甲啊。

百米飞刀说：“过段时间我们就不在二区这边了，你可能联系不到我们。一星期以后自己过来拿装备，认路了没有？”

联盟的几区连胜一向搞不清楚，出了联盟，各个军团又是以第几军团来标注，大概是哪个浑球儿不喜欢取名字，所以全部用数字代替了吧。

连胜给这边做了一个标注：“认路。”

百米飞刀：“那就好。找不到路了就找季班，我把他的通信号发给你。要是他找你说话，你多‘嗯’他两次啊。”

连胜大声地道：“嗯嗯！”

百米飞刀：“……”

三天休整之后，又要开始新的比赛。

进入个人选拔赛的后半场，需要在联盟指定的监视点进行比赛。

二区是较为发达的地区，这边安置了四个合格点，联盟大学财大气粗，加上每年入选人数众多，所以内部就有。而偏远地区的军校就比较艰难了，所以和联盟大学关系较好的军校，会在接洽之后，请求让学生搬来他们这边暂住，也好方便互相切磋一下。

随着学生陆陆续续地搬入，不久后最新三场对战预测表出来了。

连胜扫了一眼，发现都是她不认识的人——当然她也根本不认识什么人——

于是事不关己地登上三夭，开了一个城区街道地图，继续自己的训练。

不久后，赵卓荦四人结束集体的训练项目，也陆陆续续登上三夭。

他们来的时候还在不停地讨论，准确地说应该是单人抱怨。

“季班！这个季班！”方见尘说，“我的第一场竟然是他！”

程泽说：“你放心，输就输吧，我们复活的名额就是给你准备的。”

在选拔赛那样的小地图里，狙击手的确是很不占优势。

“滚！”方见尘怒道，“好不容易磕完了周小学弟为我准备的爱心资料，结果从天而降一个姓季的坏我好事，算什么事儿？”

方见尘想了想，找到愤怒的源头：“为什么又是姓季的？！为什么姓季的都这么讨厌？！就喜欢拆散我们？”

连胜望天。季方晓都已经不在学校了，还要被他惦记。

赵卓荦没有参与方见尘那停不下来的话题，自己独自在旁边摔爬训练。

方见尘似乎已经失去了动力，蹲在旁边黯然神伤。

连胜说：“你现在还可以去磕资料，来得及。”

叶步青大笑道：“他就是磕过了，发现自己真的杠不过，所以破罐子破摔跑上来骂人。”

方见尘就想不通了：“他到底是谁啊？怎么从来没听说过。哪里人？何方神圣？就算不上学，一个练手操的人名气也应该很大啊。他在哪里练手操？得是三夭吧？可是完全没有啊。”

这大约是他人生遇到过最大的难题了。

连胜忽然说：“我见过。”

方见尘激动地扭过头：“你见过？”

连胜“嗯”了一声。

方见尘：“怎么样？”

连胜想了想道：“很可爱一男生。”

方见尘立马道：“你在骗我！”

连胜不再管他，走过去查看赵卓荦的情况。

赵卓荦摔得不能自已。

他速度倒是很快，稳定性也比连胜最初好了很多，但是到转弯处的时候总是控制不了速度。要么下意识地减速，导致推进器方向混乱；要么转向太慢，直接撞飞出去。

连胜心疼他的机甲，那可是高阶高配，修一次可多钱了。

连胜说：“我来帮你。”

赵卓荦偏头看她一眼，礼貌地道：“谢谢，可是怎么帮？”

连胜:“你先走起来,慢慢加速,平稳地跑一圈。”

赵卓荦照着她的吩咐,开始在场内加速,一圈一圈地绕行。连胜紧紧跟在后面,时不时地提点他,帮他扭正方向,调整身体的姿势。

这种情况,还是第三方看得更清楚,尤其是连胜,她对人体构造最为了解。

赵卓荦保持一定速度,很快开始适应。连胜又让他继续加速。

程泽等人一看,停下动作在旁边围观,想学点经验,或是等赵卓荦适应以后,让连胜也指导一下自己。

当他们滑到第五圈的时候,赵卓荦又一次出现了失误。

连环转向的街口,高速的运行,他依旧无法完全适应这迎面而来的冲击感,心一慌,就乱了节奏。

赵卓荦知道可能又要撞上了,就听连胜在后面喊:“向左!”

他倾斜身体,尽量向左,试图避开那边的障碍,但估量了一下距离,觉得可能性不高。忽然腰部一紧,连胜在后面抱住他,给他直接掰了回来。

赵卓荦猛抽一气,站稳后停了下来。

方见尘看见此景,一声厉喝,直接起跳。

“别停啊,继续。”连胜看向他们,“你们也要来吗?”

三人近乎直觉地摇头。

连胜推了赵卓荦一把,催促道:“那你继续。”

赵卓荦:不是很敢继续……

连胜说:“怕什么?我又没摸你,我们这是正当训练!”

赵卓荦当然知道这是正当训练。

正当训练下不应该那么计较男女关系,显得自己太不专业了。但是一想到连胜抱他的腰,就觉得,有一股,难言的,羞耻。

连胜看他扭扭捏捏地起步,却没有继续提速,跟在后面道:“我说你在搞什么?好像是被我轻薄的小媳妇一样。我是那种人吗?”

“不是。”赵卓荦憋了憋,看向起点处,“我需要休息一下。”

连胜骂道:“你才刚来,你休息个屁!虚什么?专业一点啊,优秀同学。”

赵卓荦甩脱杂念,重新加速。

连胜说:“你不摔,我就不动你了。”

赵卓荦闻言,挺直脊背,决定拿出自己的专业素养来。

连胜直接一巴掌拍在他的后背:“弯下背找重心!这姿势想干什么呢?”

赵卓荦转向三人所在的位置,三人整齐站成一排,朝他肃穆敬礼。目送着他到来,然后小碎步调整方向,又目送着他远去。

他们练到了晚上十一点,方见尘几人几乎立成了“望夫石”。

考虑到明天还有比赛，众人先行下线休息。

连胜走出传感室，发现光脑上面有几条未读信息。

季班给她传来一张图片，那是一个放在掌心上的机甲模型，就和他们今天看见的一模一样。

季班说："给你看！"

连胜捧场道："厉害厉害。这是你做的吗？"

季班没一会儿就回信息了："你回来了？"

季班又给她发来一张动图，里面他将机甲拉扯着变形，依旧没有变成普通的机甲型，但难以形容是什么形状。

连胜看了一下他的背景，问道："你不在军校吗？"

季班："不在啊，我在工厂。"

连胜："你不去军校训练吗？远征军招人不看体能的吗？"

季班："我不知道啊！不过军部没有招收残疾人做前线兵的特例啊。"

连胜摸了摸耳朵："那你来参加选拔赛干什么？"

季班："我想说我们家研发的机甲很厉害啊！我想证明手操机甲不是过时的技术，它真的很厉害！差的都是驾驶员啊！"

连胜：这话听着贼扎心了，兄弟，你不可以这样说话啊。

季班："所以就算对手是你，我也会赢的。我不会输的！"

连胜想了想："嗯哼，嗯哼！"

第四十八章

手操机甲

连胜又和季班聊了一会儿。

她的过去没什么好聊的，也不合适说，所以都在套季班的话。

季班以前也是正常上学，但后来因为事故受伤，精神状态不好，人际关系僵持，才选择退学调整。

学校的教学内容他不喜欢，季爸爸也不想再勉强他，就一直待在家里，自学手操机甲的指令。

工厂从来不接待外来的客人，所以很少有人会陪他聊天。百米飞刀是他爸爸介绍的，说是值得信任的人，之后才认识起来。

看着时间已经不早了，连胜和他说了晚安，早些躺下休息。

方见尘第二天就有和季班的比赛。

连胜等人都对季班的手操机甲情况很感兴趣，想用训练室楼上的大型投影室，认真分析一下相关数据。

方见尘站在门口，一步三回头，悲壮道："我去了。"

程泽嫌弃道："快滚。"

方见尘往前走了一步，又沉痛道："我真的去了！"

程泽怒道："麻溜地滚！"

"虽然逃跑有悖我狙击手的尊严，但为了我们岌岌可危的兄弟情，我要帮你们刺探情报。"方见尘说，"我争取活得久一点，你们一定要仔细看，那是我透支生命争取来的每分每秒。"

连胜说："你的兄弟情不是早就破碎了吗？"

方见尘："睡一晚又连回去了，谁让我们是室友呢？"

程泽烦了，抬脚要踹，方见尘迅速往前一蹦，冲了进去。

旁边一群穿着别校军装的人悄悄地打量他们，见连胜望过来，又迅速低下头。

旁边的学生明显是认识赵卓荦的，走过的时候热情地和他们打招呼："加油啊，我们的明日之光。决赛队伍选好了吗？辛苦了。”

几人颔首表示回应，抬步往楼上走去。

体育馆不进行转播的时候，想看比赛的人都喜欢来投影室，此时这里已经挤满了人。

应多数人的要求，频道早早就调在季班这场比赛。他的回归之战果然很引人注目，毕竟在众人眼里，他是一个神秘至极的人物。

网上没有关于他的任何信息。众人不知道他从哪里来，不知道他的真正实力如何，也不知道他是一个怎样的人，连一军自己学校的学生都没听说过这号人物，也从不曾见他来学校。

他们找了个靠窗的空位插进去，站着观看比赛。

此时双方还在准备阶段。

连胜发现，之前季班虽然是手操，但驾驶的是跟他们一样的人形机甲，而这一次，彻底换成了他们家的黑色变形机甲。

这台机甲奇特的外观直接引起热议，播映室里一阵喧哗，众人集体表示不能理解。

自传感器出现之后，再也没有各种奇形怪状的机甲了，毕竟驾驶员无法操纵。

众人举着光脑拍摄，却发现查无此机，没有任何关于它的资料。

要知道，三夭上所有可操纵的机甲，都是由庞大的数据库支撑的。这些数据当然不能靠凭空编造，目前提供的几种机甲，全部是建立在三夭以前研发出的切实存在过的机甲上，录入后修正部分数据产生。

想依靠自己的想象在三夭创造出一台合格可用的机甲，那是完全不可能的事。所以，只要是三夭上出现的机甲，那么必然是真实存在的机甲。

网上没有任何数据，只有两种可能。

其一，要么是军部尚未对外公布的前沿科技。当然，这不可能，三夭如今的地位没那胆量公开军部的机甲数据，而且他们也没有。

其二，私人建造的，未对外公开的新型机甲。

这个就……厉害了！

一个答案呼之欲出，但是没人敢将这荒谬的答案说出来。终于，一男生不敢相信，颤抖着声音说道：“我承认我终极土鳖，但是每天也会上网的那种，说了别笑我。这机甲难道是……新做的？”

“不是吧？”

“可本土鳖也觉得是。也许只是贫穷限制了我的想象？”

“到底是何方土豪？”

“手操的新型机甲？谁现在还生产手操机甲？显然是定制的吧？定制机甲这么神的操作，得是多土豪啊！”

“造一台机甲得需要多少高端科研人员？多少材料？多少零件？多少图纸？多少设备？还有多少时间？你们不要骗我，这也能被私人化？”

一台机甲为了保证各部位能灵活使用，涉及至少上百万个大小衔接，单单一个小零件，可能就需要大量的时间和人力。一幅完整的设计图纸更是经过无数次的推翻论证才有可能产生，凝聚了一群天才科学家的心血，价值连城。

何况自传感器出现后，为了防止私企垄断前沿武器的现象再次出现，所有建造机甲相关的材料，联盟全部都做了相关限制。你想买到足够的材料，没有一定的门路基本是做不到的。就算有门路，你也得有足够的金钱。

时代不同了。现在的机甲制造商都是跟联盟官方签有合同的。所有的建造技师，学习的都只是相关部件的制造。能一个人制造一整台机甲的技师，只存在于传说之中，要么已经作古，要么在作古的入口徘徊。

现在建造一台私人机甲，你要具备的条件：一张完整的设计图纸，富可敌国的财力，上千名不惜违约联盟保密协议的天才科学家。从正常财力的角度，和人才资源的角度来看，这都是绝对不可能的事情。

“土豪能买一台定制机甲？这得是宇宙级土豪吧？”

“这机甲应该不是什么缩略版的吧？应该能打吧？”

“不耐打我也想要！”

“方见尘，小心啊！明日之光一定要多撑一会儿！起码让我们摸透它的性能！”

“方方给他来个反杀！霸总算什么！”

“这肯定是遗留机甲。应该是三天以前未处置的手操机甲。”

现场沸沸扬扬的，像一锅烧开的水。

听他们讨论，连胜才明白拥有一台私人机甲是多么不可思议的事情。

季班愿意带她去看，应该是一种信任的交托。那她之前的淡定表现，岂不是太对不起这台机甲了？不知道方见尘看见对方后，又会是一副什么表情。

围观群众正在激动中，场上二人已经载入地图。众人打开录像，周遭的吵闹声终于渐渐消散。

这是一幅都市地图，地图比预选赛前半段的标准要大一圈，但依旧偏小。

方见尘此刻被传送至一栋高楼旁边。

他没去查找敌人的踪迹，而是第一时间钻进了旁边的楼里。他的想法很简单：他是一位狙击手，对上手操机甲没多少胜算，必须先保持距离。

方见尘凭借他灵活的走位一路冲上了五楼。

所有人都知道，手操机甲最受人诟病的地方，就是它的指令输入。一个指令一个动作，那么在不规则的路段，或是拥挤的路段，遇到干扰的情况下，容易跟不上速度。他要给对方选择一段逼仄的空间，自己占领高地来迎敌。

方见尘到达五楼后，稍稍停了一下，站到窗边去寻找季班的踪迹。

此时季班的车型机甲已经飞速赶至大楼底下。

方见尘只粗粗扫到一眼，没有辨认清楚，它已经蹿进了视线死角。

“啊？”方见尘歪着脑袋想了一下。

他眼花了没有？刚刚似乎看见了个很奇怪的东西，可是他已经很多年没有眼花了呀。

方见尘又靠近了一点，往下面看去。

这边的都市地图高楼耸立，只要距离稍远，视野就会受限。他们被传送进地图后才过了多久？按照传送规则，双方起码会保持一定的距离。能这么迅速找到他藏身之处，说明对方从一开始就已经确切知道他所在的位置。怎么知道的？

方见尘隐隐听到一点机甲滑动的声音，但是音色闷闷的，似乎隔了一层什么。他走到楼梯口确认了一遍，下面的确毫无动静，又重新来到窗边，往外探去。

“真是见鬼了。”方见尘嘟囔道，“什么情况？传感器出毛病了？”

忽然间，他的头顶罩下一团黑影，挡住了外面的光线。

方见尘来不及抬头，前方的玻璃窗已经碎裂。

碎片迎面砸了过来，不规则的玻璃碎块折射着强烈的日光，刺晃着他的眼睛。

他眯起了眼睛，却不敢闭上，眼珠向上转，看见了一台又黑又耀眼的机甲，从窗外的墙壁攀了进来。

“呼！”方见尘猛抽一气。

场上内外都是一声惊呼。黑色机甲变形了！

机身内缩，伸出八只机械臂。靠着推进器辅助和吸附材料，支撑起了它的重量，直接从建筑外围的墙面爬上了五楼。然后从腹部——如果那地方不是车底，还能称之为腹部的话——弹出装备的武器，先用高温焊刀软化玻璃，再用物理攻击，强势击破了玻璃。

力量、速度、构造，都不是他们认知范围内的存在。

他们从来没见过能够直线上爬的机甲，毕竟机甲质量过重，联盟还没有研发出可以克服重量，又能保证耗能和体积的推进器。

方见尘的七星连连后退，退到走廊附近，撑着扶手往下跳，试图逃离这栋建筑。

从未有过的震撼压制了他的恐惧，他的大脑现在一片空白，什么想法都冒不出来。只有逃跑的路线特别清晰地呈现在他眼前。感谢他一如既往的强烈求生欲。

仓皇失措？哦，不，他的目标还是很清楚的，争取垂死前能挣扎一番。

方见尘没有回头看，所以他不知道季班的机甲再一次进行了变形。

机身继续内缩，并逐渐开始出现新的轮廓。下面两条机甲臂内缩，他的黑机立了起来。支撑它的是尾部的履带，可以滑行。右侧上方的机甲臂则开始拉伸变长，并出现了五指。中间四条机械臂滑到背后，气流从里面喷出，直接变成了加配的推进器。

季班用右手抓住了自己的"左臂"，抽了出来。原来那是一把隐藏起来的暗剑。随后，机甲顺着楼梯火速下滑。

这里又有手操的优势。楼梯是按一定规则建造的，他只要输入固定的参数，就可以以最快的速度、最近的距离，直接展开追击。

只见他淡定从容地追上了正在逃窜的方见尘同志，比猫拿一只耗子还要轻松。

"啊——"

"霸总算什么！季班这机甲直接就是神啊！"

"正常人看个指令都要犹豫一下，这么复杂的机甲功能，他能用成这样，他才是神吧！我说谁能有这么快的反应力？！"

现场一片乱叫，众人实在想不出什么贴切的感叹词来形容他们此刻的心情。

新世界的大门被砸碎了，手操机甲的强大就这样赤裸裸地展现在他们面前。

灵活的走位、风骚的操作、流畅的变形，这是他们以往听说过的手操机甲吗？这样的机甲为什么会退出历史的舞台？

方见尘听到身后愈发靠近的行驶声，那声音放大到他的耳朵里，仿佛阵阵轰鸣。

方见尘感觉要疯了，鼓起勇气朝后一看，发现对方又整个变了模样，见鬼一般地转回头，继续夺命狂奔。

他觉得给自己换个场景，条件允许，现在就能哭出来。

方见尘号道："这哪里是变形机甲？这是变态机甲啊！"

还好他爬得不高，很快就冲出了大门。这次他不敢再爬向高处了，也不担心会不会失速，推进器全开，灵活地钻进旁边的小道。

方见尘心有余悸道："这什么情况？为什么我的开场首秀会是他？！"

这绝对是他打过最狼狈的一场比赛。

他做好了输的准备，但绝对不是这样的。季班简直就跟石头里蹦出来的孙猴子一样莫名其妙，让他无从招架。

这种时候不用管风度的问题了，他想的全都是怎么最后博一把，好让自己死得不亏。

“要检测一下他的速度、变动过的部位以及距离，首先确认他的驾驶舱位置。”方见尘深吸一口气，再次回头，嘴里呢喃不停，不知道是自言自语，还是隔着屏幕询问连胜等人。

“他的机甲上有多少关节和细缝接口？”

众人仔细去看，实在看不清楚。

季班身上的材料是全黑的某种金属。这种金属黑得够透彻，导致衔接处的细缝几乎看不见。上帝视角的距离，加上地图光色的影响，第三方观众想研究根本不可能。而且机身像鳞片一样层层覆盖，没有人型机甲那种明显的关节感。

方见尘也发现了，大喊道：“靠近的时候转我视角！管理员在不在？”

方见尘第一次看见变形机甲的时候，捕捉到了部分连接处的轮廓，只是现在忘记了。说明距离够近的情况下，应该是可以观察到的。然而他没有多余的时间，首要是先拉开距离。

方见尘选了近距离的攻击武器，试图干扰季班的行动，同时飞速移动，寻找可以脱身的地点。绕到某转角处，他一个漂移式的定点，肩膀上伸出两条伸缩铁链，钩住围墙后面探出来的一根杆子，推进器辅佐起跳，漂亮地荡了过去。

不得不说，他的操作和逃跑技术都是很灵活的。

方见尘一面奔跑，一面打开探测器。他的探测器功能并不算完善，但只要对方没有开隐藏功能，还是可以搜到的。可惜的是，仪表内没有搜到对方的踪迹。

另外一边，季班滑过转角，发现可视范围内失去了目标，他只是停了一下，迅速点开探测器。已经开启隐藏装置的七星，清楚地出现在他的雷达显示器上。

众人又震惊了。

他的手操机甲不仅装备了各式攻击武器，还有最前沿的探测系统？这到底算是什么类型的机甲？三夭的探测和隐藏技术，大约停留在传感器出现的那个年代。这现象起码可以证明，季班的机甲技术支持在这之上。所以这绝对不是先期的遗留机甲，而是之后新建的机甲。

虽然已经有所准备，但验证这个事实还是令人慷慨激昂。

众人挪动着屁股，在网上发布评论——

我就问一个问题，驾驶舱在什么位置？

同上，到底有多少种变化形态？

那么多部位怎么用指令区分？

到底设定了多少个指令？

为什么要玩手操机甲？

我要是知道手操机甲能这么厉害，我也练手操。

想倒逼联盟用手操机甲？操作系统不一样的，不太可能。

地图里的二人虽然距离不远，但是几乎没有正面对上过。第一次被玻璃挡了一下，之后一直在各处转角交错。

季班很少使用高杀伤力的武器。在没有把握击中对手的时候，他很珍惜自己的弹药。追击的过程中，他也在不断变换形态，可见他对这台机甲的熟悉程度。

转到季班视角的时候，背景中隐隐能听到季班爽朗的笑声，他似乎玩得很高兴。当然观众们不这么想。他们脑海中构建出来的全是病娇腹黑的形象。

方见尘很快发现，自己的位置或许暴露了，但是除了跑路，他没有别的办法。七星有什么适合近战的武器吗？答案是……基本没有吧。

方见尘全速撤离，依旧无法摆脱目标，干脆切了一个杀伤力较小的武器，准备尝试正面迎击。

方见尘高声喊道："我去了，兄弟们！准备切视角！请所有人记住我此刻英勇的身影！"

射击的对抗，总该是传感机甲更占优势了吧？

所有人都是这样认为的。

方见尘深吸一口气，几乎能听到自己的心跳声。

他精神正紧绷时，季班的黑甲从墙后飞了出来，在半空中伸出两条腿，落地站稳。他右手握住的武器，直接展开，化作一块扁平的盾牌挡在身前。背后机壳退开，肩膀上升起一整排的射击武器，各种口径和类型，看起来比七星还要齐全。

方见尘告诉自己要淡定，然而见到这一幕还是抑制不住地骂了句脏话。

他看了一眼手上的短枪，寒碜得想要钻入地面。这不公平！

之前季班的出现只是让众人觉得稀奇，毕竟手操机甲是古董般的存在，那是一个比古武更有噱头的东西。古武还能推广实用，手操只能让他们唏嘘叹息。

但是现在不一样了，它用压倒性的实力让众人恨不得顶礼膜拜。

谁说手操机甲该淘汰的？这简直就是利器好吗！淘汰个啥！

变态才能做得到这样变态的操作。能玩成这样的已经是金字塔最顶尖的人物了。传感器增加了中段人群使用机甲的可能。单玩指令，多少人能做到这样？

问题是操纵机甲需要那么多的中段人员吗？不需要啊！原本机甲数量就少，就是专门给顶端人群配置的装备好吗？

我现在怀疑，这是三夭内部自己开的外挂，测试用的。

同怀疑，性能太好了吧？这明显已经不是同时代的技术了。

到了这里，机甲性能之间的差距已经是明眼人都能看出来的了。

速度、攻击、质量、能源、装配，中间起码有五十年的差距。

方见尘大声喝道："等等！"

他只是死前为了表示一下生命力的顽强，随便地一喊，平时根本没人会搭理他，喊完就闭上了眼睛。等了等却发现什么都没发生，于是睁开一只眼睛，悄悄往外看，发现季班竟然真的停住了。

"你……"方见尘试探着说道，"能不能别追我了？"

季班说："不可以哦。"

方见尘："那你不如杀了我吧！"

季班直接扣下了发射键。

方见尘："……"

比赛……不知道该说是波澜壮阔地结束了，还是毫无意外地结束了。

连素有水平颇有声名的方见尘都输得那么爽快，可以说是机甲性能的碾压。

一部分原因是方见尘的狙击型机甲不适用于近战，一部分是季班神级的手操技术。但更多的，果然还是初次看见变形机甲的不适应，与两者技术水平间的差距。

要知道，对于机甲来说，驾驶员的水平是要排在性能后面的，不然联盟也不会用高薪养着那么一大群研究人员。

众人下楼去迎接惨败的方见尘同志，想看看他需不需要安慰。

方见尘失魂落魄地走出训练室，狠狠抹了把脸，露出委屈巴巴的表情。

程泽一副明白人的样子，走上前拍肩道："你尽力了，我知道。你都跑出狡兔的气势了，不是你的错。"

方见尘："季班究竟是谁？他哪里来的机甲？我不是眼花对吧？那是不是联盟用来测试的旧机型？这不公平啊！"

无怪乎他会这么想，除了军部，没有更合理的解释了。

方见尘严肃地猜想："他们这是什么意思？是不是想重新振兴手操机甲了？什么时候开始研发的？"

连胜在旁边出声说：“据我所知，应该不是。”

方见尘猛地看向她：“那你说！到底怎么回事？”

连胜真诚地道：“我不知道啊。”

有方见尘这样想法的显然不是一个人，所有人都将目光聚焦在了联盟军部上。

原本一军领导忽然决定招收季班就很可疑了，如今变得更可疑了，不阴谋论一下都对不起季班的新机甲。

众人开始呼叫一军，让他们出来说说情况，顺便交出季班，以供众人膜拜。

一军领导保持缄默，一军的学生则是一问三不知。

等那股兴奋和冲动的劲头过去之后，众人开始认真地审视这件事情。

方见尘与季班的对战视频被拆分成各个片段，由无数数据分析师进行全方位的分析，试图找出黑机甲的秘密。

方见尘每天都在羞愧至死。没有什么神级操作，他全程都在神级逃跑。他恨！

也由此，在手操落寞近百年之后，网上第一次出现了手操和传感的讨论，并且空前热烈。

这是他们第一次正视手操机甲的存在。

手操机甲靠的是大脑反应力和手指的灵活度，战斗意识和技巧作为辅助。而传感机甲靠的是自身的战斗意识、身体素质以及体能支撑。如果手操机甲有这样的实力，我觉得也可以作为一种秘密武器，没什么不好啊？

一个问题：两种机甲的操纵方法完全不一样，当年是怎么实现瞬间切换的呢？原先的那些驾驶员呢，怎么安排？新选任的驾驶员呢，怎么训练？还有之前负责研发手操机甲的技术人员去哪里了？

楼上不要在这里危言耸听宣传阴谋论，动摇我联盟安定。我家就是机甲零件供应商，专业人士来说一下，机甲变革，改变的只是操作系统，零件链接和武器开发，包括大部分图纸，都是没有变化的。区别只在于，手操的操作技术以前算是半公开的，而传感器中间多加了一个系统，是联盟科研院独有的。

也就是说，研发人员依旧可以研发，只不过以前可以服务于私企——我直白地说就是三夭吧。当时机甲的利润大部分集中在三夭那边，研发人员可以拿更高额的薪金。从传感器技术被联盟掌握以后，研发人员只能转签联盟了。当时联盟科研院很欢迎的好吗？那都是技术人才啊，基本来者不拒。只有一些坚持手操机甲还有出路，或者是年纪已经太大了的研究员，选择解约离开。

现在的建造企业，没有传感器的独有技术，又没有专业的研发人员，只能跟联盟签约，根据图纸单纯地生产部分零件。

机甲核心技术和利益链转到了联盟的手里。可以说机甲变革，单纯是利益的一次抉择。谁掌握技术，谁就掌握利益。只不过联盟在里面地位更强势而已。

机甲建造技术事关一级军事机密，把握在私企手里，我是军部我也不放心啊。联盟有本事抢回来，当然要抢。我估计当时也确实是打压过手操机甲的发展，不然不会消失得那么快，但是可以理解。就是心疼那些机甲手，忽然就变天了。

别这样说。我知道当年的手操机甲员去了哪里。能转业的都转业了，不想转业的，也把之后服役的工资全给预付，光荣引退了。可以说安置得很妥当了。

毫无疑问的是，变形功能只有手操可以使用，所以这变形机甲是当年那些研发人员的最新产品吗？

很强悍的技术！我觉得可以发展！

非常强悍！有这样的技术，细思极恐。不能为我所用的人才也是很可怕的啊。

不用细思极恐，曾经跟着教授研究过这个课题，我可以大胆地讲，手操机甲根本无法往复杂化发展，因为一般人都需要训练与之匹配的反应速度，指令越复杂越难控制。像季班的这种机甲，我估计十几年都训练不出他的顺畅度，推广不现实。手操机甲被淘汰是有绝对的理由的。不否认有天才，但显然，天才太少，机甲手再挑优，也不可能那么少。

手操机甲没落的背后，隐藏着利益的博弈，这已经是毋庸置疑。这场博弈以联盟胜利为最终结果，但众人从来忘了去关心，为了这个胜利，他们究竟牺牲了多少东西。

季班的变形机甲是哪里来的？他的前沿技术是哪里来的？他来参加选拔赛是什么目的？一军在里面扮演着什么角色？

军部没有任何发言，倒是一军领导坐不住了，先站了出来。

再这样渲染下去，他们怕是要被网络上的各式恶意揣测直接打成反动派也说不定。

一军发布了三条声明，针对网上的猜测做出了完整的答复。

一、季班的机甲是哪里来的？

季班的祖父季先，曾经是一军的技术顾问，同时也是当时三夭的研发组组长。他设计的手操机甲当时是联盟的权威，既富有威力，又富有灵活性。三夭改制之后，他没有加入科研院，而是借由身份便利，领用了三夭剩余的材料，继续私人研发手操机甲，就是现在季班驾驶的这一台。

当然，他的机甲没有被赋予驾驶的资格。

二、军校为什么招收季班？

感动于季班的用心和努力，同时不忍季先前辈的成果就此消弭，希望能给他一个展示的平台。但军校不会给他做任何的指导，后续也不会有特殊推荐，他不用来军校上课。招收他仅仅是因为情怀。

三、变形机甲是否有复苏的必要？

手操机甲没落的时候，市面上和军方还没有出现变形机甲。那应该是季先先生那一辈的研究员新开发的功能。随着传感器的面世，它们没有出现的机会，遗憾地被掩埋。

但是，可以确认的是，新机甲中加入了联盟新的研究成果，而三夭机甲制作水平仍旧停留在一百年以前，并且当时为了保证机密，还削减了一部分的机能。两者没有任何的可比性，以此来判定手操机甲与传感机甲的差距是不合理的，希望大家理智看待。

这样说起来，大家就有些明白了。

靠着数十年前的图纸改进就可以建造出有如此出众机能的机甲，他们很期待联盟真正的新型机甲又是怎么样的，有着什么样的功能。

然而，三夭没有那个权限去谈判，他们只是一个对战平台而已。

果然掌握不了技术，表面再风光也还要受制于人，生死都捏在联盟的手上。

于是，网上争吵的论题又偏了。

虽然季班用的是手操机甲，可是你说，你拿一个现代化的新型机甲，和他们这群被削减过数据的百年老机甲作战，太过分了吧，这还怎么玩？

要么限制一下季班的机甲，要么组委会直接开绿灯让他一路通关算了，不然在这里抢占名额，对其他学生来说也很不公平。

外界如何轰动，季班都没有关注，他只要赢了就很高兴。

百米飞刀不知道去了哪里，已经联系不上。他爸爸对选拔赛没什么兴趣，季班只能找连胜说话。

连胜那边看着羞愤欲死的方见尘，接了通信，又看见了一脸兴奋的季班，觉得这人生真是无常啊。

季班说:“我赢了！”

连胜:“是啊，恭喜。你的机甲太厉害了。”

季班说：“我第一次开我的机甲！它很厉害的，各种武器折叠、机关强化。爸爸研究了很久很久。”

虽然已经搭建好了，但并不被允许使用，所以它一直摆放在地下室里。季班只能借着它的操作系统，自己一次次地模拟训练，却从来没有真正启动过它。

连胜问:“你练了多久？”

季班：“我吗？六岁的时候不上学了才开始练。但是当时机甲还没有成型，我就是练练它的操作系统。”

连胜:“一直练到现在？”

“对啊！”季班掐指算了算，“我练了快十五年，每天十几个小时吧。”

连胜点头。难怪他能有这样的水平，他在机甲上的付出已经是普通学生的几十倍了。

这和她当年练剑差不多了。她的师父是一个很严格的人，即便是吃饭睡觉，也会要她捧着自己的剑。每天不知道该做什么的那段时间，练剑成了支撑自己的动力。

连胜问道:“你都不用上课吗？学学数学、语言、物理什么的。”

季班:“学啊，我和默示一起学。它的资料都是我载入的！”

默示就是他的机甲名字。

“我喜欢坐在驾驶舱里。高高的，可以随便做什么事情。而且我喜欢机甲，它会完全听我的话。我要给它增加新的指令，才能表现出它的厉害。”季班说，“现在还有人陪我训练！”

连胜说：“那你以前怎么不上三天呢？会有人陪你训练。三天以前没有手操的功能吗？”

季班：“当然不行啊。又不是我想玩，他们就愿意给我玩。我不是说了我们家机甲没有合格审批吗？只能放着。”

“咦？”连胜不解地道，“那这一次呢？你进入决赛以后，三天忽然同意了？”

“我不知道啊。”季班说，“刀刀请人帮我安排的，三天就同意了。”

连胜笑道:“那也挺好的。”

季班和她道别:“是啊！我先去看看我下一场比赛是什么时候！”

可是季班去查，却发现什么都查不到。

如今这糟糕的局面，选拔赛组委会也觉得棘手。

目前来看，他们不适合再放季班出战。三夭和各部都没个回应，远征军那边让他们先等等。那就等呗，可也不能干等，无故停赛的动静太大了。于是他们决定先将季班的比赛给撤了，其余人照旧。

看着对战预测表，季班的名字不见了，虽然无法理解组委会的意思，但众人还是松了一口气。

除了季班不高兴，方见尘也不高兴。他咬着牙想掀桌。敢情就他一个人倒霉了是不是？他这完全不能接受啊！

远征军第六军团控制室内，众人正在紧急搜集数据，整理报告。各军团负责人连线交流已有情报，商讨会议内容。

莉莉安娜跷着腿坐在椅子上，忽然说道："不需要这些，他们不会看的。"

"是不是应该去和科研院那边打声招呼？"

"我们没有合作过，不知道他们的态度，还是不要轻举妄动了。"莉莉安娜说，"如果他们是聪明人，那就没有问题。"

一人走进来提醒道："莉莉安娜上校，时间已经到了，请您即刻前往会议室。"

莉莉安娜沉着脸道："嗯。"

众人一齐看向她。

百米飞刀手里晃着一杯零度啤酒，见她一副杀气腾腾、横眉怒目的模样，满意道："很好。你们谁都不要拦她，这事儿准成。"

莉莉安娜没理他，穿上修身的军装，往旁边的会议室走去。

红蓝白三色的场地，灯光暗下，投影亮起，三方人员一起与会。

"都到齐了吗？那我们开始吧。"蓝方场地负责主持会议的，是一个身穿黑色西装的中年男人，他随手翻阅桌上的资料，语气平静道，"关于这一次机甲选拔赛上忽然出现新型机甲的事情，我想大家都需要一个解释。机甲是我联盟最前沿、最重要的数据，为什么现在还会落到一个平民学生手里？"

他说完在两侧巡视了一圈，两边人都没有搭腔。

西装男士靠上椅背，两手搭在桌上："我不知道季先以前拿走的数据是什么，但是照现在看来，绝对不是无关紧要的东西。我回去查了下资料，这和科研院以前的报告似乎有点不大一样。"

右侧身穿白色研究服的林冽说："不明白您的意思。这已经是多少年前的事情了？我只能告诉你们，科研院人手换了不知多少批，接手的只有资料，其余什么都不知道。"

左侧第二排的莉莉安娜开口道：“武器开发一直是联盟重点扶持的项目，可无论发展得多快，都不会对外做任何汇报。季班一个民间学生，仅靠着私人技术就拿出了最新的变形机甲，甚至完全碾压旧式机甲，还不够说明问题吗？”

西装男士看向她。

莉莉安娜旁边的人不安地咳了一声，莉莉安娜瞥他一眼，他赶紧闭嘴。

“目前联盟对民众开放的是一百年前的旧科技，而我军部每次都要从这群学生里面选拔人才再重新进行培训。也正是因为这样，在学生最合适的时候，连军部基础的机甲训练都无法落实到位，白白错失了大好时机。”莉莉安娜说，“我实在不明白，这样做的目的是什么？”

西装男道：“不为什么，事关联盟机密，不是什么风险都值得承担。”

莉莉安娜：“联盟机密？紧要不可泄露的才叫联盟机密。明明不符合常规也不利于发展的，那只能叫陋习。”

西装男不停敲动的手指停了一下，说道：“您是说我联盟的机甲技术过时了吗？莉莉安娜上校，请您再说一遍。”

“请不要误会，我只是提出合理的建议。”莉莉安娜说，“联盟机甲技术水平怎么样，我军部与科研院比诸位要更清楚。但是，一百年前的技术，毫无疑问是过时了。”

两边人将视线投向科研院。

科研院一人道：“完全摒弃任何一项技术都是不可取的。这次的事情也证明了，手操机甲不是完全没有存在的意义。比起传感控制，部分精细任务反而是手操机甲更具优势。

“一个季先就留下了数十年内都不会逊色的技术，那么还有多少前端的技师因为种种壁垒被排除在外？那些流失的设计，或许已经过时，但不可否认的是，机甲如今的发展走到了瓶颈，我们也需要新的发展。”

“你们这是自相矛盾吗？你们的看法究竟是什么？”西装男人摊开手道，“是想发展传感机甲，还是手操机甲？”

莉莉安娜：“不同看法而已。我们只是偶尔在某件事情上出现了某些共识。”

“目前听起来，我并不觉得矛盾。只能说联盟需要放开和改进的地方太多了。”林洌说，“当然，我仅站在科研院的角度来看。”

政方看着他们，沉默片刻，决定先攻科研院。

西装男说道：“听你们的想法，是要重提手操机甲的推行？你们自己是专业人士，那么应该知道，机甲研发绝对不是一朝一夕的事情。停止了数十年的项目重新开启，等同于重新开始。等出结果，那已经是几十年以后的事情。”

“我们非常冷静，这就是我们内部长期讨论过后的结果。”科研院院长道，

“所谓联盟，不就是要为了民众的百年之计考虑吗？不然还有谁去考虑呢？那么几十年又有什么关系？总会有人接替我们完成的。”

林洌放下光脑道：“我仅反驳一点。关于重启研究就是重新开始的说法，我不认同。在我们放弃手操机甲的时候，却有研究人员一直没有停息。他们始终在不断地改进，并完善过去的机甲技术，季班的机甲就是证明。我们完全可以聘请，或者求教他们给予我们帮助。如果可以，还可以请求征用他们的机甲作为研究。那不仅不是重新开始，还是跃进一大步。”

西装男迅速地说：“他们不会同意的。”

莉莉安娜插嘴道：“在我方与他们短期接洽后，现任负责人季先生表示，非常乐意为联盟机甲的研发做出贡献。”

西装男眯起眼睛：“这样一说，我倒是有点奇怪。为什么三夭会同意录入他们的新型变形机甲？是谁给的权力？谁给的审批？”

莉莉安娜面不改色地道：“看来，追责永远比处理更方便。一大堆问题难以解决，就用简单的事情来敷衍了事，也不失为一种快速处理的方法是吗？”

西装男皱眉喝道：“雷鸣少将！”

前排少将端坐，毫不动摇：“我的部下不会说话，让您见笑了。她一向桀骜不驯、冲动莽撞。说的话您大可不用放在心上。她也只有机甲驾驶得好，拿过几次军功，多次保卫过联盟这一个优点。”

科研院今天也是做好准备来的。原本带着火气，保持着他们最冷峻的五官，以舌战群儒为目标，掀桌为底线，不达目的不罢休。但是现在看来，和军部这群暴脾气相比，他们真的是太和善了。斯文人一点都不够看，看军部冲锋才叫爽。

气氛剑拔弩张。政方显然也明白。

“我并不是不支持你们的提议，只是，联盟也有自己的考量，而你们的议题有点不大可行。”西装男道，“假使真的重新开始研究手操机甲，人员要怎么选拔？机甲手要从什么时候开始训练？你们不能因为一个人成功，就推论到所有人的身上。据我所知，季班已经严格训练了十几年，而现在正好到了他手速和大脑最巅峰的时刻，所以才有这样的水平。其他的学生呢？假使从大学开始训练，等练出水平来的时候，已经到快退役的年纪了，那么手操机甲的训练究竟有没有意义？”

旁边的男人不屑道：“因为一个人的特例就更改整个联盟的制度，太荒谬了。”

莉莉安娜再次插话：“我只认同强者。做不到的人，为什么不学会反思一下自己？”

西装男顿了顿："雷鸣少将。"

少将目不斜视："嗯，我觉得我的部下说得不错。实力证明了一切，我也是这样训练他们的。"

右侧那人气得轻哼了一声："呵！"

"正好，关于教育制度的改革问题，我军部也有一样的提案。"莉莉安娜强势道，"请允许公开部分机甲数据，将有效的士兵培训下放至各高校，起码在大学期间能够让他们接受正规培训。同时，我要求缩减军事培训的场次。"

后排一位西装男士摊开手道："看，这就是传感机甲的好处。只需要锻炼体能和作战意识，就可以很好地操作机甲。就算将来不进入军部，锻炼身体也不会是一件白费力气的事情。而手操机甲可以做到吗？"

莉莉安娜不屑道："机甲可不是小时候玩过的简单模型。请不要用理所当然的想法去论证现实。"

西装男士说："联盟并不能保证每一个学习手操的人最后都能坐到驾驶座上，那今后要怎样为他们安排？"

林冽："是的。联盟还不能保证每一位读书的人都能出人头地，那联盟为他们安排了吗？"

军部为首的中年男士开口道："从各个方面来讲，联盟正规军事教育的年龄都偏大，这的确是不合理的。平白将适应能力最快、身体素质最好的一段时间用作单调的训练，其实对于培育机甲手来说，不是一件好事，等于将压力后移，然后骤然施加到他们身上。"

莉莉安娜说："他们可不考虑这件事情。"

男士扭头，威慑道："莉莉安娜上校！"

莉莉安娜交叉着手，没有再接话。

科研院听他们吵着，终于忍不住道："所以，这是你们能直接决定的事情吗？我们科研院难道没有任何发声的权利？既然这样，是不是直接告诉我们结果，我们就先离开了。"

莉莉安娜："当然不是，我们需要科研院的支持。"

林冽："那么，现在首要的就两件事情吧。切停季班的机甲使用，或者更新三天的机甲数据。"

会议室里一阵沉默。

这个问题等同于，是要向一个年轻人的机甲屈从，还是适时展露一下联盟的前沿技术。

相比起来，民众更乐意看见后者。对于安抚民心来说，他们也更乐意看见后者。

西装男士顿了顿道："这是一件需要深入讨论的事情。这关乎联盟未来的发展，有悖于历来的条例，不是一个随便的会议就可以定下的，起码要经过……"

"你想知道什么，我们现在就可以告诉你们。"莉莉安娜说，"这的确是一件值得深入讨论的事情，但绝对不是一件可以拖延的事情。"

林冽："抱歉先生，这件事情如果不解决，机甲选拔赛无法正常进行。三天和组委会那边都在等待我们的结果。科研院很忙，没有敷衍一件小事不处理长达数年的传统。"

二人一唱一和，莉莉安娜哂笑道："您误会了，这场会议，我们并不是要请求什么重大的事情。科研院也只是想要外放一部分过时的数据，这属于科研院的责任和义务。如果连这种事情都要经过两院商讨，那么请问诸位的职责又是什么？"

其实谁都知道，现在是公布部分数据，随后就应该是军部培训改革，再之后是缩减机甲材料成本，推动手操机甲研发。

会议再一次陷入沉默中。

目前的情况很明晰，起码有两方的想法是相同的，而从结果来看，民众也会站在他们那一边。

众人看着对面投影里的人影，等待有人先给出结果。

西装男士将手架在椅子扶手上，换了一个轻松的姿势，道："我们来商量一下，你们想怎么做。"

就在众人猜测不断，学生深感不安的时候，三天忽然之间宣布，要停服更新了，而且时间长达五天。

上次停服是什么时候？反正从他们出生起就没听过这样的事。

同时，因为三天的停服，选拔赛也被迫暂停了五天。

虽然不知道究竟是什么原因，但必然发生了什么大事，而他们竟然成了亲身经历这一次变革的体验者。

没能入选的学生羡慕着他们，而真正入选的人此刻心情很复杂。

选拔赛刚刚开始就出现了变故，他们觉得更加紧张了。

有时候，变化本身就是很可怕的存在。这种紧张，是连赵卓荦等人都不能避免的事情。四人连同连胜、周师锐，凑在一起商讨之后的事情。

周师锐按着自己的光脑，说道："我找了后面几人的资料，正好趁这段时间先做一篇完整的数据分析，但是不一定有用。我觉得，三天这次停服肯定是更新数据去了，而能给他们提供数据的，只有科研院。"

程泽："我大胆地猜一猜，是要更新机甲类型？这次被季班冲击，然后三天决定正式推出手操机甲？”

连胜看了他一眼说：“我觉得你胆子真的挺小的。”

赵卓荦摇头否决：“不大可能。手操机甲的数据还是三夭自己这边比较全面，而且科研院最近也没有在研究相关项目。如果停服真的是要完善数据，那么不可能会是推出手操。”

“这些都不重要。这五天里我要干什么呢？”方见尘摸摸后脑道，“忽然之间变空闲了，觉得浪费时间，好对不起自己。”

三夭无法登录，他们也就无法进行学校内部的传感训练，之前在连胜的带动下刚刚起步的推进器辅助也只能暂时搁置。日程被打乱，毫无切入点。这种空虚感，让他们简直无所适从。

连胜说：“可以练练武，强身健体。”

赵卓荦问：“散打？”

连胜：“你们可以玩玩古武。”

几人一听，如醍醐灌顶。之前一直抽不出完整的时间，中途学了一点，又因为行程问题被搁置了。

五天……有点短，也好过在这里浪费时间。

连胜能教他们的，是拆解出来的一招半式，应急之策。譬如在什么样的距离下，手持什么武器，可以更快速地突破对方的防御，完成有效攻击。在被追击的时候，该利用怎样的走位，使用假动作晃过对方的视线。

这些都是直接而实用的。

其实连胜还想跟他们讲解一下，该如何通过对方的站位、角度、抬臂时机和速度，去判断对方的下一步攻击，并预先进行抵挡或攻击。如果能做到这一步的话，就可以弥补双方之间一定的属性差距，在劣势下强势完成反杀。

众人看她演示了一遍。

赵卓荦失望道：“这是肉眼根本无法分辨的东西，人类的合理性极限不允许我们拥有这项机能。还是不要再提了。”

连胜为了方便，直接在操场上开了个班。

因为不是正规的教学，练练武强身健体也是很好的，所以连胜来者不拒，他们这边的队伍迅速壮大起来。

指导嘛，总免不了要动手动脚，毕竟语言根本无法传达动作的精髓，距离是很不好把握的。

连胜主要关注自己这边的几位同志，对他们严格要求。

人多的情况下，赵卓荦更不自在了。

赵卓荦越不自在，连胜偏偏要到他旁边去，摸摸他窄瘦的腰身，拍拍他宽厚的肩膀，意味深长地说一句："有意思。"

方见尘等人致以诚挚的同情。赵卓荦自己都不知道，他为什么还要留在这里受委屈。

没过几天，季班将他做好的机甲数据包传送了过来。现在不能上三天，只能等维护结束后再替换数据。

连胜好奇地问道："你每天都在工厂里，你也会做机甲吗？"

"我只会做调试和部分零部件，但是我爸爸会全部。"季班说，"我爸爸以前也不会全部，但是后来自学了。"

连胜由衷地敬佩道："真厉害啊。"

连胜每天都在自学联盟的课程，她觉得对她来说简直就是一个灾难。

季班说："嗯！因为我说我想开机甲，可是我已经不能开传感机甲，而联盟又没有手操机甲了，他就把爷爷留下的重新建起来了。"

这背后肯定不是一句话的事情。

连胜觉得，季班能这么乐观，是因为有一个很爱他的爸爸。

季班却没有再说这件事情，他问道："你们最近在干吗？不是都没有比赛吗？"

连胜："练习古武。"

季班那边停了停，感慨道："真好啊……人多吗？"

连胜听他的语气，很是向往，笑道："想来吗？"

季班立马应道："想！"

连胜："那就来！带你玩！"

季班："好啊！"

季班当天下午就来了联盟大学，连胜出校门去接他，将人带过来。

赵卓荦等人正在自由打拳，没料想连胜会出去带了个人回来，见是一位很乖巧的男生，都有点好奇。

程泽擦了把额头的汗，问道："这位是？"

"这一位，"连胜介绍道，"是季班。"

众人都惊了一下，仔细打量，又觉得不像。

方见尘走近，盯着他看了一会儿，小心地问道："你和一军的那个季班是同一个人吗？"

季班没有回答，连胜先行说："我也以为他们是同一个人。"

然后确定他们的确是同一个人。

第四十九章

历史的舞台

连胜说完，方见尘就笑了起来，搭着季班的肩膀往旁边走。

季班回头看了连胜一眼，连胜示意他自便，放轻松一点。

方见尘低头问："你去过一军没有？"

季班摇头："没有。"

"没有就不要去了，他们一点也不好，跟我们联盟大学简直八字不合、五行犯冲。"方见尘不遗余力地诋毁，总之他对一军整个都没有好感。方见尘道，"对了，你是怎么认识连胜的？"

季班实诚道："别人介绍的。"

方见尘说："那你可以跟他绝交了，那人太狠了，简直是在坑你。"

季班："……"

季班朝赵卓荦等人走近一点，说道："你们真有意思。"

他穿着长裤，腿上的辅助机器被遮住了，一般不怎么能看出来。但赵卓荦他们都是长期锻炼肌肉学习散打的，所以能清楚地看出他走路的姿势偏向僵直，是有点不对。

季班问道："军校好玩吗？"

"兄弟好玩，上课不好玩。"方见尘叹道，"不过学校嘛，玩只属于附加福利，主要还是来受罪的。"

程泽轻轻地踹了他一脚："别教坏小朋友，以为人人都跟你一样不学无术？"

程泽看向季班，扯起一个友善的微笑，说道："学校，是我们学习成长、增长见识的地方。在这里，就像遨游在知识的海洋……"

季班起了一身鸡皮疙瘩，对着他一脸无语道："我应该和你们一样大。"

还真是看不出来。

季班很小两腿就残疾了，为了搭配他的上身高度，同时减轻下身负担，腿部机械做得不长，加上一直待在工厂里，很少运动，整个人有些发育不良的模样。站在这一群糙汉的旁边，对比就更明显了。你说他才上初中，那也是有人信的。

赵卓荦看向连胜，新奇地问道："你从哪儿认识的人？"

连胜："刀哥介绍的。"

赵卓荦："那你带他来这里？"

连胜说："过来看看嘛。他都待在家里，也没有事。"

季班走到旁边盘腿坐下，两手放好，说道："我看你们打拳。你们继续训练，不用管我了。"

操场上还有许多其他学生跟着一起训练。季班过来的时候，他们多看了两眼。但是一直盯着他也不好，所以打了两拳，就朝他这边靠啊靠。

方见尘以照顾小弟的姿态，把他们都推了回去。

赵卓荦想着季班难得来联盟大学玩，只是坐在地上旁观未免太遗憾了，热情地邀请他道："这边也有拳法呀，你可以跟着我们一起打。"

季班抽出光脑摇了摇："谢谢，但是我用这个做训练！"

季班催促着他们道："你们快过去啊，让我看一看！"

众人没有勉强他，走回旁边的大部队，继续他们的日常训练。

季班打开光脑放在腿上，活动了一下手指，很认真地按摩各个关节和肌肉。等准备完毕，才抬头看着连胜等人的方向，手指不停地在光脑上点动。

那手速真的是相当恐怖了，就算是数据分析师看见也要自惭形秽。这绝对是专业中的尖端水准。

当然，手速并不一定代表着水平，更重要的还是准确度。

季班哪里的肌肉都不发达，只有手臂上有明显的肌肉纹理，连带着上面的青筋都尤为粗壮。或许是因为长期按动键盘，他的指尖不像平常人一样带着圆润的弧度，前端已经被磨平，顶着一层厚厚的老茧。仔细去看，他的手并不好看。

要知道光脑的指尖感触是很灵敏的，就算长期使用，也不至于点成这个样子，只能说明他接触手操的时候真的还小。

连胜停下动作，蹲到他身边问："你在干什么？"

季班抬起头道："我也在训练！"

光脑上左侧页面上写着一整排的不规则指令，右侧则是他的机甲模型，此时正站立不动。

连胜扫了一眼，觉得头疼，她是完全看不懂上面的字母，感觉就像是随意敲打出来的乱码一样。反正与机械等前沿科技有关的知识，跟她都不是一个世界的产物。

"你看。"季班指着说，"这个也是很有意思的，就跟打游戏一样。"

他说着，开始输入指令，右侧的机甲模型随之动作起来，打的正是他们刚刚训练的动作。

因为他的机甲就算变换形态贴近人形，构造也有很大区别，动起来以后有一种滑稽的感觉。

方见尘神出鬼没地冒出来，接嘴道："你还喜欢打游戏呢？"

季班退出训练页面，笑着说道："不是很喜欢，因为没什么挑战性。"

方见尘跳过来说："怎么会？你打的什么游戏？放置类？益智类？冒险类？用的是什么游戏机？"

季班说："不是的，我玩的都是大型网游。但是没什么意思。"

现在大部分的网游都是全息传感。如果季班没有腿，那玩起来可不是没意思？

"额……"方见尘愣了两秒，不知道怎么回话，随后干笑两声道，"对哈，没什么意思，所以我现在也不玩游戏了。"

季班打游戏不用传感。传感说到底也是一种数据转换。其实每款大型网游都有第二种操作途径，就是通过编写独立代码，进行二次转换，用手操来玩游戏。网游没有驾驶机甲那么多规则，手操独特的准确性完全就是开挂般的存在。

凭他的手速，虐菜嘛……确实没什么意思。

因为连胜之前明显误导了方见尘。季班知道他现在想歪了，犹豫了一下，还是没有说出来。

方见尘坐了片刻，跟他们挥下手，又出去跑圈锻炼体能。等他走开，季班才重新打开光脑。

季班打对战的时候，套路比较少，但是往往能直中要害。他的打法很单纯，防就是防，攻就是攻。

连胜问："你在厂里也经常看比赛吗？"

"看啊，不看不知道怎么打。而且这样训练起来多有意思！"季班说，"不过我都是自己和自己打，没有人愿意和我打。"

连胜："你爸爸也不陪你打？这些全是你自学的？"

"家里有很多书的，就算我不识字，默示也可以读给我听。"季班说，"他很忙，每天都在锻造室里。他要安排工厂的事情，还要修建机甲。修建工作他不能分派机器人去做，只能自己去，所以就没有时间陪我了。"

季班说："他对我很好的，但是我不需要他太照顾我了。"

连胜不由地想起林冽女士，算起来她们已经半年多没有见面了。如果不是赵卓荦和她是一样的境遇，她都要以为自己不幸成了遗弃儿童。她感慨道："看来大家都差不多啊。"

下午的时候，教官拎着两箱水过来，丢到地上，喊道："给你们的！都过来休息一下！你们午饭还吃不吃啊？”

科研院分院内，林冽手扶在下巴上，紧紧地盯着屏幕中的画面，一言不发。

一位研究员震撼道：“这就是传说中的变形机甲吗？当时要发布的数据应该就是这个吧？真是跨世纪的技术。可惜和传感操作完全相冲，被彻底摒弃了。”

他旁边的人拿着光脑，说道：“不，这应该是在原先的基础上调整过的。看这边的零件，全部都是最新型的零件，后面的衔接方式是根据新型零件的形状进行设计的。”

他抬起头说：“如果是这样，我们就算拿到旧的设计图纸也没有用，必须和建造者仔细沟通一下才行。”

研究员感慨道：“太精确了，这台机甲的每个衔接跟数据模型一样精准。制作这台机甲的人一定耗费了很多的精力，他一定很热爱这门行业。”

同伴说：“如果不热爱，也不会在手操机甲没落近一百年的时间里，还在不停地研究创造。”

从数据模型到实际建造，他们在建造的过程中会允许一定的误差。毕竟就算是同一个模具里做出来的器械，也不一定完全契合，它们需要一定的磨合。当然这种误差是非常小的。

而默示没有。在各个零件组合中，没有任何的空间浪费，对空间的利用已经达到了极致。

身为研究员，他们尊重所有用心工作的技师，尤其是这种一辈子都奉献在里面、追求完美、不求结果与回报的工匠。

一位研究员道：“如果手操机甲可以变形到一定程度的话，是不是意味着飞行机甲也是有可能的？”

他说着，看向了旁边的林冽。

全速前进中的机甲要保持飞行状态是可行的，可以增加飞行翼，同时提供一定的动力。但是缓速状态中的机甲要保持稳定飞行，那是不可能的。机甲在战斗过程中质量会不断变化，飞行高度根本难以固定，动力的控制非常复杂。

没有风力气流做辅助的话，动力系统以及能源的压力会大幅增加。更重要的是，机甲的重心控制也会变得异常艰难，对驾驶员来讲是一个巨大的考验，还不如直接用装载武器的飞行机来得更加自由。

林冽摇了摇头，显然不大看好：“目前没有必要去追求机甲空中作战，投入产出不成比例。我要先知道这台机甲上的武器装载量最高可以达到多少。”

“三夭的数据还是可以信任的，我们把它的数据调了出来，大致可以确认机甲的性能。”前方研究员说，“它的体积不大，为了节省空间减轻重量，很多武器是隐藏式的。除却最主要的脊椎支撑，其余部位全部安置了武器。用紧密的排列来支撑机甲的质量，直接代替了普通填装材料。我觉得有很强的参考性。”

“那么它最大的问题，就是在攻击状态下防御会偏弱吧？”

“有舍有得。我觉得牺牲了部分状态下的防御，换取整体机能的大幅度提升，这个取舍是值得的。”研究员看向林冽，“总之先派人去看看吧。我们已经联系好了时间。指派现在在二区的研究员过去吗？”

林冽沉思片刻，说道：“不用了，我过去安排。”

众人都是一惊：“林冽上校，您亲自过去？”

林冽拿了外套披在身上，点头道：“对，我回去一趟，还要实地检验一下它的数据，不然我不放心。你们现在就帮我订车票。”

研究员低头看了一眼光脑：“那这边的研究怎么办？”

“孙颜少校会帮忙监督，到目前为止都非常顺利，最危险的部分已经过去，我相信不会出现什么大的意外。所有人都要听从她的调派指令。我不在期间不允许消极怠工。有事情及时向我汇报。还有什么问题吗？”

林冽做事向来雷厉风行，没有他们质疑的余地。于是无人出声。

林冽见他们没有异议，点了点头，回去整理行李。最后再将事情交代一遍，当天就赶了回去。

还好他们所在的分院虽然偏僻，还不算远。她是临近中午出发的，到达二区的时候正好是第二天早上七点。

降落之前，林冽先联系了季衡，也就是季班的父亲，确认他在工厂，可以接受拜访。之后又直接杀回科研院，点了几个不同科室的人，让他们带上自己的装备前往季衡的工厂。

一行研究员还没到上班时间，接到通知之后慌忙出门。

季衡依旧穿着一身蓝色的工作服，正坐在厂房的门口等待他们。

“您好，季先生，让您久等了。”

林冽朝他微微欠身，对方也颔首示意。

这是一个木讷而不喜欢说话的男人。

林冽：“请问，您手上有最完整的设计图纸吗？”

季衡说：“没有，能给你们的我已经给了，后面是我自己一点点改装的。”

林冽：“那我能带人过去看看吗？”

季衡起身，直接在前方带路。

他们走到地下室，里面一片漆黑。季衡径直打开墙壁上的开关，显现出中间那台纯黑色的机甲。

灯光亮起的时候，几位研究人员眼睛一亮，都兴奋地惊呼了一声。

他们的工作虽然是研究机甲，但都被拆分为负责某一部分，担任部件设计。除却负责调试和质检的工作人员，一般都没机会见到完整的机甲。何况还是这种形状的手操机甲。

林冽转身看向季衡，季衡会意，把钥匙丢给他们：“你们看吧，我在外面等。”

等他离开，一群研究员立即上前，摸着机甲，一副没见过世面的样子，小声地道：“不会真是一个人建的吧？世界上还真有这种牛人？整个工厂也没有看见其他的员工，机器人又不可能研发机甲。”

“听老一辈的人说是的，他们当时都是全能型技师。以前三夭没有那么多讲究，只有技师了解整台机甲的构造，才能明白每一个零件安装的意义，才更方便做调整。”

“部件设计就快搞疯我了，还全机设计？”

“要是真能让你每天实打实地摸到机甲也不是没可能，只是研究院显然不允许啊。”

以前最前沿的机甲研发资料都被掌握在三夭手里，后来科研院招收了很多来自三夭的研究员。为了保证机密，机甲各部件的制作都是分开设计再进行组合，审核不过就重新返工。

林冽越开众人上前，登上驾驶舱，用钥匙启动了机甲。

这是默示第一次被启动。沉重的发动机的声音，在房间内不停地回荡，带着一丝躁动和兴奋。随后声音减轻，趋向平稳，林冽开启驱动。

众研究员退开一步，打开光脑，开始实时记录。

地下室空间范围还是太小，速度测评显然不大允许，但是高度还可以，弹跳力和柔韧性可以做相应记录。

林冽切入它的后台，找到机甲变形的相关代码，依次进行试验。

代码是季班设计的，他设计得非常详细。

每一大类变形下又有数十种子项目变形。大类有高速侦察模式、远程狙击模式、防御模式等等。也就是说他可以通过机甲大幅度变形，让自己兼具不同类型机甲的功能和特点。至于子项目变形，就是大类下的微调。譬如武器的形态、机臂的长度、机身的高度等等。

林冽一一试验过去。

“真看不出来这是旧技术。”一青年研究员敬佩道，“有些技术完全是现代的风格啊。”

林冽说：“谁告诉你这是旧技术？一个人长年累月地对着机甲研究，他对机甲的了解和对结构的设想，比他们现实多了。”

林冽进来的时候就发现了，他们这边设备非常齐全，很有可能是当年从三天搬回来的。平时用于生产机甲零件进行销售，但也为修建默示提供了条件。

众人不说话了，继续研究机甲。

默示的组合变形技术可以说相当优秀。它的变形不仅不局限于外形，还有推进器与武器，以及各种防御性装备的切换。它的武器包括机身，不同于普通机甲，多数是用无数的小块拼接而成。这意味着，任何一个部位损坏了，它的维修都会变得非常麻烦。

它的优点跟缺点一样明显，和传感机甲的发展方向截然不同，但又有一种殊途同归的感觉。

操纵着机甲，无数的灵感从林洌脑海里冒出。这种感觉太稀奇了，又太珍贵，让她此刻也有点亢奋。

林洌觉得，当年放弃手操机甲的研究，一定是他们最错误的决定。

林洌的思绪逐渐飘远，并在心里模拟传感机甲进一步变形的可能。

旁边的研究员大喊了一声，然后指指上面："林上校！"

林洌将视线上调，放大画面，发现一位男生正穿着睡衣坐在栏杆边上，拼命地往下张望。他没有穿鞋子，带着冷感的机械足晃在半空。

季班发现他们在看他，摇着手臂问："好开吗？"

林洌觉得这个问题太尖锐了。

季班又问："我可以开开吗？"

林洌立马道："不行。"

研究员放声喊话："你从哪里进来的？请你马上出去，我们正在做调查。"

季班恳求道："我就看看。我都没有见过它活的样子。请帮帮忙。"

研究员："这个你应该是永远也看不见的。"

林洌摇头示意："随便他吧。"

他们研究得很仔细，争取将每一个部件都记录下来。这其实是一个很枯燥的过程。

林洌等研究员因为工作忙得不可开交，小心地对照。季班就坐在上面静静地观看，也不觉得无聊。

时间转瞬即逝，等他们演示完基本的动作，已经是下午了。

林洌站起来，走出驾驶舱。她擦了擦自己的手，看着机甲道："先走吧。"随后率先走出地下室，后面的人快步跟上。

季班拿着光脑拍了两张图片，发给连胜。

季班说："今天有人过来检查我的机甲，它被启动了，应该是联盟的人。会不会是要发合格证了？！"

连胜："哟！"

季班："怎么了？？"

连胜："这是我家的失踪人口。"

连胜："我妈。"

季班："哟！"

林冽等人出来的时候，季衡依旧坐在门口。

林冽站到他的面前，颔首道："季先生，我们已经看完了。"

季衡："嗯。"

林冽看着来时的方向，说道："我很敬佩您对机甲的了解与建造技术，在检查的过程中看见了您多年的努力。这台机甲建造得非常精密，我们粗略无法研究完毕，希望能将它带到科研院做详细的测量，请问可以吗？"

季衡抬起头说："你们可以来研究，但是你们不能把它搬走。"

林冽颔首："季先生，我能理解您的心情。这是您的心血，不放心交给我们。但是我可以保证，这也是联盟的重要财产，我们会绝对小心，不破坏这台机甲的内在结构。"

林冽说："这台机甲放置在厂房也不能启动，不如让我们带回科研院。等研究完毕，我们会原样归还。不会超过半年。它的数据非常珍贵，希望您能理解。"

"不行。"季衡放下手里的零件，扯过毛巾擦了擦手，站起来道，"我要留给我的儿子，他很喜欢这台机甲，不能让你们带走。"

林冽愣了一下，继续说道："如果您能让我们带走它，它就是科研院的研究资料，我可以向科研院申请相关补助和奖励……"

季衡干脆道："不行。"

林冽妥协道："那三个月呢？"

季衡依旧不为所动："不行。"

后面几名研究员有些骚动。

一研究员弱弱地道："请您站在联盟的角度多考虑一下。我们并不是要抢占您的机甲，只是想更方便地研究。"

"我是联盟的居民，但我也是一个父亲，这是我同时拥有两种身份时给出的答案，不行。"季衡说，"我可以开放工厂的权限，你们可以自由出入。但是，晚上五点到早上七点，你们要离开这里。"

后面的研究员有些激动，想要说话，林冽抬手制止了他，看向季衡道："我能听听您的理由吗？"

季衡走到旁边，拿了一篮小型材料，在手上拼装。然后随手一指，示意他们自己找位置坐下。

林冽扯过旁边的椅子，在他对面坐下。其余的研究员看了一圈，站在她后面。

季衡很少说话，所以声音有点沙哑。

“以前我也是传感机甲的拥立者。那时候我还年轻，和所有人一样，觉得传感机甲的兴起是时代的选择。手操机甲是必然会被淘汰的，无论是它的反应速度、入门难度，还是未来前景，我都看不见它的发展潜力。

“我父亲五十多岁才生了我，我出生的时候，三夭已经改体了。当时他什么都没带回家，就带回来一堆没用的器械。虽然当时手操机甲被大力打压，他却依旧不肯放弃手操机甲的研究，并且醉心于此。他不听任何劝告，也不关心自己的家人。无论是我母亲还是他的朋友，都不能理解他的想法，认为他是一个顽固不化的人。

“当时的现实是，手操机甲没有存活的空间。联盟官方管制，所有的机甲都被回收了。他只有一张图纸以及大堆的材料，甚至连个轮廓都没有。

“可他不听。他依旧相信自己。”

林洌垂下眼睛，看着他手上摆弄的零件，说道：“这世界上有许多不为人理解的人，因为不符合时代的大潮流。但是，有用还是没用，是历史来说的。历史的发展，很多时候就是有赖于这些顽固不化的人。”

“也许是吧。”季衡说，“我每天看他守在修建室里，为了和他说话，有时候也会过去帮忙。他对我说了很多关于手操机甲的事情，包括它的特点、优势。他试图说服我相信手操机甲的未来。可就像他不听从我的话一样，我也一样不听从他的话。我以为我永远不会走上这条路。”

林洌等人很用心地倾听。

季衡说：“他去世之后，我儿子出生了。他只留下了一台半成品，放在修建室里，希望有一天能有人完成它。但是已经没有人懂机甲了，也没有人去关心。只有我儿子很喜欢，经常会去看。我儿子真的很喜欢机甲，他总是想开那台机甲。我说你将来可以开传感机甲，那才是真正的机甲。那样的机甲才有魅力。”

众人越发沉默。显而易见的，季班不可能驾驶传感机甲了。

季衡声音低沉。

“可是后来，因为一次外出，他出了事故，双腿截肢。他只能躺在床上，抓着我的手叫我爸爸。他康复以后，不愿意再去学校，他很害怕，因为他发现自己和别人不一样。

“我就想，没有什么不一样的。他依旧可以做自己喜欢做的事情。他能开什么机甲呢？我的脑海里瞬间出现了修建室里的那台半成品。我想这也许真的是命运。我跪在那台机甲前面想了很久，我觉得不应该那样放弃手操机甲，这就是最后的希望。

“我重新开始学习机甲，从零开始。我沿着父亲的研究一路做下去，做着和他一样的事情。我才知道，没有人理解对他来说是一件多么痛苦且可悲的事情。那明明是一项很有意义的研究。我没有去展望，所以我没有看见它的未来。可是有人在以此为目标，将它推回历史的舞台。就算绕了远路，它依旧追赶上了传感机甲。手操机甲不应该被埋没和误解。

“当时我父亲告诉我，所有机甲的出现，都是有它的初心和本意的。而人们在淘汰它的时候，却完全忘记了这一点。我用了一辈子才明白其中的道理，也希望能告诉别人。

“这台机甲就是季班的希望，只有它在这里他才能睡得着。这也是他爷爷留给他的。”季衡转过头道，“但是，如果你们需要的话，我可以全力帮助你们。图纸，构造，设想。我也不需要联盟的补贴和奖励，我只是希望有一天手操机甲能重新出现在联盟。”

林冽闻言，起身朝他致敬：“我明白了，谢谢您，季先生。今后也要多打扰，请见谅。”

不久后，网上传出些许关于三夭更新的风声。众人猜对了一半，目的就是更新机甲数据包。然而，更新的并不是手操机甲，而是传感机甲。

竟然需要用时五天，以如今的高速传输速度来看，得是何等庞大的数据变动？什么数据是必须得在选拔赛中途进行更换的？且毫无征兆，用时颇长。显然是联盟终于要开放数据了。

这样看来，季班的横空出世简直是天降福音啊！他们完全不介意再多来几个。

就剩下那么一两天的工夫，网友们完全按捺不住。在科研院和军部的鼓励下，官网首页被各种催促式的帖子所侵占，且三夭大名屡屡登上各新闻首页。

停服五天对三夭的客户群体完全没有影响，甚至可能大幅度提升人流量。普通人也抵抗不了了解联盟前沿技术的诱惑，就算是抱着长长见识的态度，也是很好的。

所有人都在等着三夭更新完毕。守在传感器里面，看着倒计时，不停地点击登录按钮，焦躁与激动的心情并存。

三夭更新完毕的那一瞬间，世界各地发送的同时登录请求，甚至让三夭整个卡顿了一下，这也是多少年难有的奇遇了。

众人直接跳开公告，第一时间点开机甲选择页面。

机甲旁边增添了一个全新的功能详解与操作指南，后面跟着机甲的基础数据。

连胜乍一看见机甲的时候，有些失望。因为从外观看起来，更新后并没有太大的变化，只对细节部分进行了微调。整体看去，线条变得更为流畅，外观颜色也纯粹了许多。还有上下肢体的比例调整，让身体更为匀称了一些。

连胜没有第一时间去翻查后面的参数变化，而是放大机甲，观察了一下它的细节部位。随后她发现，细节变动简直逆天。

各处之间的衔接全部进行了调整，机身上也有许多几乎看不出来的金属拼接。要知道以前，为了保证机甲外部的绝对防御性，机甲全身拼装后都是做材料融合处理的，基本看不见任何一条细缝。如今出现这样的变动，意味着机甲在往新方向创新。

手操机甲有新型变形机甲，传感机甲自然也有这方面的发展。毕竟当时设计出变形机甲图纸的技师们大半都是从三夭被招纳进科研院的。这是他们最重要的研究成果，当然也会交出去。只是相对手操来说，传感机甲在变形这一块的发展，本身的局限性要高很多。

连胜先是观察了一遍，心中有数后，点开参数，照着上面的条文依次进行比对。

本次更新，全面更换了机甲的外部材料，使用了新型耐热合金、电力绝缘材料，将机甲总重量直接缩减了三分之一,七星的重量甚至比季班的默示还要轻一些。同时，根据机甲类型，不同程度地增强了它的外壳抗打击能力。另外，还在驾驶舱的外围新增了一层防御材料，以保证机甲手的驾驶安全。

各种基础数值大幅度提升。提升原始速度，增强了机甲蓄势后的弹跳力，增强机甲各关节的活动柔韧性等等此类。

各项基本设备版本更新。增强雷达搜查的精确度，增强了光隐藏技术的隐秘度，扩大了各机甲间的有效通信范围等。

各项作战辅佐工具修正。提升了推进器的推进动力，增加了机甲的可用能源储备，扩大了视野范围与分辨像素等。

各项传感数据的传递修正。增加了智能分辨体感，减轻驾驶者身体负担，增强了对声音与味道信息的捕捉。

……

前面罗列的是小部件改革。细细看去，基本所有的细节都被修正过，得到了大幅度的性能提升。

可以想见科研院工作的细致程度，以及这近百年来他们在机甲技术研发上耗费的心力。要知道，从零开始的进步，与站在六十分高度上取得的进步，那是完全不一样的。

他们这是一次性进行了数据更新，但在这一百年的背后，他们又经历过多少次的失败与改进呢？从一分一秒的进步，才逐渐累加到如今的成就。要凝聚多少的心血和岁月，才能走出一条跟随历史一起向前迈进的道路？

这是一件在外人看来理所当然的，却并不可以简单略去的事情。只要停下来仔细想一想，就会忍不住为这伟大的人文精神所感动。

前面这些已经足够让人兴奋了。然而，众人将更新公告拉到最下面的时候，发现底端竟然还有一个重点标注。那上面的内容就足以让人疯狂了。

机甲被称为武器库，那么最重要的当然是武器的变化。武器库储备直接翻了一倍，增加了数种新型兵器。

这些兵器和季班的默示一样，不再作为额外装备架在肩膀与脊背上，增加负担，而是作为支撑材料，拼接装载在机甲身上，得到指令后直接弹出，进行操作。

为了适合拼装，这些武器体积偏小，外形偏向规则几何，更像是被折叠过的玩具。坦白说外观有点奇怪，但是根据武器的数值详解来看，无论是威力还是射程，都大幅度增加了。

依旧是连接机甲的存储能源进行攻击，但是消耗量还不到原来的二分之一。

近战武器增加了武器类型。

传感机甲的机身要进行变形改进有些困难，于是手握的武器就成了最好的发挥点。

武器可以在剑、刀、棍之间相应变形，可以任意调整长度粗细，且武器上自带推进系统，安装高压电力攻击。

众人只是粗略看了一遍，已经按捺不住内心的振奋。

即便先前已经有所猜测，但三夭更新的成果仍远超他们的想象。军校生们在各个论坛刷屏尖叫，没脸没皮地向科研院和三夭表示自己的爱意。

众人知道，等待他们的并不仅仅只是三夭更新过后的选拔赛而已，还有一系列的变化与革新。他们这一届大三生，真的是站在时代变革的浪尖上了。

非专业的吃瓜群众深受感染，为联盟的军事研发成就也生出一种与有荣焉的自信感。

各处网吧的传感器几乎供不应求。不管人们原先对三夭和机甲有没有兴趣，此刻在媒体宣传造势以及亲友狂轰滥炸式的推荐之下，也纷纷过去一瞻新型机甲的容颜。

数天来热度不降反升。知情人士不吝于向外行们科普本次更新的主要原因。虽然背地里会有些猫腻，但那和他们没有任何关系，反正表面事实就是这样的。于是季班同志与他的陪衬方见尘同志，成功地名扬天下。

无论是季班的胜负还是科研院的临时改革，都让手操与传感之间多了一种对峙的感觉。来自科研院与匠人之间的八卦，想想都让人心痒难耐。

一时间此事全民热议。民众很想知道手操机甲与传感机甲的真正实力对比怎么样，究竟是哪边会被最终打脸，都拼命念叨着选拔赛的重启，感觉外人对选拔赛的期待，都要超过他们军校生本身了。

然而，三天重新开服之后，选拔赛依旧没有恢复赛程。官网上也没有出现任何相关的公告，而是跟风发了好几条赞扬科研院与联盟军部的文章。

重新开服之后的第二天，终于出现了正式公告。

因为这次变动过于巨大，组委会内部讨论过后，决定给予众人七天的调整训练时间，让他们先适应一下新机甲的使用。

由此，前后一共耽搁了十三天的比赛。为了保证赛期的正常进行，后期比赛休息时间将进行缩短。

这个无所谓，可以理解，也完全接受。发生了这么复杂的变动，他们确实无法快速上手适应。

连胜比较郁闷，因为有了这种武器之后，她让季班帮忙替换的长剑就没有多大用处了。

当然更郁闷的还是方见尘。他想让全世界快点抛弃他，事实是全联盟居民的脑海里都存在过他。

叶步青安慰他道:“你还有一次绝地反杀的机会。”

毕竟是双败淘汰制。

方见尘从床上蹦起来，满血复活:“你说得对，我先看看我下一场比赛对手是谁。”

众人都忙着在三天里适应新的机甲，这样一来，操场上就空了不少。

众教练蹲在边上，吹着初春转暖的微风，全身的细胞都写着无聊。

连胜经验老到，多年的历练让她善于从各种变化中寻找规律。对于新事物的适应和调整速度，远非常人能比。第二天就开始举着武器，自在地在众人身后撵着他们狂奔。

赵卓荦几人自尊心受挫，联合起来进行反击，集体炮轰连胜的破军。

三天上一团混战，哪里都是硝烟弥漫，战意勃勃，就他们这边是一群智障儿童掀桌起义的画风。

这几天为了给学生更适宜的环境，军事学院的训练室专门为他们留出了场地，不对外开放。

其实用自己的设备登录功能大致相同，就是联盟内网有一个专门的训练模式，是联盟大学高价买的，可以进行更有针对性的单人训练，而且直接断开与外界的连接交流，容易集中注意力。

另外一点优势是，内网的对战，容易随机匹配到同样参赛的军校学生。

连胜用学务系统预约了三个小时，到点后，前往教学楼训练。

进传感器之前，连胜例行先去个厕所。她洗了手，正准备出去，一个女生仓皇冲了进来，正面撞到连胜的身上。

连胜也是一吓，险些被她带倒。单手抓着门框稳住后，顺道扶了她一把。

那女生面色惨白，肌肉紧绷，状态很是不妙，身形还未站稳，匆忙越过连胜，趔趄地扑到洗漱台边。

一阵干哕的声音，她似乎调整不过来，吐出了些胃酸才慢慢好转。

连胜站在她身后，关心地问了句："你没事吧？"

看她的军装，应该是外校来联盟大学寄宿的学生，不过连胜跟他们一直没有交集。

女生缓了两口气，站直身体，朝连胜道："不好意思，之前撞到你了。"

她的皮肤被太阳晒得很粗糙。连胜当她是训练过度了，说道："我是没事。可是看你不像没事的样子。你要是不舒服，可以去医务室看看。我们这边的医生……嗯，很全能。"

女生迅速摇了摇头，戒备地看着连胜，从侧面溜了出去。

连胜：第一次在女性面前折戟……她难道不是女性之友吗？

连胜没有放在心上，转身去训练室，抓紧时间适应。

预约的三个小时，她都在做单机基础训练。全神投入下，时间是很好过的。提示音响起，训练被强行切断，连胜才发现有些疲惫。她揉着手臂，脱下身上的装备，从机器上走下来。

踏出传感器大门的时候，连胜余光瞥见一抹暗色，正是之前在厕所里撞见的那个女生，她似乎一直坐在旁边等待。

连胜停下，问道："有事吗？"

那女生站起来，犹豫了半天，支吾道："你能不能、把你的训练时长借给我？"

训练室空位毕竟有限，联盟大学还没有慷慨到舍己为人的地步。对外校学生开放宿舍已经是功德一件，如果再让他们抢占学生训练室，很容易引起怨言，所以训练室一向是以联盟学子为先，给外校学生分配的时长非常有限。

连胜记得他们军事学院的安排应该是自由训练无时限的。

那女生见她没有马上回答，自己又心虚，怕给校友惹麻烦，立马说道："没事。我就随口一说，请别放在心上，对不起，我先走了。"

"等等。"连胜抽出卡说，"转借时长是不行的，我们也没有时长。不过一次最长预约四小时，我可以现在帮你预约一台机子。"

女生愣了一下，连忙鞠躬道谢："谢谢。太谢谢您了！"

连胜说了几句不用，去前台帮她刷卡。

从训练室出来，连胜又去了一趟厕所，蹲在厕所刷了一会儿光脑，才起身出来。结果洗手的时候，又看见那女生从门口跌跌撞撞地冲进来，不停地将冷水泼到脸上。

连胜走到她背后："我说这位同学。"

那女生毫无防备，浑身抖了一下。

连胜道："我说这位姑娘，你是不是感冒了？还是好好休息，先别训练了，不然状态调整不好，后面的比赛也很不利的。"

女生摇摇头说："我状态很好，很快就能调整过来，谢谢您。"

这个"您"字，怎么听怎么觉得奇怪。

连胜说："我也就是提一个建议，没有要逼你的意思。你不用这样诚惶诚恐。好好加油吧。"

连胜走出没多远，遇到了赵卓荦同志。对方也是刚训练完毕，准备去食堂吃饭。

连胜刚抬手打了个招呼，又见一人捂着嘴，以熟悉的速度冲向她身后的厕所。

连胜下意识地转过去，盯住那人的背影陷入沉思。

"干吗呢？"赵卓荦说，"厕所有什么好看的。"

连胜委婉问道："你们男厕所也有人承包吗？"

赵卓荦想了一下，竟然跟上了她的思路，说道："他们应该是晕速。听说有不少人在使用新机甲的时候都出现了这个状况。毕竟这一次机甲提速不少。视野范围变大了，空间变化也更灵敏了，对大脑的冲击力度很大。"

古代没这条件，所以她也没听过这么高端的病，还是之前亮亮的灯泡跟她说起的。

其实，她觉得对迎面冲击的回避是人的本能，不能称之为病。

连胜说："你们体检的时候没有这方面的测试吗？毕竟不同于指挥系，你们是要参加训练的吧。"

"也不是全部吧，单兵作战系是要的。我们学院大部分专业也是要的，但标准比较低。毕竟军事学院不全是将学生作为机甲手为目标进行培育，不同兵种的要求也不一样，对速度的接受程度并不是很重要的一点。"

连胜："这玩意儿能克服？"

"也许。谁知道呢？反正七天内是肯定调整不过来的。"赵卓荦耸肩道，"而且要是产生心理阴影，会变得更严重也说不定。"

连胜又想起那个女生，觉得很是可惜。

进入预选赛后半段的女生是很少的，反正她在训练室就没看见几个，而只要能进入决赛，还能被打上“××之光”的标签。

需要接洽、请求借宿联盟大学的军校，一般所处的地理位置都比较偏僻，教学资源也相对匮乏。看那女生的样子，很可能出来就没带传感器。

为什么晕速的人偏偏是她呢？奋斗至今，终于快要看见胜利的曙光，却因为忽然更新的机甲，发现自己的身体素质无法适应，该是一件多么难以接受的事情。

无能为力之下又不放弃地想要挣扎一次，让连胜想起来了许多熟悉的身影，同时心底也有些酸涩。

对于别人的事情，她真的帮不了什么。而鼓励对于这些人来说，又是那么的廉价。

连胜抬起光脑看了一眼，此时距离选拔赛重新开启还有两天的时间。

第二天一大早，连胜起床，带上自己的卡前往训练室。果不其然，她在训练室的门口看见了那位熟悉的女生。

她正握着自己的手，不停地搓动，似乎很焦虑。视线不知道停在什么地方，人影来来往往地从她面前走过，她也没有丝毫的反应。

这种精神状态可不好。

连胜走到她面前道：“不要坐在地上。”

“哦，对不起！”女生迅速站起，一个标准敬礼致歉，“对不起！”

连胜无语道：“这位同学，你是有多紧张？”

女生才认出是她，错愕道：“是你？连胜吗？”

连胜“嗯”了一声，朝里面点了点下巴，问道：“干吗不进去？”

女生低下头，扯起一个羞涩的笑道：“没有时长了。我想留到比赛前再找找状态。”

连胜说：“没有时长，你还来这里？”

女生抿了抿唇角，不知道该怎么回话。

连胜搭着她的肩膀道：“我懂。这种状态下，就算不做训练，在旁边熏陶一下，也能让自己安心。”

连胜转身走进训练室，朝她招招手。

女生疑惑地跟上前，连胜已经刷卡预约了四个小时，因为现在时间还早，训练室未满，直接可以使用。

“上午七点到十一点。我下午一点的时候会再过来。你训练完了就回去好好吃饭休息，调整一下状态。别在这里干等了。”连胜朝旁边一指，“A16，那边的机子，你过去吧。”

女生依旧回不过神来，愣愣地点头："那你呢？"

连胜说："我回宿舍训练，有自己的机子。走了。"

等连胜走出门口了，她才追上一步，鞠躬道："谢谢你！真的谢谢！"

连胜回头挥了下手："举手之劳。加油吧。"

新机甲的更新带出了一个明显的问题，那就是学生身体素质的分层。这件事情在各大官网上也被争相讨论。

在机甲更新以后，学生重新上手，才发现悲剧的比喜剧的要多得多。最先对于数据更新的兴奋感迅速被冲刷下去。

这已经不是努力可以解决的事情了。

就像短距离内一百的时速压迫感，多数人都能适应。而两百的时速，要刷掉一半。但能迅速适应三百时速的，只有寥寥几个。他们需要的只是寥寥几个里的尖子生。

任何事物的进化都意味着进一步的淘汰和择优，只是多数人在看见进化成果的时候，没有及时考虑自己是不是被淘汰的那一个。显然，选拔赛重开的第一轮，已经不是作战水平的比拼，而是身体素质的比拼。

新机甲的面世，等于将这个判定标准从后期专业的军事训练，残酷地提前到了选拔赛里。

军部的人看见消息后，稍稍放松了一些。不是他们规则变态、制度不人道，而是这个真的属于对机甲手的硬性要求。

总有人不愿意相信事实，想要继续留在这里训练，坚信自己能够适应。但是，就算适应那也是有限度的。如果连三天的速度和传感度都无法接受，他们军部没有足够的时间和资源，让他再去适应真正的机甲。

虽然很残酷，但这是事实。

第二天的比赛，连胜原本的对手是一位偏远军校的学生，实力初期评判位于中下水准。

连胜登入准备，结果在开赛之前，那位仁兄直接弃权了。

于是连胜在机器里等了半个小时，直到系统重排，给连胜重新分配了一位对手。

不少观众陪着她等了半个小时。见她终于开始载入场景了，众人迅速坐正，准备分析。

无论是哪一场，都感觉机甲用起来有点卡卡的，想看大将军的比赛。

目前还没有看见新机甲大发神威的场景，反而都是束手束脚的，感觉学生撑不住，有点遗憾。

想看大将军对季班的比赛。感觉大将军已经超神了。

季班那边比完了吗?

九点十五分的场，好像已经比完了。手操没有晕速的情况啊。想多快就多快，输入距离就智能操控了。这样对比起来，季班的手操机甲比传感机甲都流畅了！

传感机甲开起来不够流畅、卡顿，学生素质撑不起机甲配置，诸如此类，其实都是正常现象。毕竟他们驾驶的是新机甲，接手才七天时间。联盟大学的教程里也完全没有过专业的机甲驾驶课。

而季班呢，从六岁起就自己设计操作指令，还参与了机甲制作，对自己的机甲了若指掌。

都市城区场景。

连胜载入场景完毕，直接朝着地图的对面开始前行，同时探测对方的存在。

她调出小地图，打开推进器前进，不断加速，灵活地躲避周围的障碍物，似乎对周围极熟悉，完全看不出这是一张随机地图。直角过弯的时候，她抽出长剑，在地上推了一下，而后撑起身体，直接保持高速过了拐弯处。

观众们舒爽了！憋在胸口的气总算吐了出来。

他们险些都要以为三天更新出 bug 来了，果然还是得看尖子生的操作!

在动力强劲且重量下调的情况下，机甲可以直接跳过一些偏矮的围墙。连胜畅通无阻地前进，很快过了地图中点，而探测雷达上始终没有任何显示。

她觉得这个探测机能的提升是最鸡肋的。因为大家一起升，和没有简直完全一样。

她靠着最原始的方法，趴在地上听了一会儿声音，再试探着前进。就这样一面试探一面推进，终于听到了一丝机甲运行的声音。

此时雷达探测上，也出现了那位兄弟的标识。近在咫尺，只隔了一道围墙。

连胜两步上前，蹬上墙面。上墙的同时，打开后方武器库，抽出一把能源枪。在机身跃出墙头的时候，一瞬确认目标，扣动扳机开枪射击。

对方机甲已经有所警觉，拉开速度进行躲避。因为速度变化过快，连胜一枪打空。

破军重重地落在地上。连胜抬头重新瞄准，那机甲却猛地一个刹车，转了个方向，再次冲刺。没冲出多远，扑倒在地，做了个类似干呕的动作。

连胜："……"

普通学生都有点害怕超速状态下的场景变化，好在可以自己控制速度，虽然不够流畅，但也不太糟糕，再适应适应就好了。

但如果直接起生理反应就有点糟糕了。

这位朋友，完全没有接着打下去的必要啊。

众看客也是惊呆了。

晕速吗？

这是非常严重了吧？才刚开场啊。

刚才那打起来的操作出其不意，但还是挺骚的。

这种情况弃权比较好吧？

讲真的，如果是我，好不容易打到了这里，你让我弃权，我是舍不得的。

这样还不如开旧型机甲。虽然属性跟不上，但勉强可以负隅顽抗。

连胜提枪走过去，友好地问道："朋友，你吃早饭了吗？你是胃不好，还是太紧张？能站起来继续打，还是就不行了？"

她也不知道自己能不能行，自己现在究竟是晕速还是因为紧张。

她想要克服一下，可状况却并没有任何好转。倒下的那一刻，整个世界都天旋地转，仿佛崩塌了。

她仍想站起来，她仍旧想不明白自己为什么忽然之间就被宣告了失败。

她害怕失败，她感谢所有来自努力的回报，所以也坚持了。但是这个标签似乎已经成了烙印，从三天更新以后开始，就再也撕不掉了。

开赛前她就知道了。

连胜保持着君子之风，又说了一句："喂？"

地上那人抱着头，开始抽噎起来。

连胜后退了一步："喂？别吧，我还没打呢。"

对面直接强制退出，系统宣告比赛结束。

连胜有说不出的遗憾，走出传感器，离开训练室，紧跟着发现之前看见的那位女生正蹲在门口不可抑制地哭泣。听声音，似乎就是自己的对手。

多么巧合的事情！

旁边几位穿着同样军装的男生正在安慰她。

"别哭了。"一男生搭着她的肩说，"没事的。今年我们学校能进预选赛后半段已经很厉害了。有史以来第一次啊！光荣，光荣。"

"不是最早就说了嘛，就来联盟大学看看。这不是看完了吗？"

她的同伴说："对啊。输了还有时间，正好一起出去玩玩，别哭了。"

"对不起……"女生抽噎道，"我也没想到我会犯晕，连累了你们。我试过了，但是真的太没用，我改不掉。”

她抬起头，泪眼蒙眬地看着前面的人道：“明明你可以去国防的，为了我们留下来，结果就被淘汰了，真的对不起……”

他们军校预选赛进后半段的总共只有五个人。女生连输两场被淘汰，导致其他四人跟着被淘汰。

“你没参加的话，我们四个人早就被淘汰了。”男生笑道，“二区很繁华啊，那么多好东西，但是比赛太紧张了，不输掉的话都没有心情逛街了。”

“我现在一身轻松！”

“我们也是啊。”

男生伸手拉她的手臂：“别哭了，走吧。在门口哭太丢人了，我屯之光。”

连胜走过去，几人停下来，默默地注视着她。

连胜笑了一下，欠身致意。

旁边的人出声鼓励道：“不要这么悲观啊，同学，不就是输吗？结束有时候也是另一种开始。早点结束好过多赔。我觉得我们这个时代什么都有可能发生。你看手操机甲都出现了，还有什么不可能？人类从来不缺少奇迹，只要别放弃自己啊。”

另外一人道：“对啊！晕速算什么，现在都有手操机甲了，谁知道以后还有什么变化？”

第五十章

王不见王

晕速，一个忽然冒出来的大问题，让预选赛后半段直接淘汰了一小部分学生。

其实除去机甲手，其他兵种对速度的适应度没有那么高的要求，而且三天的配置也到不了这个地步。

参加选拔赛的学生，就算不能当机甲手，也会是其他兵种新一代的领头人物，基本会在进入军事训练以后再进行职位细分。

如今不过是把这节奏提早了一步。

或许是因为更新后传感机甲的操作难度瞬间拔升，让许多人感受到了明显的行业壁垒；也或许是因为季班的演示，带起手操机甲新一波的风潮。

无数人开始将视线转向手操机甲，试图走出一条新的道路，也认为这或许就是机甲的新发展前景。

迟到了近百年的手操机甲，终于再次回来了。

尤其是那些以机甲手为目标，却因为这次的更新，提早认识到自己极限的学生。如果说有什么办法能让他们再次站上竞争的舞台，或许就是手操吧。比拼努力，他们从来不会吝啬，只要上天能给他们这个机会。

没多久，科研院竟然真的抽调出人手进行手操代码的科普教程，免费公开在官网上进行播放，各大军校以及三天都在帮忙宣传。

这势头，真的有要发展手操机甲的样子。

外界呼声太高，三天顺势更新出了线下手操实验系统。

众人看季班的操作干脆利落、流畅迅速，又实在没有其他的参照物，下意识地看低了它的上手难度。

然而，他们忘记了，手操机甲之所以被淘汰，一半的原因就是因为难以适应。

当年手操机甲界公认的观点是，在战场上，无论是多么混乱的局面，如果因为大脑混乱而失去动作，那么这台机甲就可以宣告死亡了。可以说，手操机甲就要数据分析师与强攻士兵的结合。你做到一方面好不行，你得两方面都很好。

所有的分析和豪言都是扯淡，等他们开始粗略学习以后，才体会到手操与传感之间高耸的壁垒，那简直是无法逾越的鸿沟。起码以他们现在二十岁的“高龄”，似乎已经到不了逾越的那一天了。

应网友呼声，三夭请季班公开了他的个人代码库。

一放出来，网友们都直接喷出一口老血。

三千多个独立代码，还有无数个串联式的动作代码，让他们一瞬间升起了当年被高三支配的恐惧感。

我终于知道手操机甲为什么被淘汰了。之前阴谋论联盟的我有罪。我谢罪。

是我们退化了，还是现在的机甲又进化了？

以前的机甲功能是比较匮乏的，季班的变形机甲增加了无数的功能，所以操作难度也百倍递增。手操就是这样呀，即使设计出好的机型，也未必有匹配得上的机甲手。

操作难度这一点，传感机甲也一样。观本次选拔赛有感。

相同功能和参数下，保证是手操的难度更高。传感可以短期速成，手操永远没有速成的方法。

贫穷限制了我的想象。

错了，朋友，跟贫穷没关系，是弱小限制了你的想象。

数据更新半个月后，学生水平呈阶梯状分布。

有天赋的人就算跌跌撞撞也在前进，而无法适应的人始终停在原地。后者注定了会被淘汰。

因为不少军校就是卡着人数进的后半段，一个人被淘汰后，直接被连串撸掉。不到一个月，人数已经缩减了一半。

其实联盟大学等名校被淘汰的学生也很多，但他们胜在基数大，还处于安全的边缘。

在这种情况下，连胜对季班的比赛，可谓万众瞩目。然而直至选拔赛即将结束，他们才互相出现在对方的预测名单上。

险些以为他们对不上了，网友们热泪盈眶。

如果说连胜之前的机甲水平还不能称王，那么在更新以后，基本可以封神了。

数次比赛演示，证明她对机甲的掌控程度已经到了精细的专业水准。或许是因为机甲的控制与剑术追求的协调有着异曲同工之妙，才让她有机会快速适应，并进入状态。

这样两位教科书式的人物比拼，怎么能不叫人激动？

赵卓荦找她提醒了句："虽然你们两个认识，但是不是应该在赛前保持一点距离，以免双方情报泄露，到时候很尴尬。"

连胜说："其实没什么好隐藏的。双方的优劣基本都被分析出来了。"

"最近手操机甲风头正大，但是季班一直赢下去也不是很好。毕竟传感机甲才是联盟发展的大方针。"赵卓荦委婉地说，"你可千万要认真打。"

连胜挥舞了一下武器："当然。我从没有输的打算。跟对手是谁没有关系。"

站在季班的角度上，连胜很希望他能赢。但是站在对手的角度上，他没有赢的机会。

下午的时候，周师锐赶工，将全部的数据整理出来，跟连胜讲解一遍。

数据虽然很多，但是周师锐整理得非常整齐。知道连胜对于复杂的数据接受无能，所以尽可能地做得简单，用图像和文字来进行表示。

周师锐说："他比赛的时候也许没有公开所有的机能，我是根据他公布出来的代码指令，以及他机身的结构，进行了一部分的倒推。红色标注的就是不确定的，你可以自己看看。"

这是一个很庞大的工作量。代码的倒推就跟数据解密一样，没有足够的时间根本做不出来。

害怕会有遗漏，周师锐对照了所有视频里的动作并逐一分析，才总结出了目前的这一版。

周师锐的语气和表情都很淡然，没有一句话提到自己为此付出过的时间和精力。但连胜跟着百米飞刀混过一段时间，知道制作一组数据并不像表面呈现出来的那么简单。

许多时间不是对技术的要求，而是对分析师耐心的要求。

连胜再一次觉得，技术工不是凡人可以胜任的工作。凡人都直接在路上疯魔了。

周师锐有些犯困，整张脸上都写着疲惫，用力睁了睁眼睛，强行让自己清醒，说道："如果我哥在，应该能给你出几条建议。不过我的建议，我想你应该不需要。"

连胜说："小学弟，先回去睡一觉吧，剩下的我自己看。"

周师锐没有推辞，关键是自己实在撑不住了，站起来说："有问题来找我。后面几天的数据我就不做了，我最近要做期末项目。你发现有什么不对劲的地方再跟我说。”

连胜笑道：“谢谢，很厉害的资料。我能看懂，帮上大忙了。”

周师锐平静地说：“没什么。这是对分析师的硬性要求。”

连胜知道，他应该很想赢过百米飞刀。

有目标是一件多么幸福的事情啊。

连胜和季班的比赛是在六天后，中午十二点的场次。

这时间不上不下，但正好是休息时间，全校的学生都有空。

当天连胜准备提早出去吃午饭，以免到时候迟到。刚穿好鞋子，往前走了两步，室友三人飘到她的面前，有模有样地摆了个姿势：“陛下，虽然不知道为什么，但全校同学似乎都很关心你。要不我替您去御膳房传菜，送到宫里给您吃？”

连胜汗颜道：“我自己去食堂吃饭。”

室友丙挥手：“护驾！”

室友甲：“呸！起驾！”

室友乙无语道：“起个啥，你哪里来的驾？”

连胜：玩得可高兴啊……

连胜到训练室的时候，附近围着不少人。她在人群中间艰难地挤出一条道路以便通行。

连胜进去刷卡，然后在比赛的机子外面等候。随着时间临近，越来越多的游客过来。他们成群地围在门口，隔着一长段的距离，大声喊道：“连胜必胜！”

“将军再来次秒杀！”

“联盟大学之光！请用胜利结束这一次的选拔赛！”

“没有拿到奖杯，不要回来见我！你的奖杯就是你迎娶我的聘礼！”

旁边的人瞬间爆炸：“你滚！想得挺美！”

其实多数人是希望连胜赢的。这跟喜欢谁，喜欢哪所学校没有关系。只是单纯从立场上看，她应该要赢了。

传感机甲的更新让一部分人心寒，话题全被聚焦到了手操机甲。

但是，随着季班的战绩越加亮眼，群众开始有些担心。单方面宣传手操机甲的优点，忽略传感机甲的进步方面，从长远发展与社会风气来看，都是不大好的。这和当时传感机甲面世时的场景，除了换了一个主角，不都是一模一样吗？

是时候该为传感机甲挽尊了。

到点，双方一起登录，双双被传送至比赛场景。

依旧是都市场景——后半场的比赛，似乎超过百分之八十都是都市场景——

然而这一次的限制要更高一些。以往都是城区边缘，一部分邻接住宅区，建筑较为平坦，路面较为宽敞。而这一次，直接就是闹市区，中间一段似乎还是步行街。

连胜先检查了一下自己的装备，确认后直接冲出去。另外一边，季班的机甲也开始启动。

二人一起朝着正中间的大楼赶去。

季班十分乖巧地沿着主路行驶，连胜的破军速度和它相当，但却一路腾飞，蹬墙支撑翻越，在小巷道里畅通无阻地穿梭。

整台机甲就是她自己被扩大的手脚，动作像一个奔跑的巨人，没有丝毫的卡顿感。所以此时在地图上的位移距离，连胜比季班的要远得多。

负责转播的管理员坏心地将画面调到了连胜的视角，顿时满屏幕乱转，两边的景色都化成一道虚影。众人纷纷叫骂，大喊头晕，让他关了。

连胜的破军先一步来到市中心的大楼，从安全入口开始，向上爬起了楼梯。

方见尘错愕道：“又是爬楼？”

他是心有余悸了。楼梯爬得再快，也比不上一台会爬墙的机甲。

不是，她一近战机甲去爬楼干啥？

上次和方见尘那场不是被追成近战了吗？季班好像更喜欢近战。

从炮火的角度来看，谁占据高度谁就胜利了。

最有问题的地方，难道不是双方都没有检测到对面，但是都毫不犹豫地往同一个地方过去了吗？

真想单纯地打近战，连胜别上楼不就好了吗？肯定是想偷袭一波。

都别乱猜了，先接着看吧。

连胜抵达大楼之后没多久，季班的默示也靠近了。

连胜爬到三楼，走到窗口，寻找对面的动态，然后成功发现了对面的踪迹。

因为距离过近，双方同时显示在对方的雷达中。

连胜朝后退开几步，来到阶梯旁边，抽出炮筒，架在转角处，对准眼前的目标窗口。

季班顺着墙面窗口的方向开始上移，似乎毫无防备。

连胜在心里根据速度，掐算着他过来的时间。不管有没有看见什么，凭着感觉，毫不犹豫地对着窗户打出了一枪。

从第三方的角度来看，那一枪打得极准。

季班身上开了光学隐藏，玻璃的折射再加上阳光的遮掩，不仔细看根本发现不了他的踪迹。

连胜几乎是在他冒出头，视线还未能靠近的时候，精准地打出一炮。那一炮威力还不小，将窗户框也炸得碎裂，一起轰了下去。

玻璃破裂，爆炸般跟着气流朝外喷射。季班的屏幕内全是细碎的白光，险些掉下去。但因为机甲外壳足够坚硬，反应也足够及时，稳稳地撑了下来。

他前臂一滑，朝下溜了一点，从机甲前段伸出两条牵引绳，钩住里面的楼梯，同时尾端伸出两腿，在墙面踩蹬，想跳进窗口，朝着建筑物的内部杀去。

季班表情严肃，没想到连胜会停在三楼那么近的地方，但如果是比正面作战的实力，他也乐意奉陪。

几乎就在季班借着牵引绳从外围冲入大楼的那一刻，连胜从窗口跳了出去。

二人在半空相遇，连胜抽出自己的武器，对准季班的腹部刺去。

只听到一声金属划拉的刺耳摩擦，双方位置已经错开。

连胜眯起眼睛。看来默示的外壳非常坚硬。刚刚那样的正面攻击只给它留下一道划痕，没能带来实质性的伤害。

场外众人大呼可惜。

刚刚那可是绝好的机会，可是正面强力的劈砍只是造成这种结果，默示的机甲得有多坚硬？是跟外部金属排列结构有关，需要找到它的缝隙，还是意味着必须要用热武器才能打穿它的机身？

连胜跳出窗户，低头看了一眼。三层，近十米的高度。

她打开反向推进器，支撑机甲的重量，同时借用肩膀上的牵引绳控制速度下落。落到一半的时候，牵引绳被从上方斩断，季班的机甲站在窗台的废墟边，朝下亮起了炮口。

众人都是倒抽一气。

只是中间卡顿的这一瞬间，连胜已经打碎二楼的窗户，重新冲回楼内。

季班站在窗口，定睛查看雷达上连胜的位置，脚下地面忽然塌陷，整个人被打了下去。

二人直接在大楼内部开始猛轰，并不断地朝着一楼的门口靠近。

这商场高度不够，打起来很是压抑，两人直接把上面的顶给掀了，导致商品全都砸了下来。

货品刚刚落地，又被二人的炮火重新炸飞。室内被热浪充斥，摆放着的易燃物品直接着火。好在两台机甲的防御增强，只要不被正面击中，还能继续作战。

但二人一路追击，场景越发混乱。视线内满是纷飞的残骸，带着零星的火光。

大厦因为基层被轰炸，整个建筑开始震动，不知是谁不慎打断了梁柱，楼体支撑不住整体的重量，终于开始倒塌。连胜眼见形势不对，驾驶着机甲迅速撤离。季班在后面紧紧跟上。

天地间轰鸣一声，大楼倒地。两人耳边还有延续性的碎裂滚动声，沉闷的撞击因为太过响亮，在他们耳边造成了不正常的鸣响，刺激着他们的神经。

整个城区的地面都发出轻微的震颤。

连胜跑远之后回头一看，后方灰尘漫天，久久不落。建在它背后的商业街道也被连累砸毁，破坏范围一层层扩大。地图里响起刺耳的鸣笛声。

连胜问:“算你的还是算我的？”

季班还要打代码，已经一心多用，思维没有她那么自由。听到她的声音，慢了一拍才发出一个音节:“啊？”

连胜说:“楼塌了。”

季班下意识地道:“不关我的事啊！”

连胜:“喂？甩锅甩得不道德啊！”

方见尘仔细听了一会儿，迟疑道:“嗯？这声音是不是有点耳熟？”

程泽:“一个当面拒绝过你的男人，你还能不耳熟？”

方见尘恼羞成怒:“你滚！”

季班没去分辨连胜话里的意思，也就没有回答。他现在脑子不大够用。

城区的地图太复杂了，为了追击连胜，他要时刻保持高速，稍有分神就容易撞上，精神必须时刻紧绷。

连胜在前面飞奔，偶尔回头似真似假地打上两枪，然后安心逃跑。

她身上的高杀伤力炮火已经打完了，剩下的都是没怎么使用的能源枪，还有一个新增加的、堪比炮筒的高能能源枪。

出人意料的是，季班的弹药库似乎非常充足，一路上都没有停火，且全都是不简单的炮攻。按照之前的数据来看，这有点不寻常。他应该是重新装配了身上的武器，为了对付连胜，特意改装了炮筒。

二人所过之处一片狼藉。

季班五官紧绷，虎视眈眈地盯着前面的身影。

连胜眼看半张地图都被拆了，想友情提醒他一下，这样的狂轰滥炸是会被扣分的。但又转念一想，个人赛里哪有什么评分？就算扣分也不是扣她的，于是闭嘴，继续自己的“放风筝”大业。

她选择不说，地图上却忽然出现一条公告，大字标红，从头顶刷过，还一连刷了三条。

严重批评！严重批评！季班与连胜两位同学肆意破坏城区建筑，无视对战规则，公然挑衅《和平公约》。现对二人做出惩罚，禁止再使用热武器进行轰炸。如有再犯，直接取消比赛资格！望所有学生引以为戒，不要再犯。警告再播报一次……

连胜真诚地申诉：“我是无辜的。”

她虽然有刻意引导，但没有一个炮是她自己打的。

地图上又飘过一行红字，是对她的回答——

你闭嘴！！

连胜：“……”

组委会是真的怒了。

拆迁呢，还是打比赛呢？根本不把他们放在眼里，当《和平公约》是吃干饭的？知道有多少人在看，还敢这样明目张胆。充斥着这么恶劣的影响，后期怎么播，怎么评价？军校的声誉放哪里？

知道规则不提醒就算了，竟然还恶意引导，破坏城区文明。这行为更为恶劣，更值得批评。两个学生都没有自觉！严肃批评！

学生们有点乐了。

一般对于选拔赛，组委会会放松相关的规则。稍稍破坏场地建筑，他们不会出声。毕竟对战中难免会出现损毁和牺牲，且限度放得还挺宽。这应该是几年里的第一次，从后面的感叹号里可以感受到组委会激动的情绪。

叶步青说：“连胜不知道规则，没人跟她科普过《和平公约》？”

“别闹了，那么厚一本谁给她科普？自己都没看完好吗？”方见尘说，“而且哪个进入预选赛后半段的学生不知道不可以轰炸？算连胜自己倒霉。”

“主要是因为她太不善良了。”

“对，对。心脏的人终于脏到了自己。”

连胜现在的心情很复杂。

后方季班忽然惊呼了一声：“啊！我怎么不能攻击了？”

连胜：这是一个连公告都没看见的人。

连胜看了一眼开赛时间，觉得已经差不多了，转身朝着他反杀去。

季班看见连胜，动作顿了一下，然后才重新后撤，开始变形。

要说手操最大的缺陷，当然是它的运作方式。整台机甲的运作都集中在一双手上，就算驾驶者手速再快，肌肉再发达，也难以保持长时间的按动，尤其是像刚才那样持续不断的攻击，快抽筋了吧。

连胜捏着手上的兵器，转形成刀，向季班全速逼近，借着冲势，举起大刀劈砍而下。

季班抬起右臂遮挡，又快速打了个代码，想召出手臂上的武器，正面攻击连胜。结果连输两次代码都没有反应，终于发现所有的热武器都不能用了。

季班陷入茫然之中，叫了两声，开始后退。

连胜扭动刀柄，武器背面冲出一道气浪，加大攻击力度砍了下去。默示的那条手臂顺利被斩了一半，同时季班成功脱离。

季班旋了个身，没有慌乱，跑动中自己切断了剩余处的金属连接，就见断口处，竟然重新伸出一截金属。

场外人员看见此景，激动地起身，齐齐骂了句脏话。

连胜跟着惊呼："这个还能再生？！"

她又仔细看了一眼。哦，还好，没有那么神奇。被斩断的部位中间是空的，只是从边缘滑出了一段光滑的金属，它的外壳应该是多层的。

季班的手被斩断了，但是他没有多在意。他甩了下调整长度，还在问："为什么我被禁了？"

连胜无语道："你说呢？"

"我不知道啊。"季班无辜道，"我什么也没做。"

连胜抬头问："为什么就没人让他闭嘴？"

组委会：沉默……

这偏心偏得叫人窒息。

连胜说："你不亏，最亏的人是我。"

季班先前一路的高频率攻击，意味着他的武器储备应该已经快告罄了。连胜虽然炮筒用完，但是能源还算充沛，能源枪的使用次数也很收敛。

季班的手操负荷高，难以长时间地运作，后期完全可以用能源枪控制住他的走位，强行增加他的负担，然后寻找可乘之机进行击破。这是最稳当的方法。

现在是必须要进行正面交锋。

当然，这对于传感机甲，尤其是连胜来说，其实也是具有优势的。

论作战经验，季班绝对比不过老奸巨猾的连胜。

连胜再一次抽刀向前，加速直追默示而去。季班被逼停在路边，身后一整排都是商铺。他左右看了一眼，没有热武器进行开路，避不开与破军的正面交锋。

只能防御以待时机。默示再次进行阻挡。

只是这一次季班没有举起右手，而是先一步抬起了他的左臂。

连胜眼睛转向他那新生成的右臂。在武器即将劈落的时候，强行扭转方向，横着朝右边挥去，再掉转方向，直直地斩向他的右臂。

季班正在向左侧逃离。连胜紧盯着目标位置，就那样紧逼着继续贴近，誓要得手。虽然感受到了一股强烈的阻力，但最后还是靠着机甲自身的力量成功斩断了。

可以。机甲最外层坚硬，但重新伸展出的金属要脆弱得多。

刚刚拼接起来的机甲臂再一次被生生斩断。季班又重新抖出一段金属，左手抓住尾端，将它抽了出来。右臂缺陷的位置多出一个空洞，又被弹出的铁片紧密封锁住。而被他抽出来的新手臂，成了他新的近战武器，一把类似大刀的兵器。

我觉得这个挺好，可以废物利用呢。

是挺废，你双手都能熟练使用吗？

额……

等等，弄清楚。一般人惯用右手的话，会用右手作战左手防御，那么被斩断过的大概率是左手。那我到时候把左手抽出来了还要熟练使用左手干什么？

你说得有道理，差点被你们带偏了。

带偏个啥？你们都傻了吗？传感机甲自带武器啊。左臂如果被斩了那就斩了，留着做个纪念也可以，你还非把它抽出来是想干吗？你一只手能用两把刀怎么的？

季班没有特配的近战武器，应该是为了减轻重量。我觉得这很好啊，你看它弹药库多充足？那为什么传感机甲不能学习一下呢？

学习什么？你能折了你的腿还是折了你的手？手操跟传感本来就不是可以进行同类比对的。虽然有部分相似，但你要承认它们的不同啊！

……

他们陷入了“这功能究竟能不能应用到传感机甲中”的讨论，各持己见，争论不休。

而连胜与季班已经又一次对上了。

二人举着武器互相卡在胸前。连胜在他身上巡视，寻找可以击破的弱点。

季班保持着左手对峙的动作，忽然抬起右腿，朝着连胜踢来。

这反人类的动作，传感机甲是不可能做到的。但是因为手操机甲的构造特殊，季班的指令下去，默示居然做了出来。

如果是正常对战，那绝对是防不胜防。但连胜的眼睛一直在扫它的四肢，迅速捕捉到它的微妙动作，脚下推进器打开，朝着左边躲去。

季班控制住幅度，先行暂停动作，以免太过用力，机甲的惯性反将自己甩了出去。手操机甲无法感知机身上的平衡，只能依靠驾驶者自己调整，这也是对战中手操机甲者频频自坑的一个原因。

趁着季班在调整无法兼顾，连胜顺势贴着它的武器一路下滑，到了尾端，那一段脆弱的金属臂处。打开武器自动加成力量的气浪，毫不犹豫地斩下，将季班手中的武器切了下来。连胜眼快，脚向前踩住，将它踢飞出去。季班的武器瞬间没有了。

季班见武器被打断，手指一松，又去抓自己背后的装备。连胜的长刀已经刺入腰侧，准备向上切入，拿下它的左臂。

他不能再失去一只手臂，放弃硬杠，毫不犹豫地输入撤退代码。连胜在后面步步紧逼，没有给他做多项动作的时间。

季班清楚地体会到，连胜与他以往的对手不一样。她可以追上自己的速度，攻击方式也很强势，导致他完全没有休息跟调整的时间。同等水平的对战下，以往被掩盖住的缺点终于暴露出来。

季班的动作很快，但是他的动作缺少套路。他随意又有针对性的打法，纵然容易出奇制胜，但如果被对方压制住，就很难有摆脱的机会。

套路始终存在，当然有它存在的道理。所谓套路，就是经过对战检验的，最直接、快速、有力的攻击方式。

季班自己缺少套路，也缺少对套路的认识，所以被连胜缠住的时候，只觉得她攻击强横、密不透风，不知道该从哪里插入自己的动作。除了逃跑，没有第二个选择。

季班面色严峻，有些发白，想着如果他能够再快一点就好了。但机甲提速还是要受到相关限制。越快，他承担的风险就越大。

毫无疑问，此时默示被稳稳地压制住了。

追击的身份换了过来，但他们到底要追到什么时候？

我请求原谅他们，还是开放热武器的使用吧。

激烈澎湃的战局在哪里？猫捉老鼠吗？大将军，你追在季班的屁股后面刺啊刺，还给不给人留面子了？

为季班“点蜡”。不要伤心，你不是唯一一个被“点蜡”的，连胜家可以批发，信我。

终于，季班绕着地图，为免走到边缘，进入了一条死路。

季班探出牵引绳，准备翻墙而过，被后面追上来的连胜斩断，被迫迎击她的剑术。

所谓剑法，讲求的就是快，无论是出剑转向的速度，还是步法身形的移动。

季班根本无从遮挡，只感觉刀光剑影都在面前飞舞。他开始招架不住。

视力、大脑、手指，总有一个部位是会有延迟的。何况经过前期的激战，他的手指已经有些僵硬，让他无法灵活应对，屡屡中招。

啊……开始出现颓势了。

所以对付手操机甲，就是要用快？

应该是。传感机甲是直接用身体转换数据进行传递，手操机甲是信息接收、处理，再传递，而且他应该也没有一根金刚手指吧。

金刚手指也达不到太快的速度吧？人类还是有极限的呀。

然而，连胜忽然发现，她的快速攻击不怎么奏效。

默示的防御太高了，剑术用在人身上是可行的，因为人没有那么厚的皮。但对于机甲，这样轻轻地切割，显然没有太大的攻击性。

季班也发现了。

就留下一道划痕，能做得了什么？假使速度跟攻击她只能二选一的话，也没想象中那么难办了。

他不顾连胜的攻击，迅速抽出自己的武器。近战的限制，也不仅仅只有坏处嘛。

连胜忽然风格一转，她转动了一把刀柄，刀身前段开始收缩，探出一段尖锐的刺。

而后她后腿轻蹬蓄势，用力向前一刺。

这一次的力度不同于常。因为顶端足够尖，它的力道被集中在一点，伤害也被放大在那一个点上。

那是一道干脆的撞击声。

连胜回招，虚晃一圈，紧跟着又是一刺，对准同一个攻击部位。这次能清楚地看见驾驶舱的位置出现了一点凹陷，周围裂出几道缝隙。

可以奏效！

季班发觉不妙，借着武器过去遮挡干扰。然而那剑身伸缩都极为迅速，加上连胜的步法灵动诡异，难以捕捉。季班闻所未闻，只能束手无措。

众人看着这熟悉的画面，一阵激动。

啊啊啊！这个这个！啥来着？！

就是那个！那个那个！

严朔窝在自己的光脑前，错愕地一愣，而后用力一拍大腿。

西方剑术！就是之前打的那场！

大将军真是怪物式的吸收水准！她真的还记得啊！

只要是有用的，管他是哪方的，连胜都记得。增长阅历不就是为了学为己用吗？越是复杂，越难让人看透。

季班后场开始捉襟见肘，最终抵不过连胜的套路，被逼在死角，靠着消磨，硬生生被刺穿了驾驶舱。

比赛宣告结束。

他是手操机甲，所以没有被弹出作战页面。

众人都以为，季班的传奇神话被连胜所打破，尤其是最后的部分，被连胜打得如此狼狈，几乎暴露出了所有的缺点，应该会无法忍受，甚至恼羞成怒。他们都在期待季班下一步的动作，果然，季班出了一个声——

“唉。”

众人：这声叹息意味十足啊。

他们竖起耳朵，想要倾听，就发现二人在中间开始和谐的技术交流。

连胜说：“承让。”

“我没让。”季班说，“我就是输了，觉得太可惜。但是传感机甲真的也很厉害啊！你们每天都要练习打架的对吗？累吗？痛不痛的？是不是机甲多厉害你们就有多厉害，这好棒啊。”

连胜说：“还好，一般。我们是不被允许打架的。你还有很大的进步空间。”

季班：“什么进步？”

连胜：“比如战术。”

季班问：“个人对战也要学专门的战术吗？”

“当然。”连胜声线平坦道，“无耻是每个人成长的必学课程。”

众人：“……”

连胜与季班的比赛正式结束了，但众人依旧觉得意犹未尽。他们坐在播映室里，不管周围的人是不是他们认识的，互相进行着讨论。

这一场完整的比赛过程，反映出来的问题清楚明白、无可掩饰，众人对它的分析也站在了更客观的地方。

手操机甲因为可以大幅度变形，对武器装载比较自由。但任何科技的发展都要依托于人类自身。手操机甲的局限性还是太大，传感机甲的发展也还有很长的路。希望它们这次都能找准自己的方向，并继续前进。

在他们比赛结束后，连胜又打了一场。随后在下午三点场的中途，组委会强行切断比赛，宣告预赛结束，并在系统中公布了入选的军校名单。

这一次选拔赛结束得太过迅速，出乎所有人的预料。明明中间耽误了半个月，最后竟然提早一个月告终。

那些在生死线上挣扎徘徊持续全场的传奇事迹也很少出现，学生之间的实力批次分层变得明显。这是往年都不曾出现的状况。

以前预赛必要进行到期末考试，如今军校的课程安排都随之打乱了，军事学院众人等于多出了一个月的闲暇时间。要准备决赛的学生被提前召集到一起，在教官的带领下不停地开会。

联盟大学入选的人多达十三个，但校方似乎还不大满意，因为去年有十五个人。他们这水平明显有所下降。必须批评一下，给学弟们警诫。

但是这一次，入选者所擅长的类型也更加多样，譬如远程的狙击、前线的侦察，甚至还有指挥，队伍调派的灵活性反而增加了不少。

今年这个暑假，注定会很繁忙。所有学生都要进行高强度的训练，以适应新机甲的性能，更好地发挥它的实力。

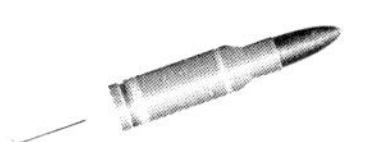

第五十一章

信念

假期还未正式开始前，选拔赛组委会匆忙地进行赛事预测调整，还要面对众多媒体采访，对相关明星学生进行分析报道。

那负责人正在查看自己的日程，准备回去换件衣服，秘书机器人红灯亮起，提示道:“莉莉安娜上校请求接入。”

负责人惊道:“莉莉安娜？接吧。”

他端正地坐了回去，等待通信接通。

莉莉安娜坐在对面，带着军人特有的严肃感，缓了缓语气，说道:“您好，王局长，多有打扰，我就直说了。关于进入选拔赛决赛的学生，如果他们愿意，远征军想提前带他们前往三十六区进行军事训练。”

负责人非常不高兴，立马道:“你有什么权力？”

莉莉安娜答:“远征军六军的招生权。”

“六军也没有这样的权力。你们只能招收部分学员。”负责人说，“你可以选定几位学生，我无权过问，但他们如果离开，将会被视作弃权处理。”

“六军是没有，但远征军有。我们这里有十二个军团招生部的联合意见声明，加起来能招多少？够不够决赛的名额？如果不够，那剩下的学生我们也没有办法，就说是组委会的人不愿意他们加入。”莉莉安娜说，“当然，您可以为了他们再开一个个人独秀的机甲选拔赛，就是不知道能不能凑成两支完整的队伍。”

负责人扯了扯衣领，往前挪了一点:“你这是什么意思？你想干扰我们选拔赛的正常进行？历年来我们只是合作关系，可不是什么从属关系。”

莉莉安娜:“不要误会，我们什么也不想做，只是为了联盟未来的发展，做了点小小的调整。”

那人怒道:“不用说这些冠冕堂皇的话了！怎么了？远征军的发展确实越发壮大，但是你别忘了自己还是联盟的军人！”

莉莉安娜面无表情地控诉道:“我深深记得，先生，否则我们不会以生命为代价站在前线上。我们尝试过与同是联盟公民的你们友善商讨，但是从结果来看，平等的政部无视了我们的提案。既然如此，军部只能用实际行动来表达我们的意见。否则，我担心信息传递的中途又出现什么意外，造成遗憾的悲剧。”

男人的表情更加难看了一些，甚至有点扭曲。

莉莉安娜一副好奇的模样道：“我们已经完全遵从了联盟的招生规则，先生您现在这样气愤是为了什么？”

男士：“这件事情我并不知道，你应该要提前告知我。”

莉莉安娜摊手：“真是太遗憾了。但是没关系，我现在正在询问您的意见。请问您的答复是？”

男士斜过身道：“你的诉求是什么？”

莉莉安娜：“我现在的诉求只是提前招收学生进行培训而已。至于选拔赛的后半段，我支持他们参加。三十六区会有足够的设备，您不必担心。”

男士烦躁地侧过身，眼神落在天花板上，没有回答。

莉莉安娜说：“您放心。我只是来通知您而已，您不用为难，这并不需要您的决定。”

男人险些一口老血喷出。

莉莉安娜看着他笑道：“如果您同意，远征军就带他们走了。到时候决赛他们也会参加。如果您不同意，判处他们弃权，那么为了弥补他们的荣誉损失，我远征军内部会开展一个预备学员竞争选拔赛，然后对外开放，让大家也能见识一下他们训练后的实力。”

如果他不同意，也无法阻止一大批人被招走，决赛肯定是无法正常展开的，而且远征军内部的选拔赛，怎么想也比他们这个更有噱头。这实在不是一个明智的做法。

可如果他同意了，那后果也不是他能承担的呀。

军事训练的信息不对外公开，却不代表所有学生都不知道。总会有有军事背景的学生，他们比别人更了解今后所需要的能力，也比其他人更早地开始相关的训练，那么他们进入军部的难度自然而然要低很多。

先不说类似联盟大学这些一流大学，对于前线的实战内容都教授甚少，多数以体能与理论分析为主，二、三线军校的教育体系就更加笼统且生僻了。

可是，对于偏远地区或者普通的学生来说，他们只能按部就班地跟着军校学习，他们的处境实在是太被动了。

想要促进教育公平，选拔更多有天赋的学生，有两个方法是最显著的。

第一，增强教育普遍性；第二，取消特殊审核。

第二点显然是不可能的，因为军部就需要这样的实力。那么他们能入手的只有第一点了，却不想因为第一点涉及整个联盟与权力阶级的利益，才是最困难的事情。

远征军想下移到什么程度呢？

他们是这样提议的。如果是传感类机甲，那么可以下移到高中，在高中进行简单的科普与训练。另外调整并规范大学的授课课程，进行专业且具有针对性的技术训练。如果是手操类的代码训练——当然这个还在议程中，暂时不做硬性标准——可能要从适应性最强的小学开始了。

啧啧，品品！要是真的答应了他们。学校的设备、师资，对未来的改变，全是牵扯到利益，捋也捋不清的事情。相信他们军部内部都会有一大批人因为触动到下一代的利益而反对，他们却还想霸王硬上弓。

大三提前将学生收走，大四再放他们回来。这时候学生还不是军部的人，借由他们传递军部的训练信息，和军部就没关系了是吗？是这个意思吗？

明面上的不行，他们就想玩曲线救国。“我……”负责人说，“后天给你答复。”

“对不起，我非常害怕你们社交人员的‘后天’。按照我的时间来吧，明天，六月二十三号，下午五点之前，我想要听到答复。如果没有，我们只能当作否决的结果进行处理。”

负责人气得要咬碎自己的牙。

于是在期末到来之前，比考试日程表更爆炸的东西出来了，发在三天官网上置顶标红。

公告表示，鉴于新机甲的更新，许多学生还不了解机甲的使用，将由远征军接替各大军校进行选拔赛的决赛培训。愿意的学生，可以选择属意的军团进行报名。报名之后，直至决赛结束，都会隶属远征军的管制，不得擅离训练基地。

训练基地设在联盟小环三星系第三十六区。

另注，此次培训非远征军招生培训。具体结果与解释，视具体情况而定。

这则声明意味着什么？

最后一句话简直是此地无银三百两。它切实地等同于远征军提早开始进行招生培训，而进入决赛的所有学生，都将拥有这个资格。

这有什么好犹豫的？简直是天降福音啊！

他们读军事学院是为了什么？除却少数有背景门路的只是为了拿个文凭，方便转战后勤部，其余人可都是抱着对行业的期待与未来的勇气，等待着证明自己而走上了这条路。如今这条路就被提前挪到他们的眼前，他们怎么会让自己再生生错过？

得知情况的学生纷纷就地打滚，尤其是在预赛中还差一步就能摸到门槛，又因为战友淘汰而被连带刷除的学生们。

如果知道是这样，我一定再撑一会儿！再撑一会儿我就能进远征军了！我离官方指定机甲手只有一步之遥啊！

这一步差得有点远啊，哥们儿。

早知道我就留级了！为什么我要出生得那么早？打我两个耳刮子！

已递交留级申请。亲爱的学长们，明年见。

我决定三十岁以前常驻大三，时光会老，但我们不散。

上面的同志悲剧了，留级只能两次，第三次就要被开除了。

怕什么？一军、联军、国防、联大，还有成千上万的大学等着我去深造！

众人都不淡定了，根本无心备战期末考，整天将目光在公告上转来转去。

连胜坐在图书馆里，和赵卓荦几人泡在一起，在硬磕今年的理论课程。

赵卓荦发现她一直举着光脑，说道："别看了，你还考不考试了？要是在去之前因为挂科被刷了，那就好笑了。"

方见尘抖着腿道："优秀同志来督促我们了。"

连胜问道："三十六区是什么地方？远吗？"

赵卓荦在脑海中回忆了一遍，说道："应该是培训军的第一班，在一个偏远安静的采矿区域。那边会有我们的军事基地。"

连胜："采矿？"

"对。被淘汰的旧式机甲，摘除攻击武器后，会在监管下帮助本地开发团队进行工作。那边环境比较安静，也比较刻苦，但还算安全。"赵卓荦说，"许多战争都是围绕着矿区展开的，算是让大家提前适应一下。"

连胜点头："这样。"

叶步青抬起头问："你去吗？"

连胜："我？我早就报名了。"

众人："……"

叶步青："那你多准备一点东西吧。多带了寄存在那边，也好过到时候买不到。"

连胜："带什么？"

程泽说："最好是未来半年你会要用的所有东西。不过记得总重量别超过四十千克。"

方见尘："我建议你带点吃的。毕竟是矿区嘛，环境不一样，物价差距很大的，尤其是吃的。"

连胜好奇道："你们去过吗？"

方见尘说：“开玩笑，谁没事去那种地方？”

连胜：“……”

期末考完之后，连胜早早地整理好了行李。她要带的东西不多，去哪里都是一身轻松。最大的一个物件就是她的传感器，也直接寄回家了。

这次放假之后，连胜不知道要多久才能回来，或许到毕业之前她们都没有机会再见了。

三位室友很是不舍，提出想请她吃顿饭，算作践行，也希望她能平安回来。

“我们很为你高兴的，但是吧，我们又有点担心。三十六区……听着就有点慌。你要记得照顾自己，保护自己。身为女生，平时不要独自出门，真的。”

连胜被她们激动地握着手，点头道：“明白了。我知道了。你们不用担心。”

她们一起吃完饭之后，以前材料工程学院的学生又请她吃了一顿。

酒过三巡，那位不认识的教授拍着她的肩膀感慨道：“我知道你是一个很有前途的学生，做什么都很有主见，用心钻研每一件事情。但是连胜啊，去军部不仅要有实力，还要有觉悟。教授其实私心不希望你有这样的才能，更希望你能安全地待在实验室里。”

连胜的压力有点大。

之后，指挥系的同学们又对她发出了邀请。连胜盛情难却，当然不会拒绝。

席间，孟江武情真意切地对她说：“说句大实话，我最初看见你的时候有点偏见。虽然向你道过歉，但我还是要向你再道一次歉。你真是指挥系里最让我佩服的人。看你一步步走到今天，我特别荣幸。”

郑磊：“以前跟你组队的日子是我的人生巅峰。谢谢。”

沈喻：“虽然我们其实不算很熟，虽然我们没能追上你的脚步，但是，我们期待你可以走得更远，再回来继续打我们的脸。”

三人异口同声道：“我们先干！你随意！”然后一起喝下了一杯柠檬水。

连胜：“……”

这三人从最开始集训的时候，被教官分在了跟连胜一组。

他们算是见证了连胜从一个指挥系的菜鸟成长为一介大佬，或许就是这种缘分，让他们面对连胜的成长，那感情犹如父亲看着女儿长大一样……或许这比喻有些奇怪，但就是那么的奇怪。

再之后，参加决赛的学生们还要宴请一下一直以来帮忙指导的教练以及学院的领导。连胜自然也躲不掉。

教练指着连胜道：“这位同学，虽然我没怎么教过你，但是我对你的印象太深刻了。”

他转过身道：“她是唯一的女生，我不是说她需要保护，但是，你们作为男生，还是要有点自觉。要是有什么意外，一定要冲出来保护她。”

连胜点头。

“记住她这张脸！”教练说，“以后她就是我们联盟大学军事学院的尊严！在三十六区，谁欺负她，无条件干他！”

连胜：“……”

期末真是非常忙，连胜接连参加了几顿饭局，才体会到自己的人缘有多好。

她打开光脑，日常刷了一会儿三天的官网，结果发现自己的名字已经在首页屠版了。

三天网友已经得知她入选决赛，并即将进行远征军的培训，很是为她高兴。隔着网络，无法为她直接送上祝福，于是在首页用标题进行聊天。

去了三十六区还能上三天不？

军部系统不能对外联网吧？难道还自带传感器过去吗？

那贴吧总能上吧？大将军，我期待你的回归！回来看看我们啊！

应该会过得很苦，怎么会有时间上网和我们这些网友唠嗑。

我们怎么了？网友也是很讲人文情怀的好吗？

楼上某个一直泼冷水的赶紧滚出去，怕不是一个黑吧？不要试图动摇我连大将军光辉普照的形象！

泪别，大将军。其实做三天一霸也挺好的，但是我们困不住一个已经长好翅膀会飞的你。

三天之光，三天招牌萌物，一路顺风！等待你的回归！

连胜往下刷了刷，但因为信息太多，根本看不完。她笑了一下，用自己的账号发了条帖子。

我会回来的。谢谢群众关心。

底下立马冒出一成串的回复，前排群众已自发给自己加上了幸运星与忠实追求者的身份。

她的帖子从万千流水帖中被准确地顶到最前面。

连胜摸着耳朵，脸上泛起傻笑。起码，这一年她没有白过嘛。

放假当天，连胜在学校里被人拦着聊了一会儿天，等她背着包回到家，已经是晚上了。她站在门口，周遭一阵安静，仿佛所有的喧嚣都尽数退去。

连胜轻叹一口气，推开门，再反手关上，转了个身，历来敏锐的眼力，让她立即发现客厅的沙发上坐着一个人。

连胜心一提，打开灯光。沙发上的人转过身，朝她颔首。

连胜走进去，说道：“为什么不开灯？”

林冽两手交握，放在腹部，头往后仰靠在沙发背上，沉声说：“我在想事情。早上的时候回来坐在这里，没想到天都黑了。”

连胜：“科研院已经忙完了吗？”

之前从季班那里知道，林冽应该很早就回二区了，但是一直没有回家，也没告诉她。

连胜装聋作哑，当自己不知情好了。

林冽说：“没有，我请了假。”

她眼里都是血丝，眼底布满青黑，脸上的妆容也盖不住她的疲惫，可见很久没有好好休息了。

连胜在她旁边坐下，把自己的包抱在怀里。

林冽又是沉默片刻，偏头问道：“我在厂房那边做研究的时候，季班给我准备的那些东西是你的请求吗？”

连胜：“什么东西？”

林冽：“吃的。”

“哦。”连胜说，“反正你不也得吃？”

林冽说：“我就想他不会这样关心一个陌生人，还知道我喜欢吃什么。”

连胜挠了挠头。

“我今天回来，本来是想阻止你的。无论是什么理由，我觉得我都不会动摇。我不希望你走得更远。我不愿意你踏上任何不属于联盟的国土，在生死之间飘摇不定，历经数不尽的危险，走向没有尽头的战场。”林冽低下头说，“可是当我看完录像，我又犹豫了。我能带给你什么？能为你做些什么？谁都留不住一个想要离开的人。”

连胜不知道该怎么接前面的话，只是埋着头，针对其中一句问道：“什么录像？”

林冽的手按上开关：“你可以看看。你还没有见过。”

一片漆黑的背景，只有微弱的光打在一个年轻人的脸上。他的脸上沾满了黑色的泥痕，但显然是擦过了的，所以只有浅浅一道。他半眯着眼睛，似乎不是很适应光线。

连胜看着他的脸，忽然意识到他是谁。

“你好，现在是连横中尉为您报告。”连横转动了一下视角，但是这里一片漆黑，什么也看不清楚。他对着屏幕说道，“谁还能活动？先给打个光。”

没人回答他，于是他自己艰难地爬过去，摸出一台光脑，打开照明，继续他的采访。

“这里非常安静，是一个睡觉的好地方，但绝对不是长眠的好地方。听说这里风水不好，为了不把不利影响带给下一代，我们都在努力支撑。”连横将镜头转向旁边，“但是这位兄弟，似乎有什么遗言要说。”

那兄弟有气无力地蹬了下腿：“滚……”

旁边一小兵说道：“连长，我说你别闹了，省点口水。”

“我说话蒸发不了多少口水，放心。”连横道，“照个光，别出去都瞎了。”

一小兵弱弱地道：“连长，我想睡觉。”

连横挪动着爬过去，视频里全是他沉重的呼吸声。

连横到了那小兵旁边，说道：“不要睡。马上就出去了。”

小兵：“过去多久了？”

连横：“八个小时。”

小兵：“怎么我八个小时胃却饿出了四十八个小时的效果呢？”

连横：“你以前吃太多了。”

画面一阵摇晃，黄沙从头顶簌簌飘落。小兵悲痛得发出一声呜咽。

连横说：“没事，就沙子迷眼了。哥给你吹吹。”

又是漆黑一片的场景，瓢泼大雨，耳边充斥着水声。

他们打着一道光线，雨点在光照下变成了细碎的白色，在眼前不住地坠落。地面凹凸不平，反光中可以看见些许水坑，看不清太远的景象。

连横蹲在地上，指着前面一个水坑道：“现在休息，我给他们做水质科普。这里的水，有股尿味儿。”

他旁边的兄弟一脸惊奇地道：“你怎么知道？这雨这么大，天都黑的。怎么看出来的？”

连横指着前面一背对着他们的人道：“刚刚良二那浑球儿往水里撒了泡尿。”

那兄弟一脸嫌弃到不行的表情：“不正经。”高傲地转身走开。

“这里是烈士墓碑。希望他们能看见和平的到来。这都是他们努力过的岁月。”

“这个是我的机甲，九宫。”

“这些被遗留在战场的难民，他们在这里已经很久没吃过饭了，我们正在给他们分派食物。但是资源不足，只好从兄弟们的伙食里扣了一半。虽然我们两军正在交战，但他们很欢迎我们。”

画面一帧帧过去。

连横手里举着一捧火红的花，身后是一群身穿军装，集体保持相同微笑弧度的战友们。他们紧紧跟在连横身后，为他壮大声势。

“我见过很多次，从绝望深处透过来的光芒，它带领着我走向生的希望。我知道我很幸运，但是我不知道我会不会一直这么幸运。但是，每一次我都会毫不犹豫地顺着光线冲去，不会有任何的犹豫。而你，就是我生命里的一道光。美丽温柔善良可人无敌绝伦的林洌小姐，你愿意嫁给我吗？”

身后的士兵们歪着脑袋，继续展示他们洁白的牙齿。

之后，连横在医院旁边的座椅上，正襟危坐。那天光色正好，他的脸被衬得很白，穿着一身西装，表情看起来无比严肃。

“我是你爸爸，我叫连横。我还没有见过你。”连横说，“我们这里评级，S就是最好的。你就是爸爸最S级的成就，所以你的名字比我多一个S，就叫连胜。

“爸爸是一名军人，但爸爸不希望你也成为一名军人。我希望你能一直陪着妈妈。如果你是一个男孩子，我希望你勇敢善良。如果你是一个女孩子，我也希望你能勇敢善良。但是你一定要学会冷静，不然你可能会一路被你妈妈骂着长大。

“如果很不幸你没有学会冷静，不是你的错，是爸爸的错。基因不大好，你可以让妈妈骂我。要是再不幸，你最后跟爸爸一样，成了一名军人，要走上最危险的地方。没有关系，只要你遇到危险，不管是在哪里，我一定会第一时间赶去救你。

“我会用生命保护你，保护我的家人，保护我的国土。所以，我也会珍惜自己的生命。我会回来找你。”

他忽然靠近了镜头，笑道：“宝贝。爸爸爱你。”

最后，一座中型战机前面。

“联盟新历三百一十五年五月二十八日，早上八点十二分。远征军第三军团领队连横少校携二百三十一名联盟战士准备登机！敬礼！”

前后将士整齐地抬手敬礼。

连横：“登机！”

连横站在最后，旁边的旗帜被风吹得猎猎作响，一群士兵脊背挺得笔直。

他们逐一踏上了这架开往前线的战机。

连横站在机舱的门口，最后侧过脸，对着镜头勾起唇角。英俊的五官，棱角分明的脸庞，还有充满希望的眼神。

所有的画面都被定格。这一幕也成为他生命最后的剪影。

“我忽然想起他以前跟我说的话。他说人生最难度过的事情，不是生死，也不是别离，而是不管多么痛苦，都要不停地往前走。不管是哭着的，还是笑着的，命运都没有给我们停下来哀悼过去的机会。”林洌说，“可是，人又是幸运的。

他总能找到支撑他走下去的理由，这就是他活着的意义。所以，你永远留不住一个想要离开的人。因为，没有什么能折断他向前的信念。”

林冽偏头问道：“你呢？你什么时候走？我什么时候能看见你回来？”

连胜站起，朝她庄重敬礼，坚定地一字一句道：“我会保护我的家人，保护我的国土。所以，我也会珍惜自己的生命。我会回来找你。”

身上的包滑落到地上，发出沉闷的声响。

连胜：“我爱你。”

（未完待续）